검은 개나리

지은이 송기준

공군사관학교 졸업
전투기 조종사
전투비행 대대장
합동참모본부/공군본부 근무
대한항공 근무
현재 에어부산항공사 근무
에어버스 기장
시인, 수필가
문학지『월더니스』(현)운영위원장

검은 개나리 1

초판 1쇄 발행일 2015년 11월 17일

지은이 송기준
발행인 이성모
발행처 도서출판 동인
주 소 서울시 종로구 혜화로3길 5, 118호
등 록 제1-1599호
TEL (02) 765-7145 / FAX (02) 765-7165
E-mail dongin60@chol.com
ISBN 978-89-5506-681-4
정 가 16,000원

검은 개나리 1

누란지위 累卵之危

-고난의 길-

송기준

장편소설

도서출판 | 동인

검은 개나리 —송기준

사방천지 방방곡곡 개나리
잊혀질 산천에
흐드러지게
노랑 꽃 피어낸다.

가냘픈 가지로
모진 추위 삭풍 받아내고
따사로워진 햇살에
꽃망울 맺고 피워
그 끈기 이어 간다.

몇백 년 만의 풍설(風雪)이던가
갑작스럽고 서슬 퍼런
춘삼월 역 추위
눈보라 질 퍼부으니
화사하게 피어나던 꽃봉오리
얼음조각 맺히고
하얀 수의 포 내려쓴다.

철없는 짓궂음에
변색되어
검은 개나리 되고
죄 떨어지니
그 누가 사연 알리오.

차례

제1권___ **누란지위**(累卵之危) -고난의 길-

*누란지위(累卵之危): 알을 쌓아 놓은 듯이 매우 위태(危殆)함.

징병열차

호르르르… 호르륵 호르륵…
호루라기 소리가 여기저기서 울리며, 역 광장은 떠나보내는 사람과 떠나는 사람들로 어수선하고 복잡하게 엉켜있다. 징집된 장정 수백 명과 이들을 배웅하는 가족들이 뒤섞여 있어, 군인과 경찰이 이것을 정리하느라 바쁘다. 기차 도착신호에 맞추어 마지막으로 면회하는 사람과 징집자들을 분리시키려 또다시 호루라기 소리가 요란하게 광장을 울린다. 어느 정도 질서가 잡히자 징병자들을 별도의 군용열차 탑승장을 통해 기차에 오르도록 한다.

승강장에 들어선 길게 연결된 군용열차의 맨 앞에 있는 증기기관차는 쉬지 않고 달려와 짐을 가득 싣고 힘들어하는 황소처럼 깊은 숨을 들이켜고 내쉬며 쉬-익 쉭 허덕대고 있다. 해가 높아져 작아지기 시작할 무렵, 장병을 가득 실은 기차가 힘에 버거운 듯 기염을 토하면서 꽥-소리를 길게 내지르며 천천히 달리기 시작한다. 곧 육중한 피스톤의 회전수가 증가하면서 기차의 속도는 천리마 이상으로 가속되어 내달린다.

객실 칸마다 가득 차 있는 징병자들은 쿠션 없이 직각으로 서 있는 등받이를 가진 의자에 제각각 등을 붙이고 앉아서 강제징용으로 잠을 설쳤는지 출발한 지 얼마 되지 않아 무거워진 눈꺼풀을 내려버린다. 객실 안에는 무거운 침묵만이 감돌고 쌩쌩거리는 바람 소리와 칙칙거리는 증기기관차 소리, 덜커덕거리는 철로 연결 이음쇠 소리만이 무거운 정적을 찢어놓을 뿐이다.

기차 한 칸에는 모두 네 명의 호송헌병이 근무를 하고 있는데, 총을 어깨에 멘 두 명은 각각 객실 앞과 뒤에서, 그리고 교대 근무를 할 나머지 두 명은 맨 뒤 좌석에 모자를 벗고 앉아 편안한 자세로 몸을 내던지고 있다. 그들은 이따금 고개를 떨어뜨려 졸다가는 머리를 흔들며 기지개를 켜곤 한다. 객실 밖 화장실과 기차 연결 부위에도 헌병 한 명이 서서 지키고 있다. 기차가 출발하여 두어 시간 달리는 동안 모두들 정신없이 졸거나 자고 있는데 헌병 두 명이 소리치며 징병자들을 깨운다.

"야 아 야! 기상! 기상! 자! 점심이다. 저기 저 앞좌석부터 한 명씩 나와 자기의 앞좌석까지 4인분의 벤또(도시락)를 가져가도록 해라!"

모두들 눈을 게슴츠레 뜨며 뭐라고 하는지 크게 주의도 기울이지 않고 있다. 다시 한 번 큰소리로 도시락을 가져가라 하니 그제야 서로 눈치를 보며 누가 나가야 할 것인가를 망설인다.

"앞을 보고 가는 통로에 있는 사람 한 사람씩 나와!"라고 하자 그제야 이해가 된 듯 앞에서부터 한 사람씩 흔들거리는 기차에 몸을 가누며 비틀비틀 뒤로 나간다. 밥이라야 보리가 태반인 주먹밥이고 반찬이라고 해야 단무지가 전부다. 그래도 시장한 터라 금세 주먹밥이 사라진다. 지금까지 피곤하여 졸았던 징병자들은 앉은 자리는 편치 않지만 밥이 입에 들어가고 나니 정신이 좀 돌아온 듯하다. 그제야 징용자들은 자기들

옆에 앉은 사람들과 앞 뒤 옆 좌석에 누가 앉았는지 두리번거리며 둘러본다. 이 객실은 김제에서 탄 징병자들과 솜리(이리=익산)에서 합승한 징병자들이 같이 타고 있는 칸으로 김제에서 출발할 때는 절반이 비어 있었으나, 솜리에서 나머지 절반 좌석이 꽉 찼다.

기차는 전라도 목포에서 출발하여 전라남도와 전라북도의 큰 역마다 징병자들을 태우고 밤새 달려온 징병자 후송 전용 군용열차다.

송금섭이와 친구 세 명은 김제에서 만나 객실 중간쯤에 자리를 잡고, 솜리에서 탄 사람과 경계를 이루며 앉았다. 송금섭은 기차를 탄 이후로 간간이 졸기는 하였으나 앞으로 자기의 운명이 어떻게 될지 전혀 예측할 수 없고 걱정이 되어 마음이 편안하지 않다.

갑자기 징병되어 어딘지도 모를 곳으로 가고 있으며 내가 앞으로 무엇을 해야 하고 무엇을 위하여 살아야 할 것인지 가까운 미래도 예측할 수 없으며 아무런 생각도 들지 않고, 삶의 초점을 잃어버린 것 같은 느낌이 들었기 때문이다.

더군다나 뒤에 앉은 솜리에서 탑승한 자들이 도란도란 하는 이야기를 귀담아 듣고 나니 더더욱 그러한 느낌이 들었다. 뒷좌석 네 사람은 처음 보는 사람으로 서로 인사를 하며 자신들의 이야기를 하고 있다. 덜컥거리는 기차 소리에 간간이 그 소리가 파묻혔지만 예민해진 송금섭의 귀에는 뚜렷이 들려온다.

“아! 나는 솜리 여프 오산촌(익산시 오산면)에 사는듸 농사짓고 있지라우. 어저끄는 장에 갔다 오는듸 순사들 허고 마주쳐서 이리 끌려 왔구만요. 집이는 아뜰이 둘 있는듸, 큰애가 시살 백이 딸이고 두찌는 갓 돌이 지난 아들이고, 그러고 이번에 시째가 들어섰다는듸－ 참말로 어떻게 혀야 될랑가 몰르겄고 사람 환장허겄당게요. 환장허겄어-어! 아니 이 자식들이 아뜰이 서넛 있는 생사람을 이러코롬 잡아가 막무가내로 군대 보내면 어떡헌듸야... 어떡허면 쓰겄듸야! 내 새깽이들은 걍 다 죽어라고 허는 거 아녀-어 어!"

그는 상당히 큰소리로 기차소음이 모든 것을 압도하고 있어도 옆 사람이 다 들릴 정도로 흥분하여 말한다.

"그려요잉! 참 맴이 심난허겄네요잉! 심난-혀."

"나는 말이여 거시기, 아직 장개는 안 갔는듸 올 갈에 선 보고 내년 초, 그러니께 설 쇠고 예식을 쪼께 올릴까혔는디 도로애비타불이 되여버렸당게로 참말로! 에이 빌어먹을!"

옆에 앉은 사람이 말을 받는다.

"아니 그럼 아직 선을 안 보았겄네 그려!"

"선이 아니라 실은 내가 점찍어 놓은 처자가 있당게로요-. 그 처자허고 애릴 때부텀 연애를 혔는디 행식적으로라도 선을 보고 식을 올리자고 혔당게라오, 모 심거 놓고 나서 약혼을 허고 갈 농사 끝나면 식을 올리려 했구만요-이."

"그리여? 참 안 됐구만잉! 맴이 안 좋긴 안 좋겄어 참말로 그려! 잉! 그 오살을 헐 놈들 참말로 어떡헌디야!"

"그러나 저러나 우리가 어디로 가는지 앞으로 어떠코롬 될 것인지 참말로 답답허네 그려!"

"아직 아므것도 나온 게 읍습디다. 군수란 놈이 앞장서서 대동아 전쟁, 천황폐하, 퇘놈들, 양코잽이 놈들 어쩌고 저쩌고 그러는디! 아마도 쭝궈이나 저기 거시기 쩌어그 남쪽나라 너른 태평양 어디론가 신적 없이 가야 헐 것 같은디요..."

"이런 잡아 쥑일 놈들 봤나 그려! 지넘들 안가고 쌩사람 힘없는 사람들 끌어가 인제 꼼짝없이 다들 죽게 만드는구만잉! 아주 타관에서 귀신이 되겄구만이라-잉!"

"나는 집안에서 콩나물 콩에 물주고 있는디 순사들 놈덜이 몰려와서 가자고 혀서 헐 수 없이 끌려왔당게요. 뭐가 뭣인지도 모르고 참!"

곱상하게 생긴 사람이 잠시 말을 잇지 못하고 있다가 말을 꺼낸다.

"나는 아까 아침짝에 역전 앞에서 우리 마누라가 애뜰을 데리고 와서 얼굴을 보았기는 보았는듸..."

그는 얼굴이 붉어지면서 두 눈에 눈물이 가득 글썽해지더니 이내 흘러내린다.

한참을 말없이 창밖을 보고 눈물을 훔치던 그 사람은 잠시 잊었던 도시락을 하릴없이 들치어 본다. 거기에는 아내가 정성들여 싼 주먹밥 두 덩이와 한쪽엔 삶은 달걀과 왕소금이 조금 들어 있다. 그는 별도로 손수건만한 헝겊으로 구깃구깃 싼 작은 보따리를 풀어보며 그안에 들어 있는 가족사진, 부적 그리고 십자가를 바라본다. 이름이 김인석이라는 이 사람은 가족사진을 들여다보면서 다시 두 눈에 눈물이 맺히기 시작한다.

그는 오른쪽 소맷자락으로 눈물을 훔쳐내고 부적을 가슴 한쪽 호주머니에, 십자가는 안주머니에 흘리지 않도록 소중히 넣어두었다. 행운을 바라고 부적과 십자가를 동시에 지니고 다니는 그의 가족사진을 흘끗 쳐다본 옆 사람이 말을 붙인다.

"행수님이 아주 미인이시구만 그랴! 아뜰도 이쁘고..."

"그러네, 예배당 댕기는 개비네. 아주 이쁘구만!"

"허허허! 노형들 눈에 이게 미인으로 보이시요? 허긴 내가 이 사람

얻어오느라 수작깨나 부렸었다오. 이 사람은 본시 우리 옆 동네 처자였는디 성씨가 정 씨고 꽤나 잘사는 집 둘째 딸이었다오. 인물도 좋고 핵교도 중등핵교까장 댕기고 그렀응게."

"그 동네뿐만 아니라 옆 동네 온 동네방네 솜리 근방에 소문이 날 정도였다오. 그렁게 별군데 좋다는 디는 다 이곳저곳에서 청혼이 들어오고 선도 많이 보고 그렸는듸. 다 거절허고 딱 한 번 솜리 시내에서 나를 본 후로는 나만 찾게 되었더란 말이요. 나도 첫눈에 반해갖고 그 시악씨(색시)를 계속 만났고, 긍게 말허자면 연애를 해버린 거지 연애를 흐흐흐… 그려서 당시에 내가 선상님이 될랴고 사범핵교 졸업헐 때쯤 청혼을 허고 사주단지 집어넣고 그려서 이 사람을 얻었당게로오-롸우! 나도 뭐 핵교는 다닐 만큼 댕겼고 집도 못헝 게 없응게로 처가에서 반대할 이유도 하나도 없었지롸우. 참 연분이란 게 그렁게 고것이 그렁가벼!"

"아니 그럼 선상님이신가요?"

옆에 앉은 사람이 물어본다.

"아아니 아직 선상은 아니고 될라고 혔다가 마음에 안 맞어 그냥 집에서 농사짓고 있는듸-, 내년쯤에나 선상으로 혀볼까 생각하고 있다가 이로코롬 끌려 왔당게로요!"

"허허 김형 참 다복하신디 안 됐구만이라잉! 그렁게 꼭 전쟁터에서 살아 돌아와야 쓰겄구만 그려!"

"허허 내가 그러코롬 쉽게 죽을 사람 같소잉-? 우리 어무니가 그런디 내 사주에 맹(명命)이 아주 긴 것으로 나와 있응께로 걱정허지 말라고 합디다. 아마 거북이만큼은 못 살아도 학만큼은 살겄지요. 허허허-허"

김제에서 열차를 탄 징용자 송금섭은 옆에 앉은 막역지우 이남제와 앞좌석에 앉아있는 최상현 그리고 김동욱에게 나직이 자기의 심정을 피력한다.

"야뜰아 우리 요로코롬 끌려가다 태평양 어느 이름 모를 섬이나 중국 어딘지도 모를 곳에 가서 개죽음이나 당헐 것이 눈에 선히 보인다. 우리 적당헐 때 눈치 보았다가 기차에서 뛰어내려서 도망치는 것이 어뗗겄냐?"

세 사람의 눈이 휘둥그레지면서 주위를 두리번두리번 살핀다. 혹시 누가 들었을까봐 순간적으로 걱정이 되었고, 황당한 송금섭이의 제안에 잠시 어안이 벙벙하여 아무 말도 못하고 묵묵히 차창을 보고 생각에 잠긴다. 한 시간여가 지났을까 조용히 여러 가지를 고려하고 생각에 잠겨 있던 친구들은 한 명씩 탈출에 대하여 동의를 하기 시작하였으며, 탈출에 대해서는 자의적으로 여러 가지 방법을 제시하기도 한다. 네 사람은 귓속말로 서로 의견을 말하면서 탈출 방법에 대하여 조율하기 시작한다.

논산에서 객차 두 량 정도 되는 징집자들을 또 태우고 다시금 물과 석탄을 싣느라고 한 시간여를 정차하였다. 논산을 출발한 기차는 들판을 뒤로 하고 꾸불꾸불한 산길로 접어들었으며 서대전을 향하여 줄곧 내달린다. 기차는 작은 역이나 간이역에 도달하면 속도를 늦추어 천천히 가고 큰 역에서는 잠시 쉬었다 가기도 한다. 마주 달리는 기차를 기다리는 동안에는 지루하리만큼 기다렸다가 출발한다.

그럴 때마다 그들 세 명은 틈이 없는가를 살펴보았으나 훤한 대낮에 경비 헌병이 지키고 있고 조금도 허술한 틈이 없어 어두워진 밤에 행동하기로 작정하였다. 밤이 되어 차가 산악에 들어서면서 언덕을 오르느라 속도가 떨어지고 터널을 지나기 직전이 딱 좋은 시각으로, 그 때가 되면 일제히 기차 앞뒤 출입구에서 서쪽 방향으로 뛰어내리기로 결정하였다. 기차는 서대전에서 한참을 머물렀다. 이번에도 석탄을 싣고 물을 공급하기 위해서 거의 한 시간을 족히 쉬었다. 승강장에서는 국수 장수의 호객 소리가 늘어져 있는 징용자들의 귀와 코를 자극한다. 아직 저녁은 되지 않았지만 젊은이들의 왕성한 식욕을 가만히 놓아주질 않는다.

각자 가지고 온 돈으로 국수 한 그릇을 거뜬히 해치운다. 수송 감독관과 어깨에 총을 멘 경비병들이 오히려 사먹으라고 종용을 한다. 징병자들이 국수를 먹고 차에 오른 후 한참 뒤에야 출발하였다. 기차는 꽤—액 고함을 치더니 증기를 힘차게 내뿜기 시작한다. 쾌—액 고함을 치는 것은 갈 시간이 되었으니 빨리 기차에 올라타라는 신호이고, 잠시 있다가 다시 두 번 짧게 "쾍— 쾍—" 소리를 치더니 힘들게 몸을 뒤척이기 시작한다.

기차는 달린 지 얼마 되지 않아서 다시 정차한다. 대전역이라는 이정표가 눈에 들어온다. 호남선과 경부선 연결부분을 통하여 바로 서울로 올라가지 않고, 빙 동남쪽으로 방향을 틀어서 대전역으로 돌아 남하를 한다.

대전역 승강장에도 많은 징용자들이 눈에 띄었다. 여기서도 징병자들을 태우는가보다. 역사(驛舍) 쪽 승강장에 수백 명은 되어 보이는 젊은이들이 웅크리고 제법 질서정연하게 앉아 있다. 기차가 멈춘 잠시 후 기관차 앞부분에서 "꿍" 하는 소리가 들려온다.

대전지역에서 동원한 징병자들을 태울 객실을 더 연결하는 소리다. 승강장에 서 있던 징병자들이 우르르—, 그러나 질서정연하게 앞쪽으로 몰려가서 각자 정하여진 객실 칸으로 올라가 자리를 잡고 앉는다. 징병자들이 다 올라타고 담배 두어 대 피울 시간이 지나자 이번에는 뒷부분에서 꿍 소리가 들려온다.

앞과 뒷부분에 객실을 새롭게 열 량을 붙이고, 그 후미에는 증기기관차에 석탄과 물을 실는 화차를 추가로 잇는다. 거의 20량의 객실이 연결되자 한 대의 화차로만 끌 수가 없어 뒤에도 화차를 붙여 두 대로 끌고 가려는 것이다. 아까 대전역에 들어설 때 기차 앞부분이 이번에는 뒤가 되어 서울로 거꾸로 방향을 바꾸어 올라간다. 대전에서 몇 량 추가로 뒤에 붙여진 객실은 경상도에서 올라온 징병자들이 타고 있다. 기차는 기적을 울리며 북으로 서울을 향하여 달리기 시작한다.

어둠이 짙어진다. 4월 초순이라 해가 길지 않아 금세 땅거미가 몰려온다. 어둠이 동쪽에서 서서히 다가오며 깔리기 시작한다. 그리고 급속히 물감 번지듯 주변에 어둠이 내려 퍼져간다. 서쪽 하늘에는 주황색 엷은 구름이 나타나고 어렴풋이 스쳐 지나가는 먼 초가지붕에는 저녁 짓는 하얀 연기가 감돈다. 이남제도 갑자기 울컥해지면서 이상야릇한 감정이 치밀어 올라옴을 느낀다. 기약 없이 떠난다는 생각이 순식간에 맴돌며 지금까지 떨어져본 적이 없는 가족들이 떠오른다.

친구들도 스쳐 지나간다. 어릴 적부터 발가벗고 개울가에서 풍덩거리던 모습, 딱지를 다 따먹히고 분에 못 이겨 멱살을 잡았던 친구들, 하나 건너 옆집에 살고 있던 동갑내기 처녀 복순이가 빨래터에서 빨랫감을 한 아름 가득 쌓아놓고서 열심히 빠는 모습이 스친다. 어둠이 완전히 내리고 멀리 집들의 형상이 아스라해지며 동편 수평선 위에 초승달이 눈썹처럼 걸려있다.

대전을 출발한 기차는 맹렬한 기세로 서울을 향하여 달린다. 맹렬한 기세라고 하지만 최고 시속 30~40킬로미터 정도다. 그러나 이 정도의 속도로 하루나절에 서울을 올라갈 수 있다는 것은 철도를 부설했던 초기에는 시간의 혁명을 맞이한 것이나 다름없었다. 기차는 작은 역이나 간이역을 통과할 때는 속도를 현저히 줄여 서행을 하였고, 역을 통과할 때마다 역무원이 나와서 손을 흔들었다.

이제 객실의 어렴풋한 불빛으로 밖은 완전히 보이지 않고 이따금 차창을 스쳐 지나가는 집들의 호롱불이나 전깃불만이 희미하게 보일 뿐이다. 한 시간 반가량 지났을 때 호송감독관이 소리를 지른다.

"각 좌석 대표자가 나와서 저녁을 타 가라. 아까 점심때와 마찬가지로 대표자만 나오너라."

점심과 똑같이 주먹밥에 단무지가 전부다. 그래도 모두들 맛있게 먹는다. 이것을 안 먹고는 오늘 저녁 배고픔을 견딜 수가 없다는 듯 말끔히 해치운다. 저녁을 먹은 후 두어 시간이 흘러갔다. 대전에서 출발한 기차는 세 시간 만에 조치원에 도착하여 석탄과 물을 싣고 다시 달리기 시작한다.

징병자들은 저녁식사 후 잡담을 하다가 일부는 식곤증으로 잠을 자거나, 잠이 오지 않는 사람도 대부분 눈을 감고 있으며 군용열차 객실은 적막이 감돌고 있다. 이따금 화장실 가는 사람만이 귀찮은 듯 일어나서 앞, 뒤쪽 문을 열고 나갔다 들어올 뿐이다.

호송 경비를 담당하는 군인들도 경계심이 누그러져 객실 안에 남아 있던 병사는 아예 깊게 모자를 눌러 쓰고 졸고 있다. 객실 밖에서 총을 들고 경비를 서고 있는 병사도 총을 어깨에서 풀어 바닥에 아무렇게나 내려놓고 있다. 그는 장시간 서서 있어 다리가 아픈지 화장실 입구 좌우측 출입구 부분 바닥에 주저앉아서 휴식을 취하고 있다.

기차가 전동역을 통과하고 얼마 지나지 않았을 때, 우측으로 돌면서 동시에 위로 경사진 산등성이에 있는 터널에 진입하기 전 증기기관차의 속도가 현저히 줄어들었다. 기차가 터널에 들어서자 증기기관차에서 발생한 증기와 석탄의 매캐한 연기가 객실 안으로 들어오면서 희미하게 객실을 비춰주던 불빛을 감싸버렸고 일순간 전 객실은 깜깜해져버린다. 짧은 터널을 열차가 막 벗어나고 속도가 붙어나기 시작할 때 갑작스럽게

"탕 탕 타탕 탕. 탕 탕 탕"

하는 총소리가 여러 발이 들리더니 이어서 거친 욕설과 함께 고함소리가 들려온다. 곧이어 호루라기 소리가 "호르륵 호르륵 획획" 연거푸 들리면서 다시 총성이 울린다. 군용열차 객실 내에서는 "후다다닥" 뛰어가는 군화 소리가 요란하였고, 잠자고 있던 교대병들이 놀라서 깨어나 객실 밖 출입구로 일제히 총을 들고 나간다. 이윽고 찬물 한잔이나 마실 시간이 지난 후 기차가 "끼이익 키익키니－－익" 하면서 급정거를 하기 시작한다. 기차가 서자 재빨리 객실마다 지키고 섰던 군인들이 우르르 기차 밖으로 뛰어내리면서 상황을 파악하려는 듯 두리번거린다. 어느 한 병사가 급하게 외쳐댄다.

"탈영병이 생겼다. 탈영병이!"

모든 기차 객실내의 징병자들이 창문에 다가가 밖을 쳐다보며 무슨 일이 일어났는지 궁금해 하면서 나름대로 사태를 파악하려 애쓴다. 습기가 낀 유리창을 손바닥으로 닦고 창밖을 응시하지만 가까운 곳에서 병사들이 몰려다니는 것만 보인다.

"저쪽이다! 저쪽으로 도망가고 있다."

다시 어느 한 병사가 소리치며 기차가 지나온 쪽을 가리킨다. 모두들 소리 나는 쪽을 보았지만 아무것도 보이지가 않는다. 그 쪽은 터널이다.

어둠이 깔리어 있어도 가는 초승달이 떠 있는지라 지척지간의 거리는 물체의 형태를 볼 수 있겠지만, 200~300미터 이상 멀리 떨어진 곳은 전혀 알아볼 수가 없다.

처음 사태를 감지한 자가 대충 소리와 감을 가지고 짐작하여 소리쳤던 것이다. 더군다나 밝은 객실에 있다가 어둠 속을 응시하니 금방 적응이 되질 않아 암순응이 될 때까지는 가까이 있는 사물도 그 윤곽을 파악하기 어려웠다. 몇몇 병사들이 소리가 나고 소리친 병사가 가리킨 방향을 향하여 달려가본다.

그리고 총을 몇 방 허공에 다시 쏘아본다. 자기 딴에는 최선의 노력을 다하고 있다는 유일한 제스처가 총소리인지라 자기변명의 증거를 만들려는 것이다.

그런데 송금섭이를 포함한 네 명은 이미 터널 진입 전에 뛰어내렸고 기차는 터널을 지나 멈추었기 때문에 그들의 간격은 몇 백 미터 내지 거의 1킬로미터 정도까지 벌어져 있었다. 이윽고 수송책임자인 중위가 사건이 벌어진 객실에 와서는 최초에 소리친 병사에게 무슨 일이 일어났는지 물어본다.

그는 자초지종을 들어보고 전체 사건의 윤곽이 파악되자 후속조치를 지시하고 군인들은 다시 기차에 올랐다. 잠시 후 기차가 서서히 움직이기 시작한다. 호송 총 책임관 중위가 급히 전화기에 매달리며 어딘가에 상황보고를 하고 있다.

"아! 모시모시! 여기는 징병후송차량 임시열차 501호 수송관 사이상 중위다. 서울로 징용자를 후송 중인데 천안 못 미친 곳에, 그러니까 전동을 지나 터널을 통과하기 전 네 명의 징병자들이 달리는 기차에서 뛰어내려 서쪽 방향으로 탈출하는 긴급 상황이 발생하였다. 상부에 보고하고 수색하여 탈영병을 신속히 잡아들이기 바라며 본인은 계속 후송임무를 수행하겠다. 이상."

탈출자 네 명은 김제에서 탑승한 송금섭, 김동욱, 최상현, 이남제라는 김제 모 중등학교를 같이 다닌 학교 친구들이었다. 그들은 김제에서 자취를 하며 학교를 다니었던 송금섭과 최상현의 자취방에 수시로 모여서 공부도 하고 놀기도 한, 서로 속마음을 털어놓고 친하게 지내던 친구들이다.

그들의 고향은 김제를 중심으로 진봉, 봉남, 죽산면이었지만 중등학교 학생으로서 졸업하자마자 이번 징병에 우연히 동시에 소집된 것이다. 그들은 모두 같은 나이인 1924년 갑자생(甲子生)이며 우리 나이로 스물한 살, 만으로 갓 스무 살을 넘기거나 애미살* 먹은 이남제와 김동욱이는 아직 스무 살이 되지 못한다.

그들은 줄곧 이번 징병이 심상치 않음을 느끼고 자리를 앞뒤로 같이 앉아 계속 귓속말로 주고받으면서 탈출에 대하여 논의를 하였다. 탈출 논의 결과 네 명이 시간을 두고 화장실을 가는 척하다가 객차 앞뒤로 승강장 입구에 총을 놓고 멍하니 서 있는 경비병을 기습하여 제압하고 달리는 기차에서 일제히 뛰어내렸던 것이다.

기차의 앞쪽에서는 송금섭, 최상현, 뒤쪽에서는 이남제, 김동욱이가 뛰어내렸다.

그들은 학교 다닐 때 김제역에서 기차를 타고 솜리나 정읍, 태인 같은 인접 도시를 자주 왕래하였으며, 이때 객차의 구조 그리고 기차의 속

---

* 애미살: 전라도 방언으로, 만으로 해당 나이가 채 되지 않은 상태 즉, 어머니의 태내에 있는 기간도 포함되어야 해당 나이가 됨을 의미한다.

도나 혹은 뛰어내릴 때의 방법에 대하여 숙달이 되어 있던 자들이다.

그들은 혹시나 있을 추격에 대비하여 평야지대보다 산이 있는 지역으로 접어들고 나서, 경사지고 커브가 있는 지형으로 기차속도가 많이 느려지자 뛰어내렸다.

기차가 경사진 곳을 올라가며 속도를 줄일 때 어느 정도 감속된 상태에서 뛰어내리면 설사 뛰어내리다가 다치더라도 약간의 타박상만 입는다는 것을 익히 경험으로 알고 있었다. 그리고 저녁을 먹고 모든 것이 안정이 되고 밤이 무르익어 깜깜해지면서 졸음이 오기 시작하는 시각에 결행하기로 계획하였던 것이다.

이와 같은 시나리오는 완벽하게 맞아떨어져 탈출이 계획대로 진행되었으며, 뛰어내린 후에도 부상을 입지 않고 전력을 다하여 도망칠 수 있었다. 그런데 그들이 뛰어내린 곳에는 우연히도 작은 계곡의 시내가 바로 옆에 흐르고 있었다. 그들은 무작정 시내를 건너서 북서쪽으로 조금 가다가 서쪽 방향으로 굽어지는 삼각지점이 나오자 이번에는 남서쪽 방향으로 계곡을 따라 앞만 보고 뛰었다. 다행히 개천의 물이 깊지 않았으나 무릎까지 올라오는 물이 달리는 사람의 발을 잡아당기는지라 속도를 좀 늦춘다.

잠시 후 물을 벗어나 개울가로 나오니 달리기가 쉬워졌고 개울가에 모래가 약간 쌓여 있는 지역은 달리기에 오히려 한결 더 좋았다. 총소리가 멀리 우측 뒤에서 울려온다. 앞에 무엇이 있는지도 모르겠고 보이지도 않는다. 발이 닿는 대로 달아나면서 모든 운명을 맡기고 그저 죽어라 하고 뛰기만 한다. 누군가가 소리친다.

"야아 이짝으로 와라! 이짝으로"

모두가 소리가 나는 방향으로 무작정 달려간다. 숨이 가슴에 올라 차고 넘어가려할 때 얼마나 달렸는지 생각할 겨를이 없이 멀리서 기차 기적소리가 들려온다. 그들을 싣고 온 기차가 이제야 떠나는가보다 짐작을 해본다. 그러나 그들은 발걸음을 멈출 수가 없다. 다행히 헤어지지 않고 네 명이 같은 방향을 향하여 달려왔다.

이제는 달리는 수준이 아니고 빨리 걷고 있다는 표현이 맞을 것 같다. 되도록 빨리 걷고 또 걸었다. 지금 시각이 어느 정도 되었는지는 아무도 모른다. 한 시간 정도 달리다가 다시 속보로 걷다보니 이제는 지칠대로 지쳐 다리의 놀림이 현저히 줄어든다. 얼추 자정 무렵이나 되었을까. 발걸음이 더 이상 떼어지지 않아 도저히 앞으로 나아갈 힘이 없을 때 어느 한 사람이

"야뜰아! 인자 쬐-께 좀 쉬었다 가자. 긍게로 인자 숨맥히고 다리 아퍼 더 이상 못가겄다!"

"그려잉! 쬐매 쉬었다 가더라고잉!"

그들은 밭인지 산인지 길인지 분간할 겨를도 없이 앉기 편한 아무 곳에나 덜퍼덕 주저앉는다.

"허-억 허! 허! 휴-우! 뒷 빠지는 줄 알었네. 그런디 누구 총 맞은 사람 없지이잉!"

"난 괜찮여!" 한 사람이 대답을 하자 다른 한명이

"읍써버려! 총도 아무것도 아니고만 그려-여 잉! 지들이 조준이 잘 되아야지 맞히지. 아무데나 쏘는듸 맞을 거여! 머여!"

"그런디 지금 시간이 얼매나 되었부렀는지 알기나 헌 사람 있어?"

"시계가 있긴 있는듸 성냥불을 켜야 볼 수 있겄는듸?"

"가만 쬐매 있어 보더라고! 성냥불이 백 리 간다는 말이 있어. 불을

키다가 자칫 우리의 위치가 탄로 날 수가 있거든, 에 그렇게... 저 북두칠성을 보더라고잉! 조오기 북두칠성 꼬랑지. 그렁게 소매 박쩍 잘랭이가 초저녁에 옆댕이로 있다가 아래짝으로 움직이는디. 자정쯤이 되면 고리가 쬐께 처지고 시벽이 되면 조리 밑으로 아주 처져버린다네! 그렁게 시방 자정 무렵이 맞고만."

최상현이 북두칠성 위치와 하늘에 보이는 형태로 시간을 대충 짐작하며 말한다.

"그렁게로 북두칠성도 북극성도 지구가 도니께는 밤이 되야서 별이 보이는 위치와 형태로서 대충 시간을 알 수 있다는 것 아니여!" 이남제가 대꾸를 하자 송금섭이 말을 잇는다.

"그려? 그러면 우리가 얼매나 뛰여온 거여! 한, 두어 시간도 더 달려온 거네 그려!"

"그렁개벼, 아이구 이거 신발 옷이 다 젖었네."

이남제가 물에 젖은 자신의 바지를 추기시고 신발을 벗어 옆에 있는 작은 바위에 탁탁 내려쳐서 물기를 제거하며 말하였다.

"괜찮여! 아 고것이 쬐매 젖었다고 뭐 문지될 것 없지잉! 내중에 말리면 되는듸, 문제는 그것이 아녀 우리가 지금 시방 어데로 가야 쓰겄는가 고거이 문제네!"

송금섭이 다시 최상현을 보고 말한다.

"글씨 말이여! 어디로 가야 된디야?"

김동욱도 거든다.

"가만 있어봐아-들-! 그렁게 쩌어거 바가지 별로부터 두 별의 간격 맹큼 대략 다섯 배 정도에 있는 별이 북극성이라는 것이지. 그리고 쩌기 우측에 영어로 더블류 자가 있지 않혀?"

최상현이 북서쪽에 보이는 여러 별들에 관하여 손을 들어 가리키며 설명을 한다.

"그려 그려 있구만 쩌그 저그에"

"그게 바로 카시오페아라는 별이라네."

"그려어? 그렇구만 저거이 카시오페라구만!"

"잉 그런듸 카시오페아가 뭔 뜻이당가?"

김동욱이 별에 관하여 전혀 아는 것이 없다는 투로 묻는다.

"나도 잘 모르는듸... 거시기 그 서양 신화에서 나오는 무슨 왕이라는 사람의 왕비 이름인듸 그렁 거까지는 알 필요가 없고 유감스럽게도 저 별자리에 대해서는 우리말이 분명히 있을 것인디 나는 잘 모르겄네 그려! 그리고 쩌어그 카시오페아 오른쪽 저티 은하수가 있지 잉?"

"응, 그려 보았어 찾았어!"

"응, 그게 은하수가 있는 여러 별들이 겹쳐져있는 그게 거시기 그 별자리가 안드로메다라는 성운이라고 한단다."

"그려 참 별들도 많네 많아! 어쩌든 사람들이 별에다가 거진 다 이름을 붙였고만잉!" 김동욱이 신기하다는 듯 360도 빙빙 돌면서 밤하늘의 별과 은하수를 바라본다.

"다 붙이지는 못하였지! 우리 눈에는 은하수로 보이는 저 하얀 띠가 다 별들인데 워낙 별들이 많고 저러코롬 멀리 있어서 그렇게 보인다고 들었고 저 많은 은하수와 별에 이름을 붙일 수도 없다 하지!"

"그려서 이곳 옆댕이 쪽이 북쪽이라는 말이지!"

"그렇지 그려 저 북두칠성은 우리가 잘 알다시피 참으로 많은 우리의 애환을 담고 있다는 것을 우리다 알고 있지 잉! 사람 이름도 칠성이가 많고 말이여, 여차하면 북두칠성님께 칠성당을 모두고 싹싹 빌고 기도하고! 어찌 보면 민족의 애환이 담긴 별이라고나 할까? 그런데 저 북두칠성이 있는 자리가 큰곰자리라네. 또 저 북극성을 잘 보아봐. 좌측 위쪽으로 휘어지면서 북두칠성보다는 조금 휘어진 채 일곱 개의 별들이 마찬가지로 바가지 형상을 하고 있지? 봐! 봐! 잘 찾아봐."

최상현이 두 별자리에 대하여 설명을 하자 세 사람은 밝은 별을 찾고 그 별로부터 연상을 하여 희미한 별들을 찾아본다.

"응 응, 찾았어 찾아! 별빛은 약한디 약간 네모지고 뭐라고 헐까 북두칠성보담 쬐께 덜 휘어졌네 그려!"

"그게 작은곰자리라네, 그렇게 북극성은 작은곰자리를 구성하는 하나의 별이라네."

"야 너 참 잘 안다! 너 아직 조선시대에 살고 관직을 한다면 그 거시기 관상감에 특채 되어야겠구만! 잉?"

"그런디 저 별들이 계절마다 다르고 지구 곳곳 사람이 사는 디마다 다르게 보인디야!"

"참으로 신기허네 신기혀!"

세 사람이 최상현의 별자리 설명과 그의 설명에 감탄하고 다 같이 가야 할 방향을 잡는다.

"그러면 지금부턴 이 북극성 반대쪽 남쪽으로 방뎅이를 틀어봅세. 저놈을 등 쪽으로 허고 가면 일테르면 우리들 집이 나오겠구만!"

"그래야겠고만. 시방부터는 남쪽으로 내려가야 집이 나오겠지!"

"자 모두 일어나 이제 걸어봅세! 집이까지 갈라문 사나흘도 넘게 걸어야 쓸 거여!" 제각각 한마디씩 거든다.

그들은 밤새 쉬며 걷고 걷다가 쉬다가 하였다. 때로는 길도 없는 곳을, 때로는 큰 개울물에 빠지면서, 또는 마을 가까이 다가가기도 하였다.

마을에 다가갈 때는 동네 개들이 어찌 아는지 허공에 대고 짖어대지만 메아리처럼 이 산 저 산에 공허하게 울릴 따름이다.

멀리 좌측부터 동이 터온다. 방향을 잘도 잡아서 내려온 게 틀림없다고 모두가 확신한다. 배가 고파온다. 마침 제법 큰 동네가 멀리 눈에 들어온다. 날이 환해지자 부지런한 농부들 한두 명씩 보이기 시작한다. 아무리 공출이 많아도 농사는 지어야 집안 식구들 입에 풀칠이라도 할 수 있기에 별 수 없이 일하게 된다. 개인 땅이 있는 집은 먹고 사는 데에는 그럭저럭 버티고 어느 정도 힘이 들지만 굶지는 않는다.

문제는 소작농이다. 농사를 지어 지주에게 주어야지 공출도 해야지 세금도 내고 다 떼어주고 나면 정말 남는 게 별로 없다. 남의 땅 부쳐 먹는다고 공출해야 되는 의무량이 줄어드는 것도 아니다. 일제는 중일전쟁과 태평양전쟁을 수행하면서 조선 전역을 가렴주구하여 일반 백성의 생활은 도탄에 빠지게 되었다.

네 사람은 동네에서 제일 큰집의 솟을대문을 두드렸다. 멀리서 보아도 기와집이 높게 솟아 있고 큰 대문이 달려있다면 부잣집이 틀림없다. 아침 한 그릇 얻어먹는 것은 일이 아닐 것이라고 경험상 아니 자기 동네의 그런 집들을 보고 익히 알고 있던 중이라 부담 없이 주저하지 않고 대문을 두드린다.

송금섭이 문을 꿍꿍 두드리며 사람을 부른다.

"계시요?"

"아니! 이 시벽부터 뉘기신기유-우!?"

마침 마당을 쓸고 있는 머슴이 대문을 열면서 장정 네 사람이 서 있는 것을 보고 놀랍고 이상하다는 듯 그리고 신기하다는 듯 말한다.

"아니 이거 어쩐 일들이여-어! 젊디젊은 양반들이 시벽부터 웬일이

레유우?!"

"예 즈그들은 피치 못할 에레운 사정이 있어 갖고 여그꺼정 밤샘하여 왔는디, 배가 고파서 밥 좀 얻어먹을까 혀서 왔지라우!"

송금섭이가 대표로 한걸음 앞으로 나가 말한다.

키가 크고 덕집(맷집)이 우람하고 이마에 제법 나잇살이 배긴 머슴이 네 사람을 이리저리 위아래로 훑어본다.

"쬐메 기다리시쇼이!?"

그는 말을 건네고 집안으로 사라진다. 잠시 후 그 머슴이 다시 나타나더니 전갈한다.

"우리 집 주인 양반마님이 안으로 들어 오시라구 허는구만유! 이리 들어들 오슈우!"

그는 먼저 앞장선다.

그는 생면부지의 네 사람을 행색만 살펴보고 집안으로 들어오라고 하자 네 사람은 마음속으로 다행이다 생각하며 머슴을 따라 들어간다. 네 사람이 안내된 곳은 대문 우측에 있는 사랑방이다. 사랑방은 잘 정돈되어 있고 아랫목 횃대에는 주인 옷이라 생각되는 두루마기와 적삼, 바지가 걸려 있다.

천장 밑에 매달린 갓집과 벽에는 먼지가 앉아 있지 않은 것으로 보아 이 갓을 최근에 주인이 출타하면서 사용한 모양이다. 그리고 방안의 천장 밑이나 주변이 깔끔하게 잘 정돈된 것으로 보아 평소에 아낙네가 사랑방을 잘 관리를 하는 것이 틀림없다. 방 한쪽 켠에는 종이, 붓, 먹, 벼루의 문방사우가 가지런히 놓여있으니 이 사랑방 주인이 서예를 하고 있으리라. 이러한 것들이 이 집의 규모와 더불어 명문 양반집임을 대충 지레짐작하게 하는 대목이다.

잠시 후 "어험, 어험" 하는 기침 소리가 들리며 턱수염을 길게 기른 늙수그레한 노인 한 분이 머슴의 뒤를 따라오다가 마루에 혼자 오르며 묻는다.

"음 내가 들어가도 좋겠는가?"

그가 방으로 들어온다. 네 사람은 일제히 일어나 집주인을 아랫목에 앉게 하고 큰절을 올린다.

"저희 네 사람 처음 뵙지만 가내 무고하신지요!"

순진하게 생긴 네 사람의 큰절을 받고 답례를 한 노인은 묻는다.

"그래 어떻게 이런 벽지에 이런 곳까지 새벽같이 오시게 되었는가?"

일행은 그동안의 자초지종을 이야기한다.

"아이구 이런! 큰일이 났기는 났구먼! 요즈음 시상 어수선하고 일본 놈들이 악을 쓰고 있는 이때 참으로 어려운 일을 감행했구먼그랴! 잽히면 큰일 날려고 어쩌서 그런 위험한 일들을 했디야! 저런 쯔즈...쯧"

그는 혀를 끌끌 찬다. 노인장이 말하듯이 그만큼 일제의 탄압이 최고조에 달하였던 시기로서, 일본 헌병과 경찰에 의하여 전 국민이 꼼짝을 못하고 울며 겨자 먹기로 총독부의 지시에 무조건 따라야 하는 시절이고, 지시에 불응할 경우 상상하기 어려울 만큼 탄압과 불이익을 받았기 때문이다.

"예, 지들은 전쟁에 끌려가서 죽으나 도망가다 죽으나 마찬가진디 지그들 마음대로 한번 살아볼랴고 그랬지롸아우-!"

송금섭이가 먼저 대답한다.

"작년 초가을에 지들 동네으 지뜰 또래 서너 명이 남양군도 어딘가로 징병이 되야서 갔는디 시 명이 전사혔다고 달랑 편지지만 왔구만요!"

최상현이도 옆에서 거든다.

"갸틀 집에서는 난리가 났었지요! 얼매나 억울허고 웬통하겄어요!"

"허허 참! 우리 동네에서도 징용허고 징병 간 사람이 너덧 되는디 아직도 소식 한번 없는 사람이 몇 되지 그랴! 이 사람들 아침이나 들고서 빨리 갈 디로 가야쓰겄구먼!"

"여보게! 장삼이 자네 아침상 좀 빨리 봐달라고 전하소."

"예 에 마님! 알겠습니다."

노인이 마루 섬돌에 서 있는 머슴을 보면서 손님들이 빨리 가야 하니 아침식사가 되면 바로 주라고 당부한다.

"이 곳이 공주에서 가까운 동네잉게로 자네들 집에 갈려면 아무래도 기차를 타야 헐 틴디, 대전 쪽은 위험하고 저그 그냥 산길을 따라 가야 쓰겄구만! 여그서 공주를 서남쪽으로 우회혀면 나루터가 나오는듸, 그렁게로 지형을 놓고 말허자면 여그가 공주고 시방 여그는 공주에서 거진 100리 떨어진 정안이란 곳인듸 공주에서 보자면 북쪽이 되는 것이구먼! 그렁게로 여그서 줄장 남쪽 길로 가는듸 큰질로 댕기지 말고 사잇질로 댕기면서 공주 서짝으로 가는 게 좋겄구먼. 그리 가면 백마강이 나오는듸 거그서 배를 타고 강을 건너 계룡산을 좌로 보고 가다가 논산이나 강갱 방향으로 가서 기차를 타는 게 좋을 듯 허네."

노인은 하얀 한지 위에 붓으로 먹물을 찍어 대략적인 지도와 위치를 그려주면서 설명을 한다. 네 사람은 주인장 앞에 무릎을 꿇고 그려진 지도를 들여다보면서 연신 고개를 끄덕이며 정성들여 듣는다. 그러면서 자기들의 현 위치 파악과 앞으로 가야 할 길에 대하여 나름대로 머릿속에 정리를 한다. 그렇게 대화를 나누고 있는 가운데 머슴 둘이 밥상을 들고 방으로 들어온다.

노인은 옆방으로 지필묵을 챙겨가지고 건너갔고 네 사람은 밥 한 그릇을 허겁지겁 가볍게 비운다. 식사를 마치고 차 한 잔 마실 시간에 한담을 하고 있자 노인장이 옆방에서 건너온다. 네 사람은 노인에게 감사의 뜻을 전한다.

"이 은혜 각골난망이옵니다. 죽어도 잊지 않겠습니다."

그들은 일제히 다시 큰절을 올린 다음 사랑방을 나선다. 집을 나설 때 노인장이 "냉중에 보라"라고 말하면서 한지에 싼 무엇인가를 건네준다. 김동욱이가 얼른 받고 다시 가볍게 몸을 낮추고 절하며 노인이 가르쳐준 길로 접어들었다. 한참을 걷고 나서 다리가 아파와 쉴 때 노인이 건네준 한지로 싼 것을 풀어보았다.

한지에 쓴 글과 또 다른 한지에 말려 있는 것이 눈에 들어온다. 편지에는 여덟 자의 한자가 적혀 있다. 獻身光復(헌신광복) 武運長久(무운장구). 네 사람 모두 일제히 소리를 내어 읽어본다.

"헌신광복 무운장구라..."

이번에는 한지로 말린 것을 펴본다. 거기에는 뜻하지 않게 500원이란 거금이 100원짜리 지폐 다섯 장이 들어 있다. 그리고 한지에는 "적은 액이지만 이 돈을 중국에서 독립운동을 하는 분들께 전해주시거나 혹은 급할 때나 조국광복에 쓰도록 하시오,"라고 작은 붓글씨로 쓰여 있다. 세 사람은 갑자기 묘한 감정이 들지 않을 수 없다.

"헌신광복이라! 그럼 우리가 나라를 위하여 싸워야 한다는 말인가? 허긴 그렇지!"

최상현이 읊조린다.

"군대 끌려가서 일본군이 되어 싸우다 어느 천지에서 개죽음 당하는 것보단 백배 천배 낫지... 무운장구라..."

"독립군이 되어 싸우되 죽지 말고 오래오래 살라는 말이지! ... 이 말은 곧 승리를, 승자가 되라는 말이지…"

네 사람은 각자 자신이 생각한 대로 마음속에 그려본다. 독립군. 전투. 피. 생과 사, 적군 심지어 일본과 전쟁을 하고 있는 중국군. 가족 친구… 순간 수십 개의 장면이 맴돌다 사라진다. 김동욱이가 먼저 정적을 깬다.

"야 거시기 그렇게 우리덜더러 일본과 싸우라고 하는 것 아녀?!"

"그러게 그것을 암시하는 것 같아 돈도 이렇게 많이 주시고! 참 저런 양반들이 기시니간두루 이 나라는 아직도 희맹이 있는거여－"

이남제가 감탄한다.

"하여지간에 우리가 시방 일본군과 순사들을 피해다니는 디 많은 도움이 될 것 같여!"

최상현이도 자기 심정을 피력한다.

네 사람은 잠시 이야기를 중단하고 걷기만 한다. 이 네 사람이 꼭두새벽부터 찾아간 곳은 공주 부근에서 꽤 알려진 송 부자 집이었다. 이 사람은 만석꾼은 아니었으나 한 해 2천 석 정도는 해내는 지주였다.

그러나 결코 소작농이나 자기 휘하의 머슴들을 쥐어짜지 않고 오히려 가뭄이나 흉년이 들어 농사가 망쳐졌을 경우에는 곳간의 곡식을 풀어 구제하거나, 소작농 임대료를 아예 받지 않을 뿐 아니라, 아무도 모르게 독립군의 군자금을 일부 마련하여 건네주곤 하였다. 그야말로 싸우지는 않았지만 간접적으로 지원하는 독립투사였던 것이다. 그는 1930년대 초나 중반까지는 심지어 자신의 부인까지도 몰라볼 정도로 극비리에 독립군 자금책을 만나 군자금을 건네주었다. 그러나 중일전쟁이 교착상태에 빠지고 태평양전쟁까지 벌어지면서 농사의 공출량이 많아지고 일제의 감시가 심해지면서, 1940년대에 들어서면서부터는 목숨을 내놓고 감행해야 될 정도가 되어버렸다.

따라서 송 부자도 겉으로는 일본군이나 행정청 즉 군청이나 행정부서에 협조하지 않을 수 없었다. 이미 총독부에서는 상당한 군자금이 농촌의 지주에게서 나온다는 정보를 가지고 암암리에 음으로 양으로 모든 지주들에 대하여 내사를 하고 있었다. 심지어는 방물장수로 가장하고 가정까지 침투하여 그 증거와 첩보를 수집하려고 혈안이 되어 있었다.

송 부자는 1880년대 동학혁명이 절정에 이르렀을 때, 일본군이 죽창이나 간단한 소총만을 들고 대항하는 동학군을 동물 사냥하듯이 죽이는 현장을 일곱 살 때에 외갓집 근처에서 목격하기도 하였다. 최신식 대포와 총칼로 무장한 소수 일본군대의 공격에도 무기력하게 무너졌고 여세를 몰아 살육을 즐기는 일본군의 잔혹함을 울타리 밑에서 숨어 지켜본 산 증인이기도 하였다.

너무나 큰 충격을 느낀 나머지 전율이 몰아쳐 발자국, 숨소리조차 낼 수 없는 절체절명의 순간을 지켜본 그인지라 어릴 적부터 어떻게 하면 조선이 처한 위기에서 벗어날 수가 있을까 나름대로 생각하기도 하였다. 그는 어린 마음에도 결국 나라가 부강하여야 모든 것을 극복할 수 있음을 깨닫고 돈을 벌어야겠다는 굳은 결심을 하였다.

1920년대 말에 들어서는 조선의 역사에 큰 관심을 가지고 단재 신채호 선생의 『조선상고사』 등 역사책을 탐독하기도 하였다. 그는 부모로부터 물려받은 전답을 밑천으로 꼭 부자가 될 것을 다짐하고 남다른 영농방법과 경영방식을 내세워 가볍게 천석꾼이 되었다. 또한 동양척식주식회사의 농토침탈을 적절히 피하면서 농토를 확보하여 한 해에 2~3천석을 수확하는 부자가 되었던 것이다.

그의 개인적인 평소의 꿈은 일제로부터 독립을 한 후에 고조선과 혹은 부여, 고구려 고토를 회복하고 강한 대(大)조선을 건설하는 것이었다. 세월이 갈수록 오그라드는 조선의 영토를 한탄하였으며, 외세에 의한 신라의 반쪽 통일, 고려와 조선의 만주 방치 등에 대하여 심한 비판을 가하기도 하였다. 이러한 송 부자 집을 찾아 들어갔으니 탈영자들로서는 여간 운이 좋은 게 아니었다.

당시 상당수의 부자들은 아예 일제의 앞잡이가 되어 이번과 같은 사건이 발생되면 스스로 경찰이나 군부대에 신고해버리고 체포에 협조하는 경우가 많았다. 참으로 그런 친일분자들은 같은 민족이라고는 말할 수 없는 행동들을 서슴지 않고 자행하곤 했다.

국권이 침탈된 지 30여 년이 흘렀으니 그 당시에 태어난 사람도 어느덧 중년 길에 접어들었다. 많은 사람들이 지각없이 자기가 마치 일본인이나 된 것처럼 스스로 아예 우리말을 쓰지 않거나 창씨개명에 앞장서고 모든 일제가 벌이는 조선인 말살정책에 전면에 나서기도 하였다. 한마디로 어느 누구도 믿을 수 없는 암울한 세상이었다.

유랑의 시작

네 사람은 걸음을 멈출 수가 없다. 졸리어 피곤한 몸을 이끌고 송 노인이 말해준 길을 더듬어 열심히 걷고 또 걷는다. 태양이 올라 머리 위에 다다를 즈음에 봄의 따스하나 나른한 기운과 더불어 피로가 몰려오고 다시 배가 고프기 시작한다. 외딴집 한 채도 없는 인적이 드문 산길을 걷자하니 피곤이 엄습한다. 마침 계곡 사이 양지바른 손바닥 만 한 논 사이에 짚단이 자그맣게 쌓여 있는 것을 발견한 그들은 매우 반가웠다.

"야-아 우리 저그 가서 잠시 몸 좀 눕히고 가자. 배도 고파오지만 일단 졸려서 더 못가겄다."

최상현이가 짚단을 가리킨다.

"그려 그려! 잠시 따스한 태양 볕에 몸 좀 뉘였다 가자."

남은 세 사람이 맞장구친다. 네 사람은 절반이 썩어 말리면 땔감으로 혹은 거름으로밖에 쓸 수 없는 지푸라기를 모아서 혹시나 불어올 바람을 막고 포근하게 몸을 감싼다. 그럭저럭 몸을 누일 수 있고 눈을 감고 간단한 잠도 청할 수 있었다. 얼마나 잤을까 스스로 깜짝 놀라 눈을 떠 보니 두어 시간 정도 누워 있었는지 아직도 해는 중천에 걸려 있다.

"야 야! 일어나, 야뜰아 빨리 가자."

누군가가 말하자 남은 세 명이 벌떡 일어나 몸에 묻은 지푸라기를 떼어내면서 약속이나 한 듯 곧바로 앞서거니 뒤서거니 하면서 길을 재촉한다. 두어 시간을 걸었을까 조금 높은 산을 지나니 멀리 계룡산 정상의 뾰족뾰족한 산꼭대기와 산등성이가 눈에 보인다. 그리고 연이어 그 발치에는 뱀처럼 길게 늘어 휘어진 강이 한 폭의 그림처럼 시야에 들어온다. 김동욱이 먼저 말을 꺼낸다.

"야아 쩌그가 계룡산이고 그 밑에 지랭이처럼 꾸불꾸불 하게 기어가는 것처럼 생겼는 게 백마강인가보다!"

"그려 말이여 산이 높기도 높고 멋지긴 멋지네!"

세 사람은 감탄하여 말한다.

"저그가 그렇게 명산이라면서."

이남제가 산에 대하여 아는 것이 있으면 말하여 보라는 듯 세 사람을 보며 말한다.

"그려! 명산은 명산인개벼 저 산이 옛날 정감록이란 책에서 정 씨가 어떻게 되고 천도가 어쩌고저쩌고 헌 산인디 그것 때문에 반역을 했다는 사람도 나왔다 하지... 결국은 처단되었지만!"

송금섭이 간단히 설명을 하고 이남제가 계속 질문 겸 응답을 한다.

"그만큼 산이 좋고 저그 흐르는 강물이 저 계룡산을 감도니께 더욱 멋있는 곳 아녀?"

"야야 거시기 고려시대 어떤 왕은 이 금강이 남으로 흐르지 않고 남에서 북으로 흘러간다고 글시 필히 반역자가 나올 것이라고 이 강물 이

남(以南) 사람을 절대 벼슬에 올리지 말라고 허는 참으로 황당한 왕도 있었다고 허지 않어?"

송금섭이 추가로 설명한다.

"왜 저 강물이 어떻게 되얐는디?"

"저 금강은 말이여 발원이 전라북도 장수와 무주인디, 그거이 남으로 흐르지 않고 오히려 북쪽으로 영동, 옥천, 대전 북쪽과 신탄진을 지나 지금 이곳 공주로 흘러등게, 대개 강은 남으로 흘러야 되는디 북으로 거슬러 흘러 반역자가 나올 지형이라고 그런 말을 했디야!"

"참 무식허긴 무식허네잉! 그럼 남한강도 남쪽에서 북으로 흐르고 두만강도 북동쪽으로 흐르는듸 거긴 왜 아무 말도 없었듸야?"

"그렇게 일종의 지독한 편견이지, 아마도 평안도나 함경도 사람들도 벼슬을 시키지 말라고 혔다지?!"

"그런디 저그 거시기 그런 말을 했다는 그 사람이 고려 왕건이라고 그렸는디 그 양반 전쟁허느라 되지게 힘들었는개벼, 안 그려?"

"아마도 그렸을 거여, 신라 유신들과 후백제 견훤이 그렇게 저항을 하니 얼매나 힘들었겄어! 그리고 최후까지 싸운 견훤도 지자식의 반역으로 결국은 무너졌잖여. 그렇게 만들려고 음모를 꾸미고 부자간에 이간질을 시키고 권모술수를 부린 왕건도 자기 자신의 행적이 부끄러웠는지 차령 이남의 사람들을 등용하지 말라는 훈요십조를 칙령을 내렸었다지. 그것은 아마도 신라나 견훤의 후예들이 다시 반역을 할까봐 그랬다는 설도 있는디 말이여..."

"그려 맞고만잉! 그것도 그것인듸 자기가 궁예에게 반역해놓고 자기 경우를 생각혀서 자기와 똑같은 사람이 자신이 만든 왕조를 반역헐까봐 또 그런 사람들이 또 나타날까막시 그렁게벼!"

"지발이 저링게 그러겄지 그냥 내비둬... 잘먹고 잘살게..."

"어였튼 사연이 많기도 많게 생겼네잉! 산세가 보통은 넘고만."

"그러고 저그가 점쟁이들이 고로코롬 많다며?"

"그렇티야! 그렁게 말이여 우리 동네 한 사람도 점쟁이였었는디 저그 계룡산 무슨 암자에 가서 시방 점보고 있디야."

"저그 저 강(江)도 참 사연이 많겄지?"

"아! 유명한 백마강이라고 허잖어ㅡ어, 그렁게로 백제 이전 시대부터 말허자면, 마한 아니 구석기, 신석기시대 때부터 우리 조상들이 마시고 쓰고 이용하였던 이 강물, 이 땅에 살던 사람들의 삶의 터전 아니겄어!"

"그려 이! 산세 좋지 물 좋지! 저 그 계룡산 남쪽에는 널따란 들판이 있지! 얼마나 살기가 좋겄어, 그리고 이 강물 따라 쭈ㅡ욱 가면 부여와 군산을 거쳐 바다로 나가고 들판의 곡식도 배를 이용혀서 나가고 그렁게 곡식은 멀리 한양까지 간다잖여!"

"아! 한양만 가? 일본에도 수없이 보내지고 있는듸! 야 일단은 우리 저그 저 강을 건넌 후 어디 들어가서 좀 몸을 쉬자고들!"

네 사람은 나루터를 찾아 북쪽으로 언덕을 끼고 남서 방향으로 한 시간쯤 걷고 나니 노인이 말한 나루터가 나왔다. 해가 지려면 아직 서너 시간은 더 있어야 한다. 해가 상당히 길어졌다. 마침 나루터에 정박해있는 조금 있으면 출발하려는 배를 탄다. 이미 10여 명이 배의 여기저기에 앉아있다.

이 배는 노를 저어 건너는 배가 아니고 강에 드리워진 긴 밧줄을 잡아당기며 건너편으로 가는 일종의 바지선이다. 일행이 배를 타자 뱃사공이 다가와 네 명의 뱃삯 2원을 요구한다. 뱃사공의 얼굴은 오랜 세월이 얼굴에 들어앉은 것처럼 세파를 거친 달관한 모습이었으나 그들에게는 무뚝뚝하게 보인다. 뱃삯이 2원이면 비싸다고 생각되었지만 얼른 배가 강을 건너기를 바라며 군말 없이 돈을 지불한다.

젊은 네 사람이 배에 오르고 자리를 잡자 이미 배에 앉아 기다리고 있던 사람들이 아주 조그마한 소리로 자기들끼리 수군수군한다. '젊은 사람 네 명이 몰려다니니 흔치 않은 일이다'라고 생각되어 그럴 것으로 여기고 네 사람은 개의치 않고 잠자코 앉는다. 이윽고 뱃사공이 장대를 움직여 배를 출발시킨다.

처음 배가 조금 움직이자 강 건너편 약간 언덕진 큰 나무에 매어 늘어져있는 밧줄을 잡아당기니 배가 밧줄을 잡아당기는 힘에 의하여 서서히 앞으로 나아간다. 무사히 강을 건넌 일행은 동승하였던 한 사람에게 길을 물어보고 잰 발걸음으로 남서쪽을 향하여 길을 잡고 걷기 시작한다.

제법 길어진 햇살로 겨우내 잠들었던 나무에 물이 오르고 있고 하루 종일 볕을 받는 습한 지역에는 성급한 잡초가 싹을 올리고 있다. 이곳은 산골이라서 평야지대보다 햇볕이 늦게 들어오고 오후에는 해가 빨리 지기 때문에 온도도 낮고 모든 식물의 생장이 그만큼 더디다. 태백의 정기가 서남쪽으로 차령을 도와 뻗다가 여기 이곳 서북쪽에 한줌의 흙덩어리를 모아놓은 곳, 산세가 높고 깊어 그 힘을 부여와 서천을 향하여 내뻗는다. 백제의 고도 부여가 계룡산의 정기를 잇도록 이 산이 그 징검다리가 되고 있다.

이곳은 마을과 마을로 통하는 길로 다니는지라 길이 없어 고생은 하지 않았다. 한 시간 정도 대충 시오리 남짓 걷자니 계룡산의 웅장한 모습이 확연히 들어온다.

일행은 약간 언덕진 곳에서 산세를 감상하고, 앞으로 가야 할 길에 대하여 의논한다.

그들은 주변에 마을이 없어 언덕을 내려와 서쪽으로 조금 더 가기로 한다. 잠시 길을 걷자 물레방아가 하나 보인다. 물레가 심심치 않게 돌고 있는 옆에는 제법 아담한 초가지붕이 얹힌 물레방앗간이 있고 물레방아 수차는 이따금 삐거덕 털컥거리며 돌고 있다.

봄 가뭄은 아니지만 골짜기에 흐르는 물이 줄어들어 수레를 돌릴 물이 충분치 않다. 시간이 지나야 차오르는 수차 칸의 물은 무거운 바퀴를 빨리 돌리기에는 힘이 부친다. 물레방앗간을 둘러친 구멍이 나고 떨어져 나간 널빤지 사이로 한가로운 봄빛이 들어찬다.

아직도 겨울 기운이 완전히 가시지 않은 산골 방앗간에 온화함이 느껴진다. 한쪽 구석을 바라보니 지푸라기가 흩어져 쌓여 있고 평상처럼 나무로 된 제법 넓게 만들어진 받침대가 있다.

세 사람은 약속이나 한 듯이 몸을 눕힌다. 몸이 녹아내리는 것 같이 아스라한 나락으로 빠진다. 탈출한 지 벌써 하루가 다가오는데 겨우 한두 시간 쪽잠을 자고 계속 걷거나 뛰었으니 몸이 솜방망이가 되었을 것은 틀림없다.

어디선가 문득 몇 개의 발걸음 소리와 함께 아낙네들의 목소리가 아련히 들려온다. 모두들 약속이나 한 듯이 깜짝 놀라 자리에서 얼른 일어나 밖에서 보이지 않을 장소로 몸을 숨긴다. 쫓기는 와중에 도망자는 어떤 행동을 해야 하는지를 감각적으로 알고 있다.

김동욱이가 재빨리 벌어진 틈 사이로 밖을 내어다 본다. 어둠이 깔린 산골 모퉁이로 어렴풋이 아낙네 몇 명이 사라지고 있다. 송금섭이가 다가가 작게 귓속말로 물어본다.

"야! 어이 뭐가 보여? 누가 있어? 바키이 깜깜혀?"

"잉 가만 있어봐! 몇 명이 얘길허면서 저 질 가생이로 사라졌어, 밖은 어둑혀졌어, 아니 깜깜혀졌어!"

"잉! 그럼 우리가 얼마나 잔 거여? 지금 몇 시나 되었을까이잉!"

"가만있자들! 배들 고프지 않혀?"

송금섭이 세 사람을 둘러보며 묻는다.

"당연히 고프지 고파!"

이남제가 손으로 배를 쓰다듬으며 말한다.

"시벽 밥 얻어먹고 그동안 아무것도 머긍 것이 없응게로 배들 고플 것이고만! 우리가 한 두서너 시간은 잤는가보네!"

"어이 우리 이 근방 어디 동네 있으면 찾아들어가서 밥 한술 얻어먹을 디 알어보자."

송금섭이 언뜻 제안한다.

"글씨 금방 사람들이 지나갔응게로 그 짝으로 가면 마을이 있을 것 같구만."

김동욱이가 사람들이 간 곳으로 가자고 한다.

네 사람은 일제히 약속이나 한 듯이 물레방앗간을 나와서 사람들이 사라진 모퉁이 쪽으로 걸어간다. 자그마한 메깥(낮은 산)을 넘으니 약간 뜨락이 진 논배미와 밭이 어둠 속에서 희미하게 보이고 이십여 가호가 옹기종기 모여 있는 마을이 눈에 들어온다.

"헤-헤! 굶어 죽으란 벱은 없는 것이여."

최상현이 반가움을 표현하며 앞장서 나갔고 이남제가 뒤따라간다.

"야아 누가 너한티 그러코롬 홀딱 홀딱 여그 밥 있응게 어서 밥 잡숴

주세요, 허고 밥을 순순히 준디야?"

"허긴 그려-! 요사이 참말로 시상 인심이 사나워졌응게로."

"그놈의 새깽이들이 다 가져가 버링게로 남는 게 있어야 남도 좀 줄 건디 어디 남는 게 있어야지!"

아직 이곳의 봄은 보름쯤 더 있어야 올 듯하다. 밤이 되어서 그런지 몸이 약간 으스스해진다. 마을 어귀에 들어서니 개들이 짖기 시작한다. 집 가까이 다가갈수록 더욱더 "컹 컹 컹" 소리를 높인다. 처음에는 한두 마리가 시작하더니 이제는 여러 마리가 합세하여 중창을 하듯 소란스럽다.

"에이! 개이새끼들 증말 시끄럽게 구는구만! 우리를 환영해주는 거여 뭐여!"

김동욱이 때리듯 손을 휘저으며 말한다.

아까 마을 사람들이 들어갈 때는 조용하였던 개들이 이방인들이 접근하니 마치 집안에 도둑이라도 든 양 짖기 시작한다. 개들은 대부분 주변 사람들의 발소리를 기억하고 있다. 사람마다 걸음걸이의 특색이 있어 이 소리를 자주 접하는 개들은 기억의 청각에 저장을 하고 주인인지 이웃집 사람인지 구별을 잘한다.

눈에 비친 형상뿐만 아니라 때로는 냄새로도 정확히 구분해내는, 인간이 상상할 수 없는 개만의 특유한 본능이 있다. 그들은 여러 집들 중에서 제법 큰 기와집을 찾아 대문을 두들긴다. 큰 개가 짓는 "컹컹" 소리가 마을 전체를 울린다.

"주인 양반 계시요!" 송금섭이 주인을 부르며 대문을 손으로 두드린다. 찬물 반 컵을 넘길 시간이 지나자

"아-니 누구시여-어 뉘귀여!" 집주인이 느긋하게 대답을 하며 개를 진정시킨다.

"누렁아! 조용히 혀라 조용히 혀! 그만 지서란 말이여-" 주인의 말을 알아들은 듯 개가 짖는 것을 이내 멈추자 덩달아 짖던 이웃집 개들도 잠시 몇 번 더 짖더니 멈춘다.

"에이! 개새끼들 시끄럽게 짖기는! 그런데 누구시여어?" 하면서 빗장문을 젖히고 대문을 살짝 열어본다.

"아니 이 저녁 나잘에 누구시여들! 이 고사티까지! 웬 젊은 사람들이 이렇게 몰려 댕긴대유-우!"

"아 예예 지들은 무슨 일이 있어 갖고 좀 피해댕기다가 인자 집으로 가는 길인디 배가 고파 밥 좀 얻어먹을까 혀서요!" 송금섭이 한발 앞으로 주인에게 다가가며 사정을 말한다.

"아니 피해댕기다니 그 그렁게로 도망 다니는 거 아니여! 뭣 땜시 도맹 댕긴데요? 이 어지러운 시상에 큰일이 있는개빈디이-!"

네 사람은 의구심을 갖는 주인장에게 자기들의 처지를 잘 설명해야 오해가 풀어질 것 같아 간단히 현재 처한 그들의 사정을 이야기하였다.

"참으로 위험헌 일인디 어뜨케 될랑가 걱정이 되네유-우" 집주인은 한 오십 댓 살 정도 되어 보이는 그냥 보통의 농사짓는 사람 같았다. 머리는 군데군데 허옜고 농사꾼 특유의 주름살이 깊게 패었다.

"하여튼 우리 집에 왔응게로 이리 들어오쇼이잉."

아직도 말투와 행동에서 약간 긴장을 늦추지 않은 채 네 사람을 집 안으로 맞아들인다.

"내가 젊은이들 자세한 사정은 안 물어볼랑게로 누추허지만 이 방에 잠깐 앉아들 계시슈-우!"

네 사람이 안내된 곳은 대문에 연해있는 자그마한 사랑채다. 집 주인이 먼저 방에 들어가 통성냥에서 성냥개비를 꺼내어 몇 번 긁어대더니 등잔 심지에 불을 붙인다. 이 통성냥이 나오면서부터 등잔이나 초에 불 붙이기가 얼마나 편해졌는지 모른다.

"여그에 쬐끔 안자들 계시셔잉! 내가 집사람에게 기별을 혀서 밥 좀 후딱허라고 헐 팅게"

"시방 우리덜은 저녁을 먹고 다 치워버렸는듸 뱁이나 있을랑가 모르겄네! 저 그 거시기 그렁게로 밥이 없으면 새 칠로 혀양게로 시간이 걸릴지도 모릉게 배고파도 쬐매 앉아들 계슈 잉?"

"이 예 예... 이려도 될랑가 모르겄네요-으잉!"

"죄- 죄송헙니다."

네 사람은 고마워 어찌할 줄 몰라 간단히 머리를 조아리면서 대답을 한다. 바깥주인이 먼저 안방으로 들어가 부인에게 간략하게 이야기를 하고 밥이 있는가 물어보자 부인은 방을 나와 부엌으로 간다. 기와집은 크지는 않지만 네 칸 집이었고 대문 옆에 사랑채가 외양간과 마주하고 있다.

소를 키우고 있는 것으로 보아서 이 집도 꽤 큰 규모로 농사를 짓고 있다고 보아야 할 것 같다. 마당과 토방이 연결된 곳에는 집터가 높아 섬돌이 두 단계로 되어있고 토방 위에는 편편하게 잘 다듬어진 디딤돌보다는 두 배나 큼직한 댓돌이 놓여 있다.

댓돌 위와 밑 그리고 마루 밑에는 흰 고무신과 검은 고무신 그리고 검은 장화가 몇 켤레 짝지어 놓여있고 마루 위에는 잘 닦아진 구두 한 켤레가 놓여 있다. 외양간에는 겨우내 쉬면서 살찐 소가 침을 약간 흘리며 먹은 여물을 되새김질을 하며 일행이 앉아 있는 사랑채를 향하여

"음-메-" 하고 낮은 소리를 낸다.

사랑방에는 퇴침이 두서너 개, 방 한쪽에는 고리짝이 놓여있고 그 위에는 몇 번 접어진 이불이 올려있다. 문간 앞 시렁에는 노란 호박 서너 덩어리가 겨울이 훨씬 지났는데도 지금까지 썩지 않은 상태로 남아있고, 윗목에는 가로질러진 횃대 위에 적삼이 몇 벌 걸려 있다.

얼마간 앉아서 서로 얼굴을 바라보고 앞으로 가야 할 길에 대하여 의견을 나누며 기다리니, 주인이 헛기침을 하면서 문을 열어젖힌다. 본채 부엌에서 사랑방까지 두 내외가 밥상을 들고 온 것이다.

"아아니! 지들을 좀 부르시지 무겁게 손수 들고 오신데요!" 하면서 네 사람은 일제히 일어나 밥상을 받아든다.

"어이구 아주머니 감사합니다. 인사도 못 드렸는듸 먼저 즈그들 절을 받으셔야죠."라고 하면서 밥상을 받아 일단 윗목에다 내려놓고 절하려 하니, 두 부부는 절을 받지 않으려고 한사코 손사래를 친다. 하지만 젊은 네 사람이 일제히 강제로 앉히다시피 아랫목 쪽으로 떠미니 할 수 없이 앉아 큰절을 받는다. 절이 끝나자 일제히 인사말을 한다.

"저희 넷을 누구라고 가리지 않고 받아주시고 이렇게 진찬을 차려 주시니 정말 이 은혜 잊지 않겠습니다."

주인은 밥상을 방 가운데로 놓게 해 자리에 앉도록 하며 말한다.

"차린 거는 별로 없네유! 인사는 그만 됐응게로 먼저 밥들이나 들어야지 배고플 틴디-이. 우리는 이렇게 먹고 살고 있고만유-우."

네 명의 젊은이가 둥근 소반에 빙 둘러 앉으니 방 안이 가득 찬다.

"아니 무슨 말씀을! 정말 고맙구만요-오!"

"자알 먹겄습니다."

네 사람은 잘 먹겠다고 인사를 하며 식사를 한다. 구수한 된장국 냄새가 침을 돌게 한다. 반찬은 해묵은 김치와 무말랭이, 장아찌와 된장국이지만 이만하면 그들에게는 산해진미다. 된장국은 푹 삶은 묵은 김치와 잘게 썰어 넣은 무와 잘 어울려 구수한 냄새를 풍기며 입맛을 다시게 한다. 네 사람은 허겁지겁 고봉(그릇 위로 수북하게 담는 방법)으로 퍼놓은 밥을 마파람에 게눈 감추듯이 사라지게 한다. 두 내외는 아무 소리 없이 네 사람이 먹는 것을 신기하고 측은한 듯이 바라만 보고 있다.

한 사람이 먼저 그릇을 닥닥 긁어 먹는다. 거의 다 먹을 즈음 안주인이 재빨리 숭늉을 가져온다.

"참말로 시장들 허셨구만요-우, 밥헌 게 그것뿐이라 쬐끔 부족헌 거 같은디 지금 밥을 허고 있응게 다 되면 더 잡수시구랴아!"

사실 주인네는 자기들이 내일 아침과 점심에 먹을 밥을 먼저 내온 것이고, 다시 밥을 짓고 있는 중이었다. 보통 겨울과 초봄에는 저녁나절에 밥을 한 번만 하여 큰 밥통에 넣어 아랫목에 요를 덮어 보온하고 있다가 다음날 아침과 점심은 밥을 다시 데워서 먹는 것이 대부분의 농촌과 산촌에서의 식사 방법이다.

그나마 집안에 양식이 있는 집이 세 끼를 먹지만, 많은 집이 아침과 점심을 같이 먹는 아점심을 들고, 일찌감치 저녁을 먹는 하루 두 끼의 식사를 한다. 이것은 당시의 식습관이기도 하였지만 기실은 식량 사정이 좋지 않아 이런 방식으로 하루 두 끼만 먹는 집이 많았다.

"아니여오라, 이제 그만 먹어도 되겄어요. 정말 맛있게 먹었습니다. 이제 살겄네요."

최상현이 안주인을 보고 고개를 끄덕이며 꺼억 트림을 하고 말한다.

긴 치마를 무릎 위에 올려 덮고 한쪽 무릎을 세워 앉아 있는 주인아주머니가 젊은이들을 측은한 눈으로 죽 훑어보면서 말을 건넨다.

"우리 막둥이도 작년에 징젭이 되야서 일본으로 갔는디, 지난달에 오키나와 어딘가에 잘 있다고 기별이 왔는듸 거기가 시방 어딘지 자세히는 모르겄어!"

"아예 그렇습니까? 지들도 잘은 모르겄지만 자알 있겄지요."

자신들도 오키나와에 대해서 잘 모르기 때문에 그렇게 위로의 대답을 할 수밖에 없었다. 송금섭이 나서서 자신들의 고향과 나이, 징용이 되어 서울 쪽으로 기차를 타고 가다가 달리는 기차에서 탈출하여 지금까지 걸어온 이야기를 대충 해주었다.

"그려 참말로 고생이 많네유-, 우리 막내는 계해년(1923년) 생잉디 한 살이 위이지만 꼭 우리 막내아들을 보는 것 같네유-우."

순간 주인아주머니의 눈에 눈물이 맺혔고 한손으로 눈물을 재빨리 훔쳐낸다.

네 사람은 두 부부를 위로하면서 막내아들은 꼭 전쟁터에서 돌아올 것이라고 확신하는 말을 한다. 그들은 계속 이 집에 머무를 수가 없고 갈 길이 멀어 논산 강경 방면으로 가는 길을 물어본다.

"여그서 아까 온 질로 쭈-욱 나가면 거시기 한 50리쯤 걸어가면 큰 질이 나오는디, 그 질로 쭈-욱 가면 연산 질이 나오닝게루... 에 또... 바른짝으로 가면 논산으로 가닝께로... 한 40리는 가야 될 거여. 아마도 강갱이나 논산으로 나갈 땐 조심들 허야 될 거유우. 일본 순사들이나 헌병들이 젊은이들 잡을려고 눈에 쌍심지를 돋우고 있을 것 아니겄어?" 주인이 상세히 길을 알려준다.

"예 잘 알겄구만요. 그려서 가급적 밤에만 길을 갈려구 하는구만요."

송금섭이 고맙다고 인사를 한다.

"그려야지! 집에까정 무사히 가야 될 틴디..."

네 사람은 두 부부에게 인사를 하고 서둘러 길을 몰아간다. 이 집에서 하룻밤만 묵어가겠다고 말할 수도 있겠지만, 지금은 한시가 급하고 만약에 여기서 잡히다보면 이 집 두 사람이 곤경에 빠질 수 있다. 그들은 가능한 한 민폐를 최소한도로 끼치는 것이 좋겠다고 생각하여 야밤에 길을 재촉하기로 한다.

초승달이 희미하나마 가는 길을 밝혀준다. 그들이 걷고 있는 길은 야산이 많은 산길이었다. 백제의 고도 부여가 계룡산의 정기를 잇도록 이 지역이 그 징검다리가 되고 있다.

"야뜰아 시방 우리덜이 무작증 집으로 가고 있는디 벌써 헌병이랑 순사들이 집에 들이닥쳤거나 아니면 어디선가 우리를 기다리고 있는 것 아녀?"

최상현이 잠시 쉬는 동안에 걱정이 되어 말한다.

"글씨 말이여 나도 그게 걱정이 된당게! 무작증 뛰어나왔지만 앞으로 어떻게 혀야 되랑가 모르겄네 그려!"

김동욱이 거들어 말한다.

"이대로 무작증 집으로 가다간 열이면 열 다시 잡혀 들어갈 것 같여! 잽히면 엄청난 고문에 몽둥이세례 그리고 콩밥을 먹어야 될 것이여!"

최상현이 다시 받아 자기 생각을 이야기한다.

"그러게 말이여 무신 대책이 있어야 될 것 아니더라고 잉!"

넷은 말없이 각자 생각에 잠기면서도 알려준 길을 따라 신속히 논산 강경 지방으로 방향을 잡는다. 한 시간쯤 걷다가 다리가 아파오면 쉬었다가 다시 걷곤 한다. 인가가 거의 없는 산골이라서 그런지 알 수 없는 두려움도 앞선다.

이남제가 나뭇가지를 꺾어 지팡이 겸 방어용 무기로 하여 길을 더듬어 나가자 나머지 세 사람도 따라서 한다. 한 사람은 칼 휘두르듯 어릴 적 칼싸움 하던 흉내를 괴성과 함께 내어본다. 그다지 효용 있는 무기도 아니지만 나무칼을 크게 휘둘러보니 어느 정도 두려운 마음이 사라지는 것을 느낄 수 있다. 한참을 아무 말 없이 걷던 최상현이가 갑자기 말을 꺼낸다.

"야뜰아! 어－내가 가만히 생각해봉게로 우뜰이 집이 가서 농사짓고 조용히 살기는 글렁 것 같은듸! 그렇다고 어디 큰 도시로 감시롱 숨어 있다고 혀도 일본 순사 놈들 아니 거시기 조선 순사 끄나풀 놈들이 우리를 가만히 둘 것 같지도 안혀버리구만. 내가 생각허기로는 어디를 가든 금방 잽혀서 감옥 철창에 바로 들어갈 것 같으단 말이여!"

"그렇게 말이여! 그러면 어떻게 하지?"

송금섭이가 말을 받는다.

"우리 같은 놈들이 어디 눈에 안 띄겄어? 제꺼덕이지 뭐! 지금 젊은 놈들 찾아내어 군대 징병 보내고 노역 보내고 난리났는디 우리가 평안히 어디서 뭐를 할 수 있겄어?" 최상현이 말하였다.

"그럼 어떻게 헌다냐?"

김동욱이 한숨을 쉬며 걱정스럽게 질문하듯 말을 잇는다.

"이거 어디가서 편히 살 디도 없고 애시당초 기냥 죽든 살든 군대로 끌려갈 것 그렸나벼."

"이 시끼 이거 이제껏 와서 후회는 왜 허는 거여! 앞으로 어떻게 헐 것인가만 생각혀. 어떻게 허면 되겄는가만 생각혀보란 말이여!"

이남제가 약간 나무라는 어조로 김동욱을 바라보며 손을 젓는다.

"내가 가만히 생각해봉게로 우리 쭝국으로 밀항혀서 거그서 독립군 부대나 찾아가는 게 어쩔랑가 혀!"

송금섭이가 대안을 제시하며 말을 받는다.

"뭐 뭐 뭐라구? 쭝국이라고? 밀항을 하자고?"

"이-히! 쭝국? 밀항? 독립군? 어허 고것이 둘러맞추는 고식지계는 아니겄지?"

최상현이 반문을 하자 송금섭이 손사래를 치며 좋은 방도라 생각되는 듯 대답한다.

"가만 있어봐 그렇게 시방 우리 외갓집이 줄포, 곰소 아닌가벼! 근디 우리 외삼촌이 배를 갖고 있는 배 선주 아니더라고잉! 내가 우리 어머니한티서 자주 들었는디 우리 외삼촌은 가끔씩 떼국놈들을 만나서 무슨 거래를 헌다는 얘기도 들었어."

"무슨 거래?"

"무엇인지는 나는 자세히는 모르겄고 아마도 물건을 바꾸는 것이라고 이야기는 들었지. 그렇게 말허자면 무역이라고나 헐까? 괴기도 잡지만 일종의 무역도 헌다고 들었거든."

"그렇게 그 배를 타고 쭝국으로 가자는 것 아녀?"

최상현이 송금섭이 말하는 의도를 미리 집어낸다.

"그렇지! 가만히 생각혀봐. 우리가 살 수 있는 길은 그것뿐인 것 같여, 시방 우리가 어디 가서 무엇을 헐껴?"

네 사람은 잠시 하던 말을 멈추고 묵묵히 걷기만 한다. 별들이 쏟아진다. 아직은 초승달이라서 달빛이 별빛을 덮지는 못하고 있다. 봄날의 밤은 금방 써늘해진다. 초승달이 차가운 공기를 덮여보지만 아직은 힘이 부친다.

"지금 말이여 내가 생각혀봉게로 깅게(김제) 맹경(만경)에 순사 놈덜이 쫘악 깔렸을 것 같여."

송금섭이 말을 이어간다.

"그렁게 우리는 큰길로 댕기지 말고 동네 간 나있는 샛길로 검문소나 지서를 피해서 가야 허는디, 거시기 그 뭐냐 에-에 함라에서 임피 쪽으로 가다가 지경(대야)을 지나서 새창이 다리를 건느고 맹경 쪽으로 가야헐 것 같은디 말이여!"

"어디 이게 순순히 쉬운 문제가 아녀! 새챙이 다리를 건늘 때 거시기 그 경찰 검문소가 거기에 있을 틴디."

최상현이 다리에 있는 검문소 문제점을 거론하며 자기 의견을 송금섭과 둘이 주고받는다.

"글씨 말이여! 어뜨께든지 고것을 피해서 가야 헐 틴디! 그게 참 걱정꺼리고 말썽꺼리네 강은 건너야 헐 틴디."

"뭐 벨 수 없지이, 물살 쎈 강을 시험 쳐서 건너갈 수도 없지 아녀!"

"필요허자면 그럴 수도 있겄지!"

"좌우간 일단 건너갔다고 치고 김동욱이 너는 공덕 쪽으로 돌아서 집으로 가고, 남제 너는 죽산잉게 곧장 가면 되고, 나허고 상현이는 새챙이 다리를 건너기만 허면 맹경 안 거치고 가까운 길이 있응게 그리 가면 빨랑 갈 수가 있지."

"그려 지금부터는 너 허자는 대로 헐 텡게 잘 혀보자구들!"

"알았어 내 말을 잘 들어! 지금부터 우리들의 작은 목표는 우리 외갓집을 가는 거여, 물론 중간에 각자 집에 들렸다가 오지만!"

"한 이틀 걸리겄지!"

최상현이 앞일을 예상하며 말한다.

"그런디 우리 계속 요로코롬 동냥아치처럼 얻어먹고만 댕겨야 허는 거여? 어쪄?"

김동욱이 자신의 현 처지를 생각하지 못하고 불평을 해본다. 그러자 나머지 세 사람이 동욱에게 불평을 하면 안 된다는 의미로 위로 겸 각자 한마디씩 한다.

"가능허다면 그럴 수밖에 없어. 그 공주 그 양반이 준 것도 있지만 그것은 비상금으로 쓰는 것이 좋겄어! 아니 쓰면 안 되지 독립허는 디 쓰라구 그러셨는듸 쓰면 어쩐디야! 안 되지."

"거럼 거럼! 그 돈을 우리가 쓰면 안 되지, 우리는 쓸 자격이 없는 사람들이여! 자 느그들 징집되어올 때 돈 가져 온 거로 분빠이(분배)허는 수밖에 없어."

"그려 그렇게 혀야지 뭐!"

"그런디 또 거시기 그 독립군은 상해 어딘가에 아직 있디야? 우리 독립군들 허고 김구 선생님을 거길 가면 만날 수가 있을까?"

김동욱이 또 걱정스럽다는 듯 불확실한 의문점을 말한다.

"우리 네 사람 아무도 모를 걸 일단 거기에 지신다고 생각허고 목표를 거기로 혀야지 안 그려?"

최상현이 송금섭 대신 답변을 한다.

"그려 벨 수가 없지잉!"

별다른 뾰족한 수가 없는 나머지 세 명은 송금섭이의 제안에 동의할 수밖에 없었고 각자 나름대로 앞으로 자기들이 행할 여러 가지 일들을 추측하며 생각해본다.

그들로서는 중국으로 밀항을 하여 김구 주석, 즉 독립군을 찾아간다는 계획이 너무나 방대하고 도저히 이루어지지 않을 것 같다. 어쩌면 무모한 도전에 지나지 않는 꼭 뜬구름 잡는 격이라는 생각이 들기도 하였다.

사실 그들은, 독립군이나 임시정부에 대해서 그리고 중국과 일본의 전쟁이 어떻게 진행되고 있는가? 등 현 정국에 대해 정확히 아는 것은 아무것도 없다. 단지 간간이 나이든 사람들이 말하는 것을 어깨너머로 들었을 뿐이다.

실제 1944년 초에 상해의 임시정부는 일본군의 중국 남동부 장악으로 이미 몇 년 전부터 이리저리 떠돌다가 중국 내륙 중앙에 있는 중경(重慶)이라는 곳까지 가게 되었다. 일본군의 집요한 방해와 책동으로 임시정부의 존재 여부가 불투명하였으나 중국 장개석 정부의 도움 아래 명맥을 유지하면서 앞으로의 일을 도모하고 있는 어려운 처지에 놓여 있었다.

드넓은 평야

얼마를 걸었는지 제법 평탄한 길이 나타나면서 걷기가 한결 쉬워졌다. 계룡산의 높은 봉우리는 이미 보이지 않았고 계룡산에서 뻗어 나온 산줄기를 이제는 벗어난 것 같았다. 산모퉁이를 돌아 나오니 저 멀리 정면으로 수백 개의 불빛이 반짝거렸다.

"야 쩌그 저 불빛이 있는 곳이 어디다냐?"

일행 중 한 사람이 소리치듯 말하자 나머지 세 사람이 자신들의 생각을 말한다.

"글씨 말이여 어쩌끄 그분 말에 의허면 논산이 아닐까?"

"그려 그려 논산이 맞겄네."

"가만! 쬐께 오른쪽에도 불빛이 있는듸 그게 강경인개벼!"

"그려 맞네 맞어! 그러면 말이여 쩌그 논산 그리고 그 옆으 강경 시내로 바로 들어가면 안 되닝께 그 사이로 혀서 가야쓰겄네!"

"암만! 시내로 갔다간 어떻게 될지 모르지잉!"

"그런듸 쩌그 사이로 가야 쓰겄는듸! 그 새에 철도가 있는디… 그리로 가야 철도를 타지!"

송금섭이 길을 알고 있는 듯 말한다.

"그렁게 그 철도를 타고 가면서 아예 철로로 걷는 게 아니고 철도에서 쫌 떨어진 논두렁을 타야 쓰겄지. 아마도 큰 농로가 나있을 거여!"

일행은 두 도시 사이로 길을 잡아서 간다. 두 시간을 걸었는데도 논산이 좌측에 보이고 강경이 아직도 멀리 보인다.

강경은 금강을 바로 옆에 끼고 있는 평야지대에 있는 도시로서 옛날부터 젓갈로 유명하였고, 강경나루를 통하여 이곳에서 나는 쌀 · 보리 등 농산물을 서해를 거쳐 한강의 마포나루까지 배로 직접 운반될 수 있었다. 그곳은 일제가 철로를 놓기 전까지는 교통의 요지이자 항구로서 상당히 번화한 거리를 가지고 있었으며, 5일장 때에는 주변의 논산이나 익산, 용안, 함라, 함열 등지에서 많은 사람들이 모여들어 성황을 이루었던 지방 도시였다.

다시 얼마를 걷게 되니 신작로를 만나게 되었고 신작로를 따라 걷다보니 다리가 나온다. 중간 정도의 강 지류를 건너자 이번에는 철로가 보인다. 이젠 이 철로를 따라 죽 가면 솜리와 김제가 나오지만 그 길은 철도 경비대가 있어 위험하다는 생각이 든다. 그래서 철로에서 어느 정도 거리를 두고 떨어져 가다가 남서쪽으로 방향을 바꾸어 계속 걸어가기로 한다.

우측에 강경 시내의 불빛이 들어온다. 아직도 날은 밝아오지 않았다. 해가 뜨기 전에는 이 강경지역을 벗어나는 게 좋을 듯하여 부지런히 걸음을 재촉한다. 얼마간 걷게 되니 다시 철로를 만난다. 호남선 철로는 논산에서 남서쪽 방향으로 나있고 강경과 용봉 그리고 함열로 연결되어 있어 철로는 이제부터 남쪽 평야지대로 방향을 틀어 뻗어있다.

강경을 지나 어둠이 채 가시기도 전에 신작로에 면해 있는 제법 큰 마을에 접어든다. 여기가 함열인가 보다. 마을 입구에 영어와 함께 쓰인 '함열 마을 청년회'란 글자가 보인다. 밤새 걸어서 피곤하였지만 네 사람 모두 함라까지 계속 가기로 한다. 곧이어 어둠이 가시면서 등 뒤쪽부터 하늘이 열리기 시작한다. 줄곧 남쪽을 향하여 내려왔고 이제부터는 방향을 서남쪽으로 바꾸어서 임피를 거쳐 지경까지 가야 한다.

이곳 함라와 함열은 강경, 논산과 같이 고깃배가 금강을 거쳐 직접 접어들 수 있다. 연이어 자리 잡은 함라산(241미터)을 기준으로 남쪽에는 너른 들판이 김제-만경평야에 이어져 있다. 그리고 북쪽에는 웅포와 나포가 금강과 접하고 있고 배가 접안할 수 있는 포구가 있어 백제시대 이전 마한시대부터 이 지방의 길목 역할을 하였다. 그뿐만 아니라 익산에서 나는 쌀을 배를 이용하여 웅진나루를 통하여 공주까지 그리고 고려나 조선시대에는 강화나 인천, 마포나루까지 운반하였던 것이다.

또한 역사적으로 완전히 고증이 되지 않은 금으로 만들어진 신발이 발견되는 등 백제시대 혹은 그 이전의 유물들이 많이 발견되기도 하였다. 그러나 신라에 나라가 병합된 뒤로 이곳은 낙후된 지역으로 남아 있다. 일제강점기에 만들어진 호남선 철로가 이 지방을 비켜가면서 더욱 고립되어 지금은 자그마한 촌락으로 전락하였지만 옛 모습을 아직도 그대로 간직하고 있는 곳이기도 하다.

호남의 넓은 뜰이란 계룡산과 연산을 지나 강경, 논산부터 시작하여 이곳 함열과 함라 그리고 익산을 지나 완주, 김제, 부안, 정읍, 고창까지의 들판이 호남평야라고 말할 수 있다. 이 지역은 간혹 낮은 야산이 있기도 하나 거의 평지로 연결된 지역으로 김제, 죽산이나 백구지역에서

서쪽을 보게 되면 한반도에서 유일하게 지평선을 볼 수가 있는 드넓은 지역이다.

한편 이 지역에는 미륵산(430미터)이라고 평야 지대에 있는 산 치고는 제법 높은 산이 있는데, 호남선 열차에 몸을 싣고 남으로 달리다 강경과 논산을 통과한 후 좌측 동쪽에 보이는 우뚝 솟은 산이 미륵산이다. 이 산이 지금은 전설처럼 되어버린 실존한 마한(馬韓)이라는 나라의 문명이 탄생한 곳으로, 이곳 정상에는 기준성(箕準城)이 있는데 『동국여지승람』에 의하면 고조선의 왕(王) 기준(箕準)이 내려와 마한국(馬韓國)을 개국하고 성을 쌓았다고 한다. 또한 이곳에는 백제 무왕과 선화공주의 무덤이라고 추측되는 쌍릉이 있고 선화공주의 전설도 있다.

백제 무왕 때 미륵사라는 절을 지었고 그 뒤로 이 산을 미륵산이라고 불렀다. 그리고 이 지방에는 양질의 화강암이 출토되어 옛 마한의 탑이나 백제시대의 절을 지을 때 이 지역에서 돌을 가져다가 지었으며, 그 흔적을 이곳 마한의 유적에서 볼 수가 있고 지금도 품질 좋은 석재가 생산되고 있다.

이 미륵산 바로 남쪽에 마한의 유적으로 '금마(金馬)'라는 곳과 '왕궁(王宮)'이라는 지명이 있는데 이들 지명과 얼마 남지 않은 석탑들이 마한의 옛 수도임을 말없이 대변하고 있는 곳이기도 하다. 왕궁이라는 마을은 궁궐이 있었던 곳이기도 하다. 현재 왕궁평에는 늠름하고 아름다운 국보 왕궁리 5층 석탑이 남아 있다.

강경을 지나 익산에 다가가면 황등이란 지역을 지나는데 이곳이 양질의 화강암이 생산되는 지역이다. 기차를 타고 계속 남으로 향하다가 익산을 지나 만나는 좌측 넓은 뜰이 완주이며 그 들녘 끝으로 전주가 산자락 끝에 분지로 연이어 있고, 만경강이 호남평야를 가로지르면서 꿀과 젖을 나누어주고 있다. 이 만경강을 중심으로 한반도에서 제일 큰 호남평야가 본격적으로 벌리어져 있고 금강과 동진강이 그 힘을 보태고 있다.

만경강 지류 중간에 있는 익산에서 세 갈래의 철도인 호남선, 전라선 그리고 군산선이 갈라지고 이곳이 물류의 중간 집산지가 되었다. 익산에서 김제로 평야지대를 따라 계속 남하하면 좌측 멀리에 높은 산이 보인다. 전주 남서쪽 들녘 끝에 있는 명산 모악산이 우뚝 솟아있다.

모악산이 산기슭에서부터 하늘 높이 노랗고 커다란 보름달을 들어올릴 때는 신비감을 자아내고 이를 본 사람들은 옷깃을 자연스레 여미고 하늘을 우러러 자신도 모르게 기도를 하거나 숙연하게 만든다.

모악산에는 유명한 금산사라는 절이 있고 이절을 중심으로 후백제 견훤의 애사가 전해져온다. 모악산의 서쪽으로 이어지는 김제(金堤), 금구(金溝)라는 두 고을은 쌀, 보리뿐만 아니라 예부터 금이 많이 나왔던 곳이기에 두 고장 다 이름에 쇠 금(金) 자가 들어가 있다. 일제 강점기에 농사가 끝나고 농한기가 되면 금을 찾아 논과 밭을 파헤쳐 사금을 채취하기도 하였다.

한때 사금 산지로 이름이 올랐으나 지금은 그 맥이 끊어진 상태이며, 이 금(金)으로 인하여 흥한 사람과 망한 사람들이 부지기수였으며, 이를 빌미로 많은 일본인 사업주가 사기행각도 벌였으며, 대부분 사금에 대한 지식이 부족한 조선인들의 피해가 컸었다고 전한다.

김제에는 삼국시대 이전부터 벽골제라는 유명한 저수지가 있어 예부터 쌀농사로 이름난 곳이기도 하다. 벽골제에서 서해 쪽으로 바라보면 우리나라에서 유일하게 지평선이 보이는 곳이다. 이곳을 지나자면 태인이라는 소도시를 만나면서 다시 작은 강이 나오는데 이 강이 동진강이다. 잘 알려지지 않은 이 작은 강의 발원지는 섬진강과 같이 한다.

'옥정호'라고 부르기도 하고 운암댐 혹은 섬진강댐이라고도 하는데 이 호수에서 일제 강점기 때 만들어진 칠보발전소를 거쳐 흘러나온 물이 동진강을 흘러 서해로 나아가고, 이 강에서 흘러나오는 물이 일부 김제-만경평야를 적셔주고 있다. 태인을 지나가면 동학혁명을 유발한 고부의 황토현이 작은 산 하나 너머에 있고 서쪽으로는 부안이 있으며 이곳이 동학혁명 때 혁명군이 운집하여 전투를 벌였던 백산성이 있는 곳이다.

이곳을 지나면 좌측에 들녘의 끝을 말해주는 내장산과 백양산이 앉아 있는 노령산맥이 앞을 가린다. 그러나 남서쪽 끝은 이 노령산맥을 벗어나 고창으로 이어지고 들녘은 전라남도 영광과 함평으로 계속 이어져 나주평야와 연결이 된다. 고창에 있는 모양성은 아직도 원형이 그대로 보존되어 있다.

아직 헌병과 순사들의 손길이 이곳까지는 미치지 않았을 것 같다.

탈출한 지 하루 반밖에 되지 않았으니 아무리 빨라도 수배령이 이 벽지까지는 미치지 않을 것 같아 과감히 마을로 들어가기로 한다.

동쪽으로 보이는 곳이 허옇게 밝게 변하기 시작한다. 동이 터오기 시작하는 것이다.

함열을 지나 나지막한 산 밑에 있는 마을 입구에 다다르자 여기에도 "함라 4H 구락부(클럽)"라는 표지가 보인다. 이곳이 '함라'라는 곳을 증명해주고 있다. 동이 겨우 터오기 시작하는 이른 아침인데도 사람들의 왕래가 많아 이상하게 생각되어 지나가는 사람에게 물어보니 오히려 물어보는 사람이 이상하다는 듯 반문하듯 내뱉는다.

"오낼이 쟁 아닝개벼!?"

"아하! 오일장이 오늘 함라에서 열리는구나!"

모두들 이거 잘되었구나 싶다. 왜냐하면 장날이 되면 많은 사람들이 몰려들고 오갈 것이며, 청년 넷이서 몰려다니는 것이 그리 낯설지만은 아닐 것이기 때문이리라. 사람들이 많이 다니는 곳을 따라 죽 올라가니 예상대로 장터에 도달한다. 부지런한 장사꾼은 벌써부터 자리를 잡고 천막을 치거나 보따리에서 물건을 풀어 정리하고 있다.

이곳 장터 역시 바지런한 사람들의 몫이다. 부지런해야만 목이 좋은 곳으로 잡고 목이 좋아야 매상도 많이 올릴 수 있다. 그래서 이 목 좋은 곳을 서로 차지하려 싸움까지 벌이는 일이 심심치 않게 일어나기도 한다. 한쪽에서는 일찍 나온 사람들에게 팔 아침을 준비 중이다. 아니 벌써 팔고 있다.

장터 뒤편에 죽 늘어선 여러 국숫집과 국밥집 그리고 선술집이 눈에 뜨인다. 물건을 팔러 온 장사치들도 채 어둠이 가기도 전, 어떤 사람은 샛별을 바라보며 나오는지라 아침은 보통 이곳에서 해결을 한다.

"야들아 배고픈디 우리 국밥이나 한 그릇 먹자!"

"조-옷치!"

이구동성으로 의견의 일치를 본다. 같은 운명을 지니고 동승하였다는 의식이 강하게 작용하고 있어서인지 네 사람은 별 다른 논쟁 없이 거의 의견의 일치를 보아왔다. 국밥과 안주 그리고 여러 가지 탕* 등 이 집의 차림표가 쓰인 간판 겸 안내 포장을 들추고 들어가니 나이 지긋한 아주머니, 아저씨가 반가이 반겨준다. 이미 구석에는 서너 명의 장사치들

---

* 탕: 통상 찹쌀가루와 여러 가지 식물성 재료를 넣고 국물이 졸도록 걸쭉하게 끓여내는 음식으로, 보통 두부 · 소고기 · 고사리 · 가지 · 고구마줄기 등 여러 가지 재료를 넣고 만든다. 그래서 명칭도 두부 탕, 고사리 탕, 고구마순 탕, 가지 탕 등으로 넣는 재료에 따라 이름이 붙여지며 담백한 맛이 있다.

이 음식을 먹고 있다.

"어서 오－슈－우!"

젊은이 네 명이 들어서니 약간은 신기하다는 표정으로 반가이 맞는다. 요즘 세상에 아무리 먹고 살기가 힘들다 하여도 젊은 장정 네 명이 아직 해도 올라오지 않은 이른 새벽부터 이런 곳으로 음식을 먹으로 온 것이 의외였고 장돌뱅이 중에도 이런 사람들은 아직 보지 못하였기 때문이다.

그러나 이내 오늘이 장날이니까 그럴 수도 있겠다는 생각이 들어 곧 무관심의 대상이 된다. 밥을 먹던 몇 사람이 일제히 젊은이들을 쳐다보다가 그들이 자리에 앉고 주문을 하자 무슨 일이 있었냐는 둥 제각각 음식 먹기를 계속한다. 네 사람이 간이의자에 앉자 주방 일을 보고 있던 여주인이 칼을 들고 돼지고기 삶은 것을 자르며 네 사람을 보고 직접 주문을 받는다.

"머 자실라우들!"

"예－에 아주머니 우리 국밥 니 그릇을 얼른 말아주쇼잉!"

"아줌니! 저 거시기 귀때기 살 좀 많이 넣어주고 밥 좀 쬐께만 더 말어주쇼잉!"

"이－예 그렇게 혀죠잉!"

"아아 참 쩌그 막걸리 네 잔도 같이 주쇼잉!"

이남제가 갑자기 해장술을 청하여본다. 세 사람도 반대를 하지 않는다.

"아 예 그러지요. 니 명이니깐두루 한 잔씩 호호호!"

아주머니가 신이 나 주문을 되뇐다. 자그마한 나무로 된 둥그런 식탁과 간이의자에 네 사람은 빙 둘러 앉는다. 네 장정이 앉으니 나무탁자가 찌그러들어 보였고 천막 속의 간이식당이 넘쳐나 보인다. 국밥 네 그릇은 금세 말아졌다.

재료들은 이미 다 준비가 되어있어서 펄펄 끓는 육수에 삶아낸 돼지 머릿살과 내장, 순대 그리고 간단한 양념을 넣고 밥만 퍼서 검은 빛깔을 띤 투가리(뚝배기)에 담아내기만 하면 된다. 반찬이라야 깍두기와 겉절이 김치 그리고 파김치뿐이다. 네 사람은 약속이나 한 듯이 일제히 뜨거운 국밥을 후후 불어가면서 먹기 시작한다.

주인아저씨는 사람이 더 이상 들어오지 않자 할 일이 없다는 투로 네 사람 옆 탁자의 의자를 꺼내어 털썩 주저앉는다. 그는 네 사람이 먹는 것을 바라보며 뭐 필요한 거 없느냐는 투로 눈짓을 한다. 배가 고파 허겁지겁 후루룩거리며 국밥을 먹던 김동욱이 분위기가 서먹한 듯 눈치를 보다가 남자 주인을 나지막이 불러본다.

"저 거시기 아자씨!"

주인아저씨는 고개를 획 돌리며 반갑다는 듯 아니 궁금했다는 듯이 김동욱이를 쳐다보며 약간은 더듬는 말로 받는다.

"어! 예! 왜 왜 뭐 부족한 것 있는가? 국물을 좀 더 줄까?!"

"아자씨, 그것니 아니고요잉! 저 거시기 요즘 이곳 함라나 함열에 무슨 일이 있간디요? 긍게로 무신 사건이 발생했느냐 말이요?!"

갑작스럽게 무슨 일이 있느냐는 질문에 주인아저씨는 당황하며 오히려 반문을 한다.

"무-무슨 일?"

"저 거시기 뭐 순사들이 뭐를 막 찾고 안 그런데요?"

"순사들이? 글씨 순사들이 젊은 사람 찾고 댕기는 일은 어쩌끄 오늘 일이 아니자녀-!"

"아! 예 그렇지요. 개시키들 젊은 놈들 씨 말릴려고 환장들 혔어!"

이남제가 얼른 말을 이어 받는다.

"개시키들 환장을 했다"라는 말에 갑자기 주인의 입이 벙벙해진다. 공개적으로 이런 비난을 하고 이 사실을 경찰이나 헌병이 혹은 관에서 알면 크게 경을 칠 일이기 때문이다. 갑자기 음식점 주인아저씨가 고분고분하게 그리고 나지막하게 말을 이어간다.

"어이! 젊은 양반 말조심허야 쓰겄네 그려! 어디 가서 그런 말허고 댕기면 큰일 날 수가 있다네잉! 말 조심혀 말!"

"아—예 예 그 그—그렇지요, 그려야 쓰겄지요잉!"

갑자기 뒤통수 한 대를 맞은 듯 네 사람은 조금은 당황하였으나 긍정적인 말과 눈인사를 교환하고 밥은 맛있게 먹었다. 아니 먹는 게 아니라 집어넣었다는 표현이 맞을 것 같다. 한창인 장정들이기에 그 정도의 국밥은 마파람에 게 눈 감추듯 없어져버린다. 새로 들어온 젊은 네 사람을 지금까지 조용히 바라다보고 밥을 먹고 있던 나이 지긋한 상인들도 밥을 다 먹었는지 해장술을 겸하고 있다. 그들은 젊은이들과 주인장의 대화를 들은 후에 마치 네 사람에게 들어보라는 듯 지금까지 간간이 이어간 화두를 바꾼다.

"아따 내가 저그 어저끄 논산 장에 좌판을 벌였는디, 그런디 거시기 대전, 논산, 갱경 부근으 일본 놈들 순사들허고 헌비영 놈들이 그냥 막 쫘악 깔려버렸다는디!?"

"이—잉! 내가 봉게로 군복 입은 헨비영들허고 그 뭐냐! 순사들허고 너덧 보았응게로 사복 입은 헹사들은 얼마나 되겄는가! 안 그려?"

"그려— 그러네, 아니 무신 일이 있데유우?"

"소문에 어떤 젊은 사람들 몇 맹이 징용되어 가다가 기차에서 뛰어내려버렸다냐 어쨌다냐. 그런 일이 있었다만!"

"언지 그렇디야?"

"아, 얼매 안 된 엊그저끄 일이디야!"

"참말로 용허내 용들 혀! 어쩜 그냥 그러코롬 싸게 댕기는 기차에서 뛰어내린디야 뛰어내리기를!"

"글씨 말이여! 거시기 홍길동의 그 머냐 거시기 찢어진 짚신을 신었는개비여!"

"찢어진 짚신이면 버얼써 잽혔을 것인디 튼튼한 가죽신을 신었겄지. 가죽신 신고 날라댕겼는가벼!"

"어쩌끄나, 그려서 그 갸뜰을 잡으려고 헌병, 형사, 순사 헐 것 없이 모다들 눈에 막 쌍심지를 켜고 돌아 댕긴대유!"

그는 힐끗 힐끗 네 젊은이들을 쳐다본다.

"좌우지간 징허고 징헌 놈들이여! 우리 조센 놈들 씨 말리겄어!"

"이-! 얘기 들어봉게로 떼국 어디다냐 쭝국 그 북갱인지 냄경인지 어딘지 징집돼가서 우리 조선 젊은 사람들 엄청나게 죽어나갔고, 그 뭐냐 거시기 남양군도 어딘가 허는 전장터에서도 수도 없이 죽어나가고 있디야아!"

"맞어! 맞어! 그 말이 맞는구만! 우리 옆집 큰아덜 기팔이가 그 남양군도 어딘가에 작년에 갔는디 얼마 전에 전사혔다고 기벨이 왔대유- 거시기 그 사망통지서만 한 장 덜렁 날아왔다더만!"

"기팔이네 오매 허구헌 날 울고 앉아 있는디 참으로 못 보아주겄더러만-잉?"

"그려어 참말로 얼마나 억울허고 안된 일이여 이 일이!"

네 사람은 갑자기 피가 "핑" 하며 거꾸로 도는 느낌을 받는다. 벌써 추적 망이 강경 논산까지 펴져 있다니 놀랄 수밖에 없다. 아니 감탄을 하고 말았다. 그들의 대화를 귀 넘어 듣던 네 사람은 그릇 소리가 나게 닥닥 긁어 먹더니 국밥 값을 묻는다.

"여기 얼매요!"

"예, 육 원이고만여!"

몇 년 전보다 밥값이 여간 올라버린 것이 아니다. 만주사변, 중일전쟁 그리고 대동아전쟁 때문에 인플레이션이 심하게 된 까닭이다. 중일전쟁 초기와 비교하면 거의 열 배가 올라버렸다.

"예 여깄습니다. 자알 먹었구만요!"

송금섭이가 돈을 꺼내주고 잔돈을 거슬러 받는다. 집에서 가져온 돈으로 밥값을 지불하였다. 네 사람은 천막집에서 나오면서 얼마 떨어지지 않은 곳에서 떡집을 발견한다.

"야, 아 우리 떡이나 좀 사가자. 이따가 배고프면 먹게."

"조옷치!" 이구동성으로 찬성을 한다.

아무리 쫓기고 마음이 불안한 상태에 있어도 먹을 것을 확보하면 일단은 어느 정도 불안감이 가시기도 하지만 먹을 것을 확보했다는 사실만으로도 힘이 난다. 떡을 금방 시루에서 꺼냈는지 김이 모락모락 난다. 방금 밥을 먹었는데도 침이 꼴깍 넘어가는 소리가 들릴 정도다. 백설기와 팥이 수북이 올라간 시루 팥떡이 먹음직스럽다. 네 명이 충분히 먹고도 남을 정도로 사서 하나씩 꾸러미를 들었다. 일행이 장터를 벗어나 반대편 시장 입구 쪽에 도착하자 사람들이 한두 명 꾸역꾸역 시장으로 모여든다.

지푸라기로 만든 계란꾸러미를 든 사람, 닭다리를 묶어 지게에 매달고 오는 이, 염소를 끌고 오는 이, 자전거에다가 누렁이를 매달아 오는 이, 잉어 등 물고기를 통에 메고 오는 이, 게를 지푸라기로 열 마리 단위로 엮어 들고 오는 이 등등 눈에 띈다. 이제 조금만 시간이 더 지나면 별의별 사람들이 다 모일 것이리라.

돈으로 장을 보면 좋으련만, 돈이 귀한 시골인지라 상당 부분 물물교환 형태로 시장이 형성된다. 예를 들어 닭을 많이 키우는 사람은 작년 봄부터 정성들여 키워온 닭을 들고 나와 중간상인에게 팔아서 그 돈으로 필요한 여러 물건을 사는 방식이다.

보통은 이처럼 농가에서 손수 키운 동물과 농산물을 들고 나오는 일이 다반사였고 이러한 교환 형태는 꼭 장이 서는 아침 일찍부터 이루어진다. 그 다음에는 옷이나 신발 그리고 생선, 마지막으로 막걸리 집이나 정종 집에서 하루장이 막을 내리는 것이 보통이다.

통상 장보러 나온 사람들은 이곳 장에서 지인을 만나거나 사돈을 만나기도 하여 막걸리 집으로 향하는 경우가 많았다.

서로 소식을 전하고 안부를 묻기도 하는 이런 기회가 서로 정보를 전달하는 시간이 된다. 한 식경 정도 걷자 한적한 시골길로 다시 접어들었고, 밤새 걷고 아침을 먹은지라 졸음이 몰려와 잠시 눈을 붙일 장소를 찾기로 한다.

어느덧 둥근 해는 여지없이 올라와 있다. 다행히 군대 간다고 추위를 걱정해 조금 두껍게 입고 온 것이 이번 탈출에 큰 도움이 되었다. 한밤중에는 제법 온도가 많이 떨어져 옷깃을 여며야 할 정도로 연일 일교차가 큰 편이었다. 네 사람은 한편으로는 자신들의 신세가 한탄스러웠다. 어쩌다 이렇게 쫓기는 신세가 되었는지 실감이 나지 않는다. 그리고 무엇을 위하여 무엇 때문에 이렇게 도망을 다니고 있는지 혼란스럽다. 그러나 호랑이 등을 타고 달리는 형세라 여기서 중단하면 죽도 밥도 아닌 상황이 되어버린다는 것을 모두가 알고 있다. 잠시 후 낮은 야산 고개를 하나 넘어가니 작은 동네가 나타난다.

그들은 일제히 한 모퉁이에 모종(공회당)이 있는 것을 발견한다. 겨우내 사람들의 발길이 닿지 않아서인지 먼지가 수북이 쌓여 있지만 지금은 그러한 것에 신경 쓸 겨를이 없다. 한 명이 햇볕이 가장 잘 드는 곳을 택하여 웃옷을 벗어 휘휘 내저으며 쌓여있던 먼지를 날려버린다.

네 사람은 일제히 약속이나 한 듯이 마루에 몸을 누인다. 바람 한 점 없는 이른 봄날 아침 무렵 햇볕이 강하게 들어오니 차가웠던 몸이 달구어지기 시작한다. 그들은 온화한 느낌을 느끼며 마치 냉혈동물이 아침 햇볕을 받아 몸의 온도를 올리듯 따뜻해지자 몸이 나른해지기 시작하였다.

몸이 나른해지자 어김없이 졸음이 몰려오면서 어느새 세상 모르고 단잠에 빠져들었다. 얼마나 잤을까. 해가 서쪽으로 기울어 그들이 누운 자리에 그늘이 지자 약간의 한기를 느끼고, 잡음소리에 네 사람은 일제히 눈을 뜨고 일어나 앉았다. 지게로 거름을 논에 내가던 농부가 짐이 무거워 잠시 지게를 모종 옆에 세워놓고 큰기침을 하며 혼잣말처럼 중얼거린다.

"어험 어험! 아니 웬 젊은 사램들이 이런 디서 자구 있다냐! 춥지도 않은개벼-어!"

네 사람은 기침 소리에 깜짝 놀라 얼른 일어나 엉겁결에 인사를 한다.

"아! 안녕하세요!"

"아 예 지들은 임피로 가는 길인듸 졸리어서 잠깐 졸았고마니요! 그런디 임피는 여그서 얼매나 가야 되는가요?"

물어보지도 않았는데 자기들의 처지를 말하는 그들이 이상하다는 듯 농부는 힐끗 네 사람을 쳐다본다.

"여그서 함 이삼십 리는 족히 되지라!"

"예에 고맙고마이요이! 저 짝으로 쭈-욱 가면 되지요? 잉!"

"그려어. 그 짝으로 쭈욱 가다가 말이여 한 시오리쯤 가면 왼짝으로 가는 질이 나올 틴디 그 짝으로 가면 되여! 어서 서둘러야 해 떨어지기 전에 갈 수 있을 틴디이-!"

농부는 골마리(허리춤)에서 미리 종이에 말아놓은 담배를 꺼내 담배를 만 이음매 부분이 떨어지지 않도록 침을 잔뜩 발라 입에 물고 성냥을 그어 불을 붙인다. 성냥골이 습기에 젖어 있는지 잘 당겨지지 않고 칙칙거리며 불이 붙지 않는다.

몇 번 시도 끝에 겨우 불이 오르자 담배 끝에 불을 붙이고 힘차게 빨아들인다. 신문지에 침을 발라 만 봉초 담배라서 그런지 불이 왈칵 잘 붙지 않자 농부는 두 볼이 쏙 들어가게 빡빡 연신 빨아댄다. 진한 먹구름 같은 연기가 주변을 에워싸면서 담배가 빨갛게 불에 타오르자 농부는 빨았던 연기를 도로 푸-우 하면서 내뱉는다.

연유가 무엇인지 몰라도 젊은 네 사람이 한심하다는 듯 뒷모습을 물끄러미 쳐다본다. 그는 담배를 끝까지 태우고 발로 비벼 끄고는 다시 지게를 지고 일을 나간다. 아직 해는 넘어 가지 않았다. 슬슬 걷게 되면 저녁 무렵에는 임피에 다다르리라. 지경(대야)도 여덟 시에서 아홉 시 사이에 도착할 수 있을 것이다.

일본 헌병과 경찰 나서다

이른 새벽, 멀리 신작로에서 연기 같은 먼지가 쫘-악 피어오르면서 쏜살처럼 차가 달려온다. 겨우내 얼어붙었던 도로가 봄 가뭄에 마르면서 자갈이 깔렸어도 먼지가 푸석푸석 일어난다. 멀리 새까만 점으로 보이던 것이 점점 커지며 카키색 형체를 드러낸다. 지프차는 어느 점방 앞에 서자마자 네 명의 젊은 남자들을 토해낸다. 그들은 사복을 입은 헌병과 경찰로 두 명은 헌병, 두 명은 경찰이다. 그 중 헌병, 경찰 각 한 명은 일본인이다.

네 명의 남자들은 이른 새벽이라 주변에 아무도 없자 전후좌우를 두리번거린다. 그들은 불이 켜진 바로 옆에 보이는 점방 문을 노크도 없이 "드르륵 벌컥" 열어젖힌다. 마치 자기 집을 들어가듯이 당당히 들어간다. 마침 오늘 팔려는 술을 받아다가 땅 밑에 파묻어 놓은 항아리에 부어 넣고 있는 주인을 발견한다. 사복을 입은 헌병 인솔대장이 다짜고짜 인사도 없이 고압적인 태도로 묻는다.

"여보쇼! 주인양반, 여기가 지아물 상궐이란 동네 맞소?"

주인이란 사람은 대뜸 문을 밀고 오는 사람을 보기는 보았지만 술을 항아리에 붓고 있어 정면으로 보지 못하고 곁눈질로 일행을 본다. 그는 뭐 이런 불한당 같은 놈들이 있는가 생각하며 건성으로 대답을 한다.

"예에 맞는디 누구여? 뭐허는 사램들인디 그려들?"

상대가 무례하게 나오니 자연히 대답도 성의가 없어 보인다. 주인은 환갑이 넘었거나 거의 된 듯 허연 반백의 머리에 지긋이 나이가 들어 보인다. 거무스레한 얼굴에 깊숙한 주름살 몇 개가 세파를 이겨낸 세월을 보여주고 있다.

"그럼 이 동네에 사는 송금섭이란 놈의 집으로 앞장서서 안내를 좀 해주쇼!"

점방 주인은 하던 일이 있는지라 내력도 모르는 길안내를 하라는 이상한 놈들이 여간 마땅치 않아 건성으로 시원치 않게 길을 설명한다.

"저어기 저 짝으로 들어가면 질이 있는디 그리 죽 가면 되지라잉! 내가 시방 헐 일이 있응게 그 짝으로 가면 될 거이여!"

점방 주인 말이 떨어지자마자 헌병 인솔대장이 대번에 욕지거리를 해댄다.

"뭐여? 이 시키가 죽을려구 환장을 했나!"

그는 가슴 안주머니에서 뭔가를 꺼내더니 점방 주인의 목을 잡고 세우며 들이댄다. 권총이다. 목을 잡혀 캑캑대는 점방 주인에게 권총을 들이대며 협박을 한다.

"너 죽을래? 살고 잡으면 빨리 앞장서라. 안 그러면 이게 용서를 하지 않을 것이다."

그는 권총을 들이대고 손가락으로 금방이라도 방아쇠를 당기는 모양새를 한다. 점방 주인은 할 수 없이 하던 일을 그만두고 그들을 송금섭이네 집으로 동네 길을 가로질러 인도한다.

"여그가 그 집인디요."

"그려어? 너는 이 집 뒤쪽으로 돌아가서 혹시나 도망가는 놈 있으면 잡고 여차 짓 허면 사살해버려 잉!"

"예! 알겠습니다."

한 명이 대답을 하고 즉시 뒤로 돌아간다.

"점방 주인! 이 집주인을 불러내서 문을 열라고 해!"

육중한 나무로 만든 대문은 이른 아침인지라 굳게 잠겨있다.

"꽝 꽝 꽝"

"남식이! 남식이 있는가?"

점방 주인이 주먹 안쪽으로 힘주어 대문을 치면서 주인 이름을 부른다. 개가 먼저 반응을 한다. 작은 강아지라서 그런지 컹컹 울리는 소리 대신 미약한 고음으로 '켕켕' 거리며 다가온다. 몇 번 더 대문을 두들기며 부르자 잠시 있다가 방문이 열리는 소리가 들린다.

"누구여!"

안에서 대꾸하며 고무신 끄는 소리가 나면서 한 사람이 나온다.

"나여 홍 첨지네!"

"아니 이른 시벽부터 웬일이여! 홍 첨지가!"

"아! 자네 찾는 사람들이 있어 내가 데리고 왔네."

"뭐 나를 찾는 사람들이 있다구?"

그는 대문의 빗장을 풀고 한쪽 문을 조금 살며시 열어본다.

"누가 이른 시벽부터 나를 찾는디야!"

대문 앞에 서 있는 자들의 모습을 보는 순간 송남식의 가슴은 철렁하고 내려앉는다. 사복을 입은 헌병의 우두머리가 권총을 꺼내 들더니 머리에다 들이대고 위협을 한다.

"니 아들 송금섭이 어딨어! 당장 이 앞에 나오라고 해!"

이런 걸 두고 아닌 밤중에 홍두깨라고 하던가. 송남식은 갑자기 황당무계한 듯 내뱉는다.

"아니 이보쇼! 송금섭이 갸는 엇그저끄 군대에 징용이 되야서 갔는디 군대 간 아들을 내놓으라니 그게 무신 말씀이쇼! 오히려 당신들이 내 아들을 내노야지 글아녀?"

"이거 이 사람이 행편없구만. 그 새끼 서울로 올라가는 기차에서 도망쳤단 말이여! 탈영을 했단 말이요!"

"이－에!? 도... 도망을 가요? 갸가 무신 도망을..."

송금섭의 아버지는 잠시 벌어진 입을 다물지 못한다.

그 사이 송남식 씨 부인이 헝클어진 머릿결을 매만지면서 무슨 큰일이 났을까 의아해하며 곁에 다가와 이 소식을 듣고 매우 놀라워한다.

"아니 우리 금섭이 갸가 무신 도맹을 와요, 도맹을... 갸처럼 순하디-순한 애가 이 시상에 없는듸. 무신 도맹을 허겄어요, 허기르을... 거시기 순사 양반들이 잘 모르고 온 것 같은디...!"

"허허 이 사람들이 그럼 뭣 땜시 내가 요로코롬 왔겄이요?"

"그야 우리는 모르지요롸우. 당신네들이야 알겄지!"

"주인 양반 앞장서시오. 내가 직접 집안을 샅샅이 뒤져볼랑게!"

그는 주인보다 먼저 대문으로 들어간다. 먼저 대문까지 나와서 짖던 강아지가 다시 주인을 졸졸 따라가며 가냘픈 소리로 멍멍 짖는다. 주인이 안내하기도 전에 그동안 어디에 숨고 도망갈세라 마루 앞에 다가간 후에 방, 광, 헛간 등 집안 모든 곳을 샅샅이 뒤지라고 부하에게 지시를 한다.

헌병 두 명과 인솔대장은 온 집안을 구석구석 뒤져보았지만 아직 도착하지도 않은 송금섭이가 있을 리 없다. 별채에서 자고 있던 송금섭의 큰형 내외와 사랑채에서 자고 있던 동생 두 명을 비롯한 온 집안 식구가 놀라서 깨어난다. 헌병은 그 중에서 제법 키가 큰 바로 밑 동생을 혹시나 송금섭이 아닌가 하고 일으켜 세웠지만 얼굴을 보니 아직 애송이 티가 가시지 않은 것을 보고 그냥 물러나온다.

신발도 벗지 않고 군화발로 부엌이며 행랑채, 별채, 곡간 심지어 외양간과 측간(변소) 그리고 뒤 안의 장광(장독대)까지도 뒤져보지만 아무것도 발견할 수가 없다. 한 식경이 못되어 뒤질 곳은 다 뒤지고 나서 일본군 헌병과 경찰이 보고를 한다.

“하이! 그놈이 없으므니다. 찾을 수 없으므니오다!”

헌병 인솔대장이 약간은 겸연쩍은 듯 운을 뗀다.

“에에 주인장허고 아줌마는 명심들 허쇼! 송금섭이는 대일본제국 천황폐하를 위하여 싸우러가다가 비겁하게도 달아났소. 그런 비겁한 자는 영원히 천황폐하가 다스리는 이 세상에 살 수 없다는 것을 명심하도록 하쇼. 또한 그렇게 도망 다니면서 이 동네 아니 이 조선에서 살 수 없다는 것을 또한 잘 아셔야 될 것이오. 그리고 우리는 언제든지 고런 매국노를 찾아내어 처단할 것이오. 혹 자수하면 약간의 정상참작이 될 것인즉 만약 그 놈이 집에 들어오게 되면 빨리 자수시키시오. 알았소?!”

일장훈계를 하고 권총을 빙빙 돌리면서 말하는 헌병 인솔대장을 직시하기가 뭣해서 모두들 고개를 떨구고 떨리는 몸으로 그의 말을 듣고 있다.

“알았어요, 몰랐어요?”

다시 못 박듯이 큰 소리로 고압적인 태도로 다짐을 받는다.

"예에 예! 알었지라우!"

큰소리에 점방 주인 홍 첨지도 깜짝 놀라 자기도 모르게 두 부부와 같이 대답을 한다. 왔던 길을 다시 돌아가는 헌병들을 보면서 부부는 아들 걱정이 앞선다.

"야가 어떻게 된 거이다야!"

먼저 부인이 이상하다는 듯 물어본다.

"아니 헌벵들 말로라면 기차에서 뛰어내렸다는듸... 어떻코롬 허면 그렇게 싸게 댕긴다는 기차에서 뛰어내린다냐? 뛰어내리다가 죽거나 크게 다친 것 아녀 갸가?"

"허어 죽었거나 다쳤으면 헌병들이 여그까지 오겄어?"

송남식 씨가 그럴 리가 없다고 선을 긋는다.

"허기는 그러기는 그러네잉!"

홍 첨지도 송남식 씨의 말이 맞는다는 의미로 옆에서 거든다.

"금섭이 갸가 참 날랩기는 날랩지. 그렇게 달리는 기차에서 뛰어내리고 잽히지 않고 도망을 쳤응게로 갸들이 잽으러 왔겄지!"

아들을 군 징집으로 보내놓고 며칠 밤잠을 설친 두 부부에게 새로운 걱정거리가 생겼다. 부부의 뇌리에는 수만 가지 생각이 스쳐 지나가고 상상이 상상을 낳고 갈수록 걱정만 커간다.

송금섭이가 넷째 아들인데 그 위로 형이 셋, 누나가 둘, 밑으로 남동생이 둘, 여동생이 하나 있다. 그런데 여동생은 한쪽 발이 아주 불편하여 소아마비가 걸린 것처럼 걸었다. 어릴 적, 나이 네댓 살에 공회당에서 꽃등놀이를 하다가 떨어져 허리부분을 크게 다치고 다리가 부러지는 사건이 발생하였다.

당시 병원에 급히 갔으면 치료할 수 있었지만 어린아이들끼리 놀다가 마루에 떨어져 허리부분과 다리가 중상을 당했음에도 혼이 날까봐 아무 말도 하지 못하고 말았다. 어린애를 집에 업고 와서는 이불 위에 내려놓고 며칠을 보내다 치료 시기가 늦어 끝내는 다리를 펴지 못하게 되었던 것이다. 그 여동생까지 합하여 총 9남매. 송남식 씨 부부는 아들딸 부자였다. 보통 가정이 여섯 내지 일곱 식구가 대부분이고 부부까지 합해서 열이 넘는 집이 많지는 않았다. 열이 넘으려면 그만큼 먹는 것도 뒷받침되고 산모의 건강도 좋아야 하기 때문이었다.

송남식네 가계는 여산 송 씨로 대대로 400년째 김제와 부용, 금구 그리고 이곳에 정착하여 벼슬을 하거나 농사를 지으며 살고 있다. 크게 부유하지는 않지만 어려운 시기에 열한 식구 굶지 않고 그럭저럭 먹고 사는 형편이었다.

그가 사는 동네의 원래 이름은 지아물인데 이 이름은 옛날부터 이 동네에 기와집이 많아서 그렇게 붙여진 명칭이었다. 기와가 '지아'로 발음이 변하였고, '물'은 순수한 우리말로 마을에서 변화되어 기와와 마을이란 두 단어가 합하여 '기와집이 몰려있는 동네'라는 의미가 되었다.

송남식 씨가 사는 지역 동네이름이 공식 행정명칭으로는 '김제군 진봉면 상궐리'란 이름으로 불리는데, 여기서 상궐리의 궐자는 한문으로 대궐 궐(闕) 자로, 앞서 언급한 기와집이 많은 동네 즉 지아물에서 연유된 것이다. 김제 만경평야의 끝자락에 자리 잡은, 농사를 지어서 먹고 살기에 가장 알맞은 평야 한복판에 있는 마을이다.

이 지역을 포함하여 김만평야(호남평야의 중심지 김제, 만경 지역의 평야)의 대부분은 예로부터 가뭄이 들어도 평야 양쪽에 흐르는 만경강, 동진강물이 해갈해준다. 또한 비가 많이 와서 홍수라도 지게 될 경우에는 일차적으로 잘 발달된 농수로가 비를 흡수하고, 논밭 자체가 호수가 되어 큰물을 다 담고도 남는 지역이다. 이곳은 어지간히 큰비가 내려도 좀처럼 평야가 완전히 잠기거나 둑이 터져 넘치지 않는 지역이다.

그뿐 아니라 이 지역은 타 농촌지역보다 먼저 전기가 들어오고 신작로도 만들어졌다. 왜냐하면 이 지역에서 생산되는 쌀과 보리 등의 곡식을 다른 지역으로 실어 나르기 위한 방편이 필요하였기 때문이다. 호남미의 상당량이 이 지역에서 생산되었고, 이곳의 쌀은 맛이 좋아 대부분 고가로 수매되어 전국으로 유통되었으며 한반도에 사는 사람들의 주곡이 되었다.

일제의 식량보고

일제는 호남 특히 김제, 만경, 완주, 솜리, 익산, 함열, 함라, 여산, 은진, 옥구, 군산, 부안, 정읍, 고창, 강경, 논산 뜰의 쌀을 최고로 평가했다. 기름지고 차지어서 밥을 짓게 되면 기름기가 자르르 흐르는 밥이 되어 김치 한 가지만 곁들여 먹어도 맛이 있다. 특히 주변에 산이 없어 쌀에 돌이 들어가지 않은지라 별도로 조리를 사용하여 쌀을 고르지 않아도 밥을 해먹을 수 있다.

그래서 일본인들은 삼국시대 이래 호남지방에서 나는 쌀을 영양가 많은 최고의 쌀로 여겨 다투어 사갔다. 이런 이유로 일제 강점기에 쌀 무역이 군산항에서 대대적으로 벌어진 것이다.

일제가 조선을 강점하면서 양질의 쌀을 확보하기 위하여 이 고장에 여러 사업을 계획하고 시행하게 되는데 첫 번째가 쌀을 나르기 위한 철도의 개설이었다. 일제는 쌀을 원활하게 군산항으로 운반하기 위하여 지금의 군산선인 이리(익산)에서 군산까지 철로를 놓았으며, 이는 호남선이나 전라선 모두 이러한 목적으로 건설된 것이라고 생각할 수 있다.

두 번째는 도로를 개설하고 콘크리트 포장까지 완료한 것이다. 군산을 기점으로 군산에서 만경을 거쳐 김제, 부안까지 도로를 만들고 시멘트 포장을 하였다. 또한 군산에서 이리를 거쳐 전주 그리고 익산에서 김제까지 모두 포장도로를 놓아 쌀이 원활하게 군산항으로 수송될 수 있도록 신규 도로를 건설하였다.

이 중에서 전군가도(전주-군산 간의 도로)는 1900년대 초에 벌써 완성이 되었고 콘크리트로 포장까지 완료하였다. 그 당시엔 혁명적인 시멘트 포장도로를 건설할 정도면 얼마나 일제가 이곳을 중요시 하였으며 얼마나 많은 쌀을 수탈했는지 짐작할 수 있다. 이 도로들은 1960년대까지 콘크리트 포장 흔적이 도로 곳곳에 남아 있었으며 1970년대 들어 재포장되어 지금은 역사적 흔적이 사라져버렸다. 이 간선도로에 이어 평야지대 곳곳에 차가 들어갈 수 있도록 지방도로, 즉 신작로를 만들었는데 그 중 한 신작로가 송금섭이가 사는 지역인 가실과 지아물, 상궐, 관기, 고사 동네를 직통하고 있다.

다음으로 일제는 쌀을 증식하기 위하여 경작지를 늘리는 간척사업을 하였다. 만경강 하구 좌우 연안과 동진강 중류 및 하류에 제방을 쌓아 광대한 농지를 확보하였으며 그렇게 제방을 쌓고 개간, 경작을 하는 과정에서 선조들의 숱한 눈물과 피와 땀이 스며들고 서리게 되었다. 신작로 건설과 더불어 모든 노역은 그 지방 사람들이 강제로 동원되어 제공하였다.

현재 행정지역으로 만경강 지역의 진봉면 상궐리 일부와 고사리, 그리고 옥구와, 회현면, 동진강 지역의 계화면, 죽산면과 동진면, 광활면, 일대를 중심으로 개펄을 막아 만든 간척지가 일본인들이 경술국치 이후에 들어와서 쌀 증식을 위하여 강 하류지역에 만든 새로운 농토이다.

다목(多目)이란 일본 참의원이 이곳 진봉면 간척지의 제방을 쌓는 데 일부 돈을 투자하여 완성된 후에는 소유주가 되었으며 조선 사람들에게 소작을 주어 경작하게 하였다. 이 사람은 매년 시월 초에 일본에서 군함을 타고 군산항에 들어온 후에 잘 닦인 신작로로 지프나 말을 타고 별장에 들어왔다고 전한다.

자기 소유의 농장과 바다가 보이는 관기라는 동네에 이층으로 된 별장을 만들어 놓고 시월에 벌어지는 누런 벼이삭의 황금물결과 만경강의 물결을 동시에 바라보며 함성을 지르며 환호하였다고 한다. 이곳의 지형이 워낙 평야 저지대이고 야산이 없기 때문에 다른 집보다 약간 높은 이층집이라도 온 사방의 농장을 발아래 굽어볼 수가 있다.

그는 가끔 말을 타고 황금물결이 일어나는 농장을 순찰하거나 현지첩과 한 달여를 지낸 후 거두어들인 쌀을 배에 싣고 다시 일본으로 돌아갔다는 찝찝한 일화가 아직도 전해져 내려온다.

또 다른 일화로 이 사람이 일본에서 오기 며칠 전, 고용인들은 청동으로 만들어진 별장 이층집의 지붕 장식을 번쩍번쩍 닦아놓는 것이 하루 일과였다. 반짝거리는 청동 장식의 빛을 20리 이상 밖에서도 볼 수 있었다니 그의 권세를 짐작할 만하다.

그런 까닭인지 1930년대에는 이미 이곳에 전깃불이 들어오기도 하였고, 상궐 부락에 위치한 진봉국민(초등)학교가 1924년에 개교된 것만 봐도 시골치고는 일찍부터 꽤 문명화된 곳이었던 것이다.

마지막으로 일제는 댐을 만들어 꿀과 젖이 흐르는 김만평야로 물길을 흐르게 하여 가뭄에 대처하였고, 그 결과 상당한 쌀의 증식을 가져왔다. 물론 그 열매는 군산항을 통하여 다 일본으로 건너갔다. 당시 군산

외항에는 이 쌀을 일본으로 운반하느라 많은 일본 기선이 정박하였고 부두는 눈코 뜰 사이가 없었다.

군산항은 경술국치 이후 일본인들의 전략에 의하여 건설되어 1926년 기공식에는 사이토 마코토(齊藤實) 총독이 참석하였다. 그가 부두에 쌓인 쌀더미를 보고 "아! 쌀의 군산"이라고 탄성했다 하여 '쌀의 군산'이라는 명칭이 생겼다. 그 이후로 군산항은 전국 제일의 미곡 수출항이 되었다. 사실은 수출이 아니라 강제 송출을 당한 것이다.

송남식 부부는 둘째 아들이 일본의 공장으로 징용이 되어 일본 규슈의 후쿠오카 어디인가 군수공장에서 일을 하고 있다는 편지를 받았었다. 그리고 셋째 아들도 징용으로 일본에 갔는데 정확히 무엇을 하고 있는지 아직도 소식이 오지 않고 감감한 상태였다. 정확하게 군인이 되었는지 아니면 어느 공장에서 일을 하고 있는지도 불분명하였다. 게다가 이번엔 넷째 아들이 또 징병이 되어 훈련을 받으러 가다가 이번 사태가 벌어진 것이다.

송남식 씨 부부는 장성한 아들들을 셋이나 왜놈들에게 보내니 집안 기둥이 하나씩 없어져가는 느낌이 들었다. 밤이면 아들들 걱정에 잠이 제대로 오지 않았으며, 두 번째나 세 번째 닭이 울고 나서 겨우 어떻게 잠이 들었는가 모를 정도로 깊은 잠을 못 이루었을 뿐 아니라 자더라도 가위에 눌리거나 악몽을 꾸어 소스라치게 놀라 깨곤 하였다.

그런 상황에서 이번에 넷째 아들이 경찰과 헌병에게 쫓기는 몸이 되었으니 그 아픈 마음을 어디다가 내비칠 수도 없는 상황이었다.

한편 같은 동네는 아니지만 송금섭이 사는 상궐에서 5리 정도밖에 떨어져 있지 않은 다뭇이라는 곳에 사는 최상현이네 집에도 헌병과 형사들이 집에 들어와 막무가내로 뒤지고 찾았다. 최상현이네 집도 농사를 제법 크게 짓고 있어 먹고 사는 데 문제가 없었다.

이 집안도 소작이 아니었기에 최상현이를 중등학교까지 보냈고, 머리가 영리하여 공부를 잘하는 그는 전주 소재 대학에 응시하여 합격이 되었다. 그러나 대학에 입학하기 전 징집장이 날아오고 군과 면에서 관리들이 집에 와서 징용에 응하라고 귀찮을 정도로 독촉하는 바람에 고민하고 전전긍긍하던 끝에 할 수 없이 입대를 하게 되었던 것이다.

도피 및 탈출

탈출자 네 사람은 놀랐다. 벌써 논산 강경까지 추격의 발걸음이 닥쳤다는 사실과 일본 헌병, 형사들의 끈질김이나 신속함에 탄복했다. 사실 그들은 기차에서 뛰어내리고 나서 향후 어떻게 하겠다는 특별한 계획이 없었다. 그들은 일본 병사가 되어 중국 전선이나 태평양의 어느 섬에 가서 싸우는 것 자체가 두려웠다.

살아서 돌아온다는 보장도 없었고 그 과정에서 멀리 집 떠나 의미 없는 고생을 하기 싫은 네 사람의 의기가 맞아 탈출을 감행한 것이다.

그러나 일단 탈출에 성공하여 집 가까이 다가왔지만 막상 헌병과 형사들이 눈을 치켜뜨고 그들을 찾고 있을 것을 생각하니 앞으로 어떻게 이 상황을 헤쳐 나갈지 막막하기만 하였다.

"야뜰아! 헌병과 순사 놈들이 여그까정 손을 뻗어 왔는디 집은 어지간 허겄냐! 잉? 그렁게 우리 모두 집에 들르지 말고 막바로 우리가 정한 목적지까장 가야 된다고 생각허는디 느그들은 어떻게 생각허냐?"

송금섭이가 먼저 말을 꺼냈다.

"글씨 말이여 일이 고약허게 꼬이네 말이여! 내가 생각허기로는 막바로 가기는 가야 쓰겄는디. 집 가까이 와서 기냥 지나칠 수도 없응게로, 얼른 쪼매 가서 부모님 얼굴이나 뵙고 가면 안 될까?" 김동욱이가 미리 생각을 한 양 바로 말을 이어나간다.

"글씨 그게 좋기는 좋은디. 위험해서 걱정이 되는디! 만약 잽히기만 잽히면 우린 끝이여 끝!"

이남제가 말을 받았다.

"안 잽히면 되지 뭐!"

김동욱이 자신 있는 태도로 말하였다.

"어디 그게 니 맴대로 되여! 야 니가 뭐 홍길동이라도 되는 줄 알고 있는디. 잽히면 우린 다 죽는다는 것을 알고나 말을 혀... 총 쏴대는디 죽지나 않으면 다행이지."

이남제가 나무라듯 말하였다.

"야 누가 그것을 몰라. 그렁게 안 잽히도록 맨밀히 계획을 세워 피해 다녀야지."

김동욱이와 이남제가 서로 자기 이야기를 앞세운다.

"야! 그러면 우리 이렇게 하자"라고 송금섭이가 옥신각신하는 두 사람 사이의 논쟁에 결론을 내버린다.

"집이 가서 부모님을 뵙되 시간을 짧게 허자고. 그리고 바로 나와서 우리 모이는 데를 정하여 거기서 만나기로 허자."

"그려 그렇게 허지!"

세 사람이 동의를 하였고 송금섭이 계속 설명을 한다.

"그렁게로, 여그가 시방 임피 근방잉게. 임피를 거쳐서 지경으로 가다가 새챙이 다리를 건넌 다음 각자 헤어지기로 허자. 거기서부텀 어째

피 넷이 다른 길을 가야씅게로."

이남제도 거든다.

"새챙이 다리를 건느고 나서는 각자 갈 길을 가는디. 김동욱이 니네 집이 거기서 제일 멀리 있응게 발걸음을 쬐끔 싸게 싸게 혀야 될 거여!"

"그렁디 부모님 뵙고 어디서 만난다고?"

김동욱이가 물어본다.

"아참! 만날 장소와 시간을 정혀야지."

송금섭이 머리를 긁적인다.

"저 거시기 동욱이 너 그 부안 들어가기 전에 다리가 큰 거 하나 있는디... 어... 그 거시기 거 동진강 다리 말이여!!!"

"아 그 거시기 부안 들어가기 전 숫문(수문) 여러 개 달린 다리 말이여?"

"어 너 그거 알고 있구나!"

"이– 그거야 알지! 우리 동네에서 쭉허니 서짝으로 뚝 타고 동진강 바다로 나가면 숫문이 보이는듸. 그거랑게로."

"좋아 좋아. 그럼 에! ... 거그서 몇 시에 만나면 되지? 에... 야달 시? 야달 시가 좋겄다. 좋아!"

최상현이 말한다.

"그려 그쯤 만나는 것으로 허면 되겄다."

"저 거시기 시간에 늦지 않도록 허고들... 만일에 말이여 한 시간 이상 지체되어 기다릴 때면 그때까지 만난 사람만 떠나는 것으로 헐 팅게. 시간에 늦지 않도록들 혀 잉–?"

송금섭이가 다짐을 받듯이 이야기한다.

"알았어! 늦어도 아홉 시까장은 도착허도록 허야지."

이남제와 최상현이 말을 받았고 김동욱이도 고개를 끄덕였다.

"그럼 공주 노인께서 주신 돈은 송금섭이 니가 갖고 있거라."

최상현이 송금섭이에게 돈과 편지를 주었다.

별이 총총히 떠있다. 옆걸음과 뒷걸음을 하며 하늘을 휘 돌아본다. 북두칠성이 따라온다. 북극성은 확 눈에 뜨이지 않는다. 하나 둘... 다섯. 겨우 별 한 개를 찾아낸다. 이번에는 눈을 반대쪽으로 남남서쪽을 보니 은하수 한 무리가 지나고 손가락과 손등 모양의 별들이 오리온자리이다. 별빛이 차갑다. 밤하늘의 별들 수만큼 그리고 검게 보이는 하늘색만큼이나 오늘 네 사람의 마음속을 이토록 시리도록 만드는 것은 무엇일까? 네 사람은 말없이 발걸음을 빨리 한다. 빨리 도착하면 그만큼 부모님을 뵙고 이야기할 시간을 많이 갖게 되기 때문이다.

지경(대야)부터는 도로가 시멘트로 포장이 되어서 걷기가 한결 쉬워진다. 통상 새로 만들어진 도로 즉, 신작로는 거의 자갈이 깔리어 깜깜한 밤에 걷자면 돌부리에 걸리거나 큰 돌멩이에 차이는 경우가 많다. 하지만 지금 걸어가는 간선도로는 시멘트로 포장이 되어 장애물이 없고 평탄한지라 속도도 빨라졌고 편안하였다.

일명 새창이 다리는 만경강을 하류 쪽에서 옥구군과 김제군을 이어주는 다리로 김제 만경 쪽의 쌀을 군산항으로 옮기고자 만든, 작은 차량 두 대가 겨우 비켜갈 수 있는 좁은 이차선 다리였다. 1928년 착공하였고 당시 거금 28만 원을 들여 1933년 완공하였다. 이 다리와 연결되어 있던 도로 역시 2차선으로 군산에서부터 김제 그리고 부안까지 콘크리트로 포장을 하여 신속히 쌀을 옮길 수 있도록 만든 것으로 농촌지역에 건설된 최초의 콘크리트 포장도로였다.

김제군 쪽의 고장 이름이 청하면인데 새롭게 청하에 다리를 놓았다고 해서 '새청하 다리'라고 명명되었다. 이 다리는 전라도의 독특한 발음 변화 방식으로 새청하-새창히-새창이(새챙이)로 발음이 변하게 되었다.

멀리 모악산 쪽으로 초승달이 한가롭게 걸쳐 있다. 별들은 초승달의 세력에 눌려 누그러진 빛발을 주변에 흩어 뿌릴 뿐이다. 새창이 다리에 다가오자 일행은 긴장한다. 어렴풋이 검문소 그림자가 초승달빛에 약하게 드리워져 있다. 네 사람은 거의 한 시간 정도 한참 미동 없이 나무로 간단히 비만 피할 수 있게 만들어진 검문소를 지켜보았다. 그렇게 한 시간을 지켜보았지만 검문소에서는 아무런 인기척이 없다.

다행이다. 원래 이곳을 지키던 경찰병력이 있었지만 독립군의 세력이 약해지고 지방에서 반 일제세력의 활동이 없어지면서 변화가 생겼다. 게다가 만주사변과 태평양전쟁이 발발하자 이곳에 병력을 배치할 여력이 없어 철수해버렸기 때문이다.

네 사람은 다리를 어떻게 건너갈까 매우 걱정하였으나 빈 초소만이 놓여 있는 것을 알고 마음을 놓는다. 그들은 신속히 다리를 통하여 만경강을 횡단한다. 청하를 좀 지나서 우측으로 사잇길이 나타나자 송금섭이가 말한다.

"나허고 상현이는 이 갱변 쪽 몽산리 길로 갈 팅게. 이따가 아침에 거그서 보더라고 잉!"

"그려 알았어. 조심혀서 가고 이따 보아."

이남제가 대답한다.

"저그 거시기 김동욱이 너도 쬐끔 가다보면 백산 쪽으로 가는 길이 나오는디. 그리 가지 말고 만경 지나서 저수지 옆으로 직접 가는 큰 신작로를 타고 가는 것이 좋겄다." 이남제가 알려준다.

"그려 나도 그렇게 생각허네. 어쨓든 걸음을 쬐끔 싸게 싸게 허자."

송금섭이는 만약의 사태에 대비하여 동네 뒤쪽으로 길을 택했다. 밤 한 시가 가까워서 집이 있는 동네에 도착을 하였다. 불과 며칠 전에 강제로 징집되어 집을 나왔건만 몇 년이 흘러버린 것 같은 느낌이 든다. 혹시나 집 주변 어딘가에서 형사들이 잠복을 하고 있을 가능성에 대비하여 한참 살피다가, 뒤 울타리 터진 틈으로 장독대가 있는 뒤곁으로 접근을 하여 뒷문을 조심스럽게 두드리며 어머니를 부른다.

"똑 똑 똑... 어머니!"

처음에는 약간 들릴락 말락 불렀으나 대답이 없자 이번에는 약간 더 크게 불렀다.

"어머니, 어머니 나 왔어 금섭이!"

그때까지 잠을 이루지 못하고 이 생각 저 생각 아들 생각에 이리 뒤치락 저리 뒤치락거리던 아버지 어머니가 깜짝 놀라 이불을 젖히고 일어난다.

"누구여? 금섭이여?"

"예 어머니 금섭이여요."

얼른 뒷문 문고리를 젖히고 문을 열어 아들을 방으로 들어오도록 한 어머니는 아들인가 확인하려고 전깃불을 켠다. 행색이 엉망이 된 피곤한 모습의 넷째 아들 송금섭이다.

"아니 여보, 큰일 날려고 불을 키고 그려!"

아버지가 아들임을 재차 순간적으로 확인하면서 불을 재빨리 끈다.

"아니 여보, 지금 순사들이 쫙 깔려 있는듸. 들키면 어쩔려고 그러는 거여!"

어머니는 아들을 자리에 앉게 하고 창호지 문으로 흐릿하게 배어 들어오는 빛으로 아들을 응시하며 어떻게 된 것인지 묻는다.

송금섭은 그동안 징용되어 기차를 타면서부터 지금까지 겪어온 일과 앞으로의 계획에 대하여 자초지종을 말씀드렸다. 아버지도 어제 새벽에 형사들이 와서 뒤지고 간 이야기를 해주었다.

"그려. 이 시벽에 바로 일어나서 가야 되겄구먼. 그려여!"

"예. 벌써 순사들이 쫘악 깔려부렀당게요. 여그 집이서 오래 머뭇거릴 시간이 없어요!"

"가만 있거라. 쪼메 기둘려라."

아버지가 재빨리 일어나 벽장에서 잡기장과 연필을 꺼내더니 잡기장 뒷부분의 한 장을 북 찢어내 무엇인가 쓰기 시작하였다. 그동안 어머니는 아침에 일어났던 순사와 형사들의 불시 방문에 대하여 상세히 말해주었다. 시장기를 느낀 송금섭이는 어머니에게 무엇이든지 먹을 것을 좀 달라고 하였다.

어머니는 부엌에 나가더니 저녁에 해놓은 밥과 김치를 들고 들어왔다. 비록 식은 밥이었지만 갓 담근 봄 겉절이하고 먹는 맛은 어머니의 손맛이 들어 있어 역시 꿀맛 같다. 이런 시골에서 맛있는 것이 있을 수가 없다. 밥 한 그릇이라도 남아 이것을 먹을 수 있다면 다행이다.

더구나 오뉴월 보릿고개의 시점이 지금 아니던가! 가을에 거두었던 나락의 5할을 공출하였으니 곡식이 온전히 남아 있을 리가 없다. 이 춘궁기에 밥을 먹을 수 있다는 것으로도 만족을 해야 할 상황이다. 송금섭의 아버지는 편지 작성을 마치자 그것을 곱게 접더니 이번에는 보석함과 바구니에서 무엇인가를 끄집어낸다.

"이거 2백 원이여! 맴 먹은 대로 헐려면 많은 돈이 필요헐 틴디 쓰도록 허고. 거시기! 요것은 금반지 닷 돈인디 끼고 댕기다가 긴요허게 필요헐 때 쓰거라. 에! 그리고 이것은 니 외삼춘한티 전하는 편징게 만나거든 전해줘라! 그리고 이것은 느그 외할머니께 드려라. 오다마(사탕) 한 봉지허고 할머니 신발이란다. 느그 어머니가 갈 때 드릴려고 혔는디. 지금 갈 때가 아니니깐 네가 갖다디려야겄다."

"그럼 어머니 아버지 언제 뵐지 모르는듸, 몸 건강히 안녕히 계세요. 편지가 가능허면 기별헐게요."

그는 인사를 드리며 큰절을 한다. 어느 사이 세 사람의 눈언저리가 젖어 있다. 며칠 전에 흘렸던 눈물이 또 나온다. 어머니가 눈물을 훔치며 말한다.

"어디 있더라도 몸 성히 잘 있다 오너라잉! 꼭 살아 돌아오야 혀! 어이쿠 이놈의 자슥들아!"

그녀는 다시 눈물을 훔쳐낸다. 일본에 건너간 두 아들의 모습이 순간적으로 스치어 지나갔기 때문이다. 이때 형과 누나 그리고 동생들이 자다가 나와서 배웅을 한다. 다시 뒤 울타리를 넘어 안전하고 빠른 사잇길로 접어든다. 만나는 장소까지의 길은 외갓집으로 가는 길이라 송금섭이도 잘 알고 있다.

한편 최상현이도 송금섭이와 거의 같은 시각에 집에 도착하여 뒷문을 두드리며 어머니를 부르니 역시 깜짝 놀란다. 등잔불을 밝히고 아들을 바라보는 부모의 심정은 어떠하였을까? 자초지종을 말씀드린 후 약간의 여비도 추가로 받았으며, 밥 대신에 누룽지를 호주머니에 넣고 하직인사를 하고 길을 나선다. 이번에는 더욱더 아들의 앞날이 걱정되어 어머니는 눈물을 연신 흘린다.

"꼭 살아서 돌아오거라. 이 잉!"

부모님의 말씀이 집을 나서는 상현의 마음을 심란하게 만든다. 이미 경찰과 군의 수사망이 펴졌다. 빨리 이곳을 벗어나야 한다는 생각에 발걸음이 빨라진다. 최상현의 집도 어제 기습 수색을 당하였던 것이다.

한편 이남제도 송금섭이보다 한 시간 반이나 늦게 동네 어귀에 도착하였으며 역시 주변을 바짝 주시하며 뒷길을 통하여 집에 들어가서 송금섭이와 비슷한 과정을 겪었다. 이남제의 집에도 아직 전깃불이 들어오지 않아서 등잔불을 밝힌 뒤에야 어머니는 아들의 얼굴을 볼 수 있었다. 이남제의 아버지는 몇 년 전 이 세상을 등졌다. 벌써 20년도 더 된 그러니까 남제를 임신하기도 전 일제가 토지조사를 하여 조직적으로 농토를 빼앗아 갔는데, 대대로 농사를 짓던 남제네 아버지가 물려받은 논 네 필지가 아무도 모르게 일본 지주의 소유로 되어버렸다. 이를 나중에야 알게 된 이남제 아버지가 거칠게 항의하자 일본 지주와 경찰 그리고 면사무실의 담당자가 주동이 되어 그를 면 지서에 끌어가서 죽도록 매를 때린 사건이 발생하였다.

그 때 중상을 입었다가 간신히 일어난 이남제 아버지는 틈만 나면 지주에게 찾아가 따졌고, 따지다 못해 무엇을 잘못하였는지도 모를 용서를 빌고 어떻게든 자기가 농사를 지어야 하지 않겠느냐고 사정도 해보았다. 하지만 이미 면사무소 직원들과 짜고 조직적으로 빼앗은 농지이고 다른 소작농에게 주어버린 상태여서 아무리 애걸하고 항의해도 소용없는 일이었다.

남제가 예닐곱 살이 된, 아버지가 사망하기 몇 달 전에도 남제 아버지는 다시 면사무소를 찾아가 담당 서기에게 따지다가 화가 끝까지 치밀어 면서기 얼굴을 주먹으로 가격한 사건이 발생하였다.

면서기는 즉시 지서에 고소를 해서 그는 지서에 끌려갔지만, 남제 어머니는 이번에도 여느 때 같이 매를 얼마간 맞고 나올 줄 알았다. 그러나 일이 이상하게 꼬이느라고 일본 지주가 마침 그 마을에 와 있었다. 그는 소식을 듣고 이번 기회를 이용하여 남제 아버지를 제거해버리려는 마음을 굳게 먹고 모종의 간계를 지서 주임에게 이야기하였다. 이 날은 얼마나 매를 맞았는지 온몸이 피투성이가 되어 있었으며 궁둥이와 허벅지의 살은 터져버린 상태로 검은 피딱지가 닥지닥지 붙어 있었다.

남제네 어머니는 어쩔 줄을 모르고 있는데 마을 사람들이 소매통(오줌통)에 매 맞은 사람을 얼마간 담가 넣으면 낫는다는 민간요법을 귀띔하여 그렇게 하였으나, 워낙 상처가 심하여 몇 달을 끙끙 앓다가 끝내는 숨을 거두고 말았다.

남제는 어린 마음에도 아버지의 상처를 들여다보며 어머니를 따라 울었으며 끝없는 복수를 다짐하였다. 다행히 빼앗아가지 못한 세 필지의 좋은 논이 있어 어머니 혼자 억척같이 농사를 지어 시집간 두 누나를 포함한 네 가족이 밥은 굶지 않고 먹을 수 있었고 남제가 학교도 다닐 수 있을 정도였다.

남제는 홀로 남는 어머니에게 다시 한 번 큰절을 올리며 작별인사를 하고 서둘러 길을 재촉한다. 어둠은 물러가고 있으나 아직 동녘은 트지 않았다. 만나는 장소가 여기서 그리 멀지 않아 한 시간 정도 슬금슬금 걷게 되면 도착할 수 있을 것 같아 혹시 마지막이 될지도 모를 동네를 이곳저곳 쳐다보며 걷는다. 그러나 좁혀오는 수사에 쫓기는 자의 마음은 그리 한가하지가 않다. 조심스레 사잇길을 이용하여 목적지를 향한다.

시작된 김동욱의 고난

한편 김동욱도 새벽녘 늦게 집 가까운 마을 어귀에 당도하였다. 김동욱의 집은 일제 치하에서도 비교적 부유하게 살고 있었다. 이 집안도 역시 동양척식주식회사의 토지조사 때 풍파가 있었으나 김동욱의 아버지가 당시 면사무소장과 인척이면서 절친한 사이였다. 그리고 여러 면사무소 직원들과 지서주임하고 아주 친한 관계를 유지하고 있어서 동양척식회사에 빼앗길 수 있는 논에 대한 소유권을 미리 확실히 하여 조상으로부터 물려받은 일부 논을 지킬 수 있었다.

그는 오히려 일본 지주와 막역한 관계를 유지하면서 일본 지주가 소유한 논 중에서 열 필지를 대리 경작하는 행운까지 얻게 되었다. 김동욱의 아버지는 이 대리경작 농토를 일부는 다시 소작농에게 얼마간의 소작료를 받고 내주었으며, 나머지는 관우 · 장비 같은 머슴을 네 명씩이나 고용하여 농사를 지었다.

이 덕택에 해마다 나락은 곳간에 쌓여갔다. 용의주도한 김동욱의 아버지는 해마다 어느 정도의 비자금을 만들어 구장, 면장, 지서 순경과 지서 주임 그리고 군청에까지 적당한 선에서 때로는 후원금을 보내거나 암암리에 상납하기도 하였다.

그리고 일본인 지주가 일본에서 1년에 한 번씩 방문할 때에도 지방 특산물과 많은 액수의 현금을 바치곤 하였다.

입이 찢어진 일본인 지주는 더 많은 소작농토를 김동욱 아버지 김일식에게 주었으며 김일식은 점차 부자가 되어갔다. 그는 또한 동네 사람에게 아주 인기가 높았다.

흉년이 되어 굶주린 사람에게는 무이자로 곡식을 내주기도 하고 이자 놀이도 당시 최대 장리이자(5할)까지 받는 다른 사람에 비하여 아주 싼 2할을 받았다. 저당이 없는 경우에만 최대 3할 정도만 받았다.

그래서 봄이면 싼 이자로 돈을 얻어 쓰려는 사람들이 끊이질 않고 드나들었다. 이 마음 씀씀이와 주변 인물과의 적절한 관계가 곧 김일식을 천석꾼으로 만들었다. 김동욱은 오남매의 막내였으며 외동아들이라 온 집안사람들이 마치 보물을 취급하듯 그를 대하였다. 그럼에도 다행히 버릇은 크게 없지 않을뿐더러 외동아들치고는 의리와 사내다움이 조금은 있었다. 김일식은 외동아들의 군대 징용을 빼내려고 갖은 힘을 다하였지만 이것만은 허사가 되었다.

전쟁을 지구 절반 위에서 벌이고 있는 일본이 아무리 많은 병력을 동원한다 하더라도 모든 전장에 적정한 병력을 투입할 수가 없었고, 젊은 사람이란 젊은 사람은 모두 군에 끌려가야 하는 절박한 상황이었기 때문이었다.

별의별 방법을 다 동원하였으나 허사였고, 아마도 군이나 면사무소에서 징집을 주관하였다면 벌써 열외 되었을 것이지만 결국은 군대에 합류할 수밖에 없었다.

김동욱은 조심스레 동네에 들어온 후 뒷담을 넘어 집안으로 들어갔다. 김동욱네 집 앞은 남쪽을 향하여 훤하게 터진 평야가 펼쳐져 있고 뒤에는 낮은 야산으로 둘러싸여 있는 전형적인 농촌의 남평북구 즉 남쪽은 평야, 북쪽은 산으로 된 형태를 하고 있었다. 김동욱도 송금섭이와 이남제처럼 그동안 일어난 자초지종을 부모님께 말씀드렸다.

김동욱은 다른 친구들보다 집이 멀어 두 시간을 더 많이 걸어온지라 집에 도착한 시간도 늦었다. 동욱이도 어머니가 내어준 밥을 배불리 먹고 나니 몸이 나른해지면서 졸음이 밀려왔다. 그러나 친구들과의 약속이 있고 이곳에 있으면 형사들에게 붙잡힐 것이니 잠깐만 눈을 감고 있다가 일어나야겠다는 마음으로 따스한 방바닥에 등을 붙였다.

등이 따뜻해지니 약속은 언제 한 것인 양 눈 녹듯이 없어지고, 찬 밤바람에 얼었던 몸이 녹아들면서 그동안 힘들었던 과정에 무슨 일이 있었느냐는 듯 사라져 스르르 잠에 빠져들어 버렸다. 김동욱의 아버지와 어머니는 아들이 곤하게 자는 모습을 보면서 측은하다는 생각만 들 뿐 앞으로 일어날 사태는 전혀 생각도 못하였고 시간이 되었다고 깨울 생각도 하지 않았다. 아침을 마치고 한 시간가량이나 되었을까.

김동욱의 아버지가 마루에 나와 담배를 한 대 피우고 있는데, 대문에 총을 든 세 사람이 나타나 다짜고짜 토방으로 올라서더니 방으로 들어가려 한다. 머슴들이 대문서부터 무슨 일인지 물으며 한사코 제지해 일단은 마루 앞에 서게 되었지만 신발을 신고 마루에 올라설 기세는 어느 누구도 막을 수 없다. 왁자지껄한 소리에 김동욱은 정신이 번쩍 들어 반사적으로 벌떡 일어나 뒷문을 열고 뒷담을 넘으려고 뛰어나간다.

"헤이! 안녕하신가? 헤헤. 어디를 도망가려고 이 상놈의 새끼가!"

약간 비웃음반 섞인 욕지거리가 코앞에서 울린다.

사복 헌병과 형사들이 도망에 대비하여 헌병 두 명을 미리 집 뒤와 옆에 배치하여 대비하였던 것이다. 김동욱의 아버지는 나오지 않는 큰 기침을 연신하며 체통을 지키려고 애를 쓴다. 하지만 속절없이 잡혀버린 김동욱에게 수갑이 채워지자 그 중에서도 제일 높아 보이는 형사에게 좀 어떻게 안 되겠느냐고 애걸복걸해본다. 그러나 그는 들은 척도 하지 않으며 연신 헌병들의 눈치만 보고 있다. 헌병은 아주 당연하다는 듯 집 앞까지 몰고 온 지프차에 김동욱을 태우고 읍내 쪽으로 사라져버린다.

3인의 재 만남

송금섭이와 최상현, 이남제는 약속시간을 지키려 부지런히 길을 재촉하였다. 송금섭이는 그 길이 초행길이 아니었기에 헤매지 않았고 최상현이도 어느 정도 길을 알고 있었다. 남제는 자기 동네에서 불과 얼마 떨어지지 않은 관계로 정해진 약속시간에 도착하였다.

동진강을 건너야 할 다리는 작은 지프차 두 대가 겨우 비켜갈 수 있는 폭으로 만들어져 트럭 같은 큰 차가 들어설 때는 한쪽에서 반대편 차가 다 지나갈 때까지 기다리다 반대편 차가 지나가면 그제야 통행을 하여야 하는 좁은 다리다.

그러나 때로는 큰 차 두 대가 동시에 들어왔다가 중간에 만나게 되면 늦게 들어온 차가 후진을 한 뒤에 다시 진입하는 일이 다반사였다. 하지만 마음이 모진 두 운전자가 마주쳤을 때는 한참 실랑이를 치르는 다리였다. 이 다리는 동진강을 가로질러 부안군과 김제군을 이어주는 다리로서 길이가 거의 500미터는 되었고 다리 한쪽 편에는 수문을 만들어 홍수를 조절하고 바닷물의 역류를 방지하였다.

서해 강물의 특성상 조수간만의 차에 따라 이 수문을 열었다 닫았다 하여 강물의 흐름을 조절하는데, 밀물 때가 되면 바닷물이 육지 쪽으로 상당 부분까지 역류하여 농사용 물로 이용하는 데 차질을 주기 때문에 이를 막기 위하여 수문을 설치하였다.

이남제가 먼저 도착하여 멀찍이 다리를 바라다 볼 수 있는 곳에 쭈그리고 앉아서 다리 쪽의 상황을 확인한다. 얼마 지나지 않아 저 멀리에 자그마한 점이 점점 커지면서 다리를 건너는 송금섭이의 모습을 확인한다. 이남제는 송금섭이를 10여 미터 마중 나가며 손을 흔들어 그가 이쪽으로 오도록 한다. 송금섭이도 곧 이남제를 알아보고 바로 어제 늦은 밤에 각자 자기 집에 갔음에도 마치 오랫동안 헤어졌던 사람 만나는 모양새로 반갑게 인사를 하며 만난다.

곧 최상현이도 두 사람과 합류한다. 송금섭이는 최상현이와 이남제를 만나자마자 어제 새벽녘에 있었던 헌병과 형사들의 급습에 대하여 서로 이야기한다.

세 사람은 군과 경찰의 수사망이 이렇게 넓게 신속히 진행될지를 전혀 예측하지 못하였고 놀라울 뿐이었다. 오히려 자신들의 발이 느려서 늦게 도착한 것과 뿔뿔이 헤어져 집에 간 것이 일부 행운을 가져다 줄 것 같은 느낌이 들기도 한다.

세 사람은 김동욱의 경우가 염려스럽기도 하고 궁금하다. 두어 시간이 지나 거의 열 시가 다 되었는데 김동욱은 나타나지 않는다. 송금섭이가 하얗게 도금한 쇠줄이 달린 동그란 휴대시계를 꺼내 보면서 걱정스러워한다.

"상현아, 남제야, 동욱이가 상당히 수상허다. 시간이 훨씬 지났는디 여태 오지 않응게로. 우리 지금 가버릴까 아니면 여그서 앞으로 한 시간만 더 기다리다 갈래?"

"우리 쬐매 더 기둘려봐야 할 것 같다. 걔네집이 우리들 집보단 갈 때나 올 때 다 훨씬 머니깐 시간이 많이 걸리겄지. 한 시간 정도 더 기다려보자. 그려! 그러야 쓸 것 같여. 아무려도 불안허긴 불안혀! 갸가 학교 때부터 여러 번 약속도 까먹고 늦기도 혔지만서도 오늘은 중요한 약속인디. 더 불안허단 말씸이여!"

이남제가 대답한다.

"야, 혹시 순사나 헌병들이 여그에 닥치면 어떻게 헐래. 어디 숨을 디도 도맹헐 디도 없는디... 그렁게로 우리 쬐매 더 멀리 저짝으로 더 가서 숨어서 지켜보자. 만일 순사 끼미가 보이면 냅다 도맹을 혀야 뒹게루. 그 사람들이 보이지 않는 저쪽 똘작으로 가자구!"

최상현이가 제안을 한다.

"그려 그려! 저짝이 좋겄다. 여그서는 잘 보이고 저짝서는 아주 안 보이는 똘 안쪽으로 숨어서 이짝을 지켜보면 되겄다."

두 사람이 동의를 한다.

세 사람은 약간 언덕이 지면서 사람 배꼽 정도 깊이로 만들어진 논 사이의 도랑에 쪼그리고 앉는다. 그들은 거기서 간혹 누가 오는지 고개를 들어 주변을 살펴보곤 하였다. 이 도랑에 앉아 있으면 다리 어느 곳에서도 보이지 않았다. 오히려 여기서는 다리와 그 부근을 다 감시할 수 있어 적당한 곳이다.

때마침 비가 오지 않아 도랑이 말라서 앉아 있기에 좋았다. 도랑에 앉아 있으니 흙냄새가 물씬 코에 들어온다. 세 사람은 이것이 흙 냄새인 줄을 깨닫지 못하고 막연히 어떤 냄새가 친숙하지만 역겹지 않게 후각을 자극한다고 생각한다. 그들은 이미 흙냄새에 어릴 적부터 적응이 되어 물씬 풍겨 나오는 독특한 흙냄새에 대한 거부반응 없이 도랑 내에 앉아 있을 수 있다. 도랑의 둑에는 잡초가 벌써 상당히 올라왔다. 이름 모를 잡초에서 풀냄새가 흙냄새와 대비되어 확 다가온다.

송금섭이 제법 올라온 논 쑥을 뜯어 코에 대본다. 독특하고 강한 쑥의 향취가 후각을 자극한다. 세 사람은 간혹 왔다 갔다 하는 차량과 자전거 그리고 행인을 지켜본다. 그렇게 한 시간이 더 지나도 김동욱이가 오지 않자 이남제가 먼저 제안한다.

"야아 가자! 우리 셋이만 가야겄다. 갸헌티 무슨 일이 인능게비다. 여적지 오지 않는 것을 봉게로 오기는 틀렸다, 틀려."

"그려 잘못허면 우리꺼정 어떻게 될랑가 모릉게. 빨리 여그를 벗어나야겄다."

세 사람은 부안 마을 들판 쪽으로 우회하여 조금 길이 멀어지지만 큰길을 피하여 시골 마을 논길로 걸었다.

김동욱 고문을 당하다

김동욱은 곧바로 헌병출장소 김제지구대에 끌려갔다. 지구대는 역 광장 한쪽 모퉁이 후미진 곳에 자리를 잡고 있었다. 이곳에는 경찰보안대 요원도 같이 근무하면서 대민사찰 임무와 김제역을 출입하는 모든 사람을 감시하는 일을 맡고 있었다.

다른 사람 같으면 반항을 하다가 몰매를 맞고 개 끌려가듯 끌려가는 경우가 허다하였다. 하지만 김동욱이가 순순히 수갑을 받고, 그의 아버지 또한 김제에서 이름깨나 하는 사람이라 연행되어 도착할 때나 취조할 때도 그런대로 부드럽게 진행이 되었다.

김동욱이는 단지 수갑만 뒤로 채워진 채 나무로 만들어진 걸상에 앉혀졌다. 헌병 취조원이 제일 먼저 간단한 취조를 시작하였다. 계급장을 보니 작대기 세 개에 갈매기 하나가 그려진 오장이었다.

"이름은?"

"예, 김동욱입니다."

"조선 이름 말고 일본 이름!"

"아, 예. 기무노도히다시(金野東旭)입니다."

"주소는?"

어디서 탈출하였지? 누구와 자행하였는가? 어떤 관계인가? 왜 도망하려 하였는가? 도망 다닌 경로는? 앞으로 무엇을 어떻게 하려 하였는가? 등등 간단한 초도 보고서를 쓰기 위한 질문이 한두 시간 이어진다. 지금까지는 사건 전반에 대한 기본적인 사항을 작성하기 위한 구두 질문과 답변이었지 취조치고는 아주 부드럽게 진행되었다. 기본 문서를 작성하기 위한 질문을 마친 오장도 지친 듯 일어난다.

"아 힘들어! 조금 있다가 다른 사람이 들어올 테니까 앉아 있고 화장실은 저쪽에 있으니까 이용해라."

그는 귀찮다는 듯 대충 일러주고는 문을 밀고 나가버린다.

점심도 먹지 못하고 이곳에 온 터라 첫 번째 취조가 끝나고 나니 배에서 "꼬르륵" 소리가 들려온다. 길어진 봄 햇살이 네모진 창문을 통하여 김동욱의 얼굴에 슬며시 와 닿는다. 일본 이름 김야동욱, 일본 발음으로 기무노도히다시, 김동욱이의 나이 이제 갓 스물, 1924년 갑오년 동지 생이니 아직 만으로 20이 되지 않았다.

김동욱의 아버지는 아들이 장차 글공부를 잘하여 아침에 찬란히 떠오르는 태양처럼 이 세상을 훤히 밝혀줄 것을 기대하면서 김동욱의 할아버지와 여러 날 심사숙고 끝에 집안의 오행(金 · 木 · 水 · 火 · 土)에 입각한 돌림자 중에서 동욱이 항렬이 가질 나무 목(木) 자가 들어간 동녘 동(東) 자를 취하고 아침 해, 아침 햇살의 의미를 지닌 욱(旭) 자를 넣어 김동욱이라 지었다.

일제는 이른바 한국인의 황민화를 촉진하기 위해 1939년 11월 제령 제19호로 '조선민사령(朝鮮民事令)'을 개정하여 한민족 고유의 성명제를 폐지하고 일본식 씨명제(氏名制)를 설정하여 1940년 2월부터 동년 8월 10일까지 '씨(氏)'를 결정해서 제출할 것을 전 국민에게 명령하였다.

조선총독부는 이를 실행하기 위하여 관헌을 동원해서 협박과 강요로 강행하였고, 창씨를 하지 않는 자의 자제에게는 각급 학교의 입학을 거부하고 창씨 하지 않는 호주는 '비국민', '불령선인(不逞鮮人, 후테이센징)'*의 낙인을 찍어 사찰과 미행을 철저히 하고 노무나 징용의 우선대상으로 삼거나 식량 등의 배급대상에서 제외하는 등 갖은 사회적 제재를 가하였다.

한국인들의 창씨 경향은 아주 왜식으로 하는 사람은 극소수이고 대개는 자기의 관향(貫鄕)을 땄으며, '山 川 草 木', '靑 山 白 水' 등에 관계되는 한자를 넣고, '江原・野原(에하라, 노하라)' 등으로 장난삼아 짓거나, '犬子'라고 지어 성(姓)을 가는 놈은 개자식이라고 풍자하는 사람도 있었다.

이와 같은 창씨의 강압 속에서도 애국적 인사들은 끝내 이를 거부하였으나, 기한까지 창씨를 제출한 집은 322만 호로 약 8할에 달하였다.

김동욱의 아버지도 처음에는 아무리 일본 놈들이 지배하는 세상이 되었다지만 성을 간다는 것은 도저히 용납할 수 없는 일이라고 생각하여 거의 1년이 지나도록 제출하지 않았다.

그러나 아들의 중등학교 입학 문제가 걸려있고 여러 가지 불이익을 당할 것이며 지금 자기의 지위가 흔들릴까봐 전전긍긍하다가 할 수 없이 일본식으로 이름을 짓는데 차마 경주 김(金) 씨의 김 자를 버리지 못하고 그냥 이름에다가 자기가 살고 있는 김제평야의 들녘을 상징적으로 생각하여 들 야(野) 자를 김 씨 뒤에 넣어 지었다. 그래서 김야(金野)가 김일식

* 불령선인: 불온하고 불량한 조선 사람이라는 뜻으로, 일본 제국주의자들이 자기네 말을 따르지 않는 조선 사람을 이르던 말이다. 불령(不逞)이란 의미는 원한이나 불평불만을 품고 국가의 구속에서 벗어나 제 마음대로 행동함을 말한다.

부자의 성씨가 되었고 아들 이름도 김야동욱(金野東旭)이 되었던 것이다.

김 씨(金氏)에다가 평야에 산다는 의미의 야(野) 자를 붙여 김야(金野)로 바꾼 김동욱의 아버지는 자기 딴에는 정말 그럴싸하다고 생각되었다. 골치 아픈 두 가지 문제가 곧바로 해결된 것이었다.

첫째, 자기 성씨인 김 씨 성을 계속 쓸 수가 있고, 두 번째는 자기 본 이름을 하나도 바꾸지 않고 일본식 이름을 지을 수 있었기 때문이다. 많은 사람들이 창씨개명을 고민하다가 김동욱의 아버지처럼 성씨와 본명을 버리지 않고 일본식으로 이름을 지었다. 그러나 상당수의 사람들은 완전히 일본식 이름으로 고치고 아예 성씨도 황국에 충성을 한다는 내용으로 지은 경우도 있었다.

당대의 유명한 소설가 춘원 이광수의 경우는 1940년 1월 ≪매일신보≫에 「선씨고심담」이라는, 성씨를 선정하면서 마음을 애쓰며 쓴 글을 통하여 자기변명을 앞세우며 창씨개명에 앞장서기도 하였다. 「선씨고심담」에 있는 그의 글을 보면 다음과 같다.

> 지금으로부터 2600년 전 신무천황(神武天皇) 어즉위(御卽位)를 하신 곳이 가시와라(橿原: 단군의 후예가 발흥한 곳에 세운 신궁-저자 주)인데 이곳에 있는 산이 향구산(香久山)입니다. 뜻 깊은 이 산 이름을 씨(氏)로 삼아 향산(香山)이라고 한 것인데, 그 밑에다 광수(光洙) 광자를 붙이고 수자는 내지식(內地式: 외국이나 식민지 입장에서의 본국 방식, 즉 일본식)의 랑(郞)으로 고치어 향산광랑(香山光郞)이라 한 것입니다.

또한 그는 자신의 창씨개명에 대한 변명과 일본에 대한 아첨을 장황하게 늘어놓는다.

> 내가 향산이라는 씨를 창설하고 광랑이라는 일본식 이름으로 고친 동기는 황공하고도 위대하신 천황이 이름과 읽는 법이 같은 씨명을 가지려고 한 데서부터다. 나는 깊이깊이 나의 자손과 조선민족의 장래를 생각한 끝에 이렇게 하는 것이 당연하다는 굳은 신념에 도달하였기 때문이다. 나는 천황의 신민이다. 나의 자손도 천황의 신민으로 살 것이다. 이광수라는 씨명도 천황의 신민이 되지 않는 것은 아니다. 그러나 향산광랑이 보다 천황의 신민으로 어울린다고 나는 믿기 때문이다.

즉 나도 이렇게 창씨개명을 하였으니 너희들도 같이 하자는 글이었다. 조선 최초의 근대시 「불놀이」로 유명한 주요한은 일제의 황도정신인 팔굉일우(八紘一宇)를 따서 송촌 굉일(松村 紘一, 마쓰무라 고이치)이라 창씨를 개명하기도 하였다. 팔굉이라는 말은 팔방의 너른 범위라는 뜻으로, 온 세상을 이르는 말이고 팔굉일우라는 말은 범 아시아주의라고 한다.

잠시 후 나이가 지긋하고 풍채가 중간 정도 되는 사람이 들어왔다. 사복을 입고 머리를 길러 가르마를 탔으며 첫인상도 그리 나쁘지 않고 나이가 지긋이 들어 보이는 예쁘장하게 생긴 사람이었다.

김동욱은 조금 전에 취조를 받았기 때문에 다음 사람이 와도 대략 그런 방법으로 넘어갈 것이라 생각하였다. 팔이 뒤로 묶여 있어서 그냥 의자에 앉아서 들어오는 사람을 약간은 멀거니 바라다보았다. 그런데 취조관은 김동욱을 보더니 대뜸 소리를 지르면서 버럭 화를 냈다.

"고노야로! 요런 호로 새끼 보았나! 어른이 들어왔는데 의자에 앉아 있는 거 보소! 이런 새끼들은 아예 싹을 잘라버려야 해!"

그는 김동욱의 뒤통수를 손으로 냅다 내려쳤다. 갑작스러운 일격에 방어할 틈도 없이 뒤통수를 맞았고 이어서 손이 김동욱의 두 뺨을 순식간에 좌우로 왔다 갔다 하면서 때리니 그의 두 눈에서 불똥이 튀었다. 손도 크지 않고 덩치도 그만한데 어디서 저런 힘이 날까? 그는 갑자기 멍하여졌고 아무런 생각이 나지 않았다.

일어나지 않는다고 욕하는 소리에 의자에서 일어나다가 취조관이 두 손으로 그의 양 어깨를 강하게 내리치는 바람에 다시 의자에 털썩 주저앉았다. 취조관은 연이어 펜대를 책상 위에 내팽개쳤다.

"이런 쥐새끼 같은 놈들 때문에 우리만 죽어나는 거야!"

그는 김동욱의 오른쪽 허벅다리에 발뒤꿈치를 들어 올려 내려 찍어버린다. 김동욱은 순간 "아악!"하는 비명을 질러댔다. 그의 눈에서 갑자기 눈물이 왈칵 떨어졌다.

"너 이 시키! 내가 묻는 말에 바른대로 대답하지 않으면 살아서 돌아갈 생각을 말어! 알았어?"

김동욱은 얼떨결에 대답했다.

"예 예"

"기므노도히가시(金野東旭) 너 소속이 어디야?"

"예?! 소– 소속이라뇨! 소속이 뭔데요?"

"이 XX 새끼가 다 알면서 모르는 체하는 것 보아!

이번에는 손바닥이 연거푸 좌우로 마치 권투선수가 앞에 있는 샌드백을 치듯이 얼굴을 후려갈긴다.

"이 새끼, 이거 우리가 말해주어야 불겠구만! 기므노도히가시! 우리 보안대가 너에 대하여 이미 조사를 다 했어. 니가 독립군 김제지부 똘마니이고 공산당 끄나풀이란 것도 우리가 다 알아."

김동욱은 생전 처음 듣는 말에 기가 막혀서 반문 겸 대답을 한다.

"예– 에? 독립군은 뭐고 공산당이 뭐당가요?"

“허허 요놈이 맛을 더 봐야 정신을 차리겠구만. 그려! 네가 독립군과 공산당을 모른다고? 며칠 전에 잡은 독립군 끄나풀 중에 네가 김제 지역에서 얼마 전에 가입하였다고 실토를 했는데도 모르는 일이라고!”

“아따! 거시기! 지가요 알면 안다고 허고 모르면 모른다고 허죠. 그러고 가입혔으면 가입혔다고 허지. 뭘라고 그짓말을 허겄어요잉? 참말로 모릉게로 그러지! 진짜 모릉당게요!”

“그려 그렇게 발뺌해봐, 야! 느그들 들어와라 안 되겠다. 이 시끼 본때를 보여줘야지.”

보안대 취조관이란 사람은 이미 문 밖에 두 명을 대기시켜놓았고 심도 있는 취조가 필요할 때면 이 두 사람을 들어오게 하여 문초를 하였다. 이들 세 사람은 같은 조가 되어 전라북도 내에서 이런 공안사건이 있을 때마다 수족처럼 움직였으며 고문의 달인이라고 할 수 있는 경지에 도달한 사람이다.

두 사람은 앞서 들어온 취조관보다 덩치도 좋았으며 인상도 우락부락하였다. 군과 경찰에서는 이번 탈영을 군대를 가지 않으려는 단순한 탈출사건으로 보지 않고 독립군이나 공산당의 사주에 의한 계획적인 사건이라 생각하여 이 사건의 성격을 규명하려 특수수사대 요원을 투입하였던 것이다. 김동욱이가 운 나쁘게 이것에 걸려든 것이다.

김동욱을 나무의자에 앉힌 다음 손을 의자 뒤로 묶어놓고, 몸도 밧줄로 묶은 다음 두 다리를 양쪽 의자 앞다리에 대고 발목을 의자 앞다리에 묶어 꼼짝을 못하게 만든 다음, 의자와 동체를 만들어 박달나무로 만든 사람 손목 정도 굵기의 넉 자 정도 되는 몽둥이를 X자로 다리 사이에 집어넣는다.

예로부터 박달나무는 단단하기로 모든 나무 중에 으뜸이라 하였고,

가구나 거의 영구적인 내구성 있는 제품을 만드는 데 이 박달나무가 쓰이는데, 특히 빨랫방망이나 홍두깨, 메 등 힘을 가하여야 되는 나무도구에는 이 나무를 사용하여 만들었다.

박달나무로 만들 물건의 기본적인 골격을 어느 정도 다듬어낸 다음, 사람 오줌통에 일정기간 넣고 숙성을 시킨다. 그 후 그늘에 말린 다음 원하는 물건을 최종적으로 다듬어 만들게 되면 엄청 단단하고 질기면서도 가벼운 도구가 만들어진다. 이렇게 만든 도구는 톱으로 자르려 해도 톱날이 잘 들어가지 않을 정도가 된다.

오늘 김동욱의 양 발 사이에 끼운 도구가 바로 그렇게 만든 고문 기구였다. 김동욱은 정신이 혼미해졌다. “으악” 소리를 취조실이 떠나갈 정도로 질러댔지만 이미 입에는 수건이 강제로 넣어졌고 그 위를 다른 수건으로 얼굴을 돌아가며 묶어서 질러대는 소리는 안개 속에 메아리처럼 들려오는 꿈의 소리로만 들린다. 한 차례 폭풍이 지나갔다. 어지간히 이 정도하면 항복할 텐데 김동욱이는 아무 말이 없다.

“이 새끼 이거 확실히 공산당 놈이로구만. 지독한 놈이네 이거!”

“야, 본때를 보여줘.”

“옛! 알쓰므니다.”

두 사람은 김동욱의 손을 묶은 밧줄을 푼 다음 잠방이만 남기고 옷을 벗긴다. 그 다음 두 손을 등 위에서 서로 겹치게 하여 엄지손가락 두 개를 묶어 천장에 걸고 공중에 매달아 놓는다. 온몸의 체중을 두 엄지손가락으로 지탱하고 있으니 그것들에 가해지는 고통은 이루 형용할 수 없는 것이다.

차 한 잔도 마실 시간이 지나지 않아 김동욱의 몸이 축 늘어지기 시작하고 허공에 떠있던 두 발이 늘어져 땅에 닿는다. 전신에 땀이 비 오듯 하였고 김동욱이는 "사람 살려라"라고 고래고래 소리를 지르기 시작한다. 하지만 입에 수건을 물렸기 때문에 명확한 소리가 들리지 않고 벌레울음소리 정도밖에는 들리지 않는다. 그를 매달아 놓고 지켜보고 있는 세 사람의 입가에서 미묘한 미소가 흘러나온다.

인간이 고통스러워하는 광경을 보고 희열을 수시로 맛본 이 사람들에게서 가학증의 욕구를 충족시키려면 이 정도의 고문은 시작에 불과하다.

"애들아! 저놈을 내려주고 입에 물린 수건도 풀어주거라."

"예 에, 알겠으므니다."

김동욱은 이 소리가 구세주 같이 들린다. 그러고는 지금 이 순간 이곳을 피하여야 한다는 생각만이 뇌리에 떠오른다.

"자! 이제 네가 아는 것을 그대로 말혀봐라. 너 독립군 공산당 끄나풀이지?"

"아 예, 그렇고만요."

"이제야 이 놈이 제정신이 들었군."

"그럼 너를 포섭하고 독립군에 들어오라고 한 놈이 누구며 누구누구가 같이 행동을 하였어?"

김동욱은 딱히 생각나는 사람이 없었으나 순간적으로 공산당이란 말을 자주 사용한 역사를 가르친 중등학교 담임선생님이 생각이 났고 그 선생님 이름을 말해버린다.

"정진화라는 사람이고요, 같이 이번에 탈출한 최상현, 송금섭이 허고 이남제가 같이 행동하기로 했구먼요."

"그래! 이놈이 이제야 실토를 하는구만. 진작에 그럴 것이지 매를 벌어야 정신이 번쩍드는구만. 정진화가 뭐허는 놈이야?"

"예, 지가 댕겼던 학교 역사 선생님이구만요!"

"흐음 그-래?"

"그럼 너의 임무가 뭐고 그 선생 놈이 무엇을 어떻게 했어?"

"임무가 뭐당가요?"

"요놈의 자슥이 아직도 정신을 못 쨍겼구만잉!"

그는 김동욱의 가볍게 머리를 토닥거리어 두드린다.

"네가 맡은 일 말이여 임마."

"아 예, 에, 그 그- 임무요?"

"지 임무는 시방까진 특별허게 주어진 것은 없고요. 선생님이 '독립군이 되야서 조국을 위허여 싸우는 것도 싸나이 태어나서 해볼 만한 일이다.'라고 말혔고, 그려서 지들 넷이서 그렇게 송금섭이 허고 최상현, 이남제와 같이 독립군이 되기로 했구먼요!"

"정진화 선생 놈이 평소에 그렇게 느그들에게 말했단 말이지?"

"예 에"

"그래! 어떻게 독립군이 되려고 했지?"

"아 중국에 가서 김구 선상님 독립군에 입당허려고 혔습니다요!"

"김구 선상님은 무슨 선상님이여 개시끼들이지! 우리를 괴롭히는 아주 나쁜 놈덜이지. 무슨 선생이여 선생은! 그런디 중국을 간다고? 어떠코롬 쭝국에 갈려고 그랬지?"

"예, 밀항을 헐려고 혔지요."

"밀항은 어떻게 어디서 헐려고 그랬어?"

"우리 전라북도는 걍! 사방이 배탈 수 있는 곳잉게. 밀항을 헐 수 있는 곳으로 군산을 제일로 치고 그 바끄 쬐끄만 항에서 배타고 가면 되지라잉!"

"그려? 그럼 느그들은 어디서 밀항을 할려고 했어?

"예, 즈그들은 군산항에서 허기로 혔는디. 어떻게 헐랑가 시부계획은 없었구만요!"

"그럼 송금섭, 최상현, 이남제를 군산에서 만나기로 했단 말이여?"

"예, 그렇구만요."

"군산 어디서 만나기로 혔어?"

"예, 지는 한 번도 안 가봐서 군산 지리를 잘 모르는디요. 이남제가 말허기를 거시기 째보선창 일 번 부두에서 낼 모리 시벽 두 시에 만나기로 혔구먼요?"

김동욱은 이 대목에서 거짓말로 둘러댔다. 역사 선생님 이름을 무심코 말한 것이 순간적으로 실수였다고 생각되었기에 나머지 세 명의 친구한테라도 피해가 가지 않도록 배려를 한 것이었다.

"알았어. 너는 이실직고를 했기 때문에 내가 정상을 참작허겄어."

"그려! 요즈음 군대 많이 가고 그러는데 느그들 젊은 놈들의 생각은 어떻냐?"

"예, 이왕 군대가서 죽느니 독립군이 되야서 싸워도 괜찮은디라고 생각들 허고 있지라—우."

요즈음 많은 젊은이들의 전사통지가 중국 전역과 태평양 지역 전투에서 날아왔다. 평균적으로 군(郡)이나 시(市)에서 징용이나 군대 간 젊은이들 서너 명의 전사통지가 지속적으로 배달되었고 그 소문은 삽시간에 젊은이들 사이에 화제가 되어 번져나갔다. 따라서 당시 군대를 갈 수 있는 연령층 젊은이들의 마음은 형용할 수 없는 괴리감에 사로잡혀 있었다.

무엇을 누구를 위하여 이 몸을 바친다는 말인가? 라는 질문에 답할 수 있는 사람은 아무도 없었기 때문이다.

위도 피신

세 사람은 부안을 우회하여 약간 먼 길로 돌아가기로 한다. 이 근방의 지리는 외갓집이 부안 쪽에 있고 집도 그쪽에 가까워 이남제가 더 잘 알고 있다. 어릴 적부터 외갓집에 갈 때는 차를 타고 한 시간 정도 걸렸다. 아버지하고 갈 때는 자전거 뒤에 앉아서 터덜거리는 자갈길 신작로를 가곤 하였다. 우연히도 두 사람의 외가가 부안과 줄포에 있어 길 찾아 가기가 아주 수월하다.

외갓집 동네가 비슷한 것은 이 두 사람의 경우에만 국한된 것이 아니고 당시 교통이 발달되지 않은 시대상황이 그렇게 만들었기 때문이다. 쉬엄쉬엄 걷고 중간에 쉬면서 오니 저녁 무렵이 되어서야 송금섭이네 외갓집 동네 어귀에 도착하였다.

언덕진 곳에서 바라다 보이는 황혼 무렵의 포구는 아름답다. 여러 척의 어선이 정박하여 있는 것이 보인다. 줄포의 곰소 북쪽에는 의상봉(508미터)이라는 봉우리가 남쪽으로 뻗어 나가다가 만(灣)을 만나 낮아지는 산이 있다. 변산 해수욕장이 서쪽에 연한 바다에 있으며 평야지대에서 우뚝 솟아오른 산으로 전북지방 평야지대 대부분에서 볼 수 있는 산이다. 이 산에는 나당연합군에 항거하다 최후를 맞은 주류산성과 백제 최후의 유신 도침과 복신이 죽임을 당했다고 전해지는 복침굴이라고 추정되는 유적이 있는 곳이다.

송금섭이네 외갓집은 곰소 항에서 얼마간 떨어진 북쪽으로 의상봉 산악이 시작되는 바닷가가 보이는 제일 높은 언덕에 있었다. 특별한 형태의 집은 아니고 옛날부터 내려오던 기와집에 사랑채가 딸려있다. 한쪽에는 가축을 키우는 외양간과 닭장, 돼지우리가 들어서 있으며 큰 개 작은 개 두 마리가 있었다. 아마도 큰 개가 여러 마리 새끼를 낳았는데 그 강아지 중 한 마리를 남겨놓은 것 같다. 송금섭 일행이 들어서자 제일 먼저 반기는 것이 개였다.

개 두 마리는 반갑다는 듯이 가볍게 컹컹 짖으면서 꼬리를 올리고 앞발을 잠깐 잠깐 들면서 어서 오라는 듯 나름대로 친밀감을 표시한다. 오래간만에 외가에 왔는데도 개가 사납게 짖지 않고 반갑게 맞이하니 기분이 좋다. 개들이 송금섭이를 알아본 것이다.

"야야, 복구(福狗)야 잘 있었냐?"

송금섭이 개를 쓰다듬어주니 개는 꼬리를 들고 흔들며 가볍게 짖는다. 송금섭이 안채를 향하여 부른다.

"할머니 할머니!"

"밖에 누가 왔어!"

잠깐 시간이 지나자 뒤 창문을 열고 한 사람이 내어다본다. 할머니는 잘 안 보이는 듯이 재차 묻는다.

"누구여?"

"할머니 금섭이가 왔구만요!"

"뭐여 금십이? 아이쿠 이거! 우리 새깽이 금십이가 왔구마안. 어서 이리 올라와라!"

할머니가 손등으로 눈을 비비며 방문을 열고나온다. 할머니가 마루에서 토방으로 나와 흰 고무신을 신고 마당으로 나서려고 한다.

"할머니 내려오지 마시고 우리가 올라갈게요!"

"그려 그려 어서 올라와라."

할머니는 다시 마루에 올라서며 올라오라고 재촉하신다.

"이리 들어와, 내 쌔끼!"

할머니는 외손자의 손을 잡아 이끌고 안방으로 들어간다.

"잉! 누구허고 같이 왔구먼. 누구여?"

"저! 할머니, 야들은 지 핵교 동무들인디, 이짝이 이남재라고 혀구요. 이짝은 최상현이라 혀요."

"잉! 그려 핵교 동무들?"

"예, 깅게(김제) 핵교 동무들이구만요!"

"그려 그려 그려! 어서 이 아랫목으로 들어오너라!"

"할머니 절 받으셔야지요?"

"절은 무신 절이냐. 이리 앉거라!"

할머니는 아랫목에 앉는다. 송금섭이와 최상현, 이남제는 할머니에게 큰절을 올린다.

"아니 절은 뭐!"

할머니는 사양하면서도 절을 받으며 말한다.

"그려! 에미는 잘 있제? 어디 아픈 디는 없다냐 다들? 그리고 송 서

방도 잘 있겠지?"

딸과 사위의 안부를 연이어 묻는다.

"예에 다들 잘 계시는구만요."

그는 대답하며 어머니가 떠나올 때 싸준 간단한 짐을 풀어본다. 색동 고무신 한 켤레와 버선 두 켤레 그리고 사탕 한 봉지가 들어 있다.

"할머니, 이거 어머니가 주시데요."

"뭐여 이거-! 웬 것을 이렇게 보냈디야!"

그녀는 고무신과 버선, 사탕을 눈을 다시 비비면서 쳐다본다.

"잉! 고무신허고 버선허고 이거 뭐여!"

다시 봉투에 들어있는 사탕을 자세히 들여다본다.

"할머니 이게 오다마 알사탕이구먼요!"

"잉? 오다마여? 사탕! 사탱은 무신 사탱이여!"

확인하고 싶으신지 봉지를 뜯자 수북하게 사탕이 쏟아진다.

"긍게 참말로 사탱이고만-!"

몇 개를 꺼내어 송금섭이와 상현이, 남제에게 주며 자기도 한 개 입에 문다.

"아아니, 니 에미는 살림허기도 바쁠 틴디 웬 이런 걸 사 보냈다냐!"

할머니는 색동고무신을 버선발로 신어본다. 고무신 길이가 딱 들어맞자, 할머니는 어린아이처럼 좋아하신다. 하얀 바탕에 간소하게 색상이 들어간 색동고무신이 나이든 할머니에게 딱 맞고 잘 어울린다.

"할머니 참 이쁘네요! 시악씨 된 거 같네요!"

송금섭이와 남제가 이구동성으로 말한다.

"잉! 그려 그려 이쁘네 이뻐 허허 호호호호...호"

늙은 나이에 웬 색동고무신이냐고 하겠지만 신기하게도 그녀의 버선 발에 딱 들어맞고 어울리자 어린아이처럼 좋아하신다. 사탕도 할머니의 입맛에 착 달라붙는다. 대체로 어린아이나 먹고 어른들은 거의 먹지를 않지만, 나이가 들면 일반적으로 침이 마르고 입이 바짝 바짝 타오르기도 한다.

침도 일종의 호르몬 종류인데 나이가 들면 모든 호르몬의 분비가 적어지고 침도 함께 적어진다. 이때 사탕을 먹게 되면 호르몬 분비를 촉진하게 되고 침도 이전보다 더 많이 분비되어 목이나 입 안 그리고 입술이 한결 부드러워지고 마른입이 촉촉해진다.

나이가 들면 혀에서 느낄 수 있는 여러 가지 맛 중에서 단맛을 느끼는 부분이 제일 빨리 사라지게 된다. 즉 단맛을 예전보다 못 느끼게 되면서 혀는 오히려 쓴맛을 더 감지하게 되어 단맛을 내는 사탕을 먹게 되면 역겨운 쓴맛을 이겨낼 수 있게 된다.

우리가 종종 나이 드신 할머니의 흰머리가 사라지면서 다시 검은머리가 많이 나고 이빨도 새로 나온다는 이야기를 듣는데 이런 현상은 막혔던 호르몬의 분비나 신진대사가 다시 이루어져 일어나는 것이다. 오랫동안 꽃을 피우지 못한 고목에 어느 날 갑자기 꽃이 맺히는 것과 동일한 삶의 순환일지도 모른다.

할머니께 자기들이 온 자초지종을 이야기하려는데 외삼촌 내외가 들어온다. 간단하게 인사하고 자기들의 처지를 처음부터 말씀드린다. 이야기가 끝난 후 송금섭은 아버지의 서신을 외삼촌에게 드린다. 편지를 읽어보고 한동안 잠자코 침묵을 지키던 삼촌이 신음하듯 말한다.

"중국이라... 밀항을 한다..." 한참을 생각에 잠겨있더니

"느그들도 아다시피 시방 일본 놈들은 큰 전쟁을 벌이고 있다. 일본

놈들의 군대가 중국에서도 동쪽 대부분을 점령하고 있는 중이야. 물론 우리의 서해는 일본 놈들의 군함이 휩쓸고 다니고 있지. 검문도 심혀서 중국에 가는 것이 그렇게 쉬운 일이 아니라는 것을 알고나 있는지 궁금허다! 그리고 중국에 가서가 더 문제다. 중국 동쪽지대는 왼통 일본 놈들의 천지가 되어 있다 한다."

세 사람은 외삼촌의 이야기를 들으니 더럭 겁도 났을 뿐만 아니라 중국으로의 밀항을 계획한 자신들의 계획이 터무니없다는 생각에 실망감도 앞선다.

"그려도 지들이 시방 할 수 있는 일이란 게 그것밖엔 없는듸 어찌케 헌데요!"

송금섭이가 별 수 없다는 표정을 지으며 말한다.

"느그들 얘기 들어보고 내가 생각해봉게로 느그들 여기도 안전하지 않을 것 같다. 오늘밤은 여그 뒷산에 옛날부터 쓰던 은신처가 있응게 거그에서 있다가 낼이나 모레쯤에 여기서 가까운 위도로 느그 외숙모 동상 집에 가 있어야 되겄다. 그리고 시방 아무래도 우리 집에 순경들이 들이닥칠지 모릉게 지체허지 말고 바로 가자."

할머니와 외숙모는 지금 급히 가자는 말에 약간은 긴장된 자세를 취한다. 세 사람은 몇 가지 덮을 거리와 양초를 챙겨 뒷문을 통하여 나무가 우거진 뒷산에 들어갔다.

어느 정도 경사진 곳을 이리저리 꼬불꼬불 가다가 북쪽 편에 벼랑이 진 곳을 보니 자그마한 동굴이 하나 나타난다. 그리 깊지는 않아도 외부에서 전혀 보이지 않고 오히려 바깥을 나무를 통하여 볼 수가 있어 경계하기에도 좋고 아는 사람만이 찾을 수 있는, 쫓기는 사람이 숨기에 아주 좋은 장소였다. 더군다나 안쪽에는 서너 사람이 누울 수 있는 판자로 만들어진 나지막한 침상이 있다. 양초에 불을 붙이니 굴 안이 훤해진다.

"내가 있다가 먹을 것 하고 덮을 것을 쬐메 더 가져올 팅게 여그서 푹 쉬고 있거라."

그는 뒤돌아서 내려간다. 한 시간이나 지났을까 외삼촌과 외숙모가 이불과 요, 그리고 저녁 먹을거리를 가지고 와서 모두 오래간만에 편안히 포식을 하였다. 식사 후 몸이 피곤하여서 그런지 이내 잠이 들어버렸다. 다음날 새벽, 세 사람은 그동안 쌓인 피로에 정신없이 잠들어 있는데 어렴풋이 외삼촌 목소리가 들려온다.

"야뜰아 일어나거라. 지금 저그 위도로 가야 쓰겄다."

그는 평상을 가볍게 "톡 톡" 두드렸다.

"아아 예...에"

세 사람은 대답도 똑바로 하지 못하고 아직도 감긴 두 눈을 부비면서 일어난다.

"이불일랑 걍 내싸두고 바로 가자."

"예 예 예"

세 사람은 제법 통통히 부풀어 오른 초승달이 밝혀주는 길을 따라 배를 타러 항구로 내려간다. 어둠이 가시지 않은 이른 새벽녘이라서 오가는 사람들이 없었다. 어느 누구도 만나지 않고 세 사람은 외삼촌이 안내하는 대로 자그마한 배에 올라탄다. 배는 작지만 엔진이 갖춰져 있어 노를 저어서 가는 것보다는 엄청나게 빠르다.

외삼촌이 키를 잡고 물이 들어와 차있는 포구를 미끄러지듯이 빠져나간다. 뒤를 돌아보니 검은 육지가 서서히 멀어지고 파도가 부서지는 앞에는 망망대해만 보일 뿐이다. 잔잔한 물살을 가르며 배는 두어 시간 정도 조금 넘게 서쪽으로 달려간다.

두 시간 정도 큰 파도가 없어 미끄러지듯 줄곧 달리니 육지가 검은 형체로 멀어지고 먼동이 트기 시작한다. 이때 멀리 큰 섬이 한 눈에 들어온다. 외삼촌은 배의 엔진 출력을 낮추고 자그마한 접안시설에 배를 묶어두고 네 사람은 내렸다.

이른 아침이고 섬이라서 그런지 여기에도 사람들의 왕래는 없다. 오늘은 출항이 없거나 아마 출항을 하여 배가 아직 들어오지 않은 것 같다. 일반적으로 배가 입출항을 할 때는 왁자지껄한 것이 이곳의 풍경이다. 포구에서 10여 분 걸어 올라가니 동네가 나타났고, 네 사람은 금세 처남이 산다는 집에 도착을 하였다. 이른 아침에 매형과 젊은 세 사람이 나타나니 처남은 의아해 하면서도 반가이 맞는다. 외삼촌은 세 사람을 처남내외에게 소개하면서 그들의 처지를 죽 설명해주었다.

처남은 고개를 가볍게 흔들며 잠시 무엇을 생각하다가 그들을 집에서 300미터 떨어진 원두막으로 안내한다. 그는 세 사람을 당분간 이곳에서 머무르도록 하였다. 원두막은 세 사람이 숨어 지내기에 아주 딱 좋았다. 외삼촌은 중국 배와 접촉이 될 수 있을 때 돌아온다고 하며 다시 배를 몰고 육지로 돌아갔다.

세 사람은 외삼촌 처남인 송금섭의 윗 사돈에게 자신들의 탈출 이야기를 더 소상히 말하였다. 송금섭은 자신들의 생활비라며 일단 돈 90원을 꺼내서 준다.

"이것 얼매 안 되지만 저희들 식량허고 반찬 사시는 디 보태 쓰시면 좋겠구만요."

송금섭이가 각자 30원 씩 모은 돈을 외삼촌 처남에게 주니 외삼촌 처남은 한사코 받지 않고 손사래를 친다. 그들은 외삼촌 처남의 댁에게 돈을 떠맡기다시피 한다. 처남은 자그마한 배를 부려 고기도 잡고 비탈진 언덕에서 농사도 짓고 있다. 그 밭에 창고 겸 원두막을 지어서 농사철이면 이용을 하고 있는데 지금은 비어 있어 세 사람이 기거하도록 한 것이다. 이 집은 두 아들 다 육지로 학교를 보내 공부를 시키고 있고 내외만 고기를 잡아 뒷바라지를 하고 있다.

태릉 훈련소

-상경 군용열차-

이따금 큰 역에서만 쉬고 밤새껏 달리던 기차가 갑자기 텅텅텅 거리며 유달리 큰소리를 낸다. 눈을 비비며 잠에서 깨어난 징병자들은 기차가 덜컹대는 소리에 의아스러워 한다. 일부는 성에가 끼어있는 창문을 헤집어 닦으며 여기가 어디인지 확인하려 한다. 하지만 실내가 밝고 아직도 밖은 어둠에 싸여 있어 어디쯤 가고 있는 것인지 쉽사리 파악되지 않는다.

"내 생각에는 아마 한강을 건너는 개벼."

누군가가 긴 기지개를 켜며 하품이 섞인 큰소리로 내뱉는다. 이 말이 끝나자마자 끝 쪽에 앉아 있던 수송관 한 명이 일어나서 큰소리로 외친다.

"주목! 모두들 내릴 준비를 해라. 우리의 일차 목적지인 용산역에 곧 도착할 것이다. 다들 일어나서 각자 짐을 챙기고 기차가 멈추면 앞과 뒷문을 통하여 내리도록 하라. 기차에서 내린 후 개인별로 돌아다니지 말고 승강장에 사열횡대로 정렬을 하도록 해라. 다시 한 번 말한다."

호송관은 두 손을 맞대어 메가폰 형태를 만든 다음, 차량 중간 뒷부분으로 자리를 이동하면서 큰소리로 외친다.

"기차가 완전히 정지하면 객실 앞과 뒤 승강구로 내린 후 사열횡대로 현재 기차에 앉은 좌석 상태로 기차를 등 뒤에 두고 대오를 지어 서주기를 바란다. 행동이 굼뜨거나 대오를 이루지 않는 병사는 이 봉이 가만히 두지 않을 것이다."

그는 길이가 팔뚝만 하고 굵기는 엄지손가락 두 배 정도 되는 쇠봉 같이 검게 보이는 막대 겸 지휘봉 비슷한 것을 휘둘러 보인다. 용산역이라는 말에 여러 징용자들이 잠시 옆 사람과 수군수군 대더니 좌우 선반에 올렸던 짐들을 내리고 꾸리며 하차 준비를 한다. 이 와중에도 잠에 취하여 멍하니 있다 깨어난 천진하다고 할 사람도 더러 있었다.

뜨거운 차 한 잔을 마실 시간이 지난 후 기차는 서서히 정거장에 들어서더니 한숨을 길게 몰아쉬면서 끼－이익 육중한 몸을 힘겹게 세운다. 용산역이다. 탑승 장 몇 군데에 '용산'이라고 쓰인 이정표가 서 있다.

이정표에는 지나온 영등포와 다음 정거장 서울역 표시가 화살표로 되어있고 흰 바탕에 검은 글씨로 쓰여 있다. 징병자들은 각 차량의 수송관들의 지시에 의거하여 질서정연하게 내리어 정렬한다. 어지러운 신발소리가 가득하던 탑승장에 갑자기 어디선가 날카로운 금속성 목소리가 들린다.

"빠가야로!"

큰소리가 나더니 징병자 한 사람이 오른손을 어깻죽지를 감싸며 그대로 주저 앉는다. 수송관은 주저앉은 징병자에게 다시 욕설과 함께 힘껏 몇 대 더 내려친다.

뒤쪽 다른 차량에서도 같은 형태의 체벌이 벌어지는데 이번에는 손바닥으로 뺨을 때리는 철썩거리는 소리와 정신 봉으로 때리는 "벅 벅" 거리는 소리 그리고 수송관의 거친 욕설이 교차되면서 잘못 맞았는지 혹은 일부러 그렇게 때렸는지 한 징용자에게서 코피가 뿜어져 나온다. 순간 주변의 모든 징병자들이 숨을 죽이며 멍청히 바라본다. 매 맞은 이 징병자들은 수송관이 내리기 전에 하달하였던 주의사항을 잠이 덜 깬 상태로 들었으며, 뭐가 뭔지 모르고 그저 다른 징병자들의 뒤만 따라 내려 정렬을 제대로 하지 못하고 이리저리 우왕좌왕하다 수송관의 눈에 걸려든 사람들이다.

인원 점검이 있은 후 각 수송관들이 차량객실별로 배정된 차량번호를 알려주었고 멍하니 듣고 바라만 보던 장병들도 호송관의 호루라기 소리와 길을 재촉하는 소리에 제정신이 들어 앞사람을 따라간다. 객실 차량이 18량이었으니 900~1,000여 명은 족히 되리라. 앞의 첫 객차 징병자부터 장병운송 전용문으로 빠져 나가니 수십 대의 차량이 앞 유리창에 일렬번호를 크게 부착하고 죽 늘어서 징용자들을 환영하고 있다. 후송차량 처음과 끝이 아득하여 그 위용이 대단하다.

각 객실 차량별로 두 대의 트럭이 배정되었고 차량 한 대에 경비호송 임무를 띤 세 명의 호송관들이 총을 들고 서 있다. 징용자들이 도착하자 서둘러 차에 태우고 차량 뒤의 칸막이를 올려서 고정시킨다. 모든 징병자들이 질서정연하게 차에 타자 마지막으로 권총을 든 호송관 한 명이 앞 운전석에 타더니 첫 번째 차량부터 출발한다. 차는 느릿느릿 북동쪽으로 어디론가 향하여 간다.

아직 아침 해가 채 밝아오지 않아 어디로 가는지 아무도 모르고 알려고 하는 사람도 없으며 알려주려 하지도 않은 채 마치 도살장에 끌려가는 동물처럼 아무런 생각 없이 잠자코 앉아 차의 움직임에 몸을 떠맡긴다.

차는 남산을 우회하여 두어 시간 구불구불한 흙길을 달려간다. 봄볕에 말라있는 신작로에서 먼지가 연기 같이 피어오르며 징용자들의 몸 아무데나 소리 없이 허락도 받지 않고 앉는다. 손으로 입과 코를 막아보지만 별반 소용이 없자 보따리 짐에서 입마개를 대신할 수건이나 혹은 옷 같은 것들을 꺼내어 입과 코를 막아본다. 눈썹에 많은 먼지가 앉자 이번에는 아예 눈을 감아버린다. 날이 밝아온다.

차량이 자그마한 개천을 넘어서고 언덕에 올라서자 멀리 허연 바위산이 위용을 자랑하며 시선을 모은다. 저 산이 무슨 산일까? 군용 트럭은 다시 수풀이 우거진 곳을 지나 덜커덕거리며 산길을 이리 저리 얼마간 달려가자 아까 멀리 보였던 산이 지척 지간에 보인다. 불암산이다.

일제는 불암산 기슭 넓은 야산 분지에 훈련소를 만들어 놓고 오래전부터 소규모로 지원병들을 훈련시켜왔으나 전쟁이 본격화되면서 신병양성소로 확대하여 기능을 하고 있었다.

훈련소에는 크고 작은 연병장 대여섯 개가 사방팔방으로 닦여 있고 연병장 중앙의 나지막한 언덕에 큰 콘크리트 건물과 주변에 여러 채의 간이 콘센트 건물 그리고 식당으로 보이는 연기가 피어오르는 건물이 줄지어 있다. 식당에 이어진 작은 연병장에는 십여 동의 카키색 막사가 질서정연하게 나열되어 있다.

갑작스럽게 신병훈련 인원이 불어나자 임시방편으로 수용시설을 만든 것이다. 그리고 북쪽에 있는 제일 큰 연병장 가까이 언덕 위에는 콘크리트 이층 건물이 제법 위용을 갖추고 일장기를 휘날리고 있다. 연대본부다.

이 건물의 높이가 제일로 높아 모든 연병장의 훈련 진행을 볼 수 있다. 그 북동쪽에는 불암산의 신비어린 하얀 바위 여러 개가 어떤 암시를 하며 서 있는 것 같이 보인다. 생전 처음 와보는 모든 신병 입대자들이 신음하며 긴장한다.

차량 수십 대는 사열대 앞에 나란히 일렬로 정대하여 정차한 후 신병들을 내려놓고 연병장 뒤쪽으로 신속히 물러나더니 일렬횡대로 대열을 이루어 정대한다. 사열대 오른쪽에는 이미 몇 줄의 징병자들이 엉거주춤 사열종대로 정렬하여 있다. 이 사람들은 서울을 중심으로 하여 모인 징병자로서 이미 어제 오후에 이곳에 들어와 각기 숙소에 배정되어 하루를 지낸 사람들이다. 연단에는 중위가 사람 키 정도 되는 마이크를 잡고 전체지휘를 한다.

사열대 바로 앞에는 헌병 두 명이 일장기와 군기를 들고 있고 양 옆에서 총을 들고 호위하는 헌병 두 명이 의젓이 서 있다.

"신병들은 들어라. 각 차량별 사열종대로 정렬하도록 해라."

"각 수송관들은 신병들이 신속히 정렬할 수 있도록 독려를 해라."

어느 정도 대열이 이루어지자 중위가 구령을 붙여 장병들을 움직여 본다.

"전체 신병 열-중 쉬엇. 차렷"

"신병들 동작이 굼뜨다. 좀 더 신속히 절도 있게 동작을 하도록 해라. 열-중 쉬엇, 차렷, 아직도 행동이 느리다. 각 훈육관은 행동이 느린 신병에게 특별훈련을 시키도록 해라."

각 분대별로 행동이 느리고 어색한 훈련병들에게 훈육관이 일대일로 지도를 한다. 몇 번을 시켜도 따라하지 못한다든지 얼떨떨한 장병에게는 곧장 체벌이 가해진다. 모두들 바짝 긴장하여 행동이 일순간 빨라졌으나 모양과 행동이 아직은 각양각색이다. 어느 정도 동작이 수정되고 신속해졌다고 생각이 들었을 때 중위는 다시 한 번 모든 신병들에게 구령을 내린다.

"지금부터 입소식 예행연습을 하겠다."

"신병 전체 열중 쉬엇! 차렷!"

"먼저 연대장님께 대한 경례. 연대장님께 받들어 총!"

이어서 일장기에 대한 경례 그리고 신사에 대한 묵념과 이어서 황국신민서사를 크게 암송한다. 이제 징용자들의 행동이 일치되어 보인다.

"각 수송관들은 소대별로 인원파악을 하여 보고하도록 하라."

중위의 지시에 의거하여 수송관들은 제각각 인원 파악에 들어간다. 인원파악 결과가 보고되자 입소식 준비가 되었음을 본부에 보고한다. 잠시 후 대여섯 명의 군인이 본부 건물에서 거만한 자세로 윗몸을 뒤로 젖히고 똑바른 걸음으로 나온다.

이곳을 총지휘하는 연대장과 그 휘하 대대장 그리고 중대장 훈육관들이 동행하여 사열대 옆에 마련한 의자에 앉는다. 예행연습을 한 그대로 식순에 의하여 입소식이 진행된다. 마지막으로 연대장이란 중좌 계급의 늙수그레한 얼굴이지만 눈빛만은 번들거리는 작달막한 다리를 가진 사람이 연단에 올라와 키보다 큰 마이크를 다시 조절하면서 일장 훈시를 한다. 훈시 내용은 판에 박은 듯 징병자가 이 훈련소에 들어온 이후로 대동소이하였다.

"우리는 천황폐하의 온정에 보답하여야 하고 팔굉일우의 대동아공영을 위한 위대한 목표를 달성하고자 매진하며, 이를 위하여 최전선에서 직접 싸우게 될 여러분들의 분발을 촉구한다. 항시 천황폐하의 혼이 여러분과 함께할 것이니 매일 참배를 하고 기도를 드리도록 하라. 그리고 이 모든 것은 이곳에서 철저한 훈련을 받음으로써 달성된다는 것을 명심하고 열성적으로 훈련에 임하도록 하라." 일제에 충성하라는 판에 박은 내용이었다.

밤새도록 딱딱한 의자에서 제대로 쉬지도 못하고 강제로 끌려온 이들 징용자들의 귀에 이런 식의 일방적 훈시가 들어갈 리는 만무하다. 그들의 관심사는 오직 얼른 이 입소식이 끝나고 아침을 먹고 아무 곳에서나 잠을 잘 수 있느냐는 것이다. 그만큼 긴 여행에 피곤하였던 것이다.

해가 완전히 올라와 찬란하게 주변을 비추고 있다.

이 비좁은 한반도의 한쪽 계곡에서 수많은 장정들이 삶을 이어가기 위하여 처절하게 몸부림치고 있는 것을 아는지 모르는지 어제도 그렇듯이 오늘도 어김없이 제 시간에 해는 떠오르고 다시 지기를 반복하며 시간은 한없이 흘러간다. 하루 동안 지루하였던 입소식이 끝나자 입소식을 진행하였던 중위가 마이크로 안내방송을 한다.

"신병들은 각자의 소지품을 현재 자기가 서 있는 발아래에 내려놓고 훈육관들을 따라서 차량번호 일 번부터 식당에 가서 식사를 하도록 한다. 식사 이후에 화장실 가는 것 이외에는 개인행동을 삼가고 각자 자기 소지품이 있는 곳으로 다시 집합하기 바란다. 그리고 이미 숙소를 배정받은 병사들은 식사 후 자기 숙소에 가서 대기하도록 하여라."

훈육관들이 앞장서서 훈련병들을 이끌고 계단을 통하여 식당에 줄지어 올라간다. 식당에는 한꺼번에 많은 사람이 식사를 해야 하기 때문에 배식구가 여러 개 마련되어 있다. 따라서 배식하는 시간이 많이 걸리지는 않는다.

식사라지만 잡곡밥에 다꾸앙(단무지), 소금무국이 전부다. 모두 기차 안에서 저녁으로 도시락을 먹은 지 오랜 시간이 지난 터라 별 불평 없이 다 먹어치운다. 그들은 식사 후 쇠로 만든 식기판과 수저를 깨끗이 씻어 다시 반납한다. 전방 전투 병력을 증원시키기 위하여 후방 지원 인원을 줄여서 식당 당번 인원도 줄였기 때문이다.

식사 후 다투어 앞 춤에서 담배를 꺼내 물고 화장실을 가는 징용자가 있는가 하면, 삼삼오오 아는 사람끼리 짝을 지어 모여서 자기들의 신상이야기나 훈련이 앞으로 어떻게 될 것인지 왁자지껄 대화를 나눈다. 잠시 얼마간의 시간이 지난 후 "집합"이라는 한 훈육관의 명령과 함께 인원 파악이 다시 시작되었다. 인원 파악이 끝나자 중대장인 중위가 앞으로의 행동절차에 대하여 말해준다.

"에- 또 지금부터 내무반을 가르도록 한다. 객실 일 번 차량과 끝 차량 번호의 절반 인원이 한 내무반이 되어서 제1병동에 들어간다. 맨 마지막 차량 전원은 막사로 들어가고, 에- 또- 훈육관들은 인원을 나누어 각 내무반으로 인솔을 하여 오전에는 신변을 정돈하고 휴식을 취한 후 개인 소개 시간으로 한다. 이상!"

차량번호 1번에서 8번까지는 전라도에서, 9~11번 차량은 대전과 충청도지역에서, 나머지 18번 차량까지는 경상도에서 올라와 합류한 징병자들이다. 증기기관차 2량이 총 18량의 군용객차를 앞과 뒤에서 끌고 밀고 올라온 것이다.

계급이 조장(상사 급)인 훈육관과 계급이 오장(하사 급)인 약간 얼굴이 넓은 내무반장의 인솔에 따라 각 병동과 임시 천막에 들어간다. 막사 안에는 국방색 천과 나무로 만들어진 간이침대가 중앙통로를 중심으로 내무반 좌우로 빼곡히 들어차 있다.

식사 후 바로 내무반으로 들어가자 어제 도착하여 입소식을 기다린 십여 명의 장병들이 나무침대에 아무렇게나 자유스럽게 앉아 잡담을 나누고 있다. 이들은 입소식을 같이 참석하고 바로 내무반으로 들어왔고 열차를 타고 온 병사보다 먼저 식사를 마치고 내무반에서 대기하고 있었다. 새로운 전우들이 들어서자 호기심어린 눈으로 쳐다보며 관심을 내보인다.

"주목! 나는 앞으로 여러분들이 훈련을 잘 끝마치도록 도와줄 훈육관 이야마 나오토모다. 개인적인 고민사항이나 어려움이 있으면 여기 소개할 내무반장 오장 후미야쓰를 통하여 언제든지 말하고 찾아오도록 하라. 오장 앞으로."

그는 지시를 내리고 내무반을 나가버린다. 오장 계급의 내무반장은 훈육관이 막사를 나갈 때까지 눈길을 계속 주다가 훈육관이 완전히 밖으로 나가자 말한다.

"에- 여러분들의 훈육을 직접 담당할 오장 후미야쓰다. 나를 애먹이지 않고 여기 있는 모든 장병들이 성공적으로 훈련을 마쳐서 자대에 배치되도록 여러분과 함께 최선의 노력을 경주하겠다. 만약 훈련도중에 사고를 일으키거나 게으름을 피우고 훈련성과에 도달하지 못하는 병사는 소정의 목표에 다다를 때까지 이 정신 봉이 용서하지 않을 것이다. 다시 한 번 말한다. 순한 나를 악마로 만들지 마라."

그는 석 자 정도 크기의 팔목보다 조금 가는 봉을 휘둘러 보인다.

"이 정신 봉은 여기를 거쳐 간 수많은 병사들의 피와 땀이 서린 봉이다. 이 봉으로 인하여 정신을 바짝 차린 병사들은 전투에서 모두 살아났고 그렇지 못한 자들은 전부 적의 총알에 아침이슬처럼 사라졌다."

그는 정말 피와 땀이 서린 것처럼 약간 검붉은 감나무 색칠을 한 봉을 다시 한 번 공중에서 원을 그리며 휘젓는다.

"에- 또, 내무반 침대 사용은 현재 들어가는 순서로 좌우부터 채워서 침대 머리맡에 서 있고 자기가 서 있는 침대 위에 놓여 있는 여러 물품이 앞으로 훈련소에서 그리고 군에 있을 동안 사용할 군 장비이며 개인 지급품이다. 이 장비와 물품은 천황폐하께서 친히 하사한 것이니 아주 소중하게 사용하고 다루도록 하라. 그리고 침대 앞에 쓰여 있는 숫자가 명찰처럼 붙어 있는데 연필로 빈 여백에 자기 이름을 써넣도록 해라. 이 숫자가 앞으로 군에서 죽도록 쓸 군번이다. 개인 군번은 암기하도록 하라. 개인이 가져온 소지품은 막사가 좁은 관계로 2인이 하나씩 저 쪽 안쪽에 있는 사물함을 쓰도록 하고 거기에도 군번이 붙어 있으니 군번을 찾아 물품을 넣도록 하라. 사물함에는 열쇠가 없으니 혹시 귀중품을 가지고 있는 사람은 나한테 맡기고 훈련이 종료되면 자대배치 전에 찾아가도록 하라. 어제 저녁에 먼저 입소한 10여 명도 여러분과 함께 피와 땀을 흘릴 동료이니까 좋은 관계를 유지하기 바란다."

그는 마무리를 짓듯 말한다.

"마지막으로 지금부터 오전은 개인 신상 정리 시간이고 점심식사 후 오후부터 개인 소개 시간 그리고 막 바로 훈련에 들어간다. 그럼 개인 신상 정리부터 하고, 다 끝난 다음은 휴식을 취해도 좋고 잠을 자도 좋다. 단 점심시간에 늦게 되면 점심을 먹을 수가 없다. 굶어야 된다는 사실을 잊지 마라. 이상 질문 있는가?"

여기저기서 수군수군 대는 소리가 났으나 질문은 없었다.

침대 위에는 군복이 두 벌 놓여 있었고 광목으로 만든 속내의가 네 벌, 목양말 네 족, 훈련모와 철모, 훈련화, 군화가 각각 한 벌, 국방색 배낭, 알루미늄으로 만들어진 항고와 수통, 포크처럼 파인 숟가락, 그리고 개인 야전삽이 올리어져 있다. 생전 처음 군장들을 보는 눈들이 신기하듯 어떤 신병은 감탄을 하기도 한다.

"야 이게 군화구나! 야 조오타. 한번 신어보자."

"아이고 이거 고생보따리 아니야? 이거"

"하이구-우 이 철모가 와 이리 무거웁노?! 이거 오-래 써고 다니무운 모가지가 콰-악 휘어져 뿌리갔고먼!"

제 각각 침대에 놓인 장비를 보고 직접 써보거나 혹은 만져보면서 한마디씩 내뱉는다. 잠시 개인 사물을 정돈하고 이름까지 써넣은 뒤 신발을 벗어 던지고 밤새워 기차를 타고 온 신병들 일부는 아예 침대 속으로 들어가 잠을 청한다. 다른 부류들은 침대 위에 눕거나 걸터앉아 사담이나 휴식을 취하기도 한다.

"때 때 앵, 때 앵"

종소리가 울려 퍼진다. 점심을 알리는 종소리이다. 모두들 주섬주섬 옷을 입거나 신발을 신고 식당으로 가려고 하는데 내무반장이 와서 삼열종대로 정렬을 한 후에 식당에 가도록 지시한다. 아까 아침보다 밥맛이 없다. 대충 숟가락으로 헤집으며 입안에 넣어본다. 밥에서 군내가 난다. 오래된 쌀과 잡곡으로 만든 밥이다. 그리고 많은 밥을 스팀으로 찌다보니 케케묵은 냄새가 나고 약간 괴상한 냄새가 나는 것이 당연하다.

식사 후 담배 한 대로 밥 냄새를 제거한 뒤 다시 열을 지어 내무반에 들어오자 내무반장 오장 후미야쓰가 오늘 오후의 일과를 이야기한다.

"금일 오후 훈련 진행은 앞으로 한 시간 동안 내무반장과 대표자를 뽑은 후에 신병 각자 소개 시간을 갖도록 한다. 그 이후에는 이미 지급해준 군복과 훈련화를 착용하고 내무반 앞 연병장에 집합해라. 오후부터는 본격적으로 제식 훈련부터 시작할 예정이다."

"시간 절약을 위하여 내무반장은 내가 임명할 테니, 그 신병의 전달사항을 잘 따르도록 해라. 신병 내무반장은 여러분들 중에 나이가 두 번째로 많은 김기열 훈련병으로 임명하겠다."

"에- 김기열이는 보통 여러분들의 형님뻘쯤 된다. 모두들 그에게 형으로서 예의를 표하고 이 사람 말에 잘 따르도록 해라. 그럼 김기열을 소개하겠다. 김기열 내무반장 일어나서 자기소개를 해라."

침대 깊숙한 곳에서 한 사람이 일어난다. 약간은 나이 든 태가 나고 풍채도 제법 좋아서 생김새가 호감이 가는 인물형이다.

"안녕하세요. 저는 김기열이라고 합니다. 제 집은 여기에서 가까운 서울 마포구이고 서울 X 대학교 3학년을 다니다가 휴학을 하여 어머니를 도와 남대문에서 장사를 하다가 징병이 되어 여기에 왔습니다. 신유생(辛酉生) 그러니까 1921년생입니다. 장가는 아직 가지 않았고 별 생각도 없습니다. 여러분들의 많은 협조 부탁드립니다. 이상입니다."

한 사람이 박수를 치자 모두들 따라 친다.

"저 질문 있습니더! 혹시 숨겨둔 애인은 없으십니꺼?"

약간 엉뚱한 경상도 억양이 짙은 질문이 갑자기 나오자 내무반은 일제히 웃음바다가 된다. 그러나 김기열은 질문에 대한 대답은 회피하고 모든 것을 잊어야 한다는 체념의 표정을 짓는다.

"에, 나도 그랬으면 좋겠습니다만 능력 밖입니다그려! 자 그러면 지금부터 자기소개를 하도록 하겠습니다. 저쪽 출구 침대 앞쪽에서부터 자기소개를 해 주십시오."

"에- 지 이름은 김장진이라고 허는듸요. 고향은 전라도 나주구요. 갑자생이구만요. 아즉 장개는 안 갔고, 히-히- 지가 좋아허는 시악씨가 이웃동네에 하나 있구만요. 지가 군대 끝나면 얼른 가서 데레오려고 싱각허구 있는듸 잘 되겄지요잉! 저 거시기 부모님 조부모님 다 계시고 농사를 짓다 왔구먼요! 잘 부탁혀요. 이상이어요!"

키는 중간보다 조금 더 크나 턱이 약간 빠져 있고 얼굴은 갸름하나

코가 오뚝하고 눈 끝은 약간 처져있으며 조금 야위어 보인다.

"예, 지는 예 조영호라고 헙니더. 창령 조씨이고예, 꽃부리 영(英)에 넓을 호(浩) 자를 씁니더. 지도 갑자생입니더. 고향은 상주이고요. 예, 아직 장개는 안갔어예. 지는 XX 사범학교 댕기다가 휴학을 하고 왔고요, 지 집은 살 농사도 짓고예. 능금 농사도 짓는데예. 부모님 계시고 지 밑으로 동생들이 주렁주렁 달려 있어예. 자그맹키로 야달맹인데예. 지가 큰아덜이 아닝교! 안있나요! 컨아덜이 여글 와버렸으니깐두루 집이 쪼매 꺽정이 됩니데이!"

억센 경상도 사투리에 중간보다 약간 크며 얼굴은 조금 두툼하고 서글서글하게 생겼지만 뭔가 부족한 것 같다. 하지만 그것이 이 사람의 매력과 장점이 되어 주변에 친구가 많은 것이 특징이다.

"안녕하십니까? 예에- 저는 천.영.화.라고 합니다. 영양 천(千) 씨이고요. 영화 영(榮) 화평할 화(和)를 씁니다. 갑자생이고 마포구에서 살고 있습니다. 부모님 계시고 동생과 같이 살고 있습니다. 아버지는 광산사업을 하시느라 함경도에 계시는데 이따금씩 집에 오시고요. 저는 OO상업학교를 졸업하고 일본인이 경영하는 군납회사에서 일하다가 징병이 되어 이렇게 여러분들을 만나 뵙게 되었습니다. 잘 부탁드립니다."

그가 꾸벅 허리와 머리를 숙여 인사를 한다. 중간키에 마른 듯하며 얼굴은 호남, 미남형이고 말소리가 조금 느리다.

다음에는 훈련내무반장 김기열과 대학친구인 배정욱이가 개인 소개를 한다. 그는 간단히 자신을 소개하고 앉았으며, 한 사람 한 사람 소개를 하는 데 한 시간 이상이 지나가자 내무반장이 들어와서 빨리 빨리 하라고 다그쳐 남은 사람에 대한 개인 소개가 일사천리로 끝이 났다. 이날 소개한 사람들 상당수가 학업을 중단하고 끌려 나온 젊은이들이다.

내무반장의 지시와 성화로 재빨리 훈련복으로 갈아입고 훈련화를 착용해본다. 바지와 상의가 맞을 리가 만무하다. 일단은 입어보고 나서 서로 바꾸어 입기로 하였다. 작은 사람이 큰 옷을 입고 발이 작은 사람이 약간 큰 신발을 착용하는 것은 크게 문제가 안 되었지만 반대인 경우에 바꾸어 입을 사람이 없다는 것은 문제가 매우 심각하였다.

결국은 옷과 신발 크기에 몸과 발을 맞추어야 했다. 이런 상태이니 훈련군복 입은 상태가 오합지졸처럼 보일 수밖에 없다. 연병장에 모이니 이번에는 훈련을 지도하는 훈련원들이 나타나서 눈을 부라리고 서 있었다. 내무반장 후미야쓰가 간단히 설명한다.

"에 오늘 이 시간부터 우리 내무반 여러분들이 훈련을 마치고 이곳을 떠날 때까지 모든 훈련을 담당할 분들을 소개하겠다. 여기 오른쪽에 계시는 분들이 훈련담당 하찌무라 병장, 스미즈 상병이다. 좌측에 계신 분은 훈련을 총 담당하시는 야마도 다마시 군조이시다. 그럼 나는 훈련이 종료된 후 다시 오겠다."

그는 소개를 마치고 내무반으로 가버린다.

"주목! 방금 소개 받은 총 훈련담당 야마도 다마시 군조다. 지금부터 훈련을 게을리 받거나 나태한 행동을 하고 엄살을 부리거나 훈련에 못 따라오는 자는 일벌백계만 있을 따름이다. 긴장을 하여 잘 따라오기를 바란다. 만약 기대수준에 못 미칠 경우에는 이 주먹과 이 정신 봉이 가만히 두지를 않을 것이다. 이상 알겠나?"

그는 굳은살이 박인 오른쪽 주먹의 정권을 앞쪽으로 보여주고 정신봉을 여타의 훈육관처럼 허공에 원을 그리며 휘돌려 보인다.

"……"

"이놈의 짜식들 보아라! 왜 대답이 없나? 알겠나?"

"옛!"

모두들 긴장하여 큰소리로 일제히 대답한다.

"좋았어! 지금부터 기본 제식훈련부터 시작한다."

열중쉬어, 차렷, 경례 등의 시범이 있고 여러 번 반복동작을 해본다.

드디어 7주 속성 과정의 고된 훈련이 시작된 것이다. 원래는 총 16주 과정이었으나 전쟁 중이라서 절반도 안 되는 기간만 운용하는 단축 과정이다. 일제는 이 과정을 통하여 대량의 신병을 양성해서 각 전선의 절대인원을 보충해나갔던 것이다.

하지만 기본적이고 필수적인 훈련을 완수하고 소기의 성과를 달성해야 했기 때문에 여기서 일본제국주의 특유의 강제훈련이 진행된다. 일본군은 복종심을 단기간에 높이기 위해 처벌과 폭력 등의 방법을 모든 훈련과 병영 혹은 근무 중에 주로 사용하였다. 폭력은 세뇌교육과 군기유지를 위한 수단으로서, 일본군대의 모든 면에서 적용되었다. 예를 들면 복장상태, 병기손질, 내무생활 불량, 태도불량 등 장병들의 모든 행동 하나하나가 폭력의 대상이 되었다.

폭력 중 가장 흔한 것이 따귀를 때리는 것으로서 손바닥이 아닌 주먹이 이용되곤 하였다. 피하기라도 하면 그 제재는 배로 증가하였다.

따귀 때리기에는 주먹뿐 아니라 혁대와 슬리퍼로 갈기기, 전우끼리 서로 때리기도 있었다. 이때 어설프게 따귀를 잘못 때려서 고막이 파열되어 귀가 안 들리는 장병도 많았다.

구타의 일반적인 방법은 정신 봉이라 하여 이것이 가장 많이 사용되었다. 맞는 사람은 '엎드려뻗쳐'를 한다든지 다리 가랑이를 벌리고 양손으로 발목을 잡아 엉덩이를 내미는 자세를 취한다. 때리는 사람은 정신봉으로 온 힘을 다해 후려갈기기 때문에 맞는 순간 앞으로 쓰러지게 된다. 그러면 곧 처음 자세로 돌아가 다음 일타를 대비하고 만약 그 자리에서 둥글어버리거나 혹은 다음 대비를 하지 않으면 머리, 팔, 가슴을 구분하지 않고 아무 데나 구타하였다.

그밖에 주먹으로 명치를 위로 쳐올려서 순간적으로 숨을 못 쉬고 주저앉게 만들기도 하였다. 이 구타 결과 위경련 까지 오는 경우도 있었다. 또한 훈련 중에 엎드린 사람 다리를 냅다 걷어차기도 하였다. 직접적인 폭력 외에도 구보나 포복, 총검술을 몇 시간씩 계속 시키는 경우도 있고, 받들어 총 자세를 몇 십 분씩 하는 방법도 있었다.

내무생활 중에는 암기사항도 많아 군인칙유, 군대 내무령 등을 암기하여야하고 심지어 직속상관의 관등 성명까지 암기하도록 하였다. 모든 장병은 기계적으로 암기하여 상급자가 암송을 하도록 지시하면 반드시 글자 한자도 틀림없이 암송을 하여야 한다. 만약 적당히 요약하거나 다른 말로 바꾸거나 똑바로 암기하지 못하면 곧바로 제재가 따랐다.

아침 일찍 여섯 시에 일어나서 점호를 하는데 전날 피곤이 채 풀리기도 전에 다시 새벽부터 일어나니 의당히 행동이 굼뜰 수밖에 없다. 그러나 이런 행동들을 트집 잡아 행동이 느리다고 선착순을 시킨다.

그리고 통나무 같은 무거운 물건을 들어 올리도록 하여 팀별로 경쟁을 시켜 경쟁에서 지는 팀에는 몽둥이세례가 있을 뿐이었다.

선착순과 기합이 끝나고 나면 일단은 각 내무반별로 인원 점검을 한다. 인원 점검 시 내무반의 인원이 모자라거나 혹시 탈영병이 발생하였다면 그날 그 내무반은 무수한 구타에 시달려야 하였다. 그리고 만약에 어떤 한 내무반에 탈영병이 발생하였다면 탈영병이 다시 돌아오거나 잡혀서 올 때까지 그 소속 내무반은 완전군장을 한 후에 하루 종일 구보를 하도록 강요당하고, 구보 태도가 좋지 않거나 처지는 훈련병이 나올 때에는 몽둥이 구타를 당하기 일쑤였다.

점호가 끝나면 일조 구보를 한다. 구보가 끝나면 간단한 용변 처리 후에 식사를 하고 오전 훈련이 시작된다. 기본 제식 훈련, 분대 단위 훈련, 소대 단위 훈련 등 군인으로서 기본적인 몸가짐을 만들기 위한 제식 훈련을 한다.

이러한 모든 훈련 방식과 제재가 해방 이후 모든 국군 병영에서 여과 없이 이어져 적용되었고 수십 년을 비판 없이 전수되어 왔다.

매주 월요일에는 연대 본부에 일시적으로 마련된 신사에 각 내무반별로 참배를 하였다. 아침 여섯 시에 점호를 마치고 나서 각자 내무반으로 들어가 몸을 깨끗이 씻고 양치까지 하고 나서 빨아놓은 새 옷을 입게 한 후 내무반 인원을 둘로 나누어 신사에 정렬하게 하였다.

그리고 소지품은 발아래 두고 신전에 나가 절 두 번, 손뼉 치기 두 번, 절 한번 등 신사에 따라 숫자가 정해진 순서로 행한다. 손뼉을 칠 때는 마음속으로 기도하듯이 한다.

군대내의 모든 행사는, "저희는 대일본제국의 신민입니다. 마음을 합해 천황폐하께 충의를 다하겠습니다."라는 황국신민서사를 낭독하는 것으로 시작되었다.

김동욱의 임기응변

한편 김동욱은 이실직고한 덕분에 그리고 달아난 세 사람을 체포하는 데 앞으로 적극 협조한다는 조건으로 더 이상 고문을 받지 않고 일단 헌병대 유치장에 들어가 있게 되었다. 당장 그날부터 집안 식구들의 면회도 가능하고 사식 이입도 허용되었다. 어머니와 아버지가 면회를 와서 눈물을 흘리며 한탄을 하였다.

그러나 부모가 생각하는 것보다 김동욱이는 강하고 정의로웠다. 비록 그가 심한 고문에 못 이겨 무심코 중등학교 선생님을 입에 올린 큰 실수를 하였지만 그는 친구들을 위해서는 허위로 사실을 만들어 실토하는 척 하였으며 끝까지 신의를 지켰다.

일제는 청년들이 공산주의자가 되고 그 사상이 일본제국주의와 식민지배에 심각한 부작용을 끼친다고 생각하여 철저히 배척하고 탄압하였다. 일찍이 공산주의 사상이 일본에 들어가 소수의 일본 내 공산주의자들이 일본 왕을 암살하려는 시도가 1912년대에 있었다. 크게 놀란 일본정부는 공산주의를 제1의 적이라 생각하고 색출에 나섰으며, 이후 한국에도 이 사상이 들어와 노동자의 파업과 농민운동에 막대한 영향을 끼쳤다.

일제는 강력히 공산주의자들을 색출하여 엄벌하였으며 특히 농민들에게 불순세력이 침투하는 것을 방지하고자 혈안이 되었다. 일제의 잔혹하고 무차별적인 탄압에 공산주의는 흔적 없이 잠적하였으며, 잠적 뒤에도 일제는 아예 뿌리를 제거하고자 전 행정력을 동원하였다.

태평양전쟁 발발 이후 일부 느슨해진 시국에 편승하여 공산주의 사상이 다시 고개를 들려고 하자 전쟁 수행에 방해가 되는 내부 불안 요인을 없애기 위하여 특별 지침을 하달한 것이 벌써 몇 년 지난 상태였다. 그 와중에 탈영이 있었고 탈영자 김동욱이 외 3인의 배후가 있다고 판단한 군경은 김동욱에게 고문을 가하여 자백을 받은 결과, 배후가 역사 선생이라는 큰 거물을 얻게 되었다. 그리고 그들은 그 역사 선생이 속해 있는 또 다른 지하 조직이 있을 것이라고 추측하였다.

군 · 경 합동 수사팀은 급거 김제 ○○ 중등학교 역사 선생 정진화를 긴급히 체포하여 헌병대로 압송하였다. 한번 군 · 경에 압송되어 강제로 끌려간 민초들의 말로는 처참하였다.

말로 형용할 수 없는 매질 등 고문을 당하였고 영문도 모른 채 그들이 만든 각본대로 인정할 수밖에 없었다. 대부분 징역살이가 선고되고 무죄라 하여 풀려날지라도 그 후유증은 인간의 육체가 감당할 수 없을 정도로 혹독하였다. 많은 사람이 폐인이 되어 골골대다가 숨을 거두었으며 설혹 살아 있다 하여도 평생을 불구자로 살아가야 했다. 역사 선생님 정진화도 그 범주를 벗어날 수가 없었다.

고문과 구타로 하지 않았던 행동과 말을 하였다고 그들이 만들어낸 올가미에 스스로 들어가지 않으면 안 될 정도로 인성은 사라지고 야만 성만 남겨지게 되었다. 다만 배후는 더 이상 없었고 평소에 자기가 생각하는 바를 학생들에게 유포하였다는 혐의로 징역 3년을 살게 되었다. 제자 김동욱의 한마디 실수로 정 선생의 집안은 풍비박산이 되고 교사의 봉급에 의존하는 가족의 생활은 비참한 생활에 빠지게 되었다.

김동욱은 자기의 실없는 허위 자백이 한 가정에 엄청난 비극의 결과를 가져올 것이라는 사실을 알 턱이 없을뿐더러 군·경이 하자는 대로 나머지 세 명을 체포하는 데 적극 협조하기로 하였다. 같이 도주한 일행을 만나기로 한 그날 저녁 사식을 먹고 휴식을 취하고 있는 김동욱에게 한 경찰이 와서 그를 유치장에서 꺼내준 뒤에 수갑을 채워 다짜고짜 지프차에 태웠다.

"김동욱, 너, 지금부터 너하고 같이 도망간 일행 세 명을 잡으러 가는데 그 탈주범이 잡히면 그놈들이 맞는지 얼굴을 확인하여 주길 바란다. 알겠는가?"

김동욱은 못마땅하다는 표정을 지으면서도 대답을 안 하면 이내 주먹이 올라올 것 같아 멈칫거리며 겨우 대답을 한다.

"예- 에- 알겠습니다."

김동욱이가 탄 차에 사복경찰 두 명과 군인 두 명이 동승하고 다른 한 대의 차량에도 네 명이 타서 총 여덟 명의 군경이 세 명의 체포 작전을 하러 김제 헌병대 분소에서 출발한다. 지프차 두 대는 콘크리트로 말끔하게 포장된 이차선 신작로를 이용, 군산을 향하여 질풍처럼 내달린다. 일찍이 일제는 호남평야를 전략적 쌀 생산지로 정하고 경술국치 초기부터 네 가지 일을 계획하였고, 1930년대 초에는 이 사업을 끝내고 연간 200만 석이라는 어마어마한 쌀을 일본으로 내보냈다.

첫째, 경술국치 이전부터 엄청난 자금력을 동원하여 당시 시세보다 비싸게 농토를 사들이기 시작하였으며 경술국치 이후에는 관에서 하사한 땅이나 임자 없는 개인의 소유가 불명확한 전답을 농민으로부터 빼앗아 나중에 동양척식주식회사의 소유로 하여 이주 일본인들에게 나누어 주었다. 또한 불이농장이라는 주식회사를 만들어 강제노역이라 말할 수 있는 값싼 노동력을 동원하여 간척지를 개간하였다.

둘째, 이곳 호남평야를 중심으로 전라북도의 쌀을 일본으로 실어 나를 항구를 개설하였다. 바로 군산항이다. 군산항은 경술국치 이전에 자그마한 어촌이었고 조선시대 한때 관이 주둔하기도 하였다. 규모는 크지 않았고 서울로 쌀을 나르는 항구로 사용되기도 하였다. 이런 자그마한 항구가 수만 톤의 배가 접안할 수 있는 항구로 변하였다.

셋째, 철도의 신설이다. 호남선과 전라선을 만들고 보완함과 동시에 솜리라는 자그마한 동네로부터 군산까지 철로를 놓아 내륙에서 생산되는 쌀을 수송하였다.

넷째, 철로도 부족하여 전주-이리-군산-김제-부안, 김제-이리, 전주-김제 간에 신작로를 만들고 콘크리트 포장까지 하였다.

김제에서 출발한 차량 두 대는 만경을 지나 청하다리 그리고 대야와 지경을 지나 군산시내에 접어들었고 군산항에 가까운 군산경찰서에 들어섰다. 입구를 지키던 경찰이 제지하자 앞에 탄 사복형사가 신분증을 내어 보인다.

경비 경찰이 깜짝 놀라 거수경례를 하며 즉시 현관문을 열어주고 안쪽으로 안내를 한다. 퇴근시간 이후라 경찰서 안은 비교적 한산하였으며 이미 연락을 받은 경찰서장이 마중 나와 그들을 안내한다. 그들이 안내된 방에는 열댓 명의 사복경찰이 앉아 있었다.

김제에서 온 사복형사가 자기와 같이 온 일행을 간단히 소개하면서 금일의 체포 작전에 대하여 설명해주고 질문을 받는다. 모두들 잠복 작전에 이골이 난 형사들이라 질문 없이 묵묵히 설명을 들었고 브리핑은 별다른 이의 없이 끝났다. 밤 열 시가 되자 김동욱을 유치장에 수갑을 채워 집어넣고 20여 명의 형사들이 우르르 현관을 나섰다.

경찰서에서부터 그들이 잠복하여 작전을 벌일 째보선창까지는 차로 10분도 채 걸리지 않는다. 사람들은 언제부터인지 이 부두를 째보선창이라고 부르기 시작하였다. 째보선창, 군산항의 애환을 남몰래 간직한 서민들의 삶과 격정이 묻어 있는 이곳, 이 군산항 항만부두가 있는 곳이 째보선창으로 불리는 이유는 두 가지 설이 있다. 째보선창은 군산 금암동에 위치해 있는, 지금은 모습이 초라해졌지만 조선시대에는 '죽성포구'라는 이름으로 불리며 번화했던 곳이다.

첫 번째 설은 포구의 모습이 안쪽으로 째진 모습이 마치 째보(언청이)처럼 생겼다는 설이고, 두 번째 설은 옛날 이곳 선창에 째보라고 불리는 객주가 있었는데 그가 이곳 포구의 상권을 모두 장악하고 있었기에 째보선창이라 불렀다고 한다.

째보선창은 고려, 조선시대부터 군산지역의 주요한 포구 중의 하나로 본래 죽성포구라고 하였으며, 조선시대 때 이곳에 큰 대나무 숲이 마을을 감싸고 있어서 마치 성과 같이 서쪽과 북쪽에서 오는 바람으로부터 마을을 보호하는 모습이라 하여 마을 이름을 죽성리라고 하고 그 마을에 있는 포구였기 때문에 죽성포구라고 불렀다 한다. 죽성포구가 처음 기록에 등장하는 것은 조선시대 '옥구 군지'인데 당시 포구의 위치는 현 해안 파출

소자리에 있는, 지금은 사라진 돌산기슭에 있는 둔율동 성당 인근이었다.

그곳은 산에서 흘러 내려온 개천 물과 팔마산 기슭을 돌아 대명동 구 시장을 지난 물이 만나서 죽성포구로 모여들어 강과 만나는 자리에 널찍한 만이 조성되었다. 그곳은 배의 접안이 용이하고 돌산으로 인해 해풍을 피할 수 있어 자연스럽게 포구가 형성되었던 것이다.

1894년 이후 불법 밀무역을 행하던 일본 상인들이 조선 3대 시장 중 하나인 강경시장에 거점을 마련하려 하였지만 뜻대로 되지 않자 강경시장의 조선인 자본가들을 고사시키려 군산포를 개항시켜 자신들의 본거지로 삼았다. 또한 그들은 1908년 전군도로의 개통으로 전주지역 상권과 1912년 호남선 철도를 개통하여 충청북도에서 전라남도까지 군산 상권에 포함시켰다.

그리하여 강경시장과 경장시장(군산 옆)은 불리한 교통과 유통업의 제한 그리고 소규모 재정으로 쇠퇴를 거듭하였다. 경장시장이 쇠퇴의 길로 접어들자 경장시장의 조선인 객주들이 죽성포구로 이주를 해와 여관업과 어류 유통업을 하였고 객주 전 거리가 형성되면서 더욱 발전의 계기를 마련하였다.

일본인들도 째보선창 인근에 나가사키 현의 어부들을 집단 이주시켰다. 1933년 군산부에서는 규모가 커진 째보선창에 수산시장을 개설하였다. 째보선창의 애환을 상기시키는 창가도 있었다.

고깃배 왔다 갔다 군산항 항구나 째보선창
정 많은 뱃놈들의 사연도 가지가지구나
기타 줄을 튕기면서 시름을 잊으려 해도
하루살이 힘겨운데 기울이는 술잔에
그 시름 묻어버리자.

부두 밖 도로에는 좌우 양측에 즐비하게 선술집과 일본식 객주, 그리고 음식점들이 줄지어 늘어서 있고 초저녁부터 북적거리기 시작한다. 이 선착장에서 두 블록 떨어진 곳에는 일본식 관청과 은행 그리고 일본식 주택이 늘어서 있다. 많은 일본인들이 본국에서 한 밑천 잡으러 군산항을 통하여 들어왔으며 제법 위세를 가진 자들은 군산시내에 일본식 2층 다다미 집을 지어 놓고 떵떵거리며 살고 있다.

일본 기생들도 한몫 잡으려 본국에서부터 배를 통하여 들어와 고급 요정을 꾸렸고, 부족한 접대부는 조선여자들을 뽑아 술시중을 들게 하였다. 이 모든 환락의 세계가 이곳 군산항 째보선창을 중심으로 방사형으로 퍼져 나가면서 흥청거렸다. 하루치 일급으로 살아가는 부두 노동자의 애환이 짙게 서려 있는 곳. 그들은 돈의 양에 따라 마음대로 자기가 원하는 술집에서 하루의 피로와 회포를 풀었다.

그야말로 술값이 천양지차로 단돈 10전만 가지고도 막걸리 한 사발을 들이키면서 너네 나네 친구나 동료와 시시비비 걸렸고 한밑천 잡은 사람은 고급요정에 가서 고급술을 마시면서 여자들의 치마폭에 싸여 공짜로 생긴 돈을 흥청망청 내던진다. 대부분의 노동자는 하루의 고된 일을 끝내고 간단히 저녁식사도 할 겸 술 한잔을 걸치고 내일을 위하여 일찍이 집으로 향하였다.

그러다가 밤 열한 시가 되자 흥청거렸던 거리가 한산해지며 내일 새벽 장사를 해야 하는 대부분의 밥집은 문을 닫기 시작한다. 밤 열두 시가 되자 대부분의 집들은 문을 닫았고 나머지 술집들도 마지막으로 술에 취한 취객들을 달래어 집에 보내느라 안간힘을 쓰고 있는 상황이다.

밤 한 시, 어느 집 괘종시계인가 "뎅" 하는 소리를 내지른다. 사복형사들은 이미 두세 명이 한 조가 되어 째보선창을 완전히 포위한 상태다. 한 시가 되자 형사들은 긴장을 하여 주위를 유심히 살피고 지켜본다. 거의 두 시가 다 된 시각에 어떤 술집에서 두 명의 장정이 나와서 비틀거리며 길을 걸어간다.

그 뒤를 형사들 몇 명이 뒤따른다. 두 젊은이는 집에 가는 듯하더니 째보선창 제1부두 쪽으로 발길을 돌린다. 갑자기 정적이 감돈다. 경찰들도 긴장한다.

"저놈들이 틀림없이 약속된 시간에 제1부두로 들어가는 것이다."라고 경찰들은 생각한다. 제1부두에 도착한 두 사람은 흥얼거리면서 바다 쪽을 향하여 서서 골마리(허리춤)를 내리더니 오줌을 갈기기 시작한다. 오줌을 다 누고 옷을 추스르려고 하는 순간 뒤에서 육중한 쇳소리가 철컥 난다.

"꼼짝 마라. 손들어!"

나직하고 신중한 소리가 새벽 정적을 깨뜨린다. 두 사람은 깜짝 놀라 두 손을 번쩍 쳐든다. 그리고 시키지도 않았는데 반항할 생각도 하지 않고 무릎을 꿇고 제자리에 주저앉는다.

형사들이 달려들어 재빨리 수갑을 채워 부두 밖 한쪽 어두운 곳에 세워둔 지프차에 태운다. 이렇게 새벽 네 시까지 작전을 벌여 총 열 명의 젊은 남자들을 체포하여 군산경찰서로 압송하였다.

영문도 모르고 체포된 자들은 어리둥절하여 서로 얼굴만 쳐다보며 신기한 듯 경찰서 내부를 이리저리 힐끗힐끗 바라보며 유치장 안으로 연행되어 들어간다.

김동욱은 연행되어온 열 명에 대하여 자기와 함께 탈영한 일행인지

대면 확인을 하도록 강요받았지만 잡혀온 그들이 같이 탈출한 친구일 리가 만무하다. 김동욱은 친구들을 위하여 어느 정도는 연극을 해야 할 필요성을 느끼고 나름대로 각본을 만들어 둘러대기로 결심한다. 그는 한 명씩 얼굴을 유심히 보는 척하면서 경찰들에게 고개를 살래살래 흔들어 부정의미를 나타낸다.

경찰들은 밤새워 헛수고를 했다는 생각에 화를 내었지만 어쩔 수 없는 자기들의 미련한 작전과 행동에 머쓱한 분위기다. 김제에서 같이 온 형사가 눈을 부라리며 다그치듯 묻는다.

"김동욱 너, 오늘 거그 째보선창에서 만나기로 한 것 맞어?"

"그러믄요. 오늘 시벽에 거그 째보선창에서 만나기로 혔는듸요. 갸들이 안 왔는개비네요."

"그런듸요. 순사 아자씨들! 아자씨들이 나처럼 갸뜰도 잡으러 갸들 집으로 갔데요 어쨌데요?"

"뭘 알려고 허는 거여."

김제에서 온 형사가 대답한다.

"긍게로 지말은요! 지 친구네 집에 아자씨들이 갸뜰을 잡으러 갔었는지 안 갔었는지가 중요허구만요."

"그게 왜 중요혀!"

"허어 참 내 참! 아자씨. 그럼 갸들이 아자씨들헌티 나 잡아가시오 허구 손 내밀고 오겄이요? 그렇다면 먹충이 빙잉신들이지? 아자씨들이 갸뜰을 잡으러 댕긴다고 공표를 허고 댕겼는듸 갸뜰이 순순이 오겄냐 말이요."

김동욱이의 말을 듣고 있던 형사들이 조용해지다 멋쩍어하면서 괜스레 입맛만 다신다. 김동욱의 말도 일리가 있기 때문이다.

"그럼 너는 갸뜰이 또 다른 어디에서 만날 것인가를 알고 있단 말이냐?"

"지가 어떻게 그것을 알고 있겄이요. 지는 갸뜰허고 헤어졌다가 바로 이렇게 수갑을 찾는듸. 전혀 생각지도 못혔으껜두루 또 다른 장소를 알 리 없지요. 잉!"

"상황 종료다. 모두 여길 철수한다. 오늘 서장님께 고맙다고 전해드리시오."

"우리는 탈영자 체포 작전을 원점으로 돌아가 처음부터 다시 시작한다."

위도의 꿈

강해지는 바람소리, 바닷물이 바람에 밀리는 소리, 바위에 부딪쳐 부서지는 파도소리, 끼룩끼룩거리는 섬 갈매기의 삶을 이어 가는 소리들이 며칠 간 고요하였던 바다를 일으켜 깨운다. 아침부터 서서히 바다가 흔들리기 시작하였고 가끔씩 가느다란 하얀 물줄기를 밀어 올리던 바다가 오후 들어 심하게 일렁거린다.

그러다가 서쪽 하늘색이 검게 변하며 돌풍으로 변한 바람은 아무렇게나 흩어져 서 있는 나무를 뒤흔든다. 돌풍은 휘어져 늘어진 나무줄기와 가지를 거세게 흔들어 어린 가지들이 신음소리를 낸다.

이곳 섬에 온 지 얼마나 되었는지 시간이 정지되어 있다는 착각이 든다. 며칠이 지나자 날을 세는 것이 무의미해져 아예 어느 날인가 부터는 세어보지도 않고 있다. 날짜를 세어 시간을 가늠해본다는 것은 일의 불확실성, 막연함, 그리고 불안함이 그만큼 크다는 것을 의미하기 때문이다.

그동안 세 사람은 섬의 이곳저곳 구석구석 돌아다니며 살펴보았다. 잔잔한 바닷물이 바위틈까지 밀려 올라왔을 때에는 낚싯대를 바위 사이로 드리웠다. 때로는 간조 때 드러나는 개펄 위를 돌아다니며 속절없이 바닥에 제 몸을 드러내는 조개나 고인 물에서 어찌할 줄을 모르는 물고기를 가볍게 잡아 회를 떠보거나 불에 구워먹고 매운탕을 해먹기도 하였다.

섬에 들어온 지 보름이 지나 3주가 사정없이 흘러가버렸다. 혈기왕성한 젊은 사람들이 마냥 아무것도 하지 않으면서 기다리는 것은 참으로 참기 어려운 고역이었다. 서서히 그들의 표정에 지친 기색이 나타나기 시작한다. 더구나 바다가 이처럼 사나워지면 오늘이나 내일은 틀린 것 같고 며칠 더 기다려야만 할 것 같다. 처음에는 가늘게 오던 빗방울이 점점 더 굵어진다. 가까이 있던 새끼 섬들이 보이지 않을 정도로 세차게 내리기 시작하며 지붕이나 풀잎 그리고 나무, 돌 위에 떨어지는 소리가 마치 화음을 내듯이 각각 다르게 들려온다. 이윽고 힘찬 북소리 같은 리듬을 더하는 천둥과 입체영상을 보듯 번쩍거리는 빛의 향연이 원두막에 간신히 몸을 피해 있는 세 사람의 눈과 귀에 강렬히 들어온다.

아직 장마철이 되지 않았는데도 먹구름이 밀려오고 장대같은 비가 강풍과 함께 몰아친다.

“야—아 비 자알 온다. 이거 우리 움막 날아가 버리는 것 아녀?”

최상현이가 걱정스럽다는 듯 말한다.

“글씨 말이여, 더 쎄게 불면 이 나무 떼기 원두막도 날아가 버릴 것 같은디 말이여!”

이남제가 거든다.

“아따 괜찮여어! 이게 이리 허술하게 뵈여도 몇 년 큰 태풍을 견뎠던 원두막이랴!"

송금섭이가 받는다.

"에-이 그런디 언지까지 우리 요로코롬 있어야 된다냐!"

이남제가 지루하다는 표정을 지으며 원두막 밖을 살짝 내어다보며 말한다.

"어-어 서두르지 말어. 며칠만 더 기다리면 될 거여! 그게 쉽간듸? 떼국 놈들 배에 올라 타는 게 쉬운 게 아니여- 생각혀봐. 느그들 우리 배 좀 태워달라고 말한다고 아무나 아무렇게나 태워주겄어? 다 사전에 기별이 가고 거그서도 허락이 떨어져야 헝게. 내가 생각허기로는 한 달이면 무쟈게 빠른 것으로 생각되네잉! 그러고 서해 바다에서 거시기 그 중국놈들 배 만나기가 쉽지 않혀. 오늘처럼 비바람 몰아쳐도 안 되고 가들 출어시기 허고 그리고 장소가 요짝 서해상이어야 허는듸 우리가 가고잡픈디 허고 맞어야 되는듸 그게 잘 맞을려면 내가 봉게로 서너 달은 족히 걸리지. 암 서너 달은 걸려야 되겄지!"

송금섭이가 마치 자신이 겪어본 일처럼 설명식으로 말한다. 이남제가 받아서 묻는다.

"잉- 니 말이 맞긴 맞는듸 그러코롬 서너 달씩이나 걸릴까?"

"빠르면 빠를수록 조옷치. 허지만 그렇게까지 걸릴 수도 있다는 거지. 그렁게 좀 참고 있어야 헌다, 그거여 그것이!"

송금섭이 두 친구한테 지긋이 기다려야 한다는 의미로 말한다. 이때 비바람 소리에 파묻히어 가느다란 아주머니 목소리가 밖에서 들려온다.

"저, 거시기 총각들 안에 있는가?" 묻는 소리와 함께 가벼운 인기척 소리가 비바람소리를 뚫고 들려온다.

"예, 지들 안에 다 있는듸요."

송금섭이 대답하며 문을 여니 비바람에 거적을 뒤집어 쓴 아주머니가 걱정스러운 표정을 하고 원두막 문을 살짝 열고 안을 들여다본다.

"쩌그, 저 거시기 말이여. 총각들 오늘은 바램이 이러코롬 많이 불고 천둥번개 치니깐 어디들 나갈 생각들 허지 말어, 잉?"

"오늘 같은 날 어디 물가로 나갔다가는 큰일 날 수가 있응께로. 여그 안에 그냥 있어야 혀 알었지잉!"

"예, 즈들도 그렇코롬 싱각을 혀서 가만히 빗소리나 듣고 앉아 있고 만요잉!"

송금섭이 대답을 한다.

"잉! 그려야 혀. 오늘 같은 날 뭣들 헌다고들 그러다 많이들 바람에 파도에 휩쓰려 가버렸어. 암짝도 모르는 사람들이 말 안 듣고 그렇당게로!"

"예, 고맙구만이롸우! 비가 많이 옹게로 얼른 집에 가셔요. 걱정허들 마시고!"

송금섭이 오히려 걱정된다고 말한다.

어언 3주가 지나고 탈출 한 달이 넘어 5월에 들어섰다. 완연한 봄이다. 이곳 위도는 겨울에 영하 이하로 떨어지는 경우가 좀처럼 드물다. 왜냐하면 겨울에는 필리핀 난류가 서해상으로 흘러 올라와 신의주까지 올라갔다가 다시 내려오며 순환하기 때문이다. 그래서 한겨울 시베리아 북서풍이 몰아친다고 하더라도 기온이 0도 이하로 떨어지는 날이 많지 않다.

차가운 고기압이 세력을 확장할 때 따스한 난류에서 수증기가 증발하여 눈이 되어 내리는 것을 기상용어로 '웨스터리(Westary)'라 부르며 일본인들은 이것을 검은 새가 날아가는 것에 비유하여 같은 발음이고 바닷물 해류를 뜻하는 '흑조'라고 불렀다. 일본말로 '쿠로시오'라 불린다.

이처럼 난류가 흘러 기온이 내륙보다는 크게 떨어지지 않는 특성이 이 지역에 나타나게 난다. 대표적인 경우가 영국으로, 위도가 만주보다 높은 곳에 있지만 겨울에 기온이 크게 떨어지지 않는 이유는 멕시코 난류가 흐르는 해양성 기후의 영향을 받기 때문이다.

일제는 해류도 필리핀 난류라 하지 않고 자기들이 정한 쿠류시오 난류라 부르는데 이 난류는 필리핀 동쪽에서 발생하여 대만 동쪽과 제주도 남쪽을 거쳐 두 갈래로 갈라진다.

한 갈래는 우리나라 서해안으로 그리고 다른 한줄기는 대마도를 거쳐 동해로 흘러간다. 동해 쪽으로 흘러가는 해류는 겨울에 울릉도와 일본 서쪽에 많은 눈을 뿌리기도 한다.

이곳 위도(蝟島)는 예부터 홍길동전에 나오는 율도국이 이곳이고 심청이가 중국 뱃사공에게 팔려가 바다에 뛰어든 인당수가 이곳이라는 설도 있다. 여하튼 섬 서쪽 바다에는 해류가 바뀌면서 수시로 황금어장이 형성되어 중국 배들까지 와서 잡아가는 곳으로 어업의 전진기지이기도 하다. 특히 5~6월에 조기, 9~10월에 게 때로는 홍어 등 각종 고급어종이 이 주변에서 많이 잡히고 있다.

어업과 동시에 주민들은 벌써 섬 여기저기에 흩어져 있는 밭을 갈아 여러 가지 먹을거리를 심는다. 세 장정은 하릴없어 자기들의 밥을 챙겨주는 주인이 고마워 밥값이라도 해야 된다는 생각으로 밭일을 도와준다. 때로는 어로를 나가기 전의 잡일도 도와주며 시간을 보내기도 한다. 몇 년 전부터 태평양전쟁이 나고부터는 식량가격이 폭등하여 일부 작물은 품귀현상까지 나타났으며, 고기를 잡아 팔아서 돈으로 만들었지만 곡식과 채소를 사먹기에는 턱없이 부족했다. 물고기 값이 농산물 가격을 따라가지 못하기 때문이다. 일행 세 사람은 그동안 나름대로 여러 가지 대책을 세웠다.

중국 배를 타고 육지에 상륙하고 나서부터 그들의 최종 목적지인 상해임시정부군을 만날 때까지 무엇을 어떻게 해야 될 것인가를 상세하게 계획을 세웠다. 새로운 희망이 생기는 듯하였다.

징용열차를 탈출하여 쫓기던 자기들이 편안하게 섬에 들어와 장래를 생각할 수 있다는 것과 젊은이들의 우상인 독립군이 된다는 것에 한없이 자부심을 느낀다. 다만 여러 가지 걱정 중 김동욱이가 제시간에 오지 않은 것에 대하여는 세 가지로 추측을 하였다.

첫째로 김동욱이 집안은 부유해서 우리들 일행과 같이 행동을 하고 싶지 않고 앞으로 고생할 일이 두려워 집에 그냥 머뭇거리는 상황이다.

두 번째는 아주 자수하여 훈련소에 재 입소되는 상황일 수 있다.

세 번째는 우리들의 계획을 상세히 고자질하고 자기만 살려는 배반의 가능성이다. 세 사람은 배반 상황을 최악의 경우로 설정하고 군과 경찰에서 여기 섬까지 들이닥칠 것을 가정하여 도주 계획을 마련하였다.

일단은 작은 쾌속정 같은 배가 부두에 접안하는지 그리고 배에서 내리는 사람이 누구인지 언덕 먼발치 나무 사이에서 감시하기로 하였다. 수상한 일이 발생하면 하얀 수건을 나무에 매달아 놓기로 하였다. 그 신호에 의거하여 원두막에 있었다면 재빨리 평소에 익혀둔 남쪽 산봉우리 근처에 아주 접근하기 어려운 작은 동굴로 피신하기로 하였다.

이런 내용을 사돈어른 내외분에게 말하고 철저하게 비밀을 지켜줄 것을 당부하기도 하였다. 또한 움막에는 아침에 일어나면 아무도 거처하지 않은 듯 정리정돈을 잘 해놓았으며 각자 소지한 물건은 유사시 언제든지 가져갈 수 있도록 망보는 곳에 숨겨놓았다.

한 달포가 지난 어느 아침나절 자그마한 배 한 척이 부두에 접안해 들어왔다. 배에서 외삼촌이 내리는 것이 먼발치에서 보인다. 외삼촌이 배에서 내리더니 일행이 묵고 있는 원두막으로 부지런히 올라온다. 세 사람은 반가운 마음에 마중을 나가 인사를 한다. 삼촌은 인사를 받는 둥 마는 둥 대뜸 바로 이동을 하자고 한다.

"그동안 별일이 없었지이!? 느그들 지금 가야 되겠다! 이따가 여그서 쬐매 떨어진 곳에서 중국 배를 만나기로 했응께로, 지금 짐을 싸거라."

"아 예 지들은 항상 짐을 싸놓고 있구만요."

아주머니가 시숙이 온 것을 알고 집에서 내려와서 인사를 한다.

"시숙! 시벽부터 오셨구만이롸이! 어머니랑 성님이랑 자알 계시지요?"

"아 예, 자알 기시구만요. 지수씨도 동생도 건강하지요?"

"예, 큰일이 없구만요. 아뜰 아버지는 배 타로 나가서 아적 안 들어왔구만요!"

"예, 곧 들어오겄지요. 고기가 많이 잽히는 것 같은듸."

"그동안 지수씨 수고 많이 해부렸구만요. 야뜰 밥혀주고 수발들기가 여간 힘드는 게 아닌듸 힘 많이 들었지롸우?

"아니유 괜찮구만요! 벨로요－오. 총객들이 원체 부지런해농게 일도 많이 도와줘서 외려 내가 고맙구마이롸!"

"지금 야들이 떠나야 쓰겄어요. 이따가 점심때쯤 중국 배를 만나기로 했구만요!"

"아 예, 싸게싸게 가야겄구만이롸잉!"

세 사람은 가볍게 인사를 하고 싸놓은 짐을 챙겨 배에 올랐다. 자그마한 선착장을 벗어난 배가 남쪽으로 향한다. 섬을 우회하여 얼마간 달리자 섬 끝자락이 나오면서 이번에는 서쪽으로 정침을 한 후 한 시간이

나 지났을까. 가물가물한 수평선 끝에 여러 개의 점들이 점점 커지며 시야에 들어온다.

"저—그 저 배들이 중국에서 온 어선 겸 교역선이라고 헌다. 내가 자주 만나고 거래를 한 선쟁이 있응게로 그 사람이 느그들헌티 잘혀줄 것잉게 걱정허들 말고. 그 사람이 하는 말을 잘 따라서 행동허도록 허고. 자알 가서 조국을 위해 싸워주기를 기대하고 무운장구를 빈다."

그가 큰소리로 당부한다. 배 엔진 소리와 쏴—아 거리는 파도에 겨우 의사소통이 될 뿐이지만 외삼촌 말이 귓속을 세차게 후벼드는 것은 이상한 일이다. 이제 고향을 떠나 언제 다시 볼 수 있을지 기약이 없는 곳으로 가기 때문이리라.

"예, 자알 알았구만요! 외삼촌 건강허세요. 지들은 꼭 살아서 돌아올 거구만요"

"그려! 그려! 꼭 살아 돌아오거라. 무슨 일이 있든 목심만은 살아서 오거라이잉!"

까만 점에서 어느덧 큰 배가 되어 가까워졌고 일행이 탄 작은 배는 중국 모선이라 불리는 큰 배에 다가갔다. 선장이라 생각되는 사람이 갑판 위에서 지휘를 하며 사닥다리를 내리도록 한다. 삼줄로 만든 굵은 줄사다리가 위에서 천천히 내려오고 작은 배에 다다르자 올라오라고 손짓을 한다. 외삼촌이 사다리를 잡아주어 세 사람은 한 명씩 배에 올라갔고 사다리가 치워지자 외삼촌은 손을 흔들며 다시 동쪽으로 멀어져간다.

어선치고 중국 배는 상당히 컸다. 어선 지휘함이기도 하지만 무역도 겸하였기 때문에 화물을 많이 실을 수 있는 큰 배인데 목포와 군산 그리고 필요시에는 인천까지 가서 화물을 부리거나 싣는다. 작업이 끝난 후에는 십여 척의 어선을 이끌고 고기잡이 모선으로 활동을 한다. 그리고 잡은 고기가 많을 경우에는 고기를 모아 상해로 신속히 귀항하여 하역한 다음 다시 조업현장으로 가서 지휘하는 것이 이 배의 주요 활동내용이다. 세 사람은 선장실에 인도되어 들어갔다. 가볍게 읍을 하며 인사를 하고 자신들을 소개한다.

“인사드립니다. 저는 송금섭 이쪽은 최상현 그리고 이쪽은 이남제라고 합니다. 모두 갑자생이고 친구들입니다.”

옆에 서 있던 사람이 재빨리 통역을 한다.

“당신들을 환영한다. 이 배는 고기잡이 배 겸 무역선이기 때문에 바로 상해로 들어가지 않고 여러 날 이곳 서해상에서 어로 작업을 한 뒤에 상해 항에 들어갈 것이다. 그동안 말썽부리지 말고 여기 이 사람이 말하는 대로 잘 따라주길 바란다. 그런데 내가 알고 싶은 것은 왜 중국에 들어가려고 하는 것이다. 왜냐하면 지금 중국은 일본과 전쟁 중이고 일본군함이 수시로 우리 어업 조업선을 수색하고 있기 때문이다. 육지에 들어가서도 일본군이 점령하고 있는 항구로 들어가야 하기 때문에 앞으로 많은 어려움이 따를 것 같아 물어보는 것이다.”

“예, 지들은 일본군에 징병이 되어 훈련을 받으러 가는 도중 기차에서 탈출을 하여 대한민국 임시정부가 있는 상해로 가서 독립군이 되야서 일본군과 싸우려 합니다. 지들이 탈출한 것은 일본군이 되야서 전선에 나가서 싸우다 죽는 것보다는 독립군으로 싸우다 죽는 것이 훨씬 나을 것 같아서 결심을 한 것입니다.”

송금섭이 대표로 나서서 말했다.

“잘 알았다. 너희들의 기개는 좋지만 앞으로 엄청난 어려움이 따를 것으로 예상이 된다. 일단은 일본군의 불심검문이 많이 있는데 이 검문에 걸리지 않으려면 우리 선원과 똑같은 행동과 일을 해야 할 것이다.

즉 너희들이 우리 중국 사람과 똑같이 되어야 검문을 피할 수 있다는 것이다. 중국 어민이 되어야 한다. 당장 지금 옷부터 갈아입고 중국말도 빨리 배우도록 해라.”

선장이 만일에 있을 사태와 위험에 대비하여 당부한다.

“당신은 앞으로 이 세 사람을 많이 도와주도록 하고 어떻게 행동할 것인가를 잘 알려주도록 해라.”

그는 통역관에게 지시한다. 세 사람은 통역관의 안내로 숙소에 들어갔다. 배가 커서 세 사람이 거처하는 데 전혀 문제점이 없다. 배는 철제선으로 침몰에 대비하여 칸막이로 되어 있었으며 침대도 쇠로 된 뼈대에 널빤지를 나사로 고정하였고 침구로는 베개와 담요 하나가 전부였다.

“자, 너희들이 사용할 숙소이다. 이곳은 상당히 지체 높은 사람이 거처하는 곳이다. 그만큼 선장님이 너희들을 관대하고 융숭히 대접하는 것이다. 아까 선장님이 말씀하셨듯이 우리가 타고 있는 이 정도 큰 배는 자주 일본 군함의 불심검문을 받는다. 따라서 너희들은 지금 당장 중국식 작업복을 갈아입고 중국 어부로서 철저히 변신하여 행동하여야 한다. 그리고 너희들처럼 용모가 너무 깔끔하여도 검문에 걸리기 쉽다. 일부러 더럽게 하라는 것은 아니지만 어로 작업 시 몸이 더러워진다고 피하지 말고 내 일 같이 적극적으로 해준다면 모든 것이 풀릴 것으로 안다.”

그는 자세히 설명을 이어간다.

“그리고 간단한 중국말을 지금부터 익히도록 해라. 일본 군함이 나타나면 모든 선원은 갑판에 나가서 일렬횡대로 정렬하여 일본군에게 사열을 받아야 한다. 너희들은 대열 끝에 서서 다른 선원과 같이 행동을 하여야 한다. 다른 선원들의 행동을 똑같이 따라하면 된다. 일본군이 우리 배에 넘어와서 뭐라고 하더라도 너희들은 아무 말도 하지 말고 가만히 서 있어라. 선장과 내가 모든 선원들을 대변하여 대응할 것이다. 그럼 지금 이 시간 이후 점심을 들고 모든 것을 선원과 똑같이 행동하도록 하자. 자, 이상 내가 할 말은 다 했으니 식당으로 가자."

일행이 통역관을 따라 줄줄이 좁은 복도를 지나 어느 방문을 열고 들어가니 십여 평 되는 빈 공간에 긴 식탁과 의자가 나란히 두 줄로 되어있고 배식구가 보이는 식당에 도착하였다. 먼저 통역관이 옆에 놓여있는 식기와 식판을 가지고 몇 가지 음식을 타오자 그 뒤에 따르던 세 명도 같이 줄지어 음식을 타서 자리를 잡고 앉아 맛있게 먹었다.

음식이라야 밥과 간단한 소스가 전부였다. 조선의 덮밥 형식으로 반찬이란 있을 수 없고 단지 식탁에 간장과 소금, 후추, 고춧가루가 놓여있을 뿐이었다. 밥을 먹고 있는 중에도 배는 이리저리 크게 흔들흔들 거렸다. 이 정도의 흔들림은 아주 잔잔한 좋은 날씨 축에 들어간단다. 갑자기 최상현이가 물어본다.

"통역관님 그런디 어찌 그러코롬 우리말을 잘 허신데요? 발음도 거의 똑같으고 통역관님 개인 소개 좀 혀주세요."

"허 허 허 그래 그래. 내가 한국말을 좀하지! 에에— 나로 말할 것 같으면 사연이 좀 있지. 나는 인천 월미도 근처 중국인 촌에서 살다가 일본인들의 등살에 내쫓기어 상해로 왔는데 마땅히 할 일이 없어 어부가 되었단다. 다행히 우리 이 큰 배가 무역과 어업을 겸하기 때문에 한국말을 잘하는 통역관이 필요한데 내가 조선 인천에 살다 와서 한국말에 능통하니까 통역관이 된 거지."

"그런디 어떻게 인천에서 살게 되었데요?"

"그거로 말할 것 같으면 긴데 간단히 말하자면 난 원래 이곳 상해 시내 북서쪽에서 음식점을 하면서 살았지. 그런데 중일전쟁이 나고 일본군이 상해를 점령하면서 일본인이 몰려온 이후에는 장사가 되질 않아 이곳 저곳을 돌아다니다가 어떻게 인천까지 가게 되었단다. 내 이름은 '왕한신(王翰信)'이라고 하지. 앞으로 어려움이 많을 것이지만 아까도 말했듯 내 말을 잘 듣고 행동해야 여기서 살아나갈 수 있다는 것을 명심해라."

"예, 잘 알겠습니다. 감사합니다."

이구동성으로 대답한다.

천만다행이었다. 한국말을 이렇게 잘하는 사람이 이런 배에 있다는 것이 자기들로서는 큰 행운이었으며 한편으로 기쁘기도 하였다. 식사를 마친 후 일행은 잠시 휴식을 취하다가 통역관이 불러서 가보니 오늘은 작업이 없고 내일 새벽 세 시에 일어나 세 시 반부터 조업을 하므로 오늘밤은 미리 자고 휴식을 취하라고 전한다.

새벽 세 시가 되자 가볍게 댕댕거리는 소리가 들리어 모두들 침구를 박차고 일어나 각자 용변을 본 후에 갑판으로 나갔다. 밤새도록 선장은 물고기 떼를 찾아다니며 요리 저리 항해를 하였고 새벽녘에야 물고기 무리를 발견하고는 다른 어선들에 조업위치와 그물을 드리우는 시기와 순서 등을 지시하고 있다.

드디어 선장의 지시에 의거하여 십여 척의 배에서 그물이 던져진다. 선원 이십여 명이 새로 합류한 세 사람과 함께 배 뒷전의 두 군데에서 동시에 그물을 풀어 내린다. 이 배는 최근에 건조된 배로서 그물을 동력에 의해서 풀어 내리고 걷어 올리는 부분과 물고기 추적을 하는 장치가 달려 있었다. 그렇지만 모든 것이 다 자동은 아니었다. 수동식보다는 적은 인원이 필요하지만 그물이 잘 풀어지도록 하면서 엉킨 부분도 풀어주고 그물이 떨어진 곳은 푸는 것을 멈추고 재빨리 연결시켜주어야 했다. 자동 시설인 만큼 그물 길이도 길었고 해야 할 일도 많았다. 그물을 드리우는 데 거의 두 시간 넘게 걸렸다. 깜깜할 때에 시작하였던 작업인데 어느덧 주위가 환하여지며 얼마 후 해가 동녘에 슬그머니 나타났다. 고요한 바다 한가운데서 맞이하는 아침은 아름답다. 옅은 구름 사이로 치솟는 주홍, 선홍빛 해는 한 입에 쏙 들어 마실 수 있는 느낌을 자아낸다.

−동 틈−

푸르다 못해 시커먼 밤하늘엔
별들이 쏟아진다.
쏟아지는 별들을 담아
사랑하는 이에게 나누어 주어야지

하늘이 열린다. 좁은 터널에서
통로의 끝이 보이듯 자그마한 밝은 빛이
시선을 이끈다.

일순 터널의 끝이 점점 커지면서
코발트색이 바탕에 깔리며

주변의 구름이 붉게 물들자
이글이글 타오르는
시뻘건 주황색 해가
크게 입을 벌려 달려든다.

다가오는 햇살의 온화함을 얼굴로 느끼며
입을 뾰족하게 내밀어 입맞춤을 한다.
내가 너를 먹으마!

한 입에 가득 붉은 해를 삼킨 다음
온 몸 안으로 기운을 한껏 돌린 후
내 몰아 뱉으며 자연의 일부가 된다.

내가 그것을 삼켜 버렸고
그것이 나를 가져 버렸다.
서로가 하나임을 확인하였다.

잔잔한 파도 소리가 조업을 하기 위하여 낮추어 놓은 엔진 출력 소리를 삼켜버린다. 그물을 풀어 놓고 다들 식당에 들어갔다. 간단한 식사를 마치고 잠시 휴식을 취한 후 다시 갑판에 올라간다. 세 시간여를 물고기 무리의 이동 경로를 따라 배가 그물을 끌고 다닌다. 이윽고 선장의 지시에 의해 그물을 끌어 올릴 시간이다.

기계가 그물을 내릴 때의 반대로 회전을 하자 그물이 딸려 들어 올려 진다. 처음에는 그물에 잡고기가 그물 사이에 끼어서 올라온다. 재빨리 그물을 잡아 고기를 떼어내는 일을 하고 한편에서는 그물이 몰리지 않도록 조절한다.

두 시간 이상 걸려 그물을 끌어올리자 그물의 90퍼센트가 올라왔고 나머지 10퍼센트 그물에는 엄청난 물고기들이 정신을 차리지 못하고 이리저리 왔다 갔다 하고 있다.

지금부터 본격 작업이다. 저 그물망 속에 들어 있는 물고기를 상하지 않고 잘 올리는 것이 기술이다. 최종적으로 자루처럼 물고기가 가득 찬 그물을 기중기 같은 승강기를 이용하여 싸잡듯이 안전하게 갑판에 올려놓고 한쪽 부분을 내려 물고기 분류 작업을 하여 큰 통에 담고, 통에 가득 차면 재빨리 다른 통으로 바꾸고 가득 찬 통은 미리 준비한 고기 보관소에 쏟아 붓는다.

잘못하여 그물이 떨어지기라도 한다면 지금까지의 작업이 수포로 돌아가는지라 조심스럽게 모든 과정을 신중하게 수행한다. 물고기를 끌어올리고 분류하는 작업이 오후 내내 계속된다.

중간에 교대로 점심을 먹고 연속적으로 다음 작업을 위하여 그물을 점검하여 손질하고 준비하다 보니 밤이 찾아온다. 하루가 이른 새벽부터 시작되었는데도 후딱 지나간다. 휴식이란 작업도중에 있을 수 없고 저녁식사 시간 이후에나 약간 짬이 났으나 피곤하여 다음날을 위한 휴식을 취하여야 하기 때문에 잠자리에 다시 들 수밖에 없다.

다음날 어김없이 새벽에 일어나 조업을 시작한다. 그러나 오늘은 그물을 드리우지 않는다. 그물을 내리지 않고 선장 지시를 기다리고 풀어낼 준비만 하고 있다. 물고기 떼를 찾지 못하여서 그렇단다. 하루 종일 대기 상태만 유지하다 하루가 지나가버린다. 해질 무렵의 일몰 광경은 육지에서 보는 것보다 더욱 아름답다.

주홍빛이 구름을 물들이고 옅은 구름이 해를 감싸 안는다. 구름이 감싸 안자 이번에는 보랏빛으로 변하기 시작하면서 수평선에 태양의 둥그런 밑 원주가 맞닿는다. 노을빛은 최후를 아는 듯 순간 광채를 더하다가 이내 바다 밑으로 쑥 내려가 버린다. 이러한 반복적인 일상이 여러 날 지속되었다.

아직 원하는 어획량의 60~70퍼센트밖에 차지 않아 얼마간 더 작업을 해야 한단다. 세 사람의 중국식 작업복은 이제 제법 얼룩이 졌고 며칠 햇볕에 그을린 얼굴은 완전하게 중국 어부가 되었으며 중국어로 간단한 질문과 답변을 할 수 있게 되었다.

점심 이후 작업대기를 하고 있을 때 멀리 남쪽 수평선에서 몇 개의 점이 나타나더니 점점 커지면서 얼마 지나자 군함으로 변하였다.

선장의 지시에 따라 모든 배들이 일렬로 나열하면서 배의 속도를 줄인다. 그리고 모든 선원이 갑판으로 나와서 일렬횡대 차렷 자세로 선다. 군함도 속도를 줄이며 다가와 배 옆을 스치듯이 천천히 지나간다. 큰 배가 옆으로 다가오자 순간 몸을 제대로 가눌 수 없을 정도로 배가 크게 흔들린다. 몸통과 팔다리를 이용하여 애써 몸의 균형을 잡는다. 군함에는 총을 든 병사 수십 명이 정렬해 있으며, 여차하면 배에 뛰어 오를 준비를 하고 있다.

제법 높은 계급자가 어선을 천천히 스쳐 지나가면서 수상한 점이 있는가 여부를 확인하고 있는데 뭔가 이상한 점이 있다고 생각되거나 발견되면 즉시 배를 세워 갈고리를 이용해 상대 어선을 끌어당기고 병사를 투입하여 구석구석 수색을 하는 것이다.

십여 척의 배를 천천히 다 훑어보고 나서 수상한 점을 발견하지 못하였는지 어선들이 있던 지역을 빠져나가 북쪽 방향으로 가버린다. 세 사람의 입에서 안도의 한숨이 절로 나온다. 이런 불심검문은 배가 항구에 들어갈 때까지 세 번을 받았지만 아무 일 없이 넘어 갔고, 보름이 지나자 배에 물고기가 가득 차고 가져온 식량과 물이 거의 떨어질 즈음 귀항하기로 한다.

보름 남짓 통역관으로부터 기본적인 중국어를 배웠는데, 이들은 이미 서당이나 보통학교 혹은 중등학교에서 천자문이나 한문을 배웠기 때문에 몇 가지 한자의 씀씀이가 다른 점만 유의하면 간단한 회화를 할 정도의 수준이 되었다. 말이 되지 않고 뜻이 통하지 않으면 한자를 써서 보여주면 어느 정도 서로의 뜻이 통할 수 있어 영어를 배우는 것보다 훨씬 쉬웠다.

배는 이윽고 상해에서 남쪽으로 조금 외곽인 항구에 접안하였다. 통역관인 왕한신이 육지에 상륙할 때 주의할 점을 미리 알려주었기 때문에 의젓하고 당당하게 중국인 선원과 같이 행동할 수가 있었다. 배가 항구에 접안하기 전 지난번 함정 검열 때처럼 모두들 갑판에 나와 서 있고 일본인 관원과 중국인 관원이 합동으로 나와 배를 점검하였다.

특별히 이상한 점을 발견하지 못하고 물고기가 가득 찬 보관소를 보고는 만선임을 확인한 후 선원 상륙허가증과 물고기와 짐 하역증을 발급하여준다.

이로써 그토록 갈구하였으나 의지할 만한 사람이 아무도 없는 사고무친의 중국에 시골 청년 세 명이 무사히 도착, 입국하였다. 일단은 며칠간 묵을 숙소를 정하기로 하였다. 시내의 일반 여관보다 선원들이 집단으로 거주하는 곳이 값도 아주 싸고 일본 헌병이나 관원들에게 들키지 않고 숨어 지낼 수 있는 최적지였다. 그리고 이곳은 자기들에게 유리한 말을 해줄 수 있는 사람이 있어서 숙소로 정하기로 하였다.

오래간만에 육지에 내리니 땅이 움직인다. 아직도 배를 탄 듯 주변의 사물이 지나가는 듯하다. 멀미도 많이 하였지만 젊음과 인내로 참아냈다. 어선이나 군함도 마찬가지로 아무리 배가 크고 육중하다고 하더라도 큰 바다에 나가면 손바닥만 한 낙엽 한 장과 같다.

위대한 자연의 힘, 자연이란 거대하고 웅장하며 인간의 힘이란 보잘것 없는 한줌의 먼지와 같다는 사실을 깨달을 수 있는 장면이다.

꿈에 그리던 자기들의 첫 목표지점인 중국에 도착하였다는 뿌듯한 마음에 첫날은 그저 주변을 살펴보느라 일상적인 말만 주고받으며 하루를 보냈다. 하루가 다 지나갔는데도 아직도 배를 탄 여운이 남아 있는지 집이 가끔 흔들거린다.

"저, 거시기 말이여, 우리가 이러코름 무사히 에-에 중국 상해라는 곳으로 왔는듸 말이여, 내가 생각허기로는 그러코롬 호랙호랙헌 곳이 아니라는 맴이드는고만 그려!"

송금섭이 말하자 이남제가 맞장구를 친다.

"마져 마져, 여그 상해가 일본 넘들한티 꽉 잽혀버렸는개벼! 그려서 우리가 그 통역 아자씨를 통혀서 여그 실정을 알아내고 말허자면 여그 실정을 잘 파악하고 빨리 조선 사람을 만나 임시정부에 관하여 알어내야 할 것 같은디!"

"그려-어 우리가 시방 넘으 나라에 와서 감상에 젖어 있을 때가 아니지 그려. 남제 니 생각이 조응게로 그러케 혀보자구."

송금섭이가 말을 거든다.

"그럼 이따 통역관 아자씨를 먼저 찾아야 허겄네. 그러고 일단은 장에 가서 우리 옷부터 마련허자고."

이남제가 제안을 한다.

"그려 그러자고! 중국옷을 입어야 중국사람 같이 보이지. 이 선원 옷은 이제 벗어야겠지."

최상현이가 동의를 한다.

전선으로 떠나다

-태릉 훈련소 출발-

태릉 훈련소에서 소정의 훈련을 마친 수백 명의 장병들은 세 방향으로 나누어져 시간을 두고 출발하기로 되었다. 그들이 출발하기 전 내무반장은 모든 내무반원을 모아놓았다.

"에에 또, 내일 아침 일찍 여러분들은 이제 이곳을 떠나 각자 주어진 부대에 배치될 것이다. 제일 먼저 떠나는 차량에 남방으로 가는 병사들이 출발하고 한 시간 뒤 중국 전선과 만주로 가는 병사들이 탑승을 하게 되어 있다. 각자 시간을 지키되 자기 출발 시간을 잊지 말도록 하라. 그리고 오늘밤에 여러분들이 부모님께 편지를 쓰게 되면 내일 아침 내무반장이 걷어서 이곳 사물함 중간에 올려놓도록 해라.

여러분들이 떠난 후 내가 군사우편으로 부쳐줄 것이다. 질문이 없으면 내일 출발 시간에 지장이 없도록 개인 신상과 물품을 정리하도록 해라. 지금부터 배속지를 알려주겠다."

내무반장의 배속지 발표가 끝나자 모두들 웅성웅성거린다. 각자 배속지 호명을 듣고서 옆 사람과 자기는 어디가 되었는데 잘 되었다거나 불만을 서로 이야기하는 시간이 지나갔다. 자기가 바라는 곳으로 가지 못하는 사람은 아쉬움에 한숨을 내쉰다.

그러나 하나같이 전선이 아득한 천리만리 타향이기 때문에 모두의 마음은 갑자기 서글픔이 들었고 섭섭한 마음을 지닌 채 개인 소지품을 긴 배낭에 하나둘 싸기 시작하였다. 군인으로서 가져야 할 필수품이기 때문에 보급품을 어느 것 하나 버릴 수가 없다. 차곡차곡 집어넣으니 더블백 큰 배낭이 가득 찼다.

각 내무반은 전선으로 가는 두 집단으로 나뉘어 앞으로 벌어질 자기들의 운명과 진로 혹은 자기들이 갈 지역 사단에 대하여 서로의 견해를 주고받느라 웅성거린다. 모두들 자기들이 가야 할 부대나 주변 환경에 대해서 정보가 거의 전무하기 때문에 추측과 상상이 난무하였다. 그중에서 천영화가 제일 많은 정보를 가지고 있었으나 그 정보가 거의 인증이 되지 않은 그야말로 소문 수준이었다.

그는 XX 상업학교를 졸업하고 일본인이 경영하는 흥업상사에 학교를 졸업하기 전인 9월부터 취직하여 팔 개월 근무를 하였기 때문에 직장 내 사장이나 상사 직원들에게서 전선의 동향에 대하여 가끔씩 귀동냥으로 들어온 정보가 있었다.

이 ○○흥업상사는 여러 군수물자를 납품하는 회사로 물품은 거의 생산하지 않고 군납 품목을 선정하여 군납자격을 획득한 후 다른 회사에 주문 생산을 하여 납품하는 일종의 중개 회사였다.

이 회사는 군이나 행정부서에 막대한 영향력을 행사할 수 있는 거물급 인사가 사장으로 앉아있어 손쉽게 군납권을 획득할 수 있었을 뿐만 아니라 오히려 자금력을 동원하여 주요 인사를 후원함으로써 권력의 비호를 강력하게 받고 있었다. 따라서 회사의 사장이나 중역들은 군의 주요 인사들과 자주 접촉하였으며 이 과정에서 그들은 군의 현 실황에 대하여 대화를 나누었고 이 내용 중 일부가 천영화의 귀에 들어왔던 것이다.

"내가 듣기로는 우리가 가는 중국전역이 아주 복잡하다고 그러네. 우선 일본군이 중국 땅을 많이 점령한 것 같으나 사실은 주요 도시의 교통요지만 점과 선 조직으로 일본군의 수중에 있고, 점령하였다는 모든 지역은 일본군이 주둔해 있는 곳에만 일본군에 형식적으로 협조를 하는 것뿐이라네." 어느 누군가 질문하듯 말한다. 말투로 보아 충청도나 전라도 출신이다.

"그렇게 연전연승한다는 선전은 순 그짓말이고만잉!"

"그렇다네, 중국이란 워낙 대국이고 땅덩어리가 커서 점령한 모든 지역을 우리나라처럼 딱 잡아서 통치를 하고 있지 못하다는 데에 문제점이 있는 것이지! 그런데 이 문제가 아주 심각하다네. 일본군이 떠나고 나면 바로 반격이 나오니 군의 전투력만 엄청 낭비하고 있다는 것이 일본군 수뇌부의 고민이라네."

"야! 그러면 뭐 싸우지 않고 그냥 견제만 하고 있으면 되는 것 아녀!" 중국으로 가는 어느 병사 한 명이 질문하듯 말한다.

"나도 그렇게 생각을 했는데 여기에는 세 가지 문제가 있다는 것이네! 하나는 태평양 전역에서 미군이 미드웨이 해전 이후 굉장한 압박을 가해서 일본군이 점령하였던 섬과 지역을 하나씩 하나씩 탈환을 하고 있고, 두 번째는 연합군이 중국군에 많은 군수물자를 지원하여 중국군이나 중국공산당의 전투 능력이 현저하게 향상되고 있는데 태평양 지역이

급한 일본군은 중국이나 만주 전역에서 병력을 일부 빼내고 있다는 소문이네. 세 번째는 소련군이 만주에서 움직일 기미를 보이고 있는데 지금은 교착상태이고 불가침조약을 맺어 상호간 전투를 삼가고 있지만, 만일 소련군이 참전을 하게 되면 사면초가 내지는 중과부적이 될 수 있다는 거네. 내가 아는 것은 이 정도뿐이네."라고 천영화가 빙 둘러서 이야기하고는 자기 말에 몰두 되어 있는 전우들을 눈을 들어 쳐다본다.

"그라문! 우리는 우찌해야 되노?" 천영화 바로 옆의 전우 조영호가 도통 뭐가 뭣인지 모르겠다는 듯 한탄하는 겸 물어본다.

"어쩌긴! 일단은 하라는 대로 해야지. 지금 여기서 뭣을 어떻게 하려고 해도 아무것도 할 수가 없는 상황인데!" 옆 전우가 체념 섞인 말로 천영화 대신 나서서 답변을 한다.

"그려 뭐! 우리가 어쩔 수 없는 상황잉게로 일단 허라는 디로 허고 목심이나 잘 보전혀야 되겄지 안그려들!?" 김장진이 할 수 없다는 투로 앞에 친구가 한 말을 잇는다. 모두들 어찌할 수 없다는 표정을 지으며 각자 자기 침대로 흩어지면서 내일 떠날 것을 대비하여 짐을 꾸리거나 부모님께 편지를 쓴다.

아침은 어김없이 돌아왔다. 모두들 오래간만에 잠을 푹 잤다. 미래의 불확실성에 대한 불안감은 증폭되었지만 당장 몸이 편하니 살만하였다. 아침 햇살은 훈련소에 입소할 때보다 훨씬 높아졌고 한낮에 움직이면 땀이 나 밸 정도였으며, 주변의 색깔을 연한 초록에서 녹색으로 점점 변화시키고 있다. 여기저기 진달래와 영산홍이 앞을 다투어 피어난다. 이미 개나리는 훈련 중에 현기증 나듯 어지러운 노란색을 뽐내더니 어느덧 숲 속의 노랑 새와 같이 사라져버렸다.

식사 후 여덟 시 삼십 분이 되어 훈육관이 남방으로 가는 병사들을 한 사람씩 일일이 호명하자 각자 대답을 하고 미리 메어둔 배낭을 들었다. 그리고 짧은 기간이지만 고된 훈련을 같이 마친 전우들과 작별 인사를 나눈다. 병사들은 연병장에 이미 대기해둔 차량 뒤에 일제히 정렬하면서 집합하였다. 훈련병 내무반장이었던 김기열과 배정욱 그리고 김인석을 비롯한 절반의 병사가 남방으로 향하게 되었다.

다시 한 번 내무반별로 인원을 파악하고 차량에 탑승한 후 일 번 차량부터 먼지를 일으키며 연병장을 지나 정문으로 사라진다. 잠시 후에 중국과 만주로 향하는 병사들이 약간의 시차를 두고 호명을 받고 인원이 파악되자 출발한다. 함성이 떠나지 않았던 연병장이 별안간 깊은 적막에 빠진다.

중국으로 향하는 병사들은 용산이 아닌 서울역에 내렸다. 생전 처음 서울역에 온 여러 시골 출신 병사들은 웅장하고 널따란 광장과 화려한 역사를 바라보느라 고개를 좌우로 연신 돌린다.

멀리 남대문이 보이고 남산과 서울시내에 다닥다닥 붙은 큰 건물과 기와집들이 보인다. 돌로 견고하게 쌓아 만든 높은 건물을 처음 보는 병사들 입에서 감탄사가 절로 나온다. 서울역 남쪽에 군인들 전용 탑승 출입문이 있었고 그 출입문 앞에 군용차량 삼십 여대가 정차를 한 후 장병 600여 명을 내려놓으니 길 가던 모든 사람이 신기한 듯 눈길이 떨어지지 않는다. 잠시 기차를 기다리는 시간에 어떻게 알았는지 상당수 장병들의 부모나 가족이 멀리 떠나는 병사들을 만나러 몰려온다. 호송관들도 이들의 면회를 적극적으로 저지하지 않고 암암리에 허락을 해준다.

한참 후 기차가 승강장에 들어오자 호송관들이 일제히 호루라기를 불면서 "면회 끝"을 선포하는 동시에 제일 오른쪽 줄부터 기차에 탑승하기 시작한다.

면회 온 가족들과 다시 헤어지는 장병들의 눈에서는 이제 영영 못 볼지도 모르는 이별의 눈물이 흐르기 시작하고, 이를 옆에서 보고 자기들의 처지를 생각하는 다른 장병들의 눈시울도 뜨거워진다.

장내를 정리하는 호루라기 소리와 "잘 갔다 와라."라고 배웅하는 사람들의 목소리가 뒤섞여 있다.

7주간의 훈련을 같이 받은 전우와 열차를 타니 마음만은 그래도 푸근해진다. 일종의 체념에서 오는 달관이다. 남양으로 가는 장병들은 경부선을 타고 부산에 내려 다시 배를 타고 일본의 나가사키 현에 있는 사세보 항에 기항을 한다. 거기서 일본에서 차출된 일본군 신병들과 합류한 후 필리핀 전역에 배속될 예정이다. 김기열과 배정욱 그리고 김인석은 말없이 차창 밖을 수없이 쳐다보면서 다시는 못 볼 것 같은 산천을 머릿속에 집어넣는다.

천영화와 그의 전우들을 태운 기차도 북쪽으로 생전 가보지 않은 생면부지의 땅을 지나며 목적지에 도착할 것이다.

어느 누구도 서로 먼저 말을 건네는 병사는 없다. 다만 덜커덕 거리고 칙-폭 거리는 육중한 기차의 바퀴 소리가 귓전을 울리며 가끔씩 시커먼 연기가 차창을 스쳐 지나갈 뿐이다.

강제동원과 전쟁참여 독려

일제가 중일전쟁 이후 태평양전쟁에서 패망할 때까지, 일제가 조선 청년을 군인으로 동원한 과정은 몇 단계로 나누어 진행되었다. 일제는 1937년에 도발한 중일전쟁이 확전되어가자, 조선에 대한 황민화정책이 추진되는 상황에서 자질이 우수한 조선 청년들을 그대로 방치하는 것보다 병력으로 흡수하는 것이 현실적이라는 데 착안하였다.

그리하여 칙령 '조선 육군특별 지원병령'과 '해군 특별 지원병령'을 공포를 하여 징집을 하고 병역법 일부를 개정하여 모든 법문계(法文系) 학생에 대한 징집유예 제도를 폐지하였다. 1943년부터는 새로운 병역법을 마련, 전면적 징병제로 들어갔다.

그러나 말이 지원병일 뿐 경찰서를 비롯한 각 행정기관과 어용단체, 홍보기관 등이 총동원되어 지원을 강요하고, 또 직장별 · 지역별 지원경쟁을 부추겨서 해당자들은 지원하지 않고 배겨낼 수 없는 상황에 몰렸다. 다음 단계로 나타난 것이 이른바 학도지원병이다. 태평양전쟁에서의 병력 소모가 가속화되자 학생까지 총동원 하였다.

일제는 지원병 · 학도병 · 징병 등의 동원에 심혈을 기울였지만 결코 그들의 뜻대로 이루어지지 않았다. 모든 수단을 동원해 계도 · 권장 · 강제를 했음에도 불구하고 이를 기피, 거부하는 저항이 일어났다.

우선 학도지원병의 경우 적지 않은 인원이 지원을 거부, 기피해 응하지 않았다. 그 중에는 산악지대에 은신처를 마련, 동지를 규합해 집단생활을 하면서 무장투쟁을 준비하는 사람들도 있었다.

또한 징병에 있어서도 이를 반대, 거부하는 저항이 일어났다. 징병검사를 받고 징집에 응하지 않고 주로 산간지대에 도피 · 은신하여 집단을 이루어 조직화 · 무장화 되면서 후방 치안에 위협적 존재로 대두되었다.

이와는 반대로 노골적으로 전쟁 참여를 독려하고 나선 이들도 많았다. 조선인의 사랑과 존경을 받았던 문인이나 교육자들 가운데 전쟁 참여를 독려하는 글을 쓰거나 강연을 하는 사람들이 있었다. 여러 문인들은 글이나 직접적인 강의로, 예술가들은 음악이나 미술 작품으로, 기업인들은 돈으로 일제의 전쟁을 도왔다.

대표적 전쟁 참여 독려

당시 유명한 여성 지식인이나 시인들도 젊은이들의 징병을 적극 권장하는 글을 신문에 기고하여 전쟁 참여를 독려하고 강연을 하는 사람들이 있었다. 당시 우리나라 유수의 여성 학원이었던 이화여전의 부교장 김활란은 부인궐기촉구 강연, 결전 부인대 강연 및 방송 등을 통해 일제의 침략정책을 미화하고 내선일체 · 황민화시책을 선전하며 일반 여성이나 여학생들에게 어머니나 딸 · 동생으로서 징병 · 징용 · 학병 동원에 대한 이해를 촉구하였다. 전면적인 징병제를 실시하여 조선의 아들을 침략 전쟁의 총알받이로 삼고자 한 결정에 대해 그녀는 감격하고 거룩한 사명이 주어졌기 때문에 최선을 다 하자고 각종매체에 기고를 하였다.

다음으로, 우리에게 "모가지가 길어 슬픈 짐승이여"라는 시구로 잘 알려진 「사슴」이란 제목의 시를 지은 노천명 시인도 조선임전보국단의 군복 수리 근로에 참가했고, 조선 임전 보국단 주최 '저축강조의 결전 대강연회'에서 연사로 활동했으며, 징병제 선전을 위해 조선 문인협회가 주관한 순국영령방문단의 일원으로 경상남도에 파견되기도 했다.

노천명의 시는 참전 군인들의 무운을 기원하고 학병 출전을 권유하며 일본군의 승전을 찬양하거나 후방의 여성이 가져야 할 마음가짐 등에 대하여 노래했다.

1943년 일제는 침략 전쟁에 조선의 젊은이들을 동원하기 위해 징병제를 실시하고 이를 특별히 기념하는 주간을 정하기까지 하였다. 기념주간 동안 노천명 등 일곱 명의 시인들은 「님의 부르심을 받들고서」라는 제목의 친일시를 ≪매일신보≫에 돌아가며 발표했다. 이 시는 한 사람만이 발표한 것이 아니라 한 제목 아래 여러 시인들이 각자의 시를 발표한 것이다. 노천명의 친일은 시에만 국한되지 않았다. 수필 「싸움하는 여성」에서 그는 총후 여성으로서의 생산 증대를 주장하고 **특히 여자정신대에 대하여 언급하였다.**

> (전략) 대동아 전쟁의 승패는 결국에 있어서 적국 여성들과 일본 여성의 근로의 투쟁에 있을 것입니다. ...... 유복자의 외아들을 전지로 바치는 늙은 어머니도 있습니다. 엊그제 혼인한 남편을 특별지원병으로 내보내는 젊은 아내도 있었습니다. ...... **여자 정신대는**

이때 우리 여성들에게 허락된 유일한 길인 줄 압니다. (「싸움하는 여성」, ≪조광≫에 기고, 1944.10.)

마지막으로, 한국의 대표적인 여성시인 가운데 한 사람으로 문학은 물론 정치 · 외교 · 여성운동 분야에서 활발한 활동을 했던 모윤숙에 대하여 알아본다. 1941년 조선임전 보국단에 들어가 학병을 격려하는 내용의 연설을 했으며, 육군특별지원병제가 실시된 이후에는 지원병을 찬양하는 시를 써서 발표하였다.

그녀는 여러 시를 발표하여 일본의 침략전쟁을 미화하였다.

또, 1943년 병역제도가 새로 바뀔 때마다 「아가야 너는－해군 기념일을 맞이하여」, 「내 어머니 한 말씀에서」, 「지원병에게」를 발표하여 전쟁 참여와 군 입대를 독려하였다.

그녀는 조선총독부 학무국 내의 단체 연합회에 가입, 육군 특별지원병 제도를 선전 · 선동하는 모임에 참가하였고 「조선 학도여 성전에 참여하라」라는 글을 써서 성전을 위해 조선의 학도가 먼저 참여하여야 한다고 호소하였다.

이처럼 당시 대표적 여성 3인방은 감언이설과 문학적인 재능을 이용하여 국민을 호도하고 젊은이들을 사지로 몰아넣었다. 많은 친일활동을 한 사람들 중에는 과거에 반일의 기치를 내걸고 활동한 사람도 상당수 있었다. 그런데 왜 그들이 그렇게 하루아침에 180도 돌아서 조국을 배반하고 일제에 충성하는 짓을 하였을까?

당대 최고의 지식인라고 자처하는 그들의 행동은 권모술수와 이기주의 그리고 자신의 목숨만을 최고의 가치로 인식하는 구차스러운 소인배들의 행동과 다를 바가 없었다.

더욱 가관인 것은 그러한 어용 혹은 기회주의적인 지식인들이 해방 후 활개를 치면서 다시 이 사회를 이념적으로 더욱 피폐하게 만들었다는 것이다.

한 손바닥으로는 박수를 칠 수 없는 것, 만약 경술국치 이후부터 해방이 될 때까지 일본 침략자들의 정책에 동조와 협조를 한 매국노들이 한 명도 없이 모두 일치단결하여 총궐기를 하였든지 일본의 시책에 반대를 하든지 아니면 최소한 본체만체 하였다면 일본인들이 그렇게 쉽사리 한반도를 장악할 수 있었을까? 결국 적은 내부에 있었고 이는 우리들 자신이었다.

김동욱 남방으로 가다

김동욱은 김제로 돌아온 며칠 후 전주교도소로 이감된다. 한 달 후, 군 병력 충원이 절실한 일제 행정당국에 의하여 다시 징용이 되어 과거는 무시하여 없던 일이 되고, 천황폐하께 충성을 다짐한 가운데 제주도 서귀포 훈련소에 입소한다. 전주에서 이리로, 이리에서 다시 목포까지 군용열차를 타고 갔다.

지난번 호송 때보다 더욱 경비가 삼엄해졌으며 약 300여 명의 징용자들이 목포에서 큰 기선을 탔다. 거의 열 시간 정도 걸려 제주항에 도착하였고 제주항에서 트럭으로 다시 서귀포와 중간 지점에 있는 군 기지에 도착하였다.

일제는 대만과 중국 상해를 공격하고자 제주와 서귀포의 중간 지점인 섬 서남쪽 지역에 비행장을 건설하였으며 이 공군기지에 전투 비행단을 주둔시켜 필요시 전투기를 중국에 출격시켜 공격하였다. 한 마디로 전략 폭격을 위한 중간 거점 기지였다. 동시에 기지 주변에 훈련소를 만들어 신병을 훈련시켜 남방 전역으로 보내는 데 사용하였다.

이곳에 들어오면 어디로 달아날 수 없을뿐더러 달아난다고 하여도 한라산의 깊은 숲에 고립되고 조난당하여 굶어죽을 가능성이 더 컸으므로 감히 부대를 이탈할 꿈도 꾸지 못하였다.

김동욱이 제주도 훈련소에 보내진 이유도 이것 때문이었고 훈련병의 다수가 처음에는 징집을 거부하거나 차일피일 미루던 사람으로, 한 마디로 블랙리스트에 올라 있는 이 사람들을 꼼짝 못하게 섬으로 보낸 것이다. 이곳 훈련소도 훈련이 7주 단축기간으로 운영되었으며 거의 태릉 훈련소와 같은 과정을 거치었다. 피눈물 나는 훈련을 마친 후 배속지는 모두 남방이라는 말만 하고 정확한 지역이나 섬 이름은 알려주지도 않았다. 일행은 아침식사를 마친 뒤 터덜거리는 트럭을 타고 제주항에 다시 도착하였다.

7주가 어떻게 지나갔는지 그저 정신이 멍할 뿐이다. 하라면 하고 하지 말라면 하지 않고 자라면 자고 뛰라면 뛰었다. 때로는 차가운 바다에 몰아넣기도 하며 헤엄을 치도록 강요받았다.

김동욱과 동료 300여 명은 그렇게 천황폐하를 위한 충성스러운 병사들이 되었으며 기계와 같이 움직였다. 배는 군함이 아닌 여객선을 개조해서 한꺼번에 많은 인원과 물자를 실어 나르도록 개조된 수송선이었다. 300명 정도가 타니 많이 북적거렸지만 최대 400명 정도 수용할 수 있었던 배였으니 그래도 어느 정도 공간의 여유는 있었다.

군함이라면 칸막이 격실 겸 각 병사들의 침대가 비치되어 있지만 이 배에는 한 방에 수십 명이 누워 자도록 만들어진 다다미형 방이 각층마다 네댓 개씩 있었으며 식당은 중간층 앞부분에 위치하였다. 그래도 하루 세 번 정해진 시간에 밥은 꼭 빼먹지 않고 주어서 배고픔은 아직 없었다.

제주도를 좌측으로 보고 남쪽으로 기수를 돌린다. 얼마 지나자 한라산이 바다 밑으로 숨어버리고 망망대해가 앞에 나선다. 아득하게 넓고 멀어 끝이 없는 태평양을 보고 어디로 갈까 모두들 궁금하였고 추측이 난무한다.

하지만 알 수 있는 방법이란 선장이나 주요 보직자가 말해주는 것 외에는 방법이 없어 그냥 배가는 대로 몸을 내맡기고 배에 일치 시키는 수밖에 없다. 호송관 한 명이 남양군도로 향한다는 말만 했을 뿐이다.

배보다도 커 보이는 넘실거리는 물결, 파도라고 말하기도 어려운 집채보다 훨씬 큰 물 떼가 연신 밀려온다. 수백 명을 실은, 인간이 만든 무지하게 크다고 생각되는 쇠로 만들어진 배가 바람 앞의 등불처럼 꺼질 듯 사라질 듯 물결에 파묻히고 휩쓸려 이리저리 밀려간다.

먹구름이 몰려온다. 태풍은 아니지만 망망한 바다에 비바람이 몰아친다. 목포에서 제주로 올 때만 해도 배타는 것이 그렇게 힘들게 느껴지지 않았는데 배타는 것이 이런 것이라는 것을 새삼 다시 한 번 실감한다. 심하게 뱃멀미하는 병사들은 화장실에서 구토를 한 후에 아예 죽은 듯 누워 있다.

김동욱이도 그렇게 심한 것은 아니었지만 생전 처음 겪는 뱃멀미에 혼비백산 하여 다른 병사들과 같이 뱃전에 누워 있다. 다행스럽게도 뱃멀미가 크게 심하지 않았지만 온 천지가 빙글빙글 슬슬 돈다.

꼬박 하루가 지났을까, 배가 어느 정도 흔들림이 진정되고 바람이 자면서 빗방울도 멈추자 모두들 갑판으로 올라간다. 비바람이 몰아칠 때는 어느 누구도 갑판으로 올라오지 못하도록 하였기 때문이다. 갑판에 나와서 들이마시는 공기가 신선한 느낌으로 다가온다.

물결이 한결 부드러워졌다. 모두들 잠에서 깨어난 것처럼 기지개를 한껏 켜고 가슴을 열고 숨을 몰아 들이쉰다. 멀미에 혼란했던 머리가 한결 나아지는 것 같다. 아직도 망망대해만 바라다보일 뿐 멀리서 흰 구름이 손짓을 하여 오라는 것 같고, 높아진 태양은 머리를 데워 버릴 것 같은 느낌이 든다. 그러나 다행히 배가 가는 속도가 있기 때문에 바람이 그런대로 시원하여 견딜 만하였다.

갑판 위에 그림자가 든 지점을 찾아서 가보았지만 이미 많은 장병들이 자리를 차지하고 있어서 앉아 있을 그늘이 없다. 망망한 바다, 조각구름, 아롱거리는 물결, 이글거리며 내리쬐는 따가운 볕, 귓전을 후리는 배의 엔진 소리와 부딪히는 파도소리 그리고 바람소리가 전부다.

이때 갑자기 왜액 거리는 비상 사이렌 소리가 갑판에 쏟아진다. 이어서 "모든 병사들은 전투위치로 가고 배치병사는 선실로 들어가라! 공습이 예상된다!"라는 소리가 여러 번 되풀이되며 사이렌은 계속 왜액 거린다. 서로 앞을 다투어 선실로 들어가고 수 분이나 지났을까 공습경보가 다시 내려진다. "모두들 철모를 쓰고 총을 들고 선상 안에 대기하라."라는 지시가 다시 내려진다.

"왜 이익 왜에엑 왜이엑......" 다급한 적 공습경보가 가슴을 졸이게 한다. 선실가에 앉아서 유리창으로 밖을 쳐다보던 장병들이 다급한 소리로 외친다.

"비행기닷!"

"어디 어디" 서로 비행기를 확인하려 창가에 몰려든다. 그리 높지 않은 하늘에는 메뚜기 떼가 몰려가듯이 전투기 무리가 대형을 이루어 지나가고 있다. 모두들 침을 삼키고 긴장을 한다. '저 전투기가 이 배를 공격하려는데 어쩌지!' 하는 순간적인 걱정이 앞선다. 저 전투기 중 몇 대만 이 배를 공격하여도 이 큰 배는 수장이 되리라. 그리고 아무도 살아 남지 못하리라. 왜냐하면 이 배는 전투함이 아니고 단지 병력과 물자 수송을 목표로 한 수송선이었기 때문이다. 그것도 일반 여객선을 개조하여 군 병력과 일부 화물을 나르는 배라서 외부적으로는 군함 같지 않고 일반 유람선과 똑같이 보였다.

일제는 태평양전쟁을 일으킨 후 심각한 물자난에 허덕이고 있었다. 전쟁의 막바지에 이르러 모자란 전쟁 물자를 채우려 모든 분야에서 동원령을 발표하고 징발을 하였다. 이 배도 징발이 되어 일부 구조를 바꾸어서 병력 수송선으로 만들어 전선에 투입하였던 것이다. 모두들 가슴이 조마조마한 가운데 비행기는 그냥 스쳐 지나간다. 배 위에 내걸었던 일장기는 이미 거두어 들여 일반 유람선이나 여객선으로 보이게 했던 것이다.

공습을 피한 것은 전투기 떼들이 다른 공격 목표물을 찾아가는 중이었기 때문에 외로이 떠있는 위협성이 전혀 없다고 생각되는 한 척의 배를 공격하지는 않았다.

마음이 조마조마하였던 병사들이 공습경보가 해제되자 갑판 위로 뛰어 나와 환호하듯 맑은 공기를 즐긴다. 김동욱은 갑자기 집이 생각났다. 오늘 이 시간 어머니와 아버지, 집안 식구들이 간절하게 생각나고 그리워지는 것은 처음이다. 마음도 울적해지면서 생각하면 할수록 눈물이 나오려 한다. 제주도에서 훈련을 마치고 배에 오르기 전 편지 한 장 집에 보냈지만 오늘 다시 마음속으로는 수백 장의 편지를 보내고 싶다.

부모님 전상서

그동안 지체 일안만강 하옵신지요.
아들 김동욱이는 제주도를 떠나 멀리 남양군도를
향하여 가고 있습니다.
어느 섬인가는 아직도 아무도 말해주지 않아
알 수는 없지만 망망대해를 지나가고 있고
폭풍과 비바람이 몰아치고
태양이 이글거리는 것을 보면 남쪽으로 남쪽으로
정말 이름도 알 수 없는 어느 섬에 들어가는 것 같습니다.
오늘 비행기 수백 대가 우리가 탄 배 상공 위로 지나갔는데
공격을 받지 않아 천만다행으로 생각하고
모두들 환호하였습니다.
지난날에는 폭풍이 몰려와 배가 심하게 흔들리고
뱃멀미가 나 매우 힘들었으나
날씨가 다시 잔잔해져 이제는 많이 좋아졌습니다.
목적지에 도착하면 다시 글을 올리겠습니다.
멀리 태평양 상에서 글을 올립니다.
그동안 건강하십시오.

김동욱이는 미완성된 마음속의 글을 접어서 이따가 선상의 방에 들어가면 다시 글을 멋지게 쓰리라 마음먹고 먼 수평선을 응시한다. 작은 구름 뭉치가 얼마 지나면 커져서 머리 위로 지나간다. 수평으로 누워 있는 것은 별로 없고 용머리처럼 생기거나 수직으로 늘어져 있는 구름이 대부분이다. 우리나라 여름날 오후 뭉게구름이 생기는 것하고 비슷하였다. 아마도 날이 뜨겁고 수분이 충분하여 상승기류가 많아 그렇게 구름이 형태를 짓는 것으로 생각된다. 김동욱은 감상에 젖어 혼자 흥얼거려 보기도 한다.

하늘이 내려왔다.
수평선에 맞닿았다.
맞닿은 수평선과
하늘을 잡으려 달려간다.
뭉게구름은 하늘로 용처럼 치솟고
망망한 대해는 아무런 생각도 나지 않게
멍하게 만든다.
저 끝에 내가 가는 곳이 있을까나
저 끝에 가서 아무 데나
내가 가고 싶은 데 가고 싶다.
아니 우리 부모 형제 보고 싶은데
지구를 한 바퀴 돌아버리면 어떨까
우리 집이 나올까?

"야야 야틀아 쩌그 혹시 느그들 우리가 시방 어디로 가는지 알고 있냐 잉!?"

전라도 강진 출신 김여택이 옆에 있는 전우들에게 슬며시 던져본다. 주변에 있는 친구 누구도 대답을 하지 못하고 잠시 침묵이 흐른다. 그들도 매우 궁금하던 차였다.

"야아 우리가 어데 강다고 알아서 뭣에 쓸라꼬 그라노?" 경상도 친구 이종학이가 체념하듯 반문한다.

"긍게로 말이여— 그것이 말이여— 우리가 집에 편지라도 기별을 헐라치면 고것을 알어야씅께 모르는 것보단 아는 게 조응 거 아니겄어!?"

김여택이 말을 받는다.

"그려어! 내가 집에 편지를 쓸라고 헝께로 남양군도로 간다고까지만 썼지 자세히 어데로 간다고까지는 쓰지를 못허겄당께로!"

김동욱이 거든다.

"남행군도란 것이 어-디쯤이나 붙어 있데유?" 충청도 서천 출신의 친구 오성수가 잘 모른다는 듯 조용히 물어본다.

"긍게로 남양군도란 것이 그 뭣이냐 그렁게 뭐 솔로문이라고 그러덩가 뭐라덩가 그런 섬이라는듸 나도 잘 모르겄어!"

김동욱이 자신도 잘 모르겠고 알았으면 좋겠다는 의미로 말한다.

"아녀 아녀 솔로몬은 아니고 그 뭐시냐아 긍게로 여러 섬이 있는디 말허자면 군도란 것이 무리 군(群) 자허고 섬 도(島) 자 혀서 섬의 무리 아니겄어! 그려서 여러 섬이랑거시 흩어져 있는듸 저그 잉! 괌 허고 싸이판 허고 또 그 무슨 섬이라고 허는듸 잊어먹어 버렸네 잉! 어쩌튼 간에 그런 섬들이 있는 곳이랴-아!" 김여택이 아는 대로 설명을 하였다.

"그라몬 맹 섬인디 이 드넓은 대양 천지에 그 섬이 어데 붙어 있당 말인교?" 이종학이 다시 반문을 한다.

"그렁게 용허지-이! 이 망망대해에서 그런 쪼케넌 섬을 잘 찾어 가는게 용허지 용혀. 참말로 일본 넘들 굉장혀부러. 굉장혀!"

"잉 그 섬들은 태평양 한가운디 쫄쫄이 붙어 있댜. 말만 들었지 댕겨온 사람이 아직은 하나도 없응게로 말허자면 서울이나 피양처럼 어디쯔메 있다고 딱히 찝어 말을 헐 수가 없당게로" 김여택이 아는 대로 답변을 한다.

"그라문 그 섬에 사람이 살고나 있을까? 모르겄네."

"원주민이 제법 살고 있디야."

"아이고 참말로 우디 그런 곳까지 사람이 살고 있능교! 참말로 사람들 굉장하지 안 그러나."

이종학이나 조선 출신 여러 병사들도 어렴풋이 이야기는 들었지만 태평양 한가운데 이렇게 자그마한 섬에 사람이 살고 있으리라고는 생각을 하지 못하였었다. 이종학이도 일본에 유학을 하였지만은 그러한 정보는 아직 듣지 못하였다.

남양군도(南洋群島, 일본 발음: 난요군토)는 제1차 세계대전 후에 일본제국이 통치하고 있던 미크로네시아의 섬들을 부르는 말이다. 그 범위는 괌 섬을 비롯한 마리아나 제도, 캐롤라인 제도, 마셜 제도를 포함한 것이다. 이러한 섬들은 19세기 말 이후 독일제국 영토였었다.

그런데 제1차 세계대전이 발발하자 영국은 일본의 참전이 불필요하다고 통보했음에도 불구하고 일본은 독일을 중심으로 한 구축군에 영일동맹을 내세워 선전포고를 하였다. 선전포고 후 일본은 전투에 직접 참가하는 것이 아니고 자국의 이익만을 위하여 독일이 점령하고 있던 여러 이권을 빼앗는 데 주력하였다. 예를 들자면 당시 독일의 조차지인 중국의 청도를 빼앗고 중국을 침략하기 위하여 발판을 놓는 일을 하였다.

제1차 세계대전이 종료되자 일본은 제한된 전승국의 지위를 얻었고 1919년 베르사유 조약에 의해서 독일이 점령하였던 태평양상의 여러 섬을 일제의 위임통치령(국제연맹으로부터 통치를 위탁한 구역)으로 만들었다. 1922년 일제는 태평양의 섬을 통치하기 위하여 팔라우의 코로르에 통치기관인 남양청을 설치했다. 남양청은 행정 및 사법을 관할하고 산업 개발 및 교육, 특히 일본어 교육에 중점을 두었다.

1933년 일제는 국제연맹에서 탈퇴했지만 그 후에도 태평양상의 섬 통치는 승인되었다. 태평양전쟁 말기, 남양 군도는 미 · 일 전투의 격전지가 되어 북마리아나 제도는 일본을 향한 폭격기의 출발기지가 되었고 태평양전쟁 후, 국제연합은 구 남양군도를 미국의 신탁통치령으로 했다.

그러나 현재는 마셜 제도, 팔라우, 미크로네시아 연방이 독립해, 괌 섬 이외의 마리아나 제도는 미국의 속령 '북마리아나 제도'가 되어 있다.

남양군도에 강제 동원된 한인 노무자는 최소 5천 명 이상이며, 주로 비행장 건설과 사탕수수 재배에 투입되었다. 또한 1941년 일제의 경천동지할 진주만 기습으로 태평양전쟁이 시작되고 나서는 총알받이, 자살테러, 굶주림 등으로 당시 징용 징병자의 60퍼센트가 사망했다.

그날 이후 여러 번 비행기들이 지나갔지만 공습은 없었고 몇 번의 풍랑으로 심하게 멀미한 것을 제외하고는 순탄한 항해를 하였다. 저녁 무렵 아직은 해가 넘어가려면 한 두어 시간쯤 남아 있는 시각에 누군가가 외친다.

"야 섬이다. 육지다!"

이 소리에 모두들 우르르 앞을 다투어 갑판 위로 올라간다. 성급한 병사는 창문을 통하여 찾아보려 하지만 멀리 수평선 너머에 있기 때문에 배의 양 옆으로 보이는 창을 통해서는 찾을 수가 없다. 수평선 앞에 큰 점 같은 게 나타나더니 점점 그 모습을 크게 하여 드러낸다. 육지치고는 높은 산이 없고 나지막한 산들이 연이어져 있는 꼭 동물이 엎드려 있는 형상으로 보인다. 모두들 섬이 크게 될 때까지 가만히 서서 지켜본다.

이때 호송관이 큰소리로,

"병사들은 내릴 준비를 하라. 개인 소지품을 꾸린 후 각방에 열을 지어서 앉아 있다가 별도의 지시가 있을 때 순차적으로 내리도록 하라."

모두들 웅성거리면서 그러나 차분히 각자의 군장과 소지품을 싸고 지시에 따라 앉아 있다.

김동욱은 전주교도소에 수감된 이후부터 제주도 훈련소 그리고 이곳에 올 때까지 여러 명의 뜻이 맞는 친구를 만들었다. 두 명은 충청도·전라도 친구, 한 명은 경상도 친구인데 각자 개성이 뚜렷하고 나이는 김동욱과 동갑이거나 한두 살 위다.

300여 명의 징집자들의 고향 집도 전국 방방곡곡에 있었으며, 나이도 열아홉 살부터 스물여덟 살까지, 아들딸이 있는 아버지도 있었다. 대부분 일제에 순응치 않은 나름대로 주관을 지녔던 학생이었고 중등학교 이상 교육을 받은 자들이었다.

배가 바로 부두에 정박한다. 부두라고 해야 통나무를 개펄에 박고 그 위에 나무를 얽어대어 길게 바다 쪽으로 늘여져 있는 임시 가교다.

"방 일 번부터 하선하여 부두에 삼열종대로 정대해라."

드디어 지긋지긋하고 하릴없던 선상생활의 막을 내리고 육지에 상륙하게 되었다. 땅을 밟고 산다는 것이 참으로 고무적인 일이라는 생각이 들어 모두가 들떠있다. 누가 뭐라고 할 것 없이 신속히 그리고 차분하게 열을 지어 내린다. 크지 않은 부두였지만 300여 명이 내려서 모여 있을 공간은 충분하다.

길게 늘어트린 트랩을 밟고 육지에 오르는 순간 다리가 휘청거려 하마터면 쓰러질 뻔하였다. 몇 걸음을 비틀비틀 거리며 가다가 겨우 중심을 잡고 선다. 땅이 흔들린다. 꼭 지진이 난 것처럼 땅이 왔다 갔다 한다. 한동안을 그렇게 중심을 못 잡고 서 있는데 호송관이 서 있는 것이 어려우면 제자리에 앉아 있으라고 하여 모든 병사들이 그냥 땅바닥에 주저앉는다.

호송관들도 처음 배를 타고 오랜 시간 시달린 이들의 고충을 알고 있는 듯하였다. 그런데 병사들이 밟는 땅의 느낌이 이상하다. 모래도 아니고 그렇다고 흙도 아닌 시커멓고 푸석푸석한 입자가 굵은 거친 형태의 화산석이 부서진 것이 모래처럼 쌓여 있다. 덥고 습한 공기에서 풍겨져 나오는 퀴퀴하고 메케한 냄새를 머금은 바람이 일행을 맞이한다. 그러나 간혹 시원한 바닷바람이 몰려와 메케한 공기를 내몰고 흘리는 땀을 식혀주기도 한다.

모두들 내려서 앉아 있으니 호송관들의 안내에 따라 인수관들이 각 부대별로 인원을 일일이 호명하면서 파악하고, 대기 중인 10여 대의 트럭에 분승하도록 한다. 트럭 한 대에 30여 명이 빽빽이 세워 태워져 부대로 향한다. 트럭은 털털거리며 요철이 심한 마른 검은 모래사장을 힘들게 10분도 채 되지 않게 달리더니 인수관이 이내 트럭을 세우고 다 왔으니 내리라고 한다.

병사들은 트럭을 타고 오면서부터 섬 주변을 두리번거리면서 나름대로 추상을 한다. 섬이 별로 큰 것 같지는 않고 작달막한 야자수 등 열대나무가 주변에 펼쳐져 있으나 여느 육지나 섬의 삼림처럼 큰 나무가 들어차 있지는 않고 작거나 중간 정도의 잡목이 많이 우거져 있다.

남쪽으로는 이 섬에서 제일 높게 보이는 산이 바다에 연해 있고, 섬 중간에는 구릉이라고 볼 정도의 두 개의 산이 보인다. 일행이 본부라 추측되는 곳에 내리니 많은 장병들이 주변에 있다가 환호하며 손을 흔든다. 열렬한 환호는 아니지만 사람이 손짓을 하며 반가움을 표시하니 일단은 기분이 좋다. 일행은 사단본부라고 생각되는 곳을 지나 100미터 정도 뒷부분에 떨어져 있는 천막으로 된 임시 막사에 각 내무반 별로 안내되었다. 인수관 중 제일 계급이 높은 중위가 병사들을 휘둘러보며,

"자! 여기가 너희들이 앞으로 묵을 장소다. 침대는 이 앞줄에서부터 오른쪽부터 채워 사용하도록 해라. 각자의 짐을 침대 옆에 내려놓고 저

녁식사가 준비될 때까지 잠깐 휴식을 취하도록 해라! 질문 있냐?"

"안 있습니꺼? 그런데 우리가 시방 어디에 와있능교? 그러니께로 이 섬이 이름이 뭐고 태평양 어디에 붙어 있습니꺼?" 한 병사가 질문을 한다.

"에- 좋은 질문이다. 귀관들이 궁금해 할 사항이란 것을 모두가 잘 알고 있다. 그러니깐. 이 섬의 이름은 이오지마, 유황도(硫黃島)라고 한다. 이곳은 우리 대일본제국 본토에서 남쪽으로 1,000킬로미터 이상 태평양 한가운데에 떨어져 있는 본토 수호에 대단히 중요한 섬이다. 여러분들은 이곳 섬에서 천황폐하의 은혜를 진정 느끼게 될 것이다!"

"안 있습니꺼? 그라문 여기가 남양군도가 맞습니꺼?" 또 다른 병사가 의문이 완전히 풀리지 않은 듯 다시 물어본다.

"제관들이 생각하는 남양군도는 여기서 다시 남쪽으로 1,000킬로미터 이상을 더 내려가야 한다. 이곳은 남양군도와 일본 본토 중간에 있는 자그마한 섬일 뿐이다."

여기저기서 웅성웅성 거리는 소리가 들리고 어떤 장병은 장탄식까지 질러댄다.

상해 탈출

탈출자 일행 세 명은 협수룩한 옷차림으로 가까운 시장에 나가 각자 두서너 벌의 옷을 마련하였다. 먼 길을 떠나기 위하여 행장을 꾸리는 데 집에서 가져온 돈이 유용하게 사용되었다. 이곳 상해는 중국의 여타 지역보다 제일 먼저 일본군의 침략, 통치를 받은 지역으로 일찍부터 일본 돈이 통용되었고 조선통독부가 발행한 조선 돈을 사용하는 데에도 아무런 문제가 없었다.

시장은 조선의 시장과 대동소이하였으나 물건이 다양하였고 특히 남쪽 지방이라서 그런지 생전 보지도 못하던 열대과일과 채소가 산더미처럼 쌓여 있었다. 또 다른 것이 있다면 이 사람들은 세상에 존재하는 모든 것을 다 파는 것 같이 보였다. 쥐처럼 생긴 동물인데 잡아서 말려 박제로 만들어 팔고 있다. 또한 지네, 뱀, 곤충, 각종 동물 뼈·뿔 등 혐오동물과 별 희한한 동물들도 약재로 팔고 있다.

조선에서는 볼 수 없는 신기한 것들이 도처에 많아 이따금 걸음을 멈추어 그게 무엇에 쓰이는지 곰곰이 따져 보기도 하고 상상도 하고 물어보고 세 사람이 제각각 의견을 말하기도 한다. 상점을 돌아다닐 때 풍기는 냄새도 남쪽 특유의 향취와 약제들의 냄새가 뒤엉켜 담백하게 살아온 이 시골 세 사람에게는 약간 역겹게 느껴진다.

한 집 걸러 음식집인데 때가 되면 음식을 기름불에 튀기는 냄새 그리고 볶는 소리와 연기, 수증기가 길거리로 밀려나온다.

시내 중심가로 들어오니 상해는 더 이상의 고(古) 도시가 아니다. 높고 큰 빌딩이 곳곳에 들어 차있고 널따란 도로에 차와 사람이 북적이는 마치 미래 도시를 온 것으로 착각할 정도다.

세 사람은 세상에 어찌 이런 도시가 있을까? 한마디로 격세지감이 들었다. 시장 이곳저곳을 기웃거리며 구경하고 있을 때 갑자기 애앵 하며 사이렌 소리가 멀리서 들리고 잠시 후에 쿵쾅하는 소리가 들려온다. 그러나 중국인들은 별반 신경 쓰지 않고 자기 할 일을 하거나 행인들은 그대로 가고 있다.

어찌된 일인가 싶어 중국인들에게 물어보니 미군 폭격기가 일본 군부대를 공습하고 있다고 하였다. 이와 같은 공습은 상해에 머무르는 동안 몇 차례 지속되었다. 세 사람은 약간 혼란에 빠졌다. 천하의 일본군이 공격 받고 있는 것을 목격한 것이다. 한편으로는 희망이 생기기도 하였다.

일본군 천지라지만 일본군이 절대적으로 점령하고 우위에 있지 않다는 것을 알게 된 까닭이었다.

미군은 1944년 초에 인도를 거점으로 상해까지 폭격을 시도하였다. 미군이 제2차 세계대전 때 태평양전쟁에 적극적으로 가담하면서 일본에 대한 압박을 사방팔방에서 시작하였고 전역을 크게 확대한 일본으로서는 이 연합군과 대적하는 것이 중과부적이 되어 태평양 남양군도로부터 철수하거나 혹은 점령지를 내주어야 했다.

세 사람은 통역관 왕한신 아저씨를 만나기 위하여 어부들의 숙소에 가서 일전에 같이 배에서 일하였던 사람을 찾았다. 다행히 왕한신 아저씨와 친한 사람을 만날 수 있었고 그 사람이 왕한신 아저씨가 사는 집을 알고 있었다.

집의 대략적인 위치를 그리고 간단히 메모를 하였다. 상해 시가지의 뒷골목을 택하여 일본 경찰을 피하면서 물어 물어서 그의 집을 찾아갔다. 왕한신 아저씨의 집은 상해 외곽 북서쪽에 있어 상해 어항으로부터는 두 시간여가 걸렸다. 왕한신이 사는 집은 여느 집처럼 오래된 목조 건물로 여러 군데가 허름한 세월이 묻어나는 집이었다.

왕한신 아저씨는 집에 없었고 문을 두드려도 아무런 응답이 없었다. 가족도 없는가 생각하며 허탈한 마음으로 자기들이 왔던 이유와 내일 다시 이 시간에 온다는 글귀를 쪽지에 적어 문틈으로 집어넣어 남겼다. 길거리에서 머뭇거릴 여유가 없었다. 언제 어느 때 일본 경찰이나 군에 걸려들지 모른다. 일행이 숙소에 돌아오니 어느덧 해가 뉘엿뉘엿 북서쪽 지평선에 걸려 있었다.

“여그가 이러코롬 일본 놈덜 세상인 줄 진작 몰라버렸네잉!” 이남제가 참으로 일본 놈들이 무섭다는 의미로 말한다.

“그러게 말이여 정말로 일본 놈덜 징헌 놈들이네 그려! 그 거대허다는 중국까지 먹어버리고 인자 우리나라는 영영 일본 놈들 발굽 아래서 살아야 헐 것 같네 그려! 참! 그 뭣이야 독립이랑게 꿈에서나 생각되어질지도 모르겄네.” 최상현이가 한탄을 하며 말한다. 상해가 아닌 한참 떨어진 변두리 지역도 일본군 손에 이미 완벽하게 점령되어 있으며 간간이 기모노 차림의 일본 여자와 몇 곳에서 일본 헌병과 경찰들을 목격하였기 때문이다.

"야 내가 봉게로 우리 상해임시정부도 여그서 버틸 수가 없을 것 같은되? 요로코롬 일본 놈들 시상인듸 임시정부가 어떻게 여그서 뭣을 허겄어?" 송금섭이 말한다.

"내 생각도 그러노만! 일단은 빨리 조선 사람을 만나서 좀 여러 가지로 알아내야 쓰겄네 그려!" 최상현이 맞장구친다.

다음날 왕한신 통역관을 찾아가려고 준비 중인데 왕한신 아저씨가 먼저 숙소에 들어온다.

"무슨 일들 없지? 내가 쪽지를 보았는데 이곳에서 함부로 행동을 하다간 자칫 일본 헌병이나 경찰한테 붙잡히면 모든 일이 수포로 돌아가니까는 함부로 행동하지 마라. 상해는 중국 다른 곳과는 달리 일찍이 일본 놈들이 군사적 · 경제적으로 점령한 곳이라서 주변에 첩자가 수두룩하게 깔려 있다네. 그리고 곳곳에 일본 헌병과 경찰 그리고 친일파들이 꽉 차 아주 위험한 곳이니 신중하게 행동을 해야 한단다. 내가 임시정부에 대하여 알아보고 오랫동안 상해에서 살아오며 임시정부 요인들과 연분이 있는 사람을 수소문 해볼 테니까, 당분간 숙소 근처에서만 있고 어디 시내 쪽으로 멀리 가지 말거라. 이곳은 시가지에서 떨어져 있고 중국 노동자가 많이 살고 있는 관계로 특별히 눈에 벗어나지만 않는다면 안전할 거다. 그렇다고 절대 방심은 금물이다. 가끔 불심검문을 하고 순찰을 나오기도 한다. 사복형사들도 나오니 절대 경거망동하지 말고 신중하게 행동하도록 해라."

"알겠습니다. 감사합니다. 기다리겠습니다."라고 세 사람은 이구동성으로 읍을 하며 존경을 표시하였다.

왕한신이라는 사람은 골치 아프게 그들을 위하여 굳이 어렵고 복잡

한 행동을 해야 할 이유가 하나도 없었다. 오히려 차비 등 개인 돈만 들고 그에게 보탬이 되는 것은 하나도 없기 때문이다. 더군다나 그는 인천의 중국인 거리에서 쫓겨난 거나 마찬가지 상태였다. 그는 1900년대 초반 출생으로 지금 나이가 40세 정도 되었는데 원래 고향이 상해 북서쪽 외곽으로 부모가 자그마한 음식점을 운영하였고 나이 들어 부모를 거들었다.

그러나 1900년도 이후에 급격하게 들어오는 외국 문물과 1930년대 이후 일본의 경제 침탈과 상해사변으로 음식점까지 영향을 받고 1937년 중일전쟁으로 상해가 일본군에 완전히 점령되자, 이곳을 떠나 산동까지 피난 차 올라갔다가 1938년 인천 중국인 화교지역으로 이동하였다.

인천 화교지역에서 일본인과 조선인 텃세에 자리 잡고 살지 못하다 1943년에 다시 상해로 들어와 음식점을 하려 하였으나 여건이 맞지 않아 밑천이 들지 않고 단순한 몸 노동을 제공하는 선원이 되었던 것이다.

다행히 그가 한국말과 일본말을 잘하였기 때문에 무역을 동시에 하는 선장으로서는 훌륭한 협조자인 그를 만나 통역관으로 후대하였던 것이다. 왕한신이라는 사람은 천성이 남의 어려움을 보고 돌아서는 사람이 아닌 착한 사람이었던 관계로 세 사람에게는 큰 행운이었다.

세 사람은 하릴없이 며칠을 왕한신이 오기만을 기다렸으나 무소식이었다. 최상현이가 갑자기 생각나듯이 제안을 한다.

"어 야뜰아 우리 지금 이러고 멍하니 있을 것이 아니고 지금 당장 일거리를 찾아 나서자. 내가 봉께로 우리가 생각헌 대로 잘 될 것 같지는 않혀. 처음 우리가 상해만 오면 임시정부를 찾아가 독립군이 돼야 가지고 일본군 허고 전투를 헐려고 혔는디 임시정부나 독립군이 이곳에 남아 있을 것 같지 않고 말이여. 어디로 갔는지 행방도 모르겄고 가져온 돈은 한푼 두푼 없어지지. 그렁께로 우리 장기전으로 갈 것 같응게로 여그 상황도 파악하고 말허자면 거시기, 현지에 적응허는 것이 조응게 그러니께로 내가 말허고 잡은 것은 여그 가까운 시장이나 아니면 부두 가에 가서 일자리 좀 구해보자는 것이여 그것이! 그렇게 허면 하루 밥벌이는 할 것 같지 않혀?!"

장황한 최상현의 설명과 제의에 송금섭이가 응대한다.

"나도 그러코롬 생각허는듸 우리들이 시방 여그서 무위도식허고 있을 때가 아닝개비네 그려!"

"그려-여 시방 당장으 일자리를 찾아가봄세!" 이남제가 말했다.

"쬐매 기달려, 왕 아자씨 오면 알게코롬 시장에 일자리 구하러 간다고 여그다 써노야허겄네." 송금섭이가 제안한다.

"그려 그려 왕아자씨 헛걸음 허지 않게 그것이 좋겄네." 두 사람이 흔쾌히 동의하여 방문 앞에 쪽지를 붙여 놓고 나갔다.

제일 먼저 찾아간 곳은 '시장연합회'라 쓰여 있는 사무실이었다. 그동안의 경험에 비추어 사무실에 가서 알아보는 것이 가장 지름길이라는 것을 잘 알고 있기 때문이다. 세 사람이 우르르 몰려가니 사무실에 졸듯이 앉아있던 중년 남자가 긴장한 듯 의자에서 일어선다.

"니하우마 안녕하세요!" 일행이 읍을 하면서 깍듯이 인사를 하니 의아해 하던 중년 남자도 덩달아 읍을 하며 인사를 한다.

"하오! 아 어서 오세요."

"어쩐 일로 오셨습니까?" 일행이 말을 꺼내기 전 급하게 먼저 온 용건을 물어본다. 세 사람은 번갈아가며 합동을 하여 더듬거리는 중국말로 이 시장 내에서 막노동이라도 좋으니 일할 자리를 구한다고 말하였다. 일자리 구한다는 말에 중년 남자는 귀찮은 듯이 표정을 지으며 지금은 일자리가 없고 여기 일용자도 다 일을 못하고 있으니 다음에 다시 오라고 하였다. 그리고 다음에도 일자리가 있을지 없을지 모르겠다고 아예 지금부터 발뺌을 한다. 일행은 뭐라고 사정을 하고 싶었으나 자신들이 생각한 것을 정확하게 표현도 못하고 실망한 나머지 크게 한숨을 쉬며 시장의 이곳저곳을 돌아보다가 숙소로 돌아왔다. 다음날은 부두로 가보기로 하였다. 송금섭이가 제안을 한다.

"야 저 거시기 말이여! 우리가 알고 있는 선원 중의 한 사람을 모시고 가서 일자리를 말혀 보면 어쩔런지 모르겄네 그려!"

"그 좋은 생각이여! 어저끄는 우리가 무작정 들어가니께로 그 사람 놀랬는개벼! 그렁게 아는 중국 사람헌티 우리 처지를 이야기허고 그 사람이 먼저 가서 말을 허면 좋지 않을까 싶으네."

최상현이 나름대로 남자 사무원이 거부한 이유를 생각하며 방법을 말한다.

"그려 그려 그려! 좋다 그게 좋겠다."

두 사람은 이구동성으로 '좋다' 하고 일단은 어선에서 같이 일한 나이가 지긋한 사람을 찾아가서 자기들의 사정을 이야기하고 부탁하기로 하였다. 자기들이 묵는 숙소 바로 옆방에 있었던 마음씨 착한 선원 아저씨 한 사람이 생각났다. 그들이 전사춘이란 선원의 방문을 노크하자 마침 방에 머물러 있어서 자기들의 처지와 의중을 이야기하니 흔쾌히 승낙하고 부두로 앞장선다.

이곳 부두에도 노동자 연합회가 조직되어 있고 사무실도 있어서 전사춘은 최상현 한 사람만을 데리고 사무실로 들어간다. 전사춘은 사무실로 들어가서 사무장에게 조선에서 온 세 청년에 대하여 간단히 설명하고, 그들에게 일자리를 주어 밥이라도 먹을 수 있도록 하면 좋겠다고 말한다. 어제 보았던 50대 초반 쯤으로 보이는 이곳의 사무장이라는 사람이 나머지 두 사람을 들어오라고 하더니 번갈아 인상을 보고 자기 나름대로 가늠해보더니,

"하오 하오! 쓰―, 마침 이곳에서 일할 수 있는 자리가 하나 있소. 잘되었네. 쓰― 해야 될 일은 여기 공판장에서 나오는 쓰레기를 치우는 일인데, 일은 이따 오후부터 당장에 나와서 해도 된다."라고 어제와 다른 이야기를 한다.

"아! 그러면 세 명 다 일을 하도록 하시겠단 말이지요?"

전사춘이 이제 되었다라고 생각하며 다시 되묻는다.

"쓰― 이따 오후에 나와도 된다. 상세한 작업량이나 해야 될 일은 그때 내가 말해주겠다, 그리고 임금도 같이 말해주겠다."

"예 예 예! 알겠습니다. 이따 오후부터 이곳에 나와서 일을 하는 것으로 알고 숙소에 갔다 다시 오겠습니다."

세 사람은 고맙다고 거듭 인사를 하고 전사춘과 함께 숙소에 돌아왔다. 현지 중국인을 대동한 것이 주효했으며, 오후가 되어 사무실에 다시 나간 세 사람은 자기들이 해야 할 상세한 일과 일할 때 쓰게 될 도구들을 받았다. 급여는 하루 딱 세 끼 사먹을 정도 될까 말까 한 돈을 일당으로 지급한다고 말한다. 송금섭이가 돈을 좀 더 줄 수 있느냐고 요구사항을 말한다.

"저희들은 노동자 숙소에서 살고 있습니다. 저희들이 자는 숙소비도 하루 일당에 포함하여 조금 더 줄 수 없는지요?

"쓰― 숙소비가 한 달에 얼마요?"

"아 예 한 사람당 한 달에 10원입니다."

"하오 쓰- 좋아요, 그러면 숙소비 10원을 임금에 포함하여 주되 한 달이 되면 주겠다."라고 선뜻 올려주었다.

일행은 속으로 쾌재를 불렀다. 멀리 천리 타국에 와서 굶지 않고 일할 수 있다는 것이 얼마나 다행인가 스스로 감탄하였다. 나중에 안 사실이지만 숙소비 10원을 포함한 한 달 치 임금은 원래 거기서 일하는 사람에게 책정된 임금의 절반이 조금 넘는 수준으로, 아마도 사무장이라는 사람이 개인적으로 나머지 임금을 착복하고 있는 것 같이 생각되었다. 그러나 세 사람은 액수가 문제가 아니었다. 단기간에 끝날 상황도 아니고 장기를 대비해야 하기 때문에 천만다행이라 생각되었다.

사무장은 세 사람을 데리고 나가 해야 할 일에 대하여 설명하였다. 하루에 두 번씩 청소를 해야 하는데 새벽 공판이 끝나고 나면 죽거나 버리는 물고기와 물고기를 나르던 상자 등 널브러진 공판장을 깨끗이 청소하여야 했다.

그리고 모아진 쓰레기를 한곳에 모으고 정리해야 했고, 오후 내지 저녁 무렵부터는 중간상인이 어지럽힌 파장된 공판장을 청소하여야 했다. 공판장이 상당히 크고 쓰레기도 많이 나와서 하루 종일 일하지 않으면 밤늦게까지 해야 했기 때문에 게으름을 피울 겨를도 없었다. 제일 고역은 부패한 생선을 떡 주무르듯 만져야 하는 것이었고 그 냄새는 코마개를 하지 않으면 안 될 정도로 심하였다. 그제야 세 사람은 선뜻 일자리를 내준 이유를 알 수 있었지만 별 다른 뾰족한 수가 없었기에 그냥 참고 하루하루 밥값이라도 버는 것을 천만다행으로 여겼다.

그동안 며칠이 지났는데도 왕한신은 소식이 없었고 전사춘도 배타고 나갔는지 보이질 않는다. 거의 보름 이상 지나고 힘든 일을 마치고 늦게 숙소에 들어오자 이제까지 학수고대 해온 왕한신이 숙소에서 기다리고 있다.

"여어! 젊은 친구들! 별일들 없지? 내가 그동안 배타고 일을 다녀오느라고 이제야 왔네, 다음 배 타기까지는 열흘 정도 시간이 있으니까. 당신들이 기다리는 동안 수소문을 더 해볼 참이네. 나도 먹고 살아야 되니까 늦어진 것에 대해서는 이해를 하게나."

"아이고 그런 말씀 마셔엉! 아자씨 일이 우선이지 지들 일이 급한 건가요. 너무 신세를 지어 죄송합니다요." 이남제가 얼른 받는다.

"내가 지난번 몇 군데 알아보도록 부탁을 해놓았으니 이번에는 잘 될 걸세 그려!" 그는 침을 한번 꼴깍 넘기고 다시 이었다.

"조금만 참고 견디길 바라네. 아참! 부두에서 일을 한다고 전사춘에게 들었는데, 그건 잘한 일이고 하여튼 조금만 더 기다려주게나."

"아 예 지들은 빨리 알았으면 좋겄지만 아자씨도 일허야 사니껜두로 지들이 기다려야죠! 괜시리 지들 때문에 육지에 상륙해도 편히 쉬지도 못허니 지들은 더욱 송구스럽구만요."라고 최상현이 위로 겸 미안함을 나타낸다.

며칠 후 과연 왕한신은 좋은 정보를 가지고 나타났다.

"내가 대한민국 상해임시정부에 대하여 알아본 결과 몇 년 전 중일 전쟁이 나기 전, 즉 일본군이 이곳을 장악하기 전까지는 상해 어딘가에 있었다는구먼. 임시정부가 있었던 주소가 이것인데 지금은 중국 주민이 살고 있다네. 임시정부가 빌려 쓰던 집과 사무실은 다시 원 소유주에게 넘어갔고 임시정부와 임정 요원들은 장개석 군대를 따라 이동을 했다고 하는구먼. 지금은 중경이라는 서부지역의 큰 도시에 가 있다는 정보네 그려."

왕한신의 설명에 세 사람 얼굴은 실망의 빛이 역력해진다. 왕한신은 그것에 아랑곳하지 않고 잠시 그들을 번갈아보더니 계속 자기가 알아본 내용을 설명한다.

"그리고 정필석이라는 사람이 아직 상해에 남아 있는데 이 사람은 임시정부에서 일했던 사람으로 지금도 이 주소에서 살고 있다네. 뭐하고 살고 있는지는 모르겠지만 이 사람을 찾아가서 앞으로 자네들이 어떻게 해야 할 것인지 의논을 해보는 것이 좋겠네. 아마도 좋은 생각이나 방법이 있을 것 같네."

세 사람은 왕한신의 설명에 감탄하였다. 연신 고개를 숙이며 감사의 인사와 말을 보낸다.

"에 에- 그리고 이곳으로 정필석이라는 사람을 찾아가는데 정말 조심들 하시게나. 시내 곳곳에서 일본 헌병과 순경이 감시를 하고 있다네. 이 표찰은 정 선생님을 만날 수 있는 표식이니 잘 간직하게나. 그럼 난 이만 가보겠네. 당신들의 무운장구를 빌겠네. 혹시 살아 있다면 나중에 연락이나 주게나."라고 하며 백지로 된 두 번 접은 종이를 주고 숙소를 떠난다.

종이를 얼른 펴보니 백지에 붓글씨로 대한(大韓)이라고 쓰여 있었다. 세 사람은 앞길이 훤해 내다보이는 것 같았으나 한편으론 무거운 짐이 자기들을 억압하는 것을 느꼈다. 송금섭이가 말문을 연다.

"야뜰야 참 난감해져부렸다잉! 임시정부가 여그에 없고 수천 리 저 멀리 중갱인가 허는 곳에 있다 허니! 그러고 곳곳에 일본 놈덜뿐이니 어디 마음대로 뭘 헐 수가 있어야지."

"그렁게 말이여. 일단은 거그 주소대로 정필석이라는 분을 만나서 우리 일을 논혀야 할 것 같네 그려!" 최상현이 말했다.

"그려 그럼 우리 내일 가자. 오늘은 일을 마치고 내일부터 못 나온다고 사무장에게 통보하고 그분을 찾으러 가자." 이남제가 맞장구를 친다.

"아니 아니 어떻게 될지 모르는 일잉게로 그냥 갔다오기로 허야 될 것 같은디 나는!" 송금섭이 반대한다.

"그려어 그냥 가자. 일이 잘 안되면 다시 와서 기다려야 됭게로. 그리고 내일 하루만 못 나온다고 말을 하자. 그래야 그 사람도 대책을 내어 청소를 허야 허니깐두로!" 최상현이 정리하듯 말한다.

상해임시정부는 상해 시가지 마땅루 306동 4호에 2층 건물 내에 있었으며 신천지(新天地)라는 신도시와 근접하여 있었다. 1919년부터 1932년까지 13년간 임시정부가 머물렀던 곳으로, 임정은 1932년 홍구 공원에서 윤봉길 의사의 의거가 일어나고 일본군의 압박과 탄압이 시작되자 일본군을 피해 항주를 비롯한 중국 여섯 개 도시를 유랑하다 일제 말기인 1940년 9월에는 중경으로 이전하였다.

세 사람은 주소와 약도를 따라 정필석 선생을 찾아 나섰다. 정필석 선생이 사는 곳은 상해 서쪽으로 항구에서 반대편에 위치하여 있었다. 세 사람은 길을 걸어갈 때 몰려다니지 않고 흩어져서 앞뒤를 살피며 나아갔다. 큰길을 피하고 미리 알아놓은 작은 뒷길을 이용하여 두 시간 반 만에 물어물어 무사히 주소지에 도착하였다. 주소지에 있는 집은 오래된 목조건물로 대문은 없고 밀창식 현관문이 달린 서양식과 일본식을 더한 기와를 얹은 집이었다.

그런데 이 집은 단순히 앞 한 채만 있는 것이 아니라 규모가 크지는 않지만 중국 특유의 'ㅁ'자 형태의 이층집이었다. 집 주변을 살피며 수상한 사람이 없다는 것을 확인한 후 밀창문을 가볍게 두드리며 주인을 불러보았다.

"계세요? 정 선생님 계세요?"라고 송금섭이 두세 번 부른다. 짧은 시간이 지났지만 아무런 인기척이 없다. 잠시 있다가 다시 한 번 불러 보았다. 역시 아무런 대답이 없어 이번에는 손바닥으로 좀 더 문을 세게 치면서 불러본다.

"선생님, 정 선생님 계세요?" 역시 아무런 반응이 없다. 실망을 하고 세 사람이 어떻게 할 것인가를 의논한 끝에 다시 한 번 부르고 대답이 없으면 근처에 있다가 한 시간 후에 다시 오자고 의견을 모았다.

"텅 텅 텅"

"계세요? 선생님 계세요?

"텅 텅 텅" 이번에는 최상현이 두드리고 부르고, 다시 문을 두드리며 부른다. 역시 아무런 인기척이 없자 세 사람은 일단 주변의 적당한 장소에서 쉬고 있다가 다시 오기로 하고 발길을 돌리는데 밀창문이 가볍게 '드르륵' 열리는 소리가 나면서 응답하는 소리가 들린다.

"여보게들 왜 그러신가?"

세 사람은 깜짝 놀라 뒤를 돌아보면서 부르는 사람이 누구인지 확인하고 반가운 마음으로 다가간다. 텁수염 없이 코 밑 수염만 조금 기르고 단발을 하여 잘 빗어 넘긴 중간키에 마른 체격의 장년 신사가 중국옷을 입고서 뒷짐을 지며 말하였다.

"저 저희들은 사람을 찾아왔습니다만!" 송금섭이 나선다.

"누굴 찾아오셨는가?"

"예, 정자 필자 석자 선생님을 찾아뵙고 싶어 왔습니다."

"아하 그래요! 왜 그 사람을 찾나요? 혹 무슨 일이 있습니까?"

"예, 지들은 정 선생님을 찾아뵙고 저희들의 앞길에 대하여 의논 좀 드릴려고 왔습니다." 최상현이 얼른 앞에 나와 대답한다.

"아하 그러신가요. 그럼 혹시 정표라도 지니고 있는가요?"

"아 예. 여기 있습니다."라고 말하며

송금섭이 왕한신에게서 받은 종이를 내밀었다.

송금섭이 내민 종이에 자신이 가진 종이와 잘라진 부분을 맞추어보니 딱 들어맞았고 글자도 같은 글씨체로 '大韓民國'으로 연결되었다. 자신이 써서 잘라준 글임을 확인한 장년 신사는 청년들을 얼른 집안으로 데리고 들어간 후 문을 닫고 자물쇠를 걸었다.

좁은 통로를 따라 안으로 들어가서 이층으로 올라가니 작은 응접실이 나오고 몇 개의 딱딱한 나무 의자를 가리키면서 앉으라고 손짓한다.

"내가 바로 정필석이라는 사람이오만, 일본군과 경찰의 감시가 많아 부득불 당신들의 정체를 확인하는 데 많은 시간이 걸려 미안하외다."

사실 이 장년 신사는 처음 문을 노크하고 부를 때부터 세 사람을 죽 살펴왔던 것이다. 이층으로 된 집 구조상 비밀리에 방문객을 살필 수가 있었다. 그러니까 혹시 그들을 미행한 사람이 있는지 여부도 확인을 한 것이었다.

"내가 며칠 전 당신들의 이야기는 얼핏 들었지만 명확한 사정 이야기는 알지 못하고 있소, 그러니 당신들이 여기까지 오게 된 경위와 이유를 말씀해주시지요."라고 정중히 말한다. 말 잘하는 최상현이 나서서 지금까지의 과정과 동기, 이유 등 자초지종을 말씀드렸다. 송금섭이와 이남제는 빠졌거나 부족한 부분을 보충, 설명해드렸다.

"흐음. 듣고 보니 그럴 듯하고 고생들 많은데 임시정부는 여기에 없소. 임시정부는 이곳을 떠난 지가 10년도 넘어 벌써 12년째요. 지금은 중경이라는 곳에 가 있는데 일본군의 세력이 원체 강해서 우리가 의도

하는 대로 잘되고 있지도 않소. 그러나 우리는 최후의 한 사람까지 우리의 독립을 위하여 싸울 것이오. 그런데 내가 하나 물어보고 싶소. 만약에 당신들이 상해를 떠나 중경에 간다고 하여도 결코 순탄한 길이 아닐 것인데 가다가 객사를 해도 좋은지 그래도 후회를 하지 않을 것인지, 아니면 여기에서 노동을 하다가 해방이 되면 들어갈 것인지, 그것을 결심하여 나한테 말씀해주셔야 되겠습니다.

왜냐하면 중경으로 수많은 젊은이들이 가다가 일제 군·경에 체포되어 사형에 처해지거나 중간에 사고로 인하여 죽거나 했습니다. 그곳까지 가는 과정과 중도에 무수히 많은 사고와 사연들이 발생하였지요. 그리고 중국인을 믿다가는 큰일이 납니다. 적과 아군을 쉽사리 구분할 수가 없습니다. 자, 여기서 결심을 하여 말씀해주시지요. 난 잠시 후에 다시 오겠습니다."라고 말하고는 안쪽 다른 방으로 들어갔다. 세 사람은 순간 멍하니 있다가 송금섭이가 먼저 말을 꺼낸다.

"야 뜰아, 우리가 뭐 결심허고 안 하고가 뭐 있겄어. 우리는 이미 죽거나 까무러치거나 허기로 여길 왔는디 당연히 임시정부를 찾아가야지! 안 그려?"

"그려 그려!" 두 사람이 얼른 동의를 한다. 잠시 후 끓는 주전자와 컵을 들고 정 선생이 들어온다. 끓여낸 차를 컵에 따라주며

"그래 결심은 했소?"

"저희들은 본래 임시정부의 독립군이 되야서 일제와 싸우려 이곳까지 왔습니다. 가는 길이 조금 험하다고 피해서는 되겠습니까? 저희들을 가게 해주십시오!" 최상현이 대답한다.

"허허허 좋아 좋아! 가기로 결심을 했다 이거지요!"라며 정 선생은 너털웃음을 짓는다.

"그렇지. 대한의 건아들 아직 죽지 않았지 죽지 않았어! 당신들 같은 젊은이들이 있어 우리 대한민국의 미래는 아직도 희망이 있다네. 자자! 따라놓은 차나 한 잔씩 드시게나. 오늘 나는 세 명의 새로운 동지를 얻게 되어 굉장히 기쁘다네. 허허허! 독립군이 된다는 것이 그렇게 쉬운 일이 아니라네. 자기 목숨을 내놓고 모든 것을 잊고서 싸워야 한다는 것을 아는 것이 비로소 진정한 투사로서의 기본이 된 것이라네. 즉 생과 사를 초월해야만 진정한 투사의 기본 자질이 갖추어진 셈이라고 할 수 있는 것이지. 생각해보게나. 자기 부모, 형제, 처자식을 생각하고 죽음을 두려워하면 어떻게 목숨을 내놓고 싸울 수가 있겠는가? 그런 마음을 가지려면 모든 세속을 잊어야 하는데 그게 출가보다 더 어려운 일이 아니겠는가?"

"지들은 지옥이라도 찾아가겠습니다. 안내혀주시지요."

세 사람이 이구동성으로 각오가 되었다는 듯이 말한다.

"좋아. 그러면 내가 추천장을 써줄 것이니 잘 보관해서 임시정부 요원들을 만나 증표로서 제출하면 아무런 의구심 없이 받아줄 것이오. 우리 임시정부 내 광복군에도 밀정이 판을 치고 있다는 사실을 아는 게 좋을 듯하오."

광복군 내에 밀정이 있다는 말에 세 사람은 크게 놀란다.

"독립군에도 밀정이 있는가요?" 이남제가 묻는다.

"일본군 첩자가 침투하여 우리들의 작전을 알아내고 교란을 시키려 하고 있소. 때로는 독립군 근거지를 송두리째 뽑아들려 하고 있지요. 일본 놈들은 교묘히 그 일을 우리 교포를 이용하고 있다오. 앞으로 교포라고 무조건 믿지 말고 잘 살펴야 한다는 사실을 명심하시오. 중경으로 가는 길은 정말 험하고 어려움이 많을 것이오. 나도 여기서 중경까지 거리가 얼마나 되는지 가늠할 수가 없다오. 그러나 천릿길도 한걸음부터라는 우리 속담이 있지 않소. 목표를 가지고 노력하면 안 될 일이 없을 거요. 여기서 중경까지는 중도에 여러 도시가 있는데 그런 도시에는 가급적 들어가지 않도록 하오. 지금 최근의 정보에 의하면 일본군은 중국군에 공세를 가하여 호남성의 장사와 귀주성 그리고 호북성을 점령하였다고 이야기를 들었소.

따라서 내가 생각하기로는 여기서 남경, 무한 그리고 이창까지 가서 호북성에 많이 산재한 탄광에 일하러 간다고 하고 거기서 일본군과 중국군의 위치와 경계 근무 실태 그리고 지형지물을 완전히 파악하고 있다가 기회를 보아서 중경으로 가는 것이 최선일 거요. 다시 한 번 강조드리는데 접적 지역에서는 가능한 한 도시에 들어가지 말고 항시 우회하도록 하시오. 만약 우회를 못한다면 조심해서 안전에 최대의 신중을 기하시오."

정 선생은 중국 중부와 남쪽이 나오는 중국 지도를 꺼내들더니 세 사람이 가야 할 도시를 지목하고 설명하며 그들에게 넘겨준다. 그러고는

"여러분들은 숙소에 가서 내가 부를 때까지 지금까지 하던 일을 계속하고 있으시오. 지금부터 내가 해야 할 일은 당신들을 안전하게 갈 수 있도록 탄광에 일하러 가는 노동자로 통행증을 받아오고 이동허가서와 몇 가지 서류를 마련하고자 하는 것이니 대략 보름 동안을 기다려주시오. 보름이 더 걸리더라도 경거망동하여 이곳을 다시 찾아온다거나 하면 엉뚱한 일이 발생할 수 있을 것이니 조심들 하시오. 그때 다시 온다고 해도 나는 이곳에 없을 것이며, 내가 한 젊은이를 보내겠으니 이 증표를 맞추어 보도록 하고 그 사람의 지시를 따르도록 하시오.

그리고 이 종이에 당신들의 이름자를 한자로 써 남기시오. 내가 만들

어야 할 모든 문서는 실제 문서로서 당신들은 진짜 탄광에 취직을 하러 가는 것이라오. 모든 일은 진짜로 탄광에 취직을 해서 머물다가 기회를 보아서 중국군이 있는 곳으로 탈출하는 것이오. 혹시 문서의 진위를 확인할 수도 있지만은 이곳의 중국 어용정부와 일본 정부의 모집에 의한 탄광 광부 모집에 정식으로 응하고 가는 것이기 때문에 문제는 전혀 발생하지 않을 것이오."

일행은 자기 이름을 한자로 써놓고 지도와 증표를 품에 집어넣고 크게 인사를 한 후 집을 나와서 조심스럽게 숙소로 돌아왔다.

숨겨진 비밀

-천영화의 가계-

삼천리강산이 봄기운에 완연히 물들어졌고 하얀 아카시아 꽃이 무궁화 대신 먼저 주변에 향취를 뿌린다. 언제 돌아왔는지 제비는 이곳저곳을 낮게 날아다니며 무엇인가를 부지런히 물어 나르고 있다. 서울역을 출발한 기차는 서서히 북쪽을 향하여 걸음을 내딛는다. 철로 좌우로 다닥다닥 이어진 판잣집과 엉성한 초가집은 고단한 민중의 삶을 고스란히 보여주고 있다. 오른쪽 차창에 하얀 바위가 드러난 인왕산이 눈에 들어온다.

기차는 유유히 작은 계곡을 빠져나와 어느새 들판을 달리고 있다. 서울이란 곳을 처음 본 젊은이들은 고개를 좌우로 돌려 시내 여러 풍광을 생각하면서 보고자 한다. 하지만 서울역을 출발한 이후로 기차역 부근의 정돈되지 않은 여느 시골의 부락 같아서 내심 실망스러워진다. 기차가 수색을 지나가자 그들의 호기심도 시들해지며 꾸벅꾸벅 졸기 시작한다. 서쪽으로 가다가 북쪽으로 이어진 경의선은 북한산, 인왕산 등 서울 북쪽의 높은 산을 우측으로 보고 낮은 구릉이 있는 서쪽을 향하여 달리다 탄현을 지나면서 북으로 향한다. 임진강 하구의 기름진 땅, 그 넓이는 얼마 되지 않지만 해주의 평야지대와 더불어 이곳에서 나는 농산물은 역사 이래 한반도 허리 지역에 사는 사람들의 귀중한 삶의 자원이다.

문산을 지나자 임진강 교각을 건너가는 기차 바퀴 소리가 요란하게 울려 퍼진다. 그때까지 졸던 여러 장병들이 무슨 소리인가 의문을 가지며 슬그머니 두 눈을 가늘게 뜨며 두리번거린다.

어떤 장병은 옆 동료에게 “여기가 어디냐?”라고 물어본다. 옆 동료도 초행길이라 그냥 잘 모르겠다고 대답하면서 스스로 어디쯤인지 가늠해 보려 좌우 앞뒤를 휘 돌아본다. 그때까지 여러 상념에 잠겨 졸지 않고 있던 천영화가 말한다.

“문산을 지나 지금 임진강을 막 건너가고 있다.”

장병들은 유유히 흘러가는 임진강의 물과 강 좌우측의 초목만을 무심히 지켜보고 있다.

천영화는 이 경의선 여행이 처음이 아니었다. 그는 일본 상사에 취직이 된 후 개성까지 몇 번 심부름을 하였고 두 번은 평양까지 갔다 온지라 이 경의선에 대해서는 어느 정도 알고 있었다. 그리고 할아버지와 아버지가 멀리 백두산에서 동북쪽으로 상당히 떨어진 두만강 유역 온성에서 광산을 하셨고 할아버지 댁에서 열네 살 먹을 때까지 살았던 탓에 그는 또래의 다른 사람들보다 철도에 대한 경험이 더 많았다.

천영화의 할아버지 성함은 천중선, 아버지는 천명운이다. 현재 두 부자는 함경도 온성에서 금광업을 하고 있는데 얼마 전부터 그들로부터 소식이 뚝 끊겼다. 그래서 집안사람들 모두 걱정하고 있는 상태에서 천영화가 징병이 된 것이다. 천영화의 할아버지는 구한말에 말단 관직에 있었다. 종9품 벼슬로 시작하여 어영청의 수문군으로, 경복궁을 지키는 수문장이 되었다.

천중선은 기술직인 잡과에 합격하여 종9품으로 첫 관직에 나섰다. 그는 조선시대에 병기 제조를 관장한 관청 군기시에서 처음 근무하였다. 이 관직은 워낙 박봉이었지만 그렇다고 실망하여 자기에게 주어진 일을 소홀히 한다든가 본업을 등한시 하지 않고 열심히 근무하였다. 그런데 군기창에 근무할 때 그의 큰 키와 체구가 당시 포도대장의 눈에 들어 경복궁을 지키는 수문장으로 발탁이 되었다. 그는 군기창에 근무를 할 때 군사학을 비롯한 병기 제작에 관한 지식과 더불어 지리학, 지질학, 수리학, 토양에 관한 학문 등을 직무교육으로 배우게 되었다.

그가 초기에 군기창에 근무할 당시에도 외국 문명이 밀물처럼 밀려들어왔고, 그는 새로운 학문을 접하면서 강력하게 조선을 압박하는 일본의 힘이 어디에서 나오는가를 알아보고 나름대로 분석을 하였다.

즉 우리가 왜놈이라고 깔보던 일본인들의 갑작스러운 힘은 어디에서 생겼을까? 그는 이 질문에 스스로 답하기 위하여 명치유신이라는 것과 일본의 개방정책 그리고 서양문물의 일본화에 대하여 관심을 가지고 알아보았다.

천중선은 얼마 되지 않은 기간에 일본의 갑작스럽고도 강한 힘이 나오게 된 동기를 나름대로 찾아보았다. 그는 위정자 즉 지도자가 어떤 방향으로 나라를 이끌고 가느냐에 따라 달라진다는 것을 알게 되었다. 지금처럼 국가의 힘이 사방팔방으로 분열된 상태에서는 절대 일본처럼 부국강병한 나라가 될 수 없다는 것을 알게 되었다. 그는 조선을 세울 때 이념으로 내세워졌던 유학과 성리학 등의 이론은 사회가 발전하는 데 어떠한 한계를 가지고 있음을 직감하였다. 그러한 이론도 있어야 되겠지만 현실에 맞는 문물을 빨리 받아들여야 한다는 것도 절실하게 깨닫게 되었던 것이다.

결론적으로 그는 조선도 빨리 신문학을 받아들여 산업을 일으키고 나라를 부강하게 만들어야 한다고 생각하였다. 그래서 우선 자신부터 실천해야 된다고 생각하고 당시 직무교육으로 받고 있던 지리학에 대하여 매우 관심을 가지고 공부를 하였다.

특히 지리학 가운데 지형과 광물에 대하여 자료를 수집하고 연구를 하였다. 그러한 가운데 1910년 경술국치가 일어났다. 하루아침에 나라가 사라져버렸고 그의 말단 벼슬도 잃게 되었으나 여전히 왕은 경복궁에 살았기 때문에 궁문직은 몇 년 동안 유지되었다.

그는 몹시 슬펐다. 꼭 자신 때문에 나라가 망해버린 것 같았다.

"아니 나 때문에 나라를 잃어버린 것이다."

그는 자책도 하였다. 그리고 어떻게 하면 나라를 되찾을 것인지 고민도 하였다. 온 나라의 뜻있는 인사들의 독립운동이 시작되었다. 그런데 그가 냉철하게 현실을 분석해보았지만 별 뾰족한 수가 없는 것이 문제였다. 그는 일본의 개방과 우리의 실학을 생각해보았다. 극일을 할 수 있는 길은 그것밖에 없는 것으로 생각되었다.

사실에 토대를 두어 진리를 탐구하는 실사구시, 즉 실학사상을 모든 백성에게 전파하고 부흥을 시키어 외세에 대응하는 것이 현실에 맞는다고 보았다.

그러나 그로서는 힘에 부칠 수밖에 없었다. 그는 지리학에서 배운 광산에 대하여 생각해보았다. 국토의 70퍼센트가 산으로 되어 있는 이 아름다운 삼천리금수강산에 무엇인가 무진장 매장되어 있을 것으로 추정하였다. 그는 조선총독부 농상공부의 상공국 광무과에 광산에 대한 전문 지식을 얻으려 자주 출입하면서 연구를 시작하였다.

그런데 이 과정에서 그는 일본인들의 치밀함을 볼 수 있었다. 아니 무섭고 놀라웠다. 경술국치가 일어나기 전부터 일본인들은 조선에 대하여 많은 연구를 하고 있었다. 그들은 조선에 대하여 향후 무엇을 어떻게 언제 탐색하고 활용할 것인가라는 청사진을 이미 작성해놓고 착착 그 계획을 수행하고 있었다. 일본은 농업, 광업, 상업 그리고 수산업뿐만 아니라 모든 조선의 산업분야에 대하여 치밀한 계획을 수립하고 조사하여 한반도의 영구 식민지화를 기하려 하였다.

그리고 한반도 조선인의 말살과 일본인화를 시작하였다. 일본은 산업분야를 착취하기 위하여, 첫 번째로 한반도 방방곡곡에 철로를 개설하기 시작하였다. 그리고 주요 구간에 대해서는 소위 신작로라고 불렸던 도로를 개설하고 이 철로와 도로를 근간으로, 두 번째로 일본의 측량 기사들을 불러들여 전국을 측량하여 지적도를 세밀하게 만들어 조선인들보다 자세히 구석구석에 무엇이 있는가를 더 잘 알게 되었다. 세 번째로 삼천리 방방곡곡을 돌아다니면서 어느 곳에 무슨 광물이 묻혀 있는가를 탐색하고 자신들만 아는 지질도와 위치도 즉 한반도의 광물지도를 만들어 본격적으로 개발하기 시작하였다.

천중선은 수문장으로 있으면서 일본인 이외의 많은 사람을 접할 수가 있어 그들에게서 여러 가지 서양에 관한 현실과 문물에 대하여 귀동냥을 하였다. 천중선은 일본어도 배우기 시작하였다. "호랑이를 잡으러 호랑이굴로 쳐들어가야겠다." 그런 생각에 그는 더 적극적으로 배웠다. 이 과정에서 그는 광산에 관계되는 여러 일본인 관리를 알게 되었으며 그들에게서 광산업에 관한 정보와 지식도 가지게 되었다. 그러다가 1915

년 그는 낙향을 하였다.

그동안 관직을 수행하기 위하여 종로 회현동에 작은 거처를 마련하여 살았으나 고향인 경기도 광주군 중대면 송파리(현, 송파구)에 내려가 선친이 짓던 농사를 일시적으로 이어받아 경작을 하게 되었다. 그는 농사를 지으면서도 광산업에 대하여 꾸준히 연구를 하였다. 드디어 그는 1918년에 광산채취권을 조선총독부에서 획득하게 되었다. 이때는 혼란기여서 일제는 조선의 자원을 확보하기 위하여 광산채취권을 신청하면 쉽사리 내주었다. 그러나 당시의 국내 사정은 당장에 그가 광산업에 종사할 수가 없는 상황이었다.

나라 곳곳에서 독립운동이 벌어졌고 많은 사람들이 실제로 무기를 들고 항일독립운동을 하였다. 이 시기에 아들 천명운이 장가를 가게 되었다. 며느리 성은 양 씨, 이름은 영봉으로 기독교를 믿고 열네 살 때부터 이미 이 집안에 민며느리로 들어와 4년을 시부모와 함께 기거하고 있었다.

양 씨는 일단 천명운이라는 남편 될 사람이 같이 기독교를 믿는 것을 알고 조건 없이 이 집에 민며느리로 들어왔다. 민며느리로 들어와 보니 시아버지와 남편 될 사람은 인물 좋고 큰 체구와 훤칠한 키에 선대(先代)부터 송파에서 농사를 제법 짓는 부농이었다. 게다가 기독교를 믿었으며 동리에서도 존경받는 집안이었기에 마음에 들었다.

그가 낙향하여 농사를 짓고 있을 때 1919년 전국 각지에서 독립만세 움직임이 일어났다. 3 · 1 운동은 일제의 폭압적인 식민지 지배에 대한 민족의 저항으로 일어났다. 일본은 조선을 강점한 뒤 군사력을 배경으로 정치 · 경제 · 사회 · 문화의 각 분야에서 폭력적인 억압과 수탈을 자행하는 무단통치를 실시했다. 헌병경찰 제도를 동원하여 수많은 항일 운동가들을 학살 · 투옥하고 모든 형태의 반일 활동을 탄압했다.

그리고 언론 · 출판 · 집회 · 결사의 자유 등 기본적인 정치적 권리와 자유도 누리지 못하게 했으며, 조선 태형령으로 가벼운 죄에도 가혹한 신체적 처벌을 가하여 인권을 유린했다. 또한 토지조사사업과 회사령 등으로 민족 산업의 발전을 억압하고 경제적 수탈을 자행하였다.

1910년대에 지속적으로 나타난 정치적 억압과 경제적 약탈로 농민을 비롯한 민중의 생활은 크게 악화되었으며, 일본의 식민지 지배에 대한 분노와 저항의지가 높아졌다. 일제의 무자비한 탄압 속에서 민족운동은 지속적으로 전개되었고, 3 · 1 운동이 전국적으로 확산될 수 있는 주체적인 여건이 무르익었다. 1910년대 국내의 항일민족운동은 크게 세 가지 흐름으로 나뉘어 진행되었다.

첫째는 독립전쟁론의 관점에 기초해 무장조직의 결성과 지원을 목적으로 했던 비밀결사운동이다. 대한독립의군부, 민단조합, 광복회, 조선국민회 등의 비밀결사가 각지에서 결성되어 군자금 모금과 무기구입 등을 추진하였다. 많은 조직들이 일제에 발각되어 붕괴되었지만, 이들의 활동은 3 · 1 운동 당시 각지에서 나타난 비밀결사의 모체가 되었다.

둘째는 실력양성의 관점을 기초로 한 종교단체와 학교 등을 중심으로 전개된 교육 · 문화운동이다. 1910년대에 민족운동의 일환으로 각지에 설립된 사립학교, 서당, 야학 등은 3 · 1 운동 당시 각 지역에서 항일운동을 조직하는 거점이 되어 운동이 전국적으로 확산되는 데 커다란 역할을 하였다.

셋째는 일제의 경제수탈에 대한 농민 · 노동자의 생존권 수호운동이다. 농민들은 생존권을 지키기 위해 토지조사사업 반대투쟁, 산림정책 반대투쟁, 각종 조세 반대투쟁 등을 벌였으며, 일부 지역에서는 주재소나 면사무소 등 일제의 통치기구를 공격하는 형태로 나타나기도 했다. 노동자들도 민족적 차별대우와 장시간 노동, 저임금 등 열악한 노동조건의 개선을 요구하며 파업을 벌였다.

이처럼 일제의 폭압적인 식민지 지배에 대한 분노가 3·1 운동이 폭발적으로 나타나게 된 기본 동인이었다.

3·1 독립운동 전개

상해(上海)에서는 1918년 6~7월 무렵부터 여운형·김규식·장덕수·김철·선우혁·서병호·한진교·조동호 등이 신한청년당을 결성하여 활동하였다. 이들은 그 해 11월 28일 윌슨 대통령의 특사로 중국에 온 크레인에게 독립청원서를 전달하였다.

미국에서는 1918년 12월 안창호 등이 조직한 대한국민회가 중앙총회를 열어 이승만·민찬호·정한경 등 3인을 파리강화회의에 파견하기로 결의하였다.

만주와 연해주에서는 1918년 12월 조소앙이 〈대한독립선언서〉를 작성해 여준·김좌진·황상규·박찬익·김교헌·안창호·김규식 등 39명의 서명을 받아 이를 발표하였다. 음력으로 무오년에 작성되어 '무오독립선언'이라고도 불리는 〈대한독립선언서〉는 무장투쟁으로 완전독립을 쟁취하겠다는 의지를 밝히며 독립군의 궐기를 촉구하는 내용으로 되어 있다.

일본에서는 1919년 1월 조선인 유학생 학우회가 동경의 YMCA 회관에서 웅변대회로 꾸며 모임을 갖고 10인을 상임위원으로 선출해 독립선언을 준비하였다.

이들은 각지의 독립운동가들과 연계를 맺기 위해 송계백과 이광수를 국내와 상해로 파견하였고, 유학생대회를 열어 민족대회 소집청원서와 독립선언서를 발표했다. 〈2·8 독립선언서〉는 일제의 국권강탈을 고발하고 독립운동으로 건립될 국가는 민주주의에 입각한 신국가임을 명시하였다.

국내에서도 1918년 말부터 천도교와 기독교 계통의 민족주의자들과 학생들을 중심으로 윌슨의 14개조 강화원칙에 포함된 민족자결주의에 고무되어 독립 요구를 위한 운동을 계획하였다. 그러다 상하이, 미국, 도쿄 등지에서의 독립운동 소식이 전해지면서 국내 운동의 준비를 본격적으로 논의하였다.

천도교와 기독교, 학생들은 처음에는 각기 운동을 계획하다가 1919년 2월부터는 협의하였고, 여기에 한용운 등의 불교계 인사가 가담했다. 학생들은 1919년 1월부터 민족대표들과 무관하게 독자적으로 운동을 계획하였으나 종교계의 계획에 합류할 것을 요구받고 일단 민족대표들의 계획에 합류하였다. 그들은 독립선언서와 일본 정부에 보낼 독립통고서 등을 작성하고 군중 동원과 시위, 독립선언서의 배포 등의 계획을 수립하였다. 2월 27일에는 독립선언서를 인쇄하여 각 종교의 교단 조직을 통해 사전에 배포하였다. 이렇게 시작된 3·1 운동은 수개월 동안 지속되었으며 도시 등 교통이 발달한 곳을 중심으로 시작되어 농촌 등지로 전파되며 전국적인 규모로 확산되었다. 그리고 참여하는 인원과 계층이 갈수록 늘어나면서 운동의 양상도 비폭력 시위에서 폭력투쟁으로 발전하였다. 국외로도 확산되어 만주, 연해주, 도쿄, 오사카, 필라델피아 등에서도 독립시위가 벌어졌다.

일제는 3·1 운동을 무력으로 무자비하게 진압하였다. 화성 제암리, 천안 아우내, 정주 곽산, 남원 광한루, 익산 이리 등 전국 각지에서 시위대에 총격을 가하는 등 학살과 가혹한 고문을 서슴지 않았다.

천중선/천명운의 독립운동 및 활동

1919년 3월 3일 천중선은 고종의 장례식 날 발인을 보기 위하여 상경하였다. 그는 참배객의 한 사람이 되어 고종에 대한 예의를 갖추고 이날 벌어진 독립만세운동을 실제로 목격하고, 집으로 돌아왔다.

그는 집에 돌아와 혼자서 어떻게 독립만세운동을 할 것인가를 고민하였다. 그는 어릴 때부터 절친한 동네 친구 세 명과 동네 어르신 두 명 집안 동생들 세 명을 집에 모이게 하여 회합을 가졌다. 그는 모인 사람들에게 현재 정세를 자세히 설명하였다.

특히 그가 실제 목격한 고종의 장례식과 장례식 날 모인 사람들이 어떻게 독립운동을 하였는지 이야기해주었다.

모두들 감탄을 하고 대단하다고 생각을 하였으나 그러한 일은 전혀 생각도 해보지 않았고 처음 닥친 일이었다.

또한 그들은 시골에 사는 순진하고 천진한 농부들이었기 때문에 무엇을 어떻게 해야 할지 생각과 의견이 있을 수가 없었다. 천중선이는 오늘 이 자리를 그만 마치고 각자 며칠간 생각을 해보고 다시 회합을 갖도록 하였다. 그런 다음 몇 가지를 생각하고 오도록 하였다.

즉 다음에 모일 때는 과연 독립만세를 부르면서 독립운동을 해야 되는가? 아니면 그냥 그만둘 것인가? 만약 거사를 한다면 언제 어디서 어떻게 무엇을 할 것인가를 논의하기로 하였다.

그리고 가장 중요한, 무력으로 할 것인가 아니면 평화적 시위를 할 것인가를 결정할 것이니 그때 의견을 발표하도록 하였다. 그리고 모든 사항은 꼭 극비로 해달라고 신신당부를 하였다.

일주일이 지난 후 천중선이의 집 사랑방에는 열세 명이 회합을 가졌다. 천중선이가 추천한 네 명의 지방 유력인사가 지난번 회합보다 가세하였고, 그는 회의를 주재하였다.

"에 여러분, 이렇게 모여 주셔서 대단히 고맙습니다. 오늘 이렇게 모인 이유는 지난번에 참석하지 못하신 분들도 전해 들어서 아시리라 생각합니다만, 오늘은 이 자리에서 우리가 거사를 할 것인가 아니면 포기할 것인가를 일단 정해야 되겠습니다. 만약 여기서 거사를 하지 않겠다고 결정되면 우리 면에서는 독립만세운동을 하지 않는 것으로 하겠습니다."

천중선이는 사랑방 아랫목을 중심으로 죽 둘러 앉아있는 일행을 한 바퀴 둘러보면서 다시 말한다.

"오늘 여기서 결정하는 것은 거수로써 가부를 결정하겠습니다. 자 '우리도 만세운동에 참석하자'라고 찬성하시는 분 손을 들어주십시오!"

천중선이 손을 든 사람을 세어보려 죽 둘러보았다. 다들 만세운동에 참여한다고 한 명도 빠짐없이 손을 들었다.

천중선은 거수 결과를 정리해서 말했다.

"여러분, 모두가 손을 들어 우리가 독립운동에 참가하자라고 결정을 해주셨습니다. 그러면 그 방법에 대하여 세부적으로 토의를 하겠습니다. 일단 장소가 문제가 되겠습니다. 시위를 하면 어디서 할 것인지 여러분들의 의견을 말씀해주십시오."

천중선이의 친구 이한설이 의견을 말한다.

"에 에– 우리 면은 행정사무를 보는 면사무소가 있으니까 그 면사무소 앞에서 실행하는 것이 좋을 것 같습니다. 일단은 송파진* 헌병주재소보다는 안전하니까요. 그리고 시간도 5일장이 있는 날을 잡는 것이 좋을 것 같고, 시장에 사람이 제일 많이 모이는 오후 점심시간이 지나고 실행하는 것이 좋겠습니다."

"아니요, 나는 일본 놈들의 송파진 헌병주재소를 거사 장소로 하는 것이 좋을 듯합니다. 바로 그 앞에서 일본 놈들의 간담을 서늘하게 해주어야합니다."

다른 회의 참가자가 자신의 의견을 말하였다.

"내 생각에는 이한설이의 의견대로 장날에 송파시장에서 시작하여 그 일대를 돌고 다음에는 면사무소를 거쳐 송파진 헌병주재소로 향하는 것이 좋겠습니다. 왜냐하면 면사무소와 시장은 거리가 가깝고 송파진 헌병주재소와의 거리가 어느 정도 있기 때문에 우리가 시장 앞에서 군중을 조직해 거느리고 행군하면 많은 군중들이 합류할 것이니 면사무소를 향한 후 송파진 헌병주재소로 목표를 정하는 것이 좋겠습니다."

"내 생각에도 그렇소. 지금 친구가 말한 대로 한다면 많은 군중들이 호응을 할 것이고 우리들의 거사는 성공하게 될 것이라 믿고 있소. 우리의 최초 발대는 시장의 빈터에서 하는 것이 좋겠소. 자! 그러면 그 안대로 행하리다. 여기에 다른 의견이 있으신 분 말씀해보시지요?"

천중선이 결론을 내리니 모두들 그 의견이 좋다고 찬성을 하여 최종

---

* 송파진(松坡津): 송파구 송파동에 있던 마을로서, 현재 석촌동 부근에 해당된다. 도성에서 살곶이다리를 건너 신천진(新川津)을 지나 도달하는 곳으로 현재는 육지가 되었지만 한강에 놓인 나루로서 광주, 이천으로 통하는 대로의 길목이었다. 부근의 송파장은 큰 장시로서 객주, 거간을 비롯한 도선주들이 모여들었으며 그에 따라 송파진의 역할도 컸다. 9척의 진선(津船)이 있어 통행의 편의를 도모하였다. 송파진 별장은 인근의 광진, 삼전도, 신천진의 나루까지 관장하는 등 5강나루 중 하나였다.

적으로 계획안을 정리하였다. 무력으로 거사를 할 능력이 없으므로 독립 만세를 부르면서 행진을 하기로 하였다.

> 첫째, 최초 독립만세 발원 장소는 송파시장 공터로 한다.
> 둘째, 송파시장에서 군중이 모이면 행진을 면사무소로 향하고 다시 송파진 헌병주재소로 목표를 정한다.

"자, 그러면 날짜를 잡는 것도 중요하다고 생각합니다. 오늘이 3월 16일인데 언제로 잡으면 좋을까 의견을 말씀해주십시오."

"장날을 정하기로 하였으니 가장 가까운 장날은 3월 21일과 3월 26일 두 날이 있습니다. 제가 생각할 때는 3월 26일로 잡는 것이 좋을 듯합니다. 준비할 시간이 필요하니까요."

이 의견에 대해서는 더 이상의 이견이 없어서 3월 26일을 거사일로 잡았고 다음에는 거사를 어떠한 방식으로 할 것인가에 대하여 의견을 나누었다. 그러나 이것에 대해서는 천중선이만큼 아는 사람이 없어 천중선의 의견대로 하기로 하였다.

천중선은 자금을 일부 마련하여 며칠 후 서울에 다시 가서 유력인사를 접촉하였다. 그 사람으로부터 독립선언문과 여러 가지 현수막에 쓸 문구와 전단지를 비밀리에 입수하였다. 그는 유력인사의 도움을 받아 독립선언문과 태극기를 인쇄소에 가서 수백 장 인쇄하였고 여기에 들어가는 돈도 개인적으로 지불하였다.

거사 날 만세운동은 "대한독립만세"라고 한글과 한문으로 섞어 쓴 현수막을 연단 뒤에 내걸고 널빤지로 간단하게 만든 연단 위에서 천중선이 독립선언서를 읽기로 하였다. 독립선언서를 다 읽은 후에는 만세 삼창을 하고 행진을 하는 것으로 계획하였다. 그리고 모여든 청중에게는 태극기를 하나씩 그리고 사전에 인쇄한 독립선언문과 전단지를 나누어 주기로 하였다.

행진은 큰 마을을 돌고 난 다음에 면사무소를 향하여 행진하고 그 여세를 몰아 송파진 헌병주재소로 가기로 결정하였다. 독립선언서는 천중선이가 읽고 현수막은 천중선이의 친구들이 들고 그 앞에 여러 친구들이 앞장서서 "대한독립만세"를 소리쳐 부르기로 하였다. 천중선은 다시 서울로 가서 독립선언서와 전단지, 그리고 태극기를 인쇄소에서 수백 장 더 인쇄하도록 하였다.

그리고 인쇄물을 비밀리에 서울에서 이곳으로 옮겨야 하였다. 그 부피가 상당하므로 두 번으로 나누어 송파나루를 통하여 옮겼다. 장사치들의 보따리로 위장을 하여 옮겼는데 다행히 일본 관헌에 들키지 않고 모두 천중선의 집에 옮겨서 은밀한 곳에 감추어 두었다. 이 과정에서 드는 비용은 전부 천중선이의 사재를 투입하였다. 인쇄물 중에 태극기는 싸리나무와 신호 대를 잘라서 봉을 만들어 붙이는 작업을 이틀 밤에 걸쳐 수행하였다.

1919년 3월 26일 천중선과 그 일행은 점심을 일찍 든든히 먹고 현수막과 인쇄물 그리고 태극기를 가지고 시장에 도착하였다. 시장에는 여느 때와 같이 많은 사람들이 모여 장을 보고 있었고 일부 사람들은 장도 보면서 친구, 친지 혹은 여러 사람을 만나 점심 겸 막걸리 한잔을 기울이면서 서로 간의 소식을 주고받고 있었다.

천중선 일행은 계획대로 공터에 현수막을 세우고 그 앞에 나무로 만든 무릎보다 낮은 작은 연단을 설치하였다.

처음에는 근처에 있는 사람들 몇몇만이 호기심이 발동하여 모여들기 시작하였다. 천중선은 메가폰을 잡고 일장 연설을 하였다. 친구와 동네 동지들은 모여드는 사람들에게 유인물과 태극기를 나누어 주었다.

"송파의 위대한 백성 여러분! 오늘 우리가 일본제국주의에 대항하여 총 궐기를 할 때가 되었습니다. 우리는 지금까지 일본 놈들의 폭정을 참고 참았습니다. 그러나 우리는 더 이상 참을 수가 없습니다. 여러분 이제 모두 궐기를 하여 잃어버린 우리 조선을 찾읍시다. 여러분 연단 앞으로 모여서 일본 놈들을 추방하는 자주 독립운동을 벌입시다."

"일본 놈들은 우리조선의 국권을 탈취 한 뒤에 우리의 왕을 폐위시키고 삼천리 방방곡곡을 뒤지며 수탈해가고 있습니다. 그들은 수많은 우리 인사를 옥에 가두고 죽이고 재산을 빼앗아 갔습니다. 우리는 이들을 이 땅에서 추방하여 자주독립을 기하고 우리들만의 행복한 나라를 건설해 나아가야 할 것입니다. 대한독립만세!"

사람들이 천중선의 메가폰 소리와 연설을 듣고 꾸역꾸역 몰려들기 시작하였다. 시장 안의 음식점에서 점심을 먹고 있던 사람들이 무슨 일이 일어났는지 밀창문을 열고 혹은 간이포장 문을 들추면서 기웃거리고 밖의 상황을 파악하려 하였다. 일부 친구들은 연단 앞에서 그리고 시장 바닥을 돌아다니며 전단을 주거나 뿌리고 있었다. 연단 앞에 사람들이 몰려가자 호기심 반 애국심 반으로 모두 나와 연단 앞으로 몰려든다. 많은 사람들이 모이자 천중선이는 독립선언서를 읽기 시작하였다.

> 吾等은 玆에 我 朝鮮의 獨立國임과 朝鮮人의 自主民임을 宣言하노라. 此로써 世界萬邦에 告하야 人類平等의 大義를 克明하며, 此로써 子孫萬代에 誥하야 民族自存의 正權을 永有케 하노라.
> (중략)

천중선이가 독립선언문을 읽고 있을 때 대부분의 청중들은 이미 나누어준 선언문 인쇄물을 보면서 따라 읽고 있었다. 천중선이가 독립선언문을 다 읽고 나서 외쳤다.

"제가 대한독립만세를 선창하겠습니다."

그러고는 만세삼창을 시작하였다.

"대한독립만세! 대한독립만세! 대한독립만세!"

모든 사람들이 태극기를 손에 들고 위로 올리면서 같이 삼창을 하였다. 삼창을 함으로써 시위 참가자들의 마음은 하나가 되었다.

"제가 앞장을 서겠습니다. 저의 뒤를 따라 오십시오."

그는 큰 마을을 향하여 태극기를 흔들면서 앞서 나갔다.

마을에 사람들이 모이면 전단지를 뿌렸다. 수백 명이 열을 지어 현수막을 앞세우고 태극기를 흔들며 광주군 중대리 몇 개의 큰 마을 중심을 지나니 집안에 있던 아낙네들과 어린아이들까지 합류하여 어언 1,000여 명의 사람들이 면사무소를 향하게 되었다. 사람들은 계속하여 "대한독립만세"를 목이 터지도록 불렀고, 너무 불러서 목이 쉬어도 쉰 목소리로 계속 만세를 불렀다.

오후 네 시경 면사무소에 다다르자 만세꾼들은 격해지기 시작하였다. 면사무소에서 그동안 개인적으로 여러 가지 불미스러운 일을 당하였던 것이 생각나서 폭력적으로 변해갔다. 사람들은 돌을 주어서 면사무소에 던지기 시작하였다. 면사무소의 유리창 수백 장이 박살났고 면사무소에 근무하는 사람들은 공포에 떨었다. 군중은 이번에는 송파진 헌병주재소를 향하여 나아갔다.

천중선은 송파진 헌병주재소 앞에 집결한 후 군중의 선두에서 다시 한 번 독립선언서를 읽고 대한독립만세를 삼창하였다. 이어서 일제 타도를 외치며 주재소에 돌입하려 하였다. 일본 헌병이 놀라 모든 병력을 동원하여 전투태세를 갖추고 주재소 정문을 지키고 있었으며, 여차하면 발포한다고 엄포를 하였고 군중은 이들 헌병과 대치하게 되었다.

일본군은 어디서 동원하였는지 벌써 100여 명 그러니까 일개 중대 인원이 포진을 하여 시위 군중을 총칼로 위협을 하였다. 천중선은 시위는 이 정도로 마치는 것이 고귀한 인명이 희생되는 것을 막을 수 있고, 자기들이 의도한 시위의 목적을 충분히 달성하였다고 판단을 하였다.

그래서 그는 자진해산할 것이니 군중을 해치지 말라고 일본군에게 전했다. 앞서 벌어진 만세 사건들에서는 시위 군중들 중에서 애매한 참가자들 중 일본군의 발포에 수없이 사망하거나 부상당한 것을 알고 있는 천중선은 천진한 민중을 희생시킬 수 없다고 생각하였다. 또한 시위 목적이 충분히 달성되었다고 판단되어 오늘은 이 정도에서 그치는 것으로 결정을 내렸던 것이었다.

시위주동자 열세 명은 스스로 경찰에 연행이 되었고 독립만세 사건은 이것으로 종료가 되었다. 하지만 열세 명의 주동자는 그날 저녁 주재소 감옥에 갇혀서 취조를 당하게 되었다. 첫날은 조서를 꾸미기 위하여 한 명씩 혹은 동시에 몇 명씩 경찰 앞에 끌려 나가서 증언을 하였다. 천중선은 동료들에게 모든 원인을 자신에게 돌리도록 하였다. 그러니까 주동자는 누구이고, 왜 그러한 시위를 하였는가라고 물으면 다음과 같이 말하라고 하였다.

"천중선이가 주동자이고 시위를 한 이유는 천중선이가 하자고 해서 따라서 했을 뿐이다."

그러면 사전준비는 누가 한 것인가? 라고 물으면 그것도 모두 천중선이가 했고, 모든 전단과 독립선언서도 천중선이가 직접 서울에서 날라다 자기들에게 나누어 주었다고 대답하라고 하였다. 이 예상 답변을 새겨들은 동료들은 부담 없이 나가서 진술을 하였는데 모두 한결같은 대답을 하였다. 천중선이의 심문 차례가 되었다. 역시 예상 질문을 하나씩 하나씩 받았고 차분하게 답변을 하였다.

"이름은 무엇인가?"

"천중선이오."

"한문자와 본은 어디인가?"

"일천 천(千), 버금 중(仲), 착할 선(善)이고 본은 영양 천 씨 15대손이오."

"거주지는 어디이고 직업은 무엇인가?"

"경기도 광주군 중대면 송파리에 살고 그 동네에서 농사를 짓고 살고 있소. 농사를 짓기 전에는 덕수궁에서 궁궐 문지기를 하였소."

"생년월일은?"

"고종 11년 갑신년 유월 열닷새(1876년 6월 15일)이오."

"그럼 옛날에 관직에 있었다는 이야기인가?"

"그렇소. 난 고종황제 밑에서 종9품의 벼슬을 하였소. 덕수궁 수문장을 하였소."

"어떻게 주동자들을 모았으며 사전모의는 어떻게 하였는가?"

"주동자는 나 하나뿐이고 여기 잡혀온 사람들은 내가 그냥 집에 놀러오라고 하였는데 사랑방에서 이런 저런 이야기 끝에 우연히 내가 지난 3월 3일 날 고종황제님의 장례식 때 벌어지고 경험한 독립운동에 대하여 말하였소. 우리도 따라서 똑같이 만세를 부르면 어떨까 하고 내가 제안을 하였소. 오늘 같이 잡혀온 사람들은 그냥 나를 따라서 나온 사람들일 뿐이고 그들은 다 나의 친인척이나 친구 사이라 나의 제안을 떨치지 못하고 마지못하여 나온 사람들이오."

"사전에 시위용으로 만든 것은 무엇이며 어떻게 만들었는가?"

"사전에 만든 것은 독립선언서와 전단지, 태극기 인쇄물, 그리고 현수막만을 만들었소. 독립선언서와 전단지는 3월 3일 장례식 때 서울시내 곳곳에서 즉 아무데서나 주워서 읽어볼 수 있었던 것을 주워서 인쇄소에 더 많이 등사를 해달라고 하였소."

"그 인쇄소는 어디에 있고 이름이 무엇인가?"

"그 인쇄소는 뜨내기 임시 인쇄소입니다. 청계천 3가 개천가에 있는 천막 속에서 등사를 한 것으로 기억을 하고 있소. 천막 밖에 특별히 적혀 있는 상사의 이름도 보지 못하였소. 지금은 아마 없어졌을 거요."

"인쇄물의 가격은 얼마이고 돈 출처는 어디이며 어떻게 운반하였는가?"

"인쇄물의 가격은 총 50원이었고 돈은 내 개인 돈을 지불하였소. 운반은 청계천에서 강나루까지는 지게로 내가 져서 날랐어요."

"주된 시위 참가자들은 누구인가? 즉 당신의 친구들인가 집안사람들인가? 아니면 동네 사람들인가?"

"참가자는 대부분 나하고 관계가 없는 시장을 보러온 일반 백성들이오."

"시위 시간과 경로를 말하여라."

"정확한 시간은 나도 기억에 없지만 우리가 일찍 점심을 먹고 시장에 나갔으니 대략 오후 한 시가 되었을 거요. 사람들이 어느 정도 모여서 내가 사람들에게 인사를 하고 시위에 참가하자고 부추겼소. 그런 다음 세 개 마을을 지나 면사무소를 거쳐 헌병주재소까지 왔던 거요. 정확한 시간은 모르겠고 시간은 당신들이 더 잘 알리라 생각하오."

"천중선 당신의 최종 목적은 무엇이었는가?"

"우리의 목적은 조선의 독립이오. 당신들은 당신들의 나라로 돌아가야 하오. 이 지구상에는 많은 나라가 있는데 각자 자기들의 정해진 땅에서 평화롭게 살고 있소. 왜 당신들은 우리 조선에 들어와서 사람들을 죽이고 재산을 빼앗고 탄압하는 거요? 당신들의 땅이 우리 조선보다도 더 크지 않소? 나는 당신들이 평화롭게 살고 있는 우리 조선을 괴롭히는 것에 대하여 이해를 할 수가 없소. 나는 당신들이 빨리 당신들의 나라로 물러가고 양국 간에 진정한 평화를 구축하며 신뢰를 쌓아가면서 평화롭게 사는 것이 오늘 독립만세를 소리쳐 부른 주된 목적이었소. 당신들을 죽이고 몰아내려면 시위와 같은 방법을 쓰지 않고 무력을 사용하였을 것이오. 오늘 우리가 시위할 때 한 명의 사상자도 발생하지 않고 평화적 시위를 한 것이 바로 그것을 증명하는 것이오."

"당신의 시위가 외부세력과 연계되어 있지 않은가?"

"전혀 그렇지 않소. 앞에서 말한 것과 같이 내가 직접 독립만세 시위를 보고 따라서 한 것밖에 없소. 그리고 자발적으로 했지 누가 사주해서 한 것은 결코 아니오. 전단지 구입비를 직접 지불한 것이 내 독단적 판단이었다는 것을 역시 증명하잖소."

"기타 할 말이 있는가?"

"우리는 앞으로도 평화적인 독립운동을 할 것이오. 일본은 지금까지 조선에 자행한 일을 반성하고 빨리 당신 나라로 돌아가기를 원하오. 우리 조선 만백성은 끝까지 자주독립을 위하여 싸울 것이오."

천중선은 거의 한 달을 송파진 헌병 감옥에서 갇혀 있었다. 다행히 그를 도와서 같이 시위를 한 친구들은 단순 가담으로 구치 한 달을 받고 석방되었다. 천중선은 서대문형무소로 이감되었다. 그는 기소되어 일차 재판을 받게 되었다.

재판 결과 경성지방법원 일차 판결은 대정8년(1919년) 8월 11일 징역 1년을 선고하였고 판결문은 다음과 같았다.

판결문: 정치변혁을 목적으로 수백 명의 군중과 조선독립만세를 부르며 헌병주재소에 밀고 들어가는 등 안녕질서를 방해한 자이다.

(이 판결문은 실제 판결문이다.)

천중선은 경성복심법원*에 상고하였다. 그 결과는 공소기각이었으며 판결문은 다음과 같다.

수백 명의 군중과 함께 선두에서 지휘하며 헌병주재소에 몰려가 조선독립만세를 외쳤다.

여기서 공소기각이란 것은 상고를 한 천중선이의 이의를 기각한다는 것이었다. 천중선은 고등법원 판결까지 갔다. 결과는 상고기각이었고 내용은 복심판결과 같았다. 다음은 판결문의 요지이다.

서울 송파(松坡)에서 전개된 만세운동에 참가하여 만세를 부르며 시위를 벌였다. 경기도 광주군(廣州郡)에서는 서울의 영향을 입어 3월 23일 이후 밤에는 봉화를 올리고 만세를 불렀으며, 낮에는 시위행렬을 만들어 면사무소나 군청으로 몰려가 만세시위를 하는 양상을 보였다. 광주군 중대면(中垈面) 송파리(현 서울 송파)에 사는 천중선은 1919년 3월 26일 오후 3시경 마을 주민 수백 명을 이끌며 조선독립만세를 부르고 시위행진을 하였다. 선두에서 군중을 지휘한 천중선은 헌병주재소로 몰려가 그 앞에서 만세를 부르며 헌병들과 대치한 채 열렬히 시위를 벌였다.

---

* 일제강점기 사법제도: 1909년 7월에 한국의 사법사무가 일제의 통감부로 넘어갔고, 1912년에는 지방법원 · 복심법원 · 고등법원의 3계급 3심제도를 두고 인정하였다. 1910년부터 1928년까지 서울 종로구 공평동 100번지, 제일은행 본점에 경성지방법원과 복심법원이 같이 있었으며 1928년 서울 중구 서소문동 37번지로 이동하였다. 경성복심법원은 지금의 고등법원에 해당하며 고등법원은 대법원에 해당된다. 훗날 대한민국의 대법원으로 사용되었다.

이 일로 체포된 천중선은 1919년 8월 7일 고등법원에서 소위 보안법 위반으로 징역 1년을 선고 받았다. 최근 정부는 고인의 공훈을 기려 2010년에 건국훈장 애족장을 추서한 바 있다.

그는 서대문형무소에서 형을 살았으며 그의 가족과 친지들이 면회를 가곤 하였다. 천중선은 1920년 3월말에 석방이 되었다. 여러 가족 친지, 동네 사람들이 함께 와서 그의 석방을 환영하였다. 부인 김 씨는 두부 한 덩어리를 천중선이에게 주었고 그는 두부를 하나도 남김없이 다 씹어 먹었다.

사실 그의 행동은 일제에 대한 항거이기도 하였다. 그러나 감옥살이 하는 동안에 광산에 관하여 관심을 가지고 구할 수 있는 서적은 모두 수집하여 공부를 하고 지식을 쌓아갔으며 그로서는 전혀 색다른 학문인 지질학에 대한 눈이 뜨이기도 하였다.

그는 두 달 정도 집에서 휴식을 한 뒤에 일주일에 두세 번 서대문 근처 외국인들이 자주 모이는 곳에 나가서 광산에 관한 여러 가지 정보를 얻게 되었다.

그들의 의견에 의하면 백두산에 연하여 있는 함경북도 지방에 우리가 필요한 철·금·은·구리 등 많은 지하자원이 묻혀 있다는 것이었다. 지구 내부 깊숙이 있던 마그마가 지표면을 뚫고 나오는데, 그 과정을 화산분출이라고 한다. 과거 화산활동이 활발하게 진행되어 거대한 화산지형이 형성되어 있고, 지금도 화산의 징조가 있는 휴화산이 있는 지형에서는 비중이 큰 금속은 화산에서 가장 먼 곳까지 흘러나가 식게 된다. 이때 같은 금속끼리 뭉쳐서 광맥을 형성한다고 본다. 그러한 지형 근처 작은 강가나 냇가에서 만약 사금이 나온다면 틀림없이 금광맥이 있을 것이라는 정보를 갖게 되었다.

1921년 천중선은 둘째 아들 천형달을 얻었다. 그가 마흔여덟 살에 얻은 늦둥이였으며 그의 친구들은 이미 손자를 두고 있었다. 하지만 그는 손자대신 지극히 사랑스러운 늦둥이를 갖게 되어 그로서는 제2의 삶이라고 하여도 부족함이 없었다. 이 아들은 그가 더 젊게 더 열심히 살도록 만드는 사유가 되었다.

부인 김 씨의 산바라지는 보기 드물게 며느리 양 씨가 하게 되었다. 며느리 양 씨는 결혼을 하였지만은 아직 슬하에 자녀가 없었다. 며느리 양 씨는 시어머니를 지극정성으로 산후조리 해주었다. 부인 김 씨는 그렇게 헌신적으로 자기를 보살펴주는 며느리가 한없이 고맙고 예뻐 보였으며 한편으로 미안하기도 하였다. 이런 일이 기화가 되어 아직 자식이 없는 며느리와 부인 김 씨 사이에는 흔히 있는 고부간의 갈등이란 있을 수 없는 사이가 되었다.

1923년 천중선은 혈혈단신 고향을 떠나 멀리 함경북도 온성으로 갔다. 일제의 억압과 감시가 계속되어 여기서는 사람답게 살 수가 없을 것 같았다. 그는 광산사업을 하면 뭔가 이루어질 것만 같은 느낌이 들어 농사일을 그만두고 아예 사는 곳을 옮기고 광산업을 하고자 정든 고향을 떠나 인적이 드문 온성으로 향하였다. 부인 김 씨와 아들 천명운이는 아버지 천중선이 자리를 잡게 되면 기별을 하여 합류하기로 하였다.

1922년 천중선이는 집을 떠나기 전 대대로 물려받은 조상들의 땅을 팔고 광산사업기금을 마련하였다. 부인과 아들에게는 어느 정도의 생활비와 자그마한 땅을 남기고 초기 엄청나게 들어가는 광산사업 자본을 마련하기 위하여 전 토지를 팔아치웠다.

천중선은 그 정도의 자금이면 만족했고 초기 사업비로 대략 충당될 것으로 생각하였다. 그는 서울에서 경원선 기차를 타고 원산으로 가서 거기에서 다시 함흥 그리고 온성으로 향하였다. 그가 온성지역을 광산 사업지구로 잡은 것은 그동안 획득한 여러 가지 정보를 종합하여 금이나 은의 부존이 가장 유력한지역이라고 판단이 되었기 때문이었다.

참으로 멀고 먼 여정이었다. 온성에 도착하는 데 꼬박 나흘이 걸렸다. 산골짜기에 있는 자그마한 면 동네였다. 주소는 정확하게 함경북도 온성군 남양면이었다.

깊은 골짜기였지만 여러 가구가 살고 있었다. 그는 여기에 임시거처를 마련하고 지내면서 마을 사람들과도 친분을 유지하였다.

그는 약간의 선물을 마련하여 가가호호 방문하여 인사를 하였다. 외지인에게 아주 폐쇄적이었던 사람들도 몇 개월이 지나자 마음의 문을 열고 그들의 심중에 있는 말도 건네고 친해지기 시작하였다. 천중선은 반경 오십 리 근처의 모든 계곡과 산을 일일이 살피고 지형에 대하여 연구하기로 하였다.

그는 일단 주민들에게서 사금에 대한 정보를 얻었다. 먼 예부터 제법 넓고 급경사가 지지 않은 계곡이 있는데 그곳은 'U' 모양으로 휘어져 흐르면서 모래가 많이 쌓여있는데 그 속에서 사금을 채취하였다는 옛날이야기를 전해 들었다.

그는 몇 가지 장비를 챙겨가지고 탐색하기 시작하였다. 계곡 입구에서부터 산 정상까지 여러 번을 돌아다니면서 샅샅이 둘러보았고 지형에 관하여 연구하였다.

그는 이번에는 금이 있음직한 지역을 탐색하였다. 여름에는 수풀이 우거지고 길이 없는 계곡에 물이 차서 탐색하기 어려웠으나 갈수기인가을부터는 물이 줄어들고 잡풀이 시들해졌다. 그 때는 오히려 길이 뚫리고 겨울에는 아예 얼어붙어 관찰, 탐색하기가 쉬었다. 그렇게 2년 동안 산을 헤매며 돌아다닌 결과, 그는 한 계곡의 중상류 부분에서 용암퇴적층과 화강암층을 발견하였고 퇴적층의 일정 부분에서 금맥을 발견하였다. 그는 금맥이 들어 있는 바위를 견본으로 어깨에 멜 수 있는 배낭에 하나 가득 채광을 하여 집으로 가져왔다.

그는 그렇게 스무 번 이상을 다니면서 집 마당에 바윗덩어리를 수북이 쌓아 놓았다. 이번에는 망치로 바윗덩어리를 조각조각 내어 금맥을 살펴보았다. 금이 들어 있는 맥이 제한적이었기에 불필요한 부분을 잘라내고 선별하는 데도 상당한 시간이 걸렸다. 그렇게 선별된 금맥을 이번에는 망치로 하나씩 잘게 부수었다.

처음에는 엄지손가락 정도로 깨트렸고 다시 그것을 모아 모래알처럼 잘게 부쉈다. 그렇게 일주일을 걸려 금 색깔이 나는 굵은 모래를 반 바가지 정도 얻게 되었으며 이번에는 작은 절구통에 넣고 쇠 절구로 두들겨 아주 잘게 고운 모래로 만들었다. 이제 남은 공정은 그렇게 해서 얻은 모래가루에 왕수(염산과 질산을 섞은 액체)를 부어 금가루만 모으는 일이었다. 작은 모래가 반짝반짝 거렸다.

그는 손이 떨렸지만 성공을 확신하였다. 쇠로된 주발보다 큰 그릇에 가루로 만든 모래를 넣고 왕수를 천천히 부었다. 무엇인지 부글부글 모래가 끓기 시작하였다. 이틀이 지나 살펴보니 좁쌀크기의 작은 결정체 몇 개가 맺혀져 있었다.

그는 핀셋으로 맺혀진 결정체를 모아 걷어내어 한쪽에 놓고 이번에도 새 모래를 쇠그릇에 넣은 다음 같은 작업을 반복하였다. 이번에도 같은 결과가 나왔다. 그는 나온 결정체를 다 모아보았다. 그런 다음 날카로운 금속 칼로 긁어보았다. 노랗게 반짝거렸다. 그 결정체는 왕수에 녹아내린 뭉친 금이었다.

석 돈은 될 것이라고 생각하였다. 그러니까 거의 100킬로그램의 바위를 깨서 만든 금이 10그램이면 0.01퍼센트의 금 함유량이 되며 이 정도의 함유량이면 채산성이 있다고 생각되었다. 천중선이는 같은 작업을 반복하여 이번에는 도태법을 사용하여 만들어보기로 하였다.

도태법은 금의 비중이 큰 성질을 이용하여 사력(砂礫: 강바닥의 둥근 돌)이나 다른 광물들로부터 금을 분리해내는 방법으로, 천중선은 금이 포함되어 있는 광석을 잘게 깨뜨린 뒤 사금을 분리하는 것과 같은 방법으로 금을 채취하였다.

즉 물이 잘 빠지는 바구니를 이용하여 정성스럽게 걸러보았다. 그 결과 역시 반짝거리는 금을 채취할 수 있었고 앞서 왕수로 한 것보다는 약간 양이 많아졌다.

양이 많아진 것은 그만큼 순금의 함량이 줄어든 것으로 생각되었다. 그는 그렇게 만들어진 사금 유사한 금가루를 전통적인 금 제련법인 도가니 속에 넣고 금이 완전히 용융하였을 때 방망이로 도가니를 가볍게 두드리면 금은 엷은 조각으로 굳어지게 되는 방법을 사용하여 금을 다시 가능한 한 순수하게 만들어보았다.

그는 결과가 비슷한 것을 보고 물을 사용하는 도태법을 이용하고 최종적으로는 도가니 용융법을 써서 금을 만들 것이라 결심하였다. 모래를 물로 씻어내는 공정은 원시적이면서 돈도 적게 들고 간단한 작업이지만 더 많은 인력이 필요하였고 생산성도 왕수를 쓸 때보다 적다는 단점이 있었다. 하지만 그는 모래를 씻어내는 세사 과정을 선택하였다.

당시에 수많은 농민이 일제의 토지수탈 정책에 의하여 지금까지 대대로 농사를 짓고 살던 고향에서 쫓겨나 만주로 몰려들고 있었다. 그들은 먹고 살기가 너무나 막막하였다. 이곳 온성에도 그런 사람들이 꾸역꾸역 몰려들었다. 인부가 몇 명 정도 더 소요되겠지만 전통기법을 사용하기로 하였다.

가재도구를 등에 지고 머리에 이고 아들딸 손을 잡고 이끌면서 수천 리를 굶주리며 걸어서 이곳까지 오는 불쌍한 사람들에게 밥 한 끼라도 따뜻하게 먹여야겠다고 생각하였다. 그러려면 기술자보다 인건비가 싼 일반 노동자를 더 고용하는 수밖에 없었다.

또 하나 이유는 맹독성의 화학약품을 취급할 수 있는 자격을 갖춘 전문 인력은 조선인 중에는 드물었고 그런 사람이 이곳 구석진 곳까지 올 리가 없었다. 주로 광산에 관계되어 일할 수 있는 기술자는 일본인이었으며 그는 비싼 임금을 주고 일본인을 고용하고 싶지 않았다.

또한, 왕수를 이용한 화학적 반응으로 금을 만드는 것은 왕수를 구입하는 데 돈이 많이 들 뿐만 아니라 맹독성의 독극물인 화학약품을 취급해야 하고 전문 기술자가 써야 하는 실험실 같은 별도의 방이 필요하기 때문에 이곳의 환경과는 맞지 않는 방법으로 생각되어 전통기법을 사용하기로 결정했던 것이다.

그래서 그는 나중에 샘을 파고 물을 끌어올리는 작은 발동기가 달려 있는 물 펌프를 사서 사시사철 작업할 수 있도록 하였다. 그는 한없이 기뻤다. 몇 년간의 노력이 허사가 되지 않았다고 확신하자 뿌듯한 보람을 느꼈다. 그리고 자신의 판단이 틀리지 않았음이 증명되는 순간 메아리만 쳐서 돌아오는 높은 산들을 향하여 목청껏 큰소리를 쳤다.

"야…아! 내가 해냈다. 성공이다. 성공! 하하하하하하하하…"

그는 혼자 미친 듯이 웃고 또 웃었다.

금은 원소기호 Au로서 구리 족에 속하는 황색의 금속으로, 산화작용을 받지 않고 왕수 외에는 녹일 수 없는 특이한 금속이다. 전성이 매우 커서 0.0001밀리미터의 얇은 금박으로 만들 수 있으며, 연성이 좋아 1그램의 금으로 3.3킬로미터 이상의 가는 줄로 뽑을 수도 있고 0.6제곱미터까지 펼 수도 있다. 성질이 연하여 가공하기가 쉽고 광택이 찬란하며 희귀하여 예부터 귀금속의 취급을 받아 화폐 · 공예품에 가장 많이 사용되어 왔다.

금 70퍼센트와 은 30퍼센트의 합금을 녹금이라 하고, 가공 때 소량의 동을 첨가하면 색과 광택이 한층 아름다워지나 은을 첨가할 경우에는 금색이 감소하고 은색을 더 띠게 된다. 금의 순도는 캐럿으로 표시하여 100퍼센트 금일 때는 24K, 금 75퍼센트에 은 · 동이 25퍼센트일 때 18K, 금이 약 60퍼센트의 순도일 때 14K로 표시한다. 자연금의 경우에 100퍼센트 순수한 상태가 아니라 은 성분이 혼합되어 나타나는데 은 함량 20퍼센트 이상의 경우를 일렉트럼이라 한다. 광산에서 산출되는 조금은, 즉 청금이라 부르는 것은 은을 많이 함유하고 있는 금이다.

우리나라는 금광구를 갖지 않은 군이 별로 없을 정도로 전국에 걸쳐 넓게 부존양상을 띤다. 우리나라에서 금을 배태하고 있는 광상은 대표적으로 미세한 광물이 밀집되어 맥 중에 흑색의 띠를 형성하는 열수충진 맥상광상, 사금광상 기타 등으로 분류할 수 있다.

열수충진 맥상광상은 우리나라 금광상의 70~80퍼센트를 차지하며, 생성온도, 압력조건, 암석과의 부존형태 등을 고려하여 심열수 · 중열수 · 천열수로 나누어진다.

우리나라에서는 대부분 주로 심열수 내지 중열수 충진맥상광상에서 금이 산출되어 소위 조선식 금은광맥이라 일컬어지고 있을 정도이다. 광상이 배태된 모암은 주로 화강암과 관계가 깊어 화강암이 잘 발달된 우리나라에 많다. 이러한 유형의 대표적인 광산들로는 평안북도 운산·창성, 함경남도 함흥·장진, 함경북도 부령, 강원도 홍천 등이 있다.

사금광상은 금광맥이 풍화작용에 의하여 분해, 붕괴되어 자연금과 사력이 함께 우수 또는 하천에 의하여 운반되다가 침적되어 형성된 광상이므로 열수충진 맥상광상이 발달된 지역에 주로 분포하는 것이 특징이다. 사금 가운데에는 금광맥이 붕괴된 채 토사와 함께 잔류하여 멀리 운반되지 못한 것도 있는데, 이러한 경우를 토금이라 한다.

삼국시대로부터 전승되어오던 것으로 여겨지는 사금제련법은 사금을 도가니 속에 넣고 금이 완전히 용융하였을 때 방망이로 도가니를 가볍게 두드리면 금은 엷은 조각으로 굳어지게 된다.

그리고 황토에 소금을 섞어 금 조각을 싸서 다시 불 위에 구우면 아주 좋은 엽자금이 된다. 금의 선광 및 제련을 위해 쓰이는 방법으로는 도태법·혼홍법·청화법·용융법 등이 있다.

도태법은 금의 비중이 큰 성질을 이용하여 사력이나 다른 광물들로부터 금을 분리해내는 방법으로 주로 사금채취에 널리 이용되어오던 방법이다. 사금이 아닐 경우에도, 금이 포함되어 있는 광석을 잘게 깨뜨린 뒤 사금을 분리하는 것과 같은 방법으로 금을 채취하였다.

혼홍법은 금과 수은의 화합물인 아말감을 만들고 이것을 가열하여 수은을 증발시킴으로써 금을 얻어내는 방법이다.

청화법은 금광석의 분말을 0.5～10퍼센트의 청산가리수용액에 며칠 동안 넣어 금을 용해시킨 뒤 아연에 침전, 부착시키고 이것을 용융하여 금을 얻어내는 방법이다. 이 방법으로는 금을 90퍼센트 정도까지 얻어낼 수 있다.

용융법은 여러 광물이 혼합되어 있는 광석덩어리를 용광로에 처리하여 금을 얻어내는 방법으로 앞의 세 가지 방법이 습식인 데 반하여 이것은 건식제련법이다.

천명운은 먼저 온성에 나가 작업에 필요한 장비를 준비하였다. 그리고 인부도 일곱 명을 고용하였다. 세 명은 광석을 채굴하는 채굴조, 두 명은 채굴된 광석을 나르고, 눈으로 보고 금 함량을 판단할 수 있는 크기로 부수는 파쇄 및 선별조, 나머지 두 명은 선별된 광석을 모래처럼 잘게 부수는 파쇄 및 도태를 시키는 도태조에 배치하였다. 그리고 천중선 자신은 기본적으로 세사작업에 참여하되 총감독 겸 작업이 힘든 조를 거들었다. 금광의 손익분기점은 한 달 25일 작업을 할 경우에 하루 열 돈의 금을 생산하여야만 했다. 역으로 계산하면 열 돈의 금을 생산하기 위하여 하루에 일 톤의 광석을 채굴하여 분쇄하고 여기서 금을 추출하여야 했기 때문에 굉장히 힘든 작업이었다.

그런데 이것은 단지 손익분기점이므로 이익을 남기려면 더 많은 광석을 채굴하여야 하였고 그만큼 작업은 더디고 힘들었다. 그리고 작업하는 인부에게도 한 달에 5~6일은 휴식 일을 주어야 하기 때문에 투자비를 생각하면 별로 남는 사업은 아니었다. 그런데 금광을 땅속으로 더 파고 들어가자 양질의 금맥이 발견되었으며 금 생산량도 훨씬 많아져서 어느 정도 이익을 내게 되었다. 그는 광산을 '화성광산'이라 이름 지었다.

1925년 손자 천영화가 태어난 지 1년이 지난 어느 날 천중선은 송파 집에 돌아왔다. 무려 3년 만에 집에 온 것이었다. 그의 사업 결과나 생사조차 몰랐던 그가 성공하여 돌아오자 온 집안 식구들이 모두 기뻐하였다. 천중선은 첫 손자인 천영화를 예뻐하였으며 손자보다 세 살이 많은 늦둥이 천형달을 특히 예뻐하였다.

그가 광산을 일굴 때 며느리 양 씨가 손자를 순산하였던 것이다. 그는 그간의 행적과 광산사업에 관하여 설명을 하였고, 그의 고생담에 온 가족이 기쁨의 눈물을 흘리기도 하였다.

그는 아내 김 씨와 늦둥이 천형달과 아들 천명운을 데리고 온성으로 다시 떠났다. 이때 천중선은 남아 있던 농토를 마저 팔아 사업자금을 더 마련하였고 서울에 가서는 여러 지인을 만나 자신의 광산사업에 관하여 설명회를 갖고 투자를 유치하였다. 결과는 약간 부족하였지만 부족할 때 만족하는 것이 좋을 정도였고 설명회는 성공을 거둔 것이라는 평을 받았다.

며느리 양 씨에게는 일 년 정도의 생활비만 주고 온성에서 완전히 정착이 되면 천명운이가 데리러 오겠다고 약속을 한 뒤에 떠났다. 따라서 며느리와 그의 갓난아기 천영화만 광주 송파에 남게 되었다. 천중선은 아들 천명운과 함께 온성광산에 다시 돌아와 사업을 확장하였다. 인부를 두 배로 고용하였고 장비도 보충하였다. 그러나 초반에는 생각보다 이익이 나지 않았다. 겨우 손익분기점을 오르내렸고 명맥만 유지하는 시간이 길어졌다.

설상가상으로 광산의 규모가 커지자 지금까지 관망만 하였던 관·군·경이 마수를 펼치기 시작하였다. 세금을 물리기 시작하였고 뒷돈을 요구하기까지 하였다. 세금 그리고 검은돈까지 주어야 하니 경영에 문제가 생기기 시작하였다. 투자비용으로 가져온 돈과 개인적으로 마련한 사업비가 다 들어가 버렸는데도 단지 현상유지에만 급급한 상황이 거의 일 년 동안 되풀이되었다.

천중선은 고민을 하였다. 즉 광산사업권, 채광권과 인부, 장비를 팔아 본전이라도 하였을 때 다른 사람에게 매각하면 어떠할까도 생각을 해보았지만 조선총독부가 의외로 사업권 그리고 채광권 허가를 잘 내주었기 때문에 선뜻 나서서 기존의 광산을 인수하려는 자가 없었다. 천중선은 그렇게 4년을 그럭저럭 보냈다. 그래도 무너지지 않은 것이 다행이었다.

그동안 아들 천명운은 망설였다. 부인 양 씨를 데려오겠다는 기간인 일 년이 훽 지나가버렸지만 아버지의 사업이 지지부진하니 데려오겠다는 말을 꺼내지도 못하였다. 그런데 어느 날 천중선에게 큰 기적이 일어났다.

땅속으로 좀 더 파고 들어가니 금광맥이 기존의 광맥보다 훨씬 더 함유량이 좋아서 금 생산량이 30~50퍼센트 정도 증가된 것이다. 금광은 활기를 띠기 시작하였고 그러기를 일 년이 지나니 본격적으로 흑자를 내기 시작하였다. 그러나 기쁨도 잠시 일본 관·군의 마수가 뻗쳐오기 시작하였다. 어떻게 알았는지 흑자를 내고 있으니 한마디로 검은돈을 내라는 것이었다. 천중선은 여러 가지 변수와 손익을 계산해보았다.

결국에는 그들과 손을 잡아야 한다는 것으로 결론에 도달하였다. 그는 가능한 한 모든 사람들에게 검은돈을 뿌렸다. 이 효과는 금세 나타나서 관·군·경은 우호적으로 변하였고 감세의 이익도 있었으며 각종 첩보와 정보를 흘려주었다. 그러니까 정확하게 표현을 한다면 세금 낼

돈 일부를 관헌의 손에 쥐여 준 꼴이 되었고 그 효과는 금광업 하기에 최적의 환경으로 변하였다. 아들 천명운은 그제야 경기도 송파에 있는 처자를 불러올리겠다고 아버지께 말씀드렸고 아버지는 흔쾌히 승낙하였다.

천명운은 급히 내려와 송파 집에 갔으나 자기 가족이 살고 있지 않고 엉뚱한 사람이 살고 있는 것을 보고 매우 놀랐다. 옆집에 가서 물어보니 자신의 처는 집을 팔고 확실하지 않으나 처가에서 있다가 어디론가 가고 집은 딴 사람이 사서 이사를 왔다고 말하여주었다. 천명운은 자기 집을 사서 살고 있는 중년쯤 되어 보이는 바뀐 집주인에게 자신의 처자가 어떻게 되었는가를 조심스럽게 물어보았다.

"에험 험! 안녕하십니까? 말씀 좀 묻겠습니다. 저기 전에 이 집에서 살던 사람들 혹시 어디로 갔는지 아십니까?"

한 중년의 남자가 뒷짐을 진채 툇마루에 서서 흘끗 천명운을 쳐다보더니 되묻는다.

"댁은 뉘시오?"

"예에, 나는 전에 이 곳에 살고 있던 사람의 바깥사람입니다. 제 이름은 천명운이라합니다만은...!"

"아 예. 그... 그렇군요! 그 사람들은 작년에 여기서 이사 나갔소이다. 들리는 소문에 의하면 친정으로 갔다는 이야기도 들리고 재취했다는 말도 들리고 여하튼 잘은 모르겠지만 그 부인이 애들을 데리고 심하게 고생했다는 말이 들리기도 하였답니다. 먹을 것이 없어 더 이상 여기서 살 수가 없었다고 들립디다그려!"

"예 고맙소이다. 감사합니다."

그는 인사를 하고 나오면서 낙담을 하고 자신의 불찰을 크게 후회하였다. 이번에는 가까이 살고 있는 육촌형제 집에 들러서 서로의 안부를 전하고, 그동안 자신과 아버지의 사업 경과를 들려주며 부인과 아이 이야기를 꺼내었다.

"형님! 형수님은 형님이 간 일 년 뒤부터 참말로 눈물 나는 생활을 하다가 친정으로 갔소이다. 자세한 이야기는 나는 모르고 애들을 더 이상 굶길 수 없어서 재취를 갔다는 이야기가 있는데 확실한 사실은 형수로부터 직접 들어보는 것이 나을 것 같습니다."

육촌동생은 대충 이야기를 해주고 나서는 상세한 이야기는 회피하였다. 천명운은 할 수 없이 다음날 부인 양 씨의 친정으로 찾아가서 장인과 장모를 만나보았다. 부인 양씨의 친정어머니는 사위를 싸늘한 눈으로 바라보면서 문책을 하듯 말을 하였다.

"왜 이제서 찾아왔소?"

"죄송합니다. 장모님 저의 불찰이었습니다. 그러나 제가 이제라도 데리러 왔지 않습니까?"

"하이고 이 사람아—아 이 사람아—!"

그녀는 타령을 하듯 천명운의 가슴을 가볍게 치면서 눈물을 주르륵 흘리며 한탄했다.

"자네 가족들이 아직 죽지 않고 살아 있는 것이 그래도 다행이라네 그려!"

"자네 식구는 벌써 자네 품을 떠났다네."

"품을 떠나다니요?"

천명운이 사색을 하며 되묻는다.

"자네 부인과 두 아들딸은 굶어죽게 생겨서 밥 잘 먹여주는 다른 사람에게로 갔다네!"

"예? 다른 사람이라니요? 그리고 딸이라고 하셨는가요?"

"자네가 떠난 후로 딸을 하나 순산을 하였네. 그러나 먹을 게 있어야지-이. 하다하다 목숨이나 보전하고 애들 굶어죽게 하지 않으려고 할 수 없이 갔다네. 자네도 보다시피 우리도 한계가 있었어! 이태는 버티었지만 삼년은 도저히 견딜 수가 없었다네 그려!"

"아이구 이런! 장모님 정말 죽을죄를 지었습니다. 일 년만 빨리 왔더라도 이렇게 되지는 않을 것인데... 변명으로 들리겠지만 그동안 저의 금광사업도 부진하여 진즉 오려고 하였으나 차일피일 밀렸고 여기에 올 여유도 없었습니다. 그러나 올 초부터 금광사업이 정상으로 되어 지금 최대한 빨리 온 것입니다. 조금만 더 기다렸으면 되었을 터인데 정말 아쉽습니다. 제가 다시 데리고 올라갈까 하는데 지금 어디에 살고 있는지 알려주시겠습니까?"

"하이고 이사람 이제 늦었네 늦었어! 개를 그만 그대로 놔두게나. 갸가 얼마나 괴로워하겠는가!"

부인 양 씨는 재취를 한 것이었다. 부인 양 씨는 그가 떠난 뒤에 딸을 순산하였다. 산모 뒷바라지는 모두 친정어머니가 맡아서 하여 그런대로 문제는 없었다. 이제 세 식구가 된 것이었다.

일 년이 되지 않아 새로이 한 식구가 불어나 시아버지가 준 생활비가 바닥이 났고 부인 양 씨는 어린 것을 먹이기 위하여 두 아기를 떼어 친정어머니에게 맡기고 품팔이를 하게 되었다. 체구가 작은 양 씨는 부지런히 일을 하였지만 생활은 점점 더 피폐해지기만 하였다. 원래 여자의 품팔이는 품삯을 얼마 쳐주지 않아 하루 벌어 하루를 먹을 수가 없었다.

그녀는 친정어머니나 혹은 마을에 살고 있는 친척들에게 어느 정도 신세를 질 수밖에 없었다. 그런데 그 신세지는 것도 한계가 있었다. 친정어머니에게 수없이 쌀이나 보리, 기타 양식을 갖다가 끼니를 해결할 수는 있었지만 얹혀살다시피 하는 자신이 비참하게 생각되어 친정에도 더 이상 손을 벌릴 수 없었다. 불행 중 다행인 것은 그러한 가운데서도 두 아들딸이 큰 병을 앓고 있지 않았다는 것이다. 이제나 저제나 남편이 돌아올 것을 기대하며 하느님께 기도하는 부인 양 씨의 심중에 금이 가기 시작하였다.

3년 반이 지나자 어느 날 친정어머니는 딸을 나무라기 시작했다.

"돌아오지 않는 서방을 왜 기다리느냐?"

"기별도 하나 없는 서방을 기다리는 미친 자식!"

"두 애기는 어떻게 먹여 살리려고 그러느냐?"

"그놈의 광산이 밥 먹여주냐? 광산 한다고 패가망신한 사람 부지기수로 많다더라!"

"처자식 미련 없이 버리고 간 사람 왜 기다리느냐?"

친정어머니는 보채고 다그쳤다. 친정아버지도 딸을 보며 한숨을 쉬면서 한탄했다.

"사내대장부가 아무리 곤경에 처해 있다고 하여도 일 년에 한두 번은 기별을 하는 것인데 편지 한 장 없으니 그런 사람을 어떻게 믿겠느냐? 너도 애들과 함께 살 궁리를 해야 되지 않겠느냐?"

평소 과묵하신 친정아버지조차 이러하시니 부인 양 씨는 참으로 난감하였고 매일 하느님께 기도를 올렸다.

"지금의 고난의 길에서 벗어나게 해주십시오!"

어느 날 은실(현 잠실 옆의 마을) 마을에서 살고 있는 친정어머니가 살며시 다가와 조목조목 따지더니 부인 양 씨에게 아주 좋은 자리가 있으니 재취를 하라고 권유하셨다.

"저기 아가! 아주 좋은 자리가 생겼다. 성남골 유 씨라는 사람이 있는데 상처를 해서 혼자 살게 된 홀아비란다. 애들이 있긴 있는데 네댓 살이라고 하니 우리 새끼들 영화하고 혜순이 또래라서 같이 키우기도 좋을 것 같구나. 그리고 가장 중요한 것은 그 사람이 상당히 부자라고 하더구나. 그러니 먹을 것 걱정은 안 하여도 되고 애들도 거두어 먹일 수 있으니 얼마나 좋으냐? 또 그동안 홀어머니를 모시고 있었는데 작년에 상을 당하였고 이번에 다시 상처까지 했으니 천지간에 고아가 되었다더구나. 네가 거기로 재취를 하면 너도 좋고 그 사람도 좋을 것이니 잘 생각해보아라!"

처음에는 어머니가 와서 자주 그런 말을 하는 것이 못마땅하였고 그냥 흘려들어 그저 무관심한 듯 답변을 하였지만 시간이 흐르면서 약간씩 마음이 변하는 것을 알고 스스로 놀라기도 하였다. 그러나 남편의 생사만이라도 확인이 될 때까지는 도저히 그럴 수가 없었다. 그런데 "열 번 찍어 넘어가지 않는 나무가 없다."라는 속담이 여기에 맞는지 이틀, 사흘이 넘지 않게 자주 와서 권유하는 어머니의 말씀이 이제는 제법 일리가 있게 생각되기 시작하였다.

주변의 친척, 이웃 사람들도 어디서 들었는지 만나기만 하면 친정어머니가 하는 말씀을 되뇌듯 하여 부인 양 씨의 마음을 흔들어 놓았고 결정적으로 친정아버지가 "그렇게 해라!"라는 엄명 비슷하게 하셔서 마침내 무너지고야 말았다. 부인 양 씨는 남편이 떠나간 지 4년이 지나자 이대로 가다가는 두 아들딸을 정말로 굶겨죽일 것만 같았다. 마침내 두 새끼를 살려야 한다고 생각하고 결심을 하고야 말았다. 부인 양 씨는 두 아들딸을 데리고 홀아비 유 씨에게 재취를 하였다. 재취하여 일 년이 지난 어느 날 천명운은 그제야 여유가 생겨 가족을 데리고 가려고 경기도 광주에 내려왔던 것이다. 그는 매우 실망을 하였지만 현실을 인정하고 자기 잘못을 사과하였다.

천명운은 부인 양 씨와 아들 그리고 새로 태어난 딸의 얼굴을 보고 가야 되겠다고 장모님에게 도움을 청하였고 부인 양씨는 이틀 후에 친정집으로 애들을 데리고 왔다. 천명운은 아들을 보고 들어 안아주었고, 아장아장 걷는 딸도 역시 보듬어 안으며 뽀뽀를 해주었다.

"부인, 참으로 내가 잘못하였소. 그동안 제대로 기별도 하지 못하고 소홀히 한 내가 참으로 잘못하였소."

천명운이 부인에게 사과의 말을 하면서 서먹서먹한 분위기를 바꾸었다. 부인 양 씨는 어떤 말도 할 수가 없었다. 너무 반가웠지만 이제는 남에게 가버린 남의 여자가 되어버렸다. 그저 아무 말도 하지 못하고 눈물만 쏟아내었다.

"부인! 애들 둘을 키우기가 힘이 들것이니 내가 데려가겠소!"

"아니 됩니다. 둘은 아니 되고 영화만 데려가도록 하세요. 둘 다 데려가면 나는 무슨 재미로 살겠습니까. 그리고 나의 삶의 의미를 잃어버릴 것이오. 내가 이렇게 된 주된 원인이 이 애기들인데 둘 다 데려가면 나는 죽은 것이나 마찬가지라오!"

"그렇게 하지요, 부인. 그러면 언제 다시 만날 수 있을지 기약할 수는 없지만 언제든지 나는 부인을 기다릴 것이니 마음의 준비가 되면 주저하지 말고 기별을 하시오."

그리하여 천영화는 일곱 살 때 어머니를 떠나 아버지와 함께 온성으로 떠났다. 천영화는 온성에서 소학교(초등학교)를 다니게 되었고 아버지

천명운은 현지에서 새로운 여자를 만나 재혼을 하게 되었다. 천영화의 초등학교 시절은 유쾌한 추억이 없었고 계모에 의한 학대만 생각나는 힘겨운 세월이었다. 천영화가 살게 된 집은 두만강이 지척에 있는 남양의 변두리에 있었다.

한번은 비가 많이 와서 강물이 불어나 여울지어 흘러가던 어느 여름날, 계모는 천영화에게 빨래를 해야 하니 빨랫감을 날라달라고 하였다. 천영화는 빨랫감을 날라다주고 일부 빨래하는 것을 도와주었다. 그런데 계모가 빨래를 두드리던 빨랫방망이를 놓쳤고 방망이는 급하게 흐르는 물살에 의하여 순식간에 멀리 흘러가버렸다. 계모는 소리를 쳐댔다.

"방맹이 방맹이 빨래 방맹이-이"

"영화야 영화야! 방맹이가 떠내려감둥 이를 어째꾸마!"

천영화는 새어머니의 다급한 목소리에 방망이를 확인하니 저만치 몇십 미터 강 중앙에서 급한 물살에 떠내려가고 있어 어떻게 할까 망설이고 머뭇거렸다.

"아니 뭐허고 있음둥 날래 날래 뛰어 들어가지비-이!"

천영화는 재빨리 냇가의 두덩을 따라 뛰어가다가 방망이가 보이자 물속으로 덤벙 뛰어 들어가 방망이를 잡으려 하였다. 그러나 물살은 의외로 급하고 소용돌이까지 있어 물의 힘에 밀려서 천영화가 방망이보다 더 빨리 떠밀려버렸다. 천영화는 물속으로 들어갔다 나왔다 하면서 500여 미터를 떠내려갔다. 계속 떠밀려 가는데 강폭이 넓어져 물살의 세기가 줄어들면서 마침 이곳에서 뗏목을 정리하여 다시 큰 강을 따라서 뗏목을 몰아가는 뗏목꾼들에게 천행으로 구출되었다. 물을 많이 먹었지만 아직은 정상적으로 호흡을 할 수 있었다.

그는 이곳에 와서 여름이면 또래의 개구쟁이들과 냇가에서 수영을 하고 지냈기 때문에 급물살에 대하여 어느 정도 알고 있었고, 물살에 거슬려서 힘을 다하면 지쳐서 익사한다는 사실도 잘 알고 있었다. 이러한 경험과 지식으로 인해 그가 물에 떠밀리어 가면서도 물을 많이 마시지도, 당황하지도 않아 뗏목꾼들에게 쉽게 구출이 된 것이었다.

이곳은 여름이 되어 물이 많아지면 깊은 계곡에서 좋은 나무만 골라내 잘라서 2~3개씩 묶어 계곡이 끝나고 큰 강이 시작되는 곳까지 흘러 보낸다. 그리고 이 목재를 회수하여 다시 큰 뗏목을 만들어 두만강에 흘러 내리게 하여 강 하구에서 회수하여 큰 배에 싣고 일본으로 보냈다. 한마디로 산림 수탈의 현장이었지만 천영화는 그 사람들 덕분에 살아나게 되었고 방망이는 한없이 어디론지 흘러 떠내려가 버렸다.

그런데 계모의 횡포는 그것만이 아니었다. 어느 날 녹음이 우거지기 전 산나물을 뜯으려고 두 사람은 산에 들어갔었다. 계모는 나물을 뜯으면서 산나물은 갓 움이 터 올라오는 새싹이 향취가 강하고 먹기에 부드럽기 때문에 오늘부터 보름 내에 뜯는 것이 최상의 나물이라고 천영화에게 알려주었다.

두 사람은 나물을 뜯다보니 어느덧 깊은 곳까지 들어와 버렸으며, 계모는 더 좋은 나물이 있다고 하면서 천영화를 깊은 산 속으로 유도하였고 어느 순간에 천영화를 홀로 떨어뜨려버리고 몰래 산을 나와 집으로 와버렸다.

그가 산속에서 길을 잃고 헤매다 죽어버리라고 일부러 자작극을 벌인 것이었다. 그것도 훤한 대낮이 아니고 조금 있으면 해가 지고 산 속이라 금방 어두워질 시간에 길을 찾지 못하게 어린 천영화를 내버린 것이었다. 이즈음의 밤은 일교차가 매우 심하여 온도가 금세 뚝 떨어지고 상당히 추워서 노천에서 그냥 잠들면 체온이 급격히 떨어져 얼어 죽을 수 있는 계절이었다.

천영화는 한참 동안 새어머니와 돌아가는 길을 찾았으나 보이지 않고 찾을 수가 없자 할 수 없이 혼자서 산을 내려오다가 길을 잃게 되었다. 이미 날이 어두워져 어디가 어딘지도 알 수가 없어 하룻밤을 지낼 요량으로 동굴을 찾았다. 때마침 달빛은 그런 대로 비추고 있어 작은 동굴 하나를 찾아내는 데 시간이 많이 걸리지는 않았다. 자그마한 동굴은 언제인지는 몰라도 사람이 거쳐 갔는지 불을 피운 흔적이 남아 있었다.

안으로 휘어진 굴속으로 끝까지 들어가니 아득하였고 때마침 낙엽도 쌓여 있어 하룻밤을 나는 데에는 문제가 없었다. 아침이 되어 일어나니 배가 고파왔고 먹을 수 있다는 나물을 뜯어 씹었다. 천영화는 길을 잃고 헤매던 전체 산 지역을 생각하고 아침에 떠오르는 해를 보면서 방향을 잡아 무조건 나아갔다. 이 방법이 맞아 들어서 어렵지 않게 길을 찾아 집으로 돌아갈 수가 있었다. 계모는 집을 찾아오는 영화를 보고 놀랐으나 짐짓 아무것도 모르는 체 시치미를 뗀다.

“아이고! 영화야 니 오제 오또께 되얐지야? 왜 나를 두고 오데로 갔었음둥? 이 오마니 너를 찾느니라고 요러케 긁히어 상처까지 입었음메. 내래 죽는 줄 알아디야.”

그녀는 팔목의 상처를 보여주는데 나물 뜯어내느라고 가시에 긁혀 가볍게 피가 솟았던 한 줄기 그어진 부분을 보여주었다. 천영화는 할 말이 없었다. 어린 마음에 큰 충격을 받았고 내가 이곳에 있을 곳이 못 된다는 것도 깨달았다.

또 한 번은 벼랑에서 계모가 천영화를 밀어버린 일이 있었다. 벼랑은 15여 미터 정도 되는 제법 가파른 낭떠러지였다. 미끄러져 중심을 못 잡고 떨어진 천영화는 벼랑 중턱에 있는 작은 나뭇가지를 잡게 되어 완전히 추락하진 않았고 이 과정에서 온몸이 바위에 부딪혀 타박상을 입었으나 간신히 살아나게 되었다. 만약에 그 나무가 없었다면 머리를 바위에 부딪치게 되어 죽거나 최소한 불구가 되었을 것이다.

이러한 계모의 천대와 학대 그리고 살해하려는 음모 가운데서도 그는 살아남아 세월은 흘러갔으며 어느덧 천영화는 열네 살이 되었다. 이때 경기도에서 어머니와 함께 살던 세 살이 적은 여동생 혜순이가 이곳 온성까지 그 먼 곳을 찾아왔다. 천영화는 놀랐다. 어린 것이 어떻게 이 멀고먼 집까지 찾아왔을까 신기하기도 하였다. 그리고 그동안 동생은 몰라보게 자라났다. 그렇지만 7년 동안 떨어져 있었어도 오누이는 서로를 직감으로 알아보았다.

"혜순아 너 어떻게 이 먼 곳까지 찾아왔냐? 참 장하다."

"헤-에 오빠! 이런 것 아무것도 아니지 뭐. 아주 쉽던데? 시간 맞추어 기차 타고 역 이름 알고 내리니까 어렵지 않던데? 그리고 아버지하고 오빠를 본다니 힘이 나서 하나도 어렵지 않았어!"

"그래 장하다. 잘 왔다. 어머니는 잘 계시지?

"응, 잘 계셔! 어머니가 오빠 보고 싶다고 같이 오라고 했어."

"뭐, 어머니가 나를 오라고 하셨다고?"

"응, 오빠 우리 집 서울로 이사 갔어. 마포로 이사 갔어. 시골에서 안 살어 이제. 그래서 어머니가 오빠 데리고 오라고 했어."

"그래, 그럼 새아버지는 어떻게 되었어?"

"응, 새아버지가 이사 가자고 하여 마포로 이사 간 거야. 새아버지네 집이 두 채라고 말을 들었어."

"그래, 그럼 우리만 따로 사는 거야?"

"그래, 맞어. 어머니하고 나하고 살고 새아버지는 가끔씩 오셔."
"알았어, 아버지에게 말씀을 드리고 가자."

동생 혜순이는 며칠 만에 집에 들어오는 아버지에게 인사를 드렸다. 아버지는 크게 놀라기도 하고 자기 딸이 예쁘고 귀엽게 커서 수천 리 머나먼 낯선 길을 어렵지 않게 찾아온 것을 생각하니 대견해서 매우 칭찬하고 귀여워 쓰다듬어주기도 하였다.

딸에게서 그동안의 자초지종을 들은 천명운은 아들 교육이 무엇보다 중요하다고 생각하였다. 그리고 기왕에 공부를 하려면 이곳보다 서울에서 학업을 하여야 한다고 생각하여 떠나는 것을 허락하였다. 이 말을 들은 계모는 퍽이나 좋아하였다.

남편이 두둔하고 나서는 천영화를 죽이려고 마음먹고 몇 번을 시도했으나 목숨이 끈질긴지 거듭 실패를 하였는데 그놈이 제 발로 간다니 속이 다 시원해졌다. 계모는 혹시나 천명운이가 마음을 바꾸어 아들딸과 같이 살자고 할까봐 지레 짐짓 말을 꾸며대었다.

"애들은 지 오마니 밑에서 자라야 하지비."

"지그 오마니 아들딸 보고 싶어 하니 얼른 보내지야 되갔음둥."

"나는 갸들하고 동거래 할 수 없수꾸마."

천명운이가 집에 오면 보채기가 일쑤였다. 천명운은 계모의 말보다 앞서 말한 아이들의 교육문제 때문에 서울로 보냈다. 천영화는 7년 동안 살았던 함경도 온성을 떠나 이런 사연으로 서울로 오게 되었다. 어린이 두 명이 씩씩하게도 수천 리 길을 나서 다시 서울로 돌아왔고 천영화는 이번에는 계부 아래에 살면서 학업을 계속하게 되었다. 천영화는 ○○중등학교에 입학을 하였다.

독립군자금

부자(父子) 천중선과 천명운이 그동안 집에 소홀히 한 이유는 표면적으로는 광산사업이었지만, 사실 두 부자는 금광에서 얻게 된 상당한 이익금을 독립군의 군자금으로 일부 제공하였다. 그것은 아주 위험한 일이었다. 초창기 광산이 제대로 자리를 잡기 전까지는 인부들의 임금과 장비를 보충하느라 전혀 여유가 없었다.

하지만 새로운 자본을 투자한 뒤에는 좋은 금광맥을 찾았고 금 함유량도 좋아 꽤 괜찮은 수익을 올릴 수가 있어 투자자에 대한 원금과 이자를 조금씩 갚을 수도 있게 되었다. 그러나 그 상황에서 군자금을 일부 먼저 마련하다 보니 막상 집에 보낼 생활비는 얼마 되지 않아 온성에서의 부인과 아들 그리고 천명운이와 가족들의 생활은 별로 나아지지 못하였다.

독립군에게 군자금을 전달하는 일은 아들 천명운에게 전적으로 맡기었다. 그리고 천중선 자신은 관청과 헌병, 경찰 등 관계자를 상대로 하여 로비를 하고 있었다. 최근 들어 광산의 금 생산이 괜찮다는 소문이

밖으로 나가자 도청의 광산 담당이나 경찰, 헌병 그리고 광산협회 임원까지 뭔가 나올 것이 없는가 하여 금광을 방문하는 빈도수가 많아졌다. 그들은 천중선이를 찾아와서 금광에 관한 이야기는 회피하면서 엉뚱한 말만을 늘어놓으며 변죽만 올리고 가기도 하였다.

결국 그들이 껄떡거리는 것은 한마디로 돈을 달라는 것이고 일종의 협박과 비슷한 것이었다. 하지만 천중선은 그러한 거머리 같은 사람들의 입을 조용히 다물게 하여야 했다. 금 판매대금의 일부를 그들의 호주머니에 넣어주었다. 그 길만이 광산을 정상적으로 운영할 수 있고 세금도 어느 정도 줄일 수 있으며 독립군에게 안정되게 군자금을 댈 수 있는 방법이었기 때문이다.

독립군에게 자금을 전달하는 일은 그리 간단치 않았다. 일단은 자금을 전달하는 연락책이 자금을 받아서 정말로 독립군 단체에 정확하게 전달할 수 있는 사람인가를 확인하여야 했다. 그러려면 임시정부에서 연락책으로 임명된 사람에 대하여 신분을 증명하여야 한다. 그 방법은 처음 접선을 할 때 임시정부가 증명하는 신임장을 가지고 증명으로 삼고 그 이후부터는 안면과 암호로 접선을 하기로 하였다. 임시정부의 증명을 계속 지니고 다니는 것은 일본경찰의 불시검문에 걸릴 가능성이 많기 때문에 최초로 접선할 때에만 소지하기로 하였다.

어느 날 임시정부 측의 한 사람이 직접 천중선을 찾아왔다. 그는 아들과 함께 금광 사무실에서 연락책을 직접 만났다. 그는 금광사업과 관계되는 사업자로 가장하였으며 인사를 나누고 서로를 소개한 후에 처음에는 금광사업 근황에 대하여 이야기를 나누었다. 세 사람은 의자에 마주앉아 이야기가 무르익자 주변에 아무도 없는 것을 재차 확인한 다음 상호 확인 절차에 들어갔다. 천중선이 먼저 말하였다.

“먼 길을 오시느라고 수고하셨습니다. 관례대로 진행을 하겠습니다.”

여기서 관례대로라는 것은 증명확인 절차를 일컫는 것이었다.

“예 물론입니다.”

연락책은 한 장의 종이를 품에서 꺼내어 천중선에게 건네었다. 그 종이에는 임시정부의 직인이 찍혀있었다. 그리고 김구 주석의 서명이 있었으며, 연락책의 이름과 사진 그리고 서명이 되어 있었다. 천중선이는 사진과 연락책의 얼굴을 비교하였으며 다른 종이에 서명을 해보라고 하였다.

“아 젊은이, 미안하지만 여기에 되어 있는 서명과 똑같이 해주실 수가 있겠습니까?”

“아 예 그렇게 하지요.”

연락책은 서슴지 않고 종이에 서명을 하여 천중선에게 내밀었다. 천중선은 증명서의 서명과 그가 별도의 종이에 한 서명을 대조하였다. 똑같았다.

“아... 정말 미안하게 되었습니다. 이것은 우리 독립군과 저의 안위를 위하여 꼭 필요한 절차이었으니 이해하여 주십시오.”

“아, 예 여부가 있겠습니까?”

“나는 최선을 다하여 가능한 한 많은 자금을 보내드리려 하고 있습니다. 그러나 때로 그것이 여의치 않을 때에는 생각보다 적은 액수가 전달될 수도 있겠습니다. 왜냐하면 이곳의 사정이 그렇게 녹록지 않기 때문입니다. 다시 말하자면 일본 경찰과 헌병이 뭣인가 트집 잡을 것이 없을까? 하고 눈을 부릅뜨고 있습니다.”

“예, 저도 잘 알고 있습니다. 굳이 무리는 하지 마시고 형편 따라 해주시면 저희들도 부담이 되지 않으니 마음을 놓을 수가 있습니다. 지금

독립군을 양성하는 데 막대한 자금이 소요되는데 국내의 애국지사 한분 한분이 협조를 해주면 우리도 정규전을 수행할 수 있는 군대를 가질 수 있을 것입니다."

"지금 우리 독립군의 현황은 어떻습니까?"

천명운이 물었다.

"지금 상황이 아주 좋지 않습니다. 만주에 있었던 독립군은 관동군에 의하여 변방으로 쫓겨나서 일부는 소련 연해주로 몽고로, 일부는 중국으로 흩어졌습니다. 각 지역별로 산발적으로 일본군에 저항하고 있으나 힘이 미약한 상태입니다. 김구 주석을 중심으로 한 광복군도 그 실체가 미약하고 일찍이 상해에서부터 중국 남부 이곳저곳으로 쫓겨 다니면서 겨우 명맥을 유지하고 있습니다."

"참으로 안타까운 현실이군요."

"더군다나 일본이 중국을 침략하면서부터 그동안 중국에서 일부 지원을 받았으나 지금은 그런 지원도 받을 수 없는 상황입니다. 중국도 발등에 불이 떨어졌으니까요. 그러나 지금 상황은 중국도 우리 독립군의 실체를 인정하고 있습니다. 그래서 일부 지도자들이 '같이 협동을 하여 일본군을 물리쳐야 되지 않겠느냐'라는 생각을 가지고 있어 그렇게 비관적이지만은 않습니다."

"아! 그렇군요. 우리들도 빨리 힘을 길러야 될 터인데…"

천중선은 연락책의 이야기를 듣더니 한숨을 푹 쉬었다.

세 사람은 다음에 어떻게 접선을 할 것인가를 정하였다. 접선은 천명운이와 하되 매월 셋째 주 토요일에 온성에서 남양으로 출발하는 오후 세 시 기차의 마지막 칸 중간 좌석에서 만나기로 하였다. 그런 다음 미리 만들어진 일반 봉투에 군자금을 넣고 다음 접선에 대한 장소와 암호를 정하여 간단한 메모를 넣어두는 것으로 정하였다. 그러나 이 방법은 상당한 어려움이 따랐다. 왜냐하면 기차에는 항상 감시의 눈초리가 번득였기 때문이었다.

따라서 암호를 정하였고, 암호는 오늘 날씨를 말하고 상대는 날씨에 대하여 응답을 하면서 모자를 벗어 가볍게 인사를 한 뒤에 다시 모자를 쓰는 것으로 정하였다. 그리고 중절모에 노란 삼베 리본을 달아 상대방이 잘 보이게 하도록 하였다. 만약에 비정상적인 상황에 조우하게 되었다면 다음과 같이 행동하기로 하였다. 둘 중 어느 누가 검은 리본을 달았다면 접촉을 하지 말고 그냥 지나치기로 하였다. 이 검은 리본 표시는 누군가가 미행을 한다든가 위험이 있다는 표식이므로 모르는 체하고 천명운이 앉아 있는 곳까지 왔다가 앞 칸으로 연락책이 이동하여 아예 접선을 하지 않는 것으로 정하였다.

그리고 기차를 타기 전에 위험을 인지할 경우에는 처음부터 기차를 타지 말도록 하였고, 그날로부터 열흘 후 평일에 사람들의 왕래가 많은 군청 화장실에서 마찬가지로 두 사람 모두 중절모를 쓰고 오후 한 시에 만나기로 하였다. 이때도 중절모 표식에 검은 리본을 달았다면 그냥 지나쳐서 아예 만나지 않고 군자금 전달은 없는 것으로 약속을 하였다.

이 정도 상황까지 도달하게 된다면 일본 군경이 두 사람을 완전히 추적하는 단계에 와 있다는 것을 의미하는 것으로 모든 활동을 중단하기로 하였다. 각 기차역에는 사복형사들이 상주하면서 탑승객에 대한 검문을 수시로 하고 있었으며, 기차 객실 안에도 사복경찰이 배치되어 수상하다고 생각되면 서슴지 않고 검문을 하였다.

이러한 중첩된 감시를 피하여 자금을 전달하고 운반한다는 것은 예

사로운 일이 아니었다.

더군다나 독립운동에 관여한 사람은 이미 수배령이 내려 핵심요원은 이런 일에 참가할 수도 없는 상황이었다. 따라서 수배령과 관련이 없는 새로운 젊은이를 접선자로 선정하였지만 경험부족에 의한 미숙함이 자금 공급자를 위태하게 만들기도 하였다. 그래서 경비가 상대적으로 거의 없는 간이역 중간에서 접선을 한 후 다음 역에서 하차하는 방법을 택하였다. 세 사람은 이처럼 세부적으로 약속하고 다음 달부터 접속하면서 군자금을 전달하기로 하고 헤어졌다.

시간은 금방 흘러 약속한 접촉일인 토요일이 다가왔다. 천명운은 온성에서 금을 처분하고 현금으로 만들어 일부를 봉투에 넣고, 미리 준비하여온 다음번의 접선 방법과 암호를 써놓은 메모지를 봉투에 함께 넣어 봉하였다. 그는 마지막 열차 칸의 중간 정도에 기차 진행 방향으로 오른쪽 중간에 노란 삼베 리본을 단 중절모를 쓰고 앉아 있었다. 기차 객실에는 절반도 채 되지 않는 승객이 제각각 앉아 대부분 차창을 바라보고 있었다. 기차는 세선 역에 들어가면서 멈추어 섰고, 이 역에서 대여섯 사람이 내리고 세 사람이 타더니 두 사람은 입구 쪽에 그냥 앉았고 중절모를 쓴 다른 한 사람은 천명운이의 곁으로 다가왔다. 그의 중절모에도 노란 삼베 리본이 부착되어 있었다. 그는 천명운 앞의 빈자리를 가리키면서 물어본다.

"여기 이 자리 사람이 없지요? 앉아도 될까요?"

"아 예! 아무도 없습니다. 앉아도 됩니다."

"감사합니다. 오늘 날이 좋습니다, 햇살이 아주 맑습니다그려!"

그는 말하면서 의자에 앉으며 모자를 살짝 벗은 다음 다시 썼다.

"예 그렇네요. 참으로 싱그러운 날입니다."

그도 역시 모자를 벗은 다음 다시 썼다. 기차의 빈자리를 두고 앉으면서 일상적인 인사라고 생각되었으나 그들의 말과 행동은 다 정해진 암호였다.

"오늘도 날이 꽤나 청명하긴 한데 가물어서 비가 좀 와야 될 텐데요!"

"예 그렇지요. 요새 가물어서 밭농사를 짓는 데 상당한 애로가 있겠지요. 밭떼기를 짓는 사람들은 하늘만 쳐다보고 있을 터인데 시원스럽게 좀 뿌려주었으면 좋으련만…"

그는 말꼬리를 흐렸다. 기차는 잠시 후 터널로 들어갔다. 객실이 갑자기 어두워졌다. 객실에 약한 불이 있었지만 순간적으로 객실은 깜깜해졌고 객실에 앉아 있는 사람들에게는 암순응이 되지 않아 주변의 사물 구분이 어려웠다. 이때 두 사람의 손에서 전광석화와 같은 일이 벌어졌다.

언제 꺼냈는지 천명운의 손에서 작은 봉투 하나가 그 젊은 남자에게 건네졌다. 그 사람은 얼른 봉투를 받아 옆 호주머니에 넣고 아무 일도 없었다는 양 짐짓 창문을 멍하니 쳐다보았다. 기차가 터널을 벗어나서 다시 객실이 훤하여졌지만 어느 누구도 그들의 행동에 대하여 이상하다는 느낌이 들 수 없을 정도로 민첩하였고 눈으로 보고 있어도 눈치를 못 챌 정도였다.

그 젊은이는 가벼운 눈인사를 한 뒤에 바로 다음 정거장에서 내렸다. 젊은이는 한참을 걸어간 후에 아무도 보지 않는 수풀 속에 들어가 봉투를 꺼내어 열어보았다. 거금 500원이 들어 있었고 메모지가 있었다. 거기에는 다음에 만날 구간과 날짜 암호가 쓰여 있었다. 그리고 지금 강구하고 있는 다른 접선방법에 대하여 사전연락을 하겠지마는 현재의 대면 접선이 아니라 열차에서 중간 특정지점에 던지는 방법으로 바꿀 예정이라는 메모가 들어있었다. 그는 그것을 보고 머릿속에 암기한 후에 종이를 갈기갈기 찢어 허공에 날려 버렸다.

그는 함경도에서 임시정부의 명을 받아 독립군의 군자금을 모으는 자금책중의 한 명인 정진형이라는 사람으로 이곳 온성출신의 용기 있는 젊은이였다. 이제 스물다섯 살이 된 정진형은 평소 민족성을 회복하고 극일을 하는 방법은 일본과 직접 무기를 들고 싸워야 한다는 투쟁의 신념을 견지하고 있었으며 자신의 신념을 실현하기 위해서 독립군에 뛰어들었다. 체구가 건장하고 민첩하며 머리도 명석하여 이런 주도면밀하고 위험한 작전을 수행하는 데에는 최적의 인물이었다.

이렇게 독립군의 군자금 조성을 위하여 천 씨 부자의 광산사업은 1930년대 말까지 큰 부작용 없이 계속되었다. 그러나 일본군의 전면적인 독립군 소탕작전에 독립군은 한반도와 만주에서 소련과 중국의 본토 깊숙이 이동하여 투쟁을 계속하였고, 국내에 거주하는 사람들에 대한 일본경찰의 감시와 밀행은 더욱 강화되었다. 군자금의 모금도 어려웠고 마련한 군자금의 전달도 어려웠다.

일본 경찰은 모든 분야에 밀정을 심어 두었고 이곳 탄광과 금광에까지도 첩자를 심어두었다. 첩자는 노동자로 변장을 하여 일반 노동자와 똑같이 일하면서 사용자와 노동자 모두를 감시하였다. 또한 그는 광산의 생산량을 어떻게 알아냈는지 정확히 파악하여 세금을 거두는 데 일조하고 있었으며, 광산의 생산량에 따라 이익금이 얼마 정도가 되는가를 분석하여 보고하기도 하였다.

경찰은 이와 같은 보고를 근거로 광산사업의 이익이 얼마이고 그 돈이 어디로 흘러들어 갔는지 파악하는 데 이용하였다. 이런 사실을 천 씨 부자는 전혀 알지 못하였다.

밀정이 노동자들 중에 심어져 있는지 어떠한지 그리고 자기 자신이 감시의 대상인지도 몰랐다. 그런데 어느 날 온성경찰서 차석이라는 사람과 저녁에 술을 한잔하는 가운데 이곳 온성의 모든 조선인 사업가는 다 암행을 당하고 있다는 사실과 자신도 예외가 아니라는 의미의 말을 어렴풋이 전해 듣게 되었다.

천중선이는 아차 하였다. 설마 하였던 그는 경찰의 정보요원 즉 끄나풀이 자기집안에도 들어와 있다는 사실과 자신도 미행당하거나 사찰과 감시를 당하고 있는 것에 대하여 소름이 끼쳤고 온몸이 전율할 지경이었다. 그는 궁리를 하기 시작하였다. 이 위기를 벗어나기 위하여 몇 가지를 해야 되겠다고 마음먹었다.

일단은 아들 가족을 온성으로 불러들여 같이 생활하며, 평범하게 사업하는 가정으로 내비치도록 하였다. 그래서 아들 내외와 손자들이 바로 옆집에서 같이 살게 되었다.

다음은 첩자 처리 문제였다. 그런데 수십 명 가운데 어느 누가 밀정으로 활동을 하고 있는지 알 수가 없었으며, 안다고 하더라도 해고를 시킬 수 없는 것이 천중선이의 딜레마였다. 그래서 그는 금광의 금 생산량을 알 수 있는 작업조가 무슨 조며 어디에 있을까? 생각해보니 아무래도 마지막 과정에 있는 세사 분야에서 하루 금 생산량을 어림할 수가 있고 거기에 고용된 10여 명 중 한 명일 것이라고 판단을 하였다.

그래서 그는 10여 명 모두를 광석 채취 과정 인부와 바꾸어버렸다. 그렇게 하면 밀정은 하루 종일 굴속에서 금광석 맥을 찾고 굴착하여 파내는 일만을 하니 광산 전체가 돌아가는 현황 파악이 어려울 뿐더러 천씨 부자의 활동 내역에 대하여서도 잘 알 수 없을 것이라 생각되었기 때문이다.

또 한 가지는 지금까지 소홀하게 접대한 온성읍장이나 그 이하 주요 부서요원과 관할 헌병 그리고 경찰산하 정보계 형사들에게 추가 로비를 하기로 하였다. 마지막으로 금을 현금화 한 후에 군자금 연락책을 접선할 때 더욱 조심스럽게 접촉해야 한다는 것을 아들 천명운에게 신신당부 하였다.

금광은 꾸준히 작게나마 성장도 하고 어떤 때는 호황을 맞으면서 1942년까지는 두 부자 가족의 생활과 군자금 조성에 전혀 문제가 없었다. 그러나 그동안 태평양전쟁의 발발과 중일전쟁의 여파는 이곳 영세 탄광까지도 미치게 되었다.

즉 초창기 물밀 듯이 태평양 전역을 휩쓸고, 중국 대륙에서도 연전연승하던 일본군은 강력한 국민군과 중공군의 견제에 전선은 고착되고 있었다. 그로 인해 전선이 커지자 이를 유지하기 위한 막대한 자금이 필요하였다. 따라서 모든 분야의 증세를 통하여 필요한 자금을 마련하고자 광산 세금도 두 배로 올려버렸다.

금광은 갑자기 분주해졌다. 올린 세금을 충당하기 위하여 그만큼 일을 더 해야 했던 것이다. 모든 노동자들은 두 시간 더 연장근무를 하게 되었다. 하루 열 시간의 노동은 정말로 힘든 작업이었다. 대신 노동자 세 명을 더 고용하되 임금은 동결을 할 수밖에 없었다. 두 시간 연장 근무를 한다고 생산성이 크게 증대되는 것도 아니었다. 5퍼센트 정도의 생산량이 증가되었으나 올린 세금 내기에는 빡빡하여 결국은 군자금과 로비 자금 그리고 생활비도 어느 정도 줄이는 수밖에 없었다.

1942년 천중선은 경찰의 출두 지시를 받았다. 천중선은 경찰 출두에 대하여 처음에는 상당히 당황스러웠다. 그러나 출두 지시를 어긴다든가 혹은 도망을 간다면 그의 행각이 발각되거나 오히려 "내가 그런 사람이

다."라고 경찰의 혐의에 시인하는 꼴이 되고 만다. 그래서 그는 그런 오해를 불식시키려 오히려 정정당당히 들어가서 약간 거만하게 큰소리를 치면 효과를 볼 수 있으리라고 생각하였다. 일본인 본래 특성이 강자에게는 한없이 약하고 약하게 보이는 자에게는 오만하게 굴고 강하게 나오는 특성을 역이용해서 강하게 보이기로 마음먹었다.

천중선은 사전에 거의 모든 경찰들에게 적당한 뇌물을 뿌려놓았기에 아예 처음부터 높은 직위의 정보과장부터 만나기로 하였다. 이 정보과장에게는 개인적으로 4일 전에 만나서 기생파티를 해주고 용돈도 두둑이 준 인물이었다.

"하이! 정보과장 안녕하십니까?"

"하이! 사장님 어서 오시므니다. 이쪽으로 오셔서 소파에 앉으시므니다. 하하하!"

"연일 바쁘실 텐데 이런 보잘것없는 나를 손수 보자고 하시니 어떤 일이십니까? 하하하!"

"하이! 사장님 번거롭게 여기까지 나오시라고 하여 대단히 죄송하므니다. 헤헤헤"

"그래 나에게 뭘 물어볼 것이라도 있소? 시골 촌부인 내가 뭐 아는 것도 없고 도움이 될 것도 별로 없을 것인데..."

"천상님이노 걱정하지 마시거라. 단지 확인 차원에서 모신 것이니... 우리 경찰의 감찰에서 천상님이네 매출과 흑자 규모에 대해서 약간의 의문점을 지적했소이다네. 에- 무슨 말씀이냐 하므니면 천상님이노 돈 많이 벌었을 터인데 그 사용처가 궁금하다. 이 말씀이므니다. 하하하하!"

정보과장의 이 말에 천중선이 즉시 반격을 하였다.

"허허 이 양반들 뭐를 잘 모르시는구만. 금 캐는데 뭐! 거저 공짜로 돈 한 푼 들이지 않고 삽질만 하면 금이 팡팡 나오는 줄 아시는구만! 과장님도 생각해보세요. 수십 명이나 되는 노동자의 월급은 누가 줍니까? 정부에서 줍니까? 한 달에 월급만 얼마나 나가는지 아십니까? 그리고 그 사람들 먹여주고 재워주어야지, 그들이 먹는 식비하고 관리비는 또 하늘에서 똑 떨어진답니까? 그리고 사채 얻어서 투자한 돈의 이자와 원금, 장비 운영비만 얼마나 드는지 아십니까? 거기에다가 과장님도 세금을 얼마나 많이 내고 있는지 잘 아시지 않습니까? 세금을 그렇게 많이 내고도 지금까지 버티고 있었는데 이제 광산 문 닫아야 할 지경입니다 그려!"

천중선은 숨을 크게 들이켜고 차 한 잔을 마시면서 계속한다.

"그리고 가장 중요한 것! 그렇게 따지고 들면 이제 과장님 용돈도 못 드리게 될 가능성이 농후합니다. 제가 과장님한테만 용돈을 드린다면 그것으로 얼마 되지는 않겠지만 과장님 윗선이 얼마나 많은지 과장님도 잘 아시지 않습니까?"

정보과장은 천중선이의 마지막 말에 몸이 약간 움찔 하더니 그 윗선이 더 많다는 말에 이르러서는 약간 측은한 표정을 짓기도 하였다. 실제로 천중선은 주요 보직자에게는 봉급의 거의 절반 정도에 해당하는 돈을 격월로 주었고 정보과장 자신도 그렇게 받았기 때문에 천중선의 변명이 100퍼센트 사실이라고 생각을 하였다.

"하이! 알겠스므니다. 알겠스므니다. 근심이노 푹 노시기노 마지 않스므니다. 내가 서장님께 자알 말씀이노 해보겠스므니다. 잠깐만 기다려 주시므니다."

정보과장은 경찰서장실에 들어가 담배 두어 대 피울 시간 정도 이야기하는 것 같더니 다시 들어왔다. 얼굴이 약간은 밝은 표정이 되어 돌아오는 것을 보니 뭔가 문제가 해결될 듯한 느낌을 받았다.

"천상님이노 서장님이 뵙자고 하시므니다, 지금 바로 가시므니다."라고 하며 앞장서서 서장실을 들어가니 비서 노릇을 하는 순경이 앉아있는데 정보과장은 들어간다고 눈짓으로 말하며 서장실을 '똑 똑' 노크한다.

"흠 험!"

정보과장이 큰 기침소리를 냈다.

"들어오시요!"

정보과장은 천중선이를 서장실에 남겨놓고 조심스레 문을 기울면서 다시 나갔다.

"여! 천상님이노 어서 오십시오! 반갑스므니다."

"예 안녕하십니까?"

서장이 책상 의자에서 일어나 걸어 나오며 악수를 청하고 옆에 있는 소파를 가리키며 앉으라고 한다. 그러고는 비서 순경에게 차 한 잔을 내오라 하며 탁자를 사이에 두고 두 사람은 마주 앉았다.

"하 하 하! 요새 사업이 잘 되고 있다는 이야기를 들었으므니다마는! 어떠시므니까? 특별한 문제는 없으시므니까?"

"하이고 누가 그런 말을 하고 있습니까? 말씀도 마십시오. 죽겠습니다. 웬 세금을 그렇게 많이 떼어 가는지 진즉 손익분기점을 지나버렸습니다. 세금을 지금보다 좀 내린다면 모를까 그렇지 않으면 문을 닫아야 하겠습니다. 손해보고 장사를 할 수는 없지 않겠습니까? 그렇지요?"

"하하하! 그렇다고 문을 닫기까지 해야 되겠으므니까? 다 나라를 위하고 우리 천황폐하를 위한 것이니 더 분발을 해야 되겠으므니다."

"글쎄요. 그래서 나도 작업시간을 두 시간여 늘려서 생산량을 증가

시켜 세금을 내보려고 노력은 하고 있습니다만 노동자들의 반발이 어지간한 것도 아니고 쟁의를 일으키려는 움직임이 있으니 더 이상 작업시간을 연장할 수도 없는 실정입니다. 서장님, 노동자들의 움직임이 심상치 않습니다. 그들이 반항하여 일을 하지 않고 파업을 한다면 우리 모두 다 죽습니다."

"오! 그래요? 지금 노동자들이 그런 불순한 생각을 하고 있단 말씀이므니까?"

"쉬익! 서장님 이곳 조선에 오신 지 얼마 되지 않아서 내가 알려드리는 것인데 광산의 광부들이 파업 데모를 하면 무섭습니다. 그들은 일을 하지 않는 것은 기본이고 광산의 모든 기물을 부숴버리고 그 여세를 몰아 관공서도 공격을 한답니다. 폭도로 돌변을 하는 것이지요. 사전에 그것을 막아 무기력하게 만들고 그런 음모를 꾸미는 주동자를 색출하는 것이 아주 중요한 일이라고 생각합니다. 이런 일은 경찰에서 주도적으로 해결하여야지 그렇지 않으면 우리 모두 다 죽습니다."

천중선의 말은 사실이었다. 당시 사용자들은 엄청 올라버린 세금을 만회하기 위하여 노동자들을 착취하다시피 하였고 노동자들은 그 고통을 견디다 못하여 결국 폭발시켰으며 이런 태업과 파업을 무기 삼아 합법적으로 일본 관헌과 대치하기도 하였다. 경찰서장은 심각하게 천중선이의 말을 듣더니,

"천상님이노 그러면 어떻게 해야 그런 불순분자들의 준동을 막을 수 있으므니까? 그리고 내가 할 수 있는 일이 뭐가 있으므니까?"

"제가 볼 때는 서장님의 정보원을 노동자 중에 심어 놓고 그들의 일거수일투족을 암행하고 그 암행 결과를 나에게도 알려주면 좋은 결과가 오리라 생각합니다. 그리고 저도 그런 일이 발생하지 않도록 노동자들의

작업시간을 더 이상 연장하지 않고 현재 연장된 두 시간의 작업시간에 대해서도 충분한 수당을 지급하여 노동자들의 마음을 풀려고 생각하고 있습니다. 에 또 기본적으로 가장 중요한 것은 세금을 더 이상 과도하게 걷어가지 않는 점이고 이런 점들은 서장님이 도와주셔야 할 사항입니다. 비단 이것은 우리 광산만 해당되는 것이 아니고 이 지역의 모든 광산이 다 그렇겠지요."

"알겠으므니다. 알겠으므니다. 뭔가 앞길이 훤해지는 것이 앞으로 모든 게 잘 되겠으므니다. 하 하 하 하!"

천중선은 미소를 지으며 경찰서장과 정보과장의 환송을 받으면서 경찰서를 나갔다. 이로써 근심하였던 경찰서 출두에 대한 큰 문제를 매듭없이 풀게 되었으며, 경찰서장은 정보과장을 불러 상부에서 내사를 하라고 내려온 비밀문서에 대한 천중선과 천명운 부자의 내사 결과를 대책을 포함 다음과 같이 기록, 상부에 보고하였다.

천중선 · 천명운 부자의 금광 내사 결과보고

천중선 소유 금광의 여러 가지 건에 대한 내사결과를 다음과 같이 보고합니다.

결과보고서 : 그의 잉여자금은 독립군으로 돌려질 만큼 큰 액수가 아닌 소액이었으며 지난번 인상한 세금 마련을 위하여 노동자들을 2시간 이상 연장 근무시키고 있음.
이에 노동자들은 착취라 생각하여 노조를 결성, 파업까지 불사한다는 움직임이 포착되고 있음. 따라서 향후 대책으로 정보원을 모든 광산 사업장에 고정으로 두되 그들의 첩보수집 방향은 노동자들의 파업 방지에 초점을 두어야 할 것임.

또한 세금에 대한 적정 수준을 연구하여 부과하되 무리한 요구를 할 경우에 노동자들의 과도한 노동으로 돌려져 사회적 혼란을 야기할 가능성이 있으므로 신중을 기해야 할 것임. 사용자들은 폐업까지 생각을 하고 있으므로 파업을 하게 되면 그동안 거두어진 세금도 더 이상 부과할 수 없을 것으로 심려가 됨.

천명운이의 군자금 전달은 계속 이어졌다. 그러나 그 횟수가 두 달에 한 번꼴로 반감이 되었다. 이 시기에 독립군의 활동은 많은 변화가 있었다. 일본의 간교한 전략에 의하여 두만강을 건너 소련 블라디보스토크를 중심으로 독립투쟁을 하였던 독립군은 소련으로부터 추방을 당하여 내몽고로 밀려났고 그곳에서도 활동이 여의치 않아 일부는 중공군 모택동의 부대에 몸을 담기까지 하였다.

설상가상으로 스탈린은 두만강 근처의 연해주와 소련 지역에 살고 있는 모든 조선인들을 카자흐스탄의 불모지로 강제 추방해버렸다. 만주에서는 수 년 전부터 활동을 할 수 없는 상황이었으며 많은 독립군들은 장개석 군대를 따라 이동하기도 하였다.

또한 내몽고에도 일본의 괴뢰정권이 들어서게 되어 독립군은 이래저래 뿔뿔이 흩어져 상해임시정부가 옮겨간 중경지역의 임시정부와 모택동에게 의지한 연안파 그리고 소련에서 활동하는 일부만 실체가 남아있게 되었다.

1941년 중일전쟁을 일으킨 지 5년, 쉽사리 중원을 제압하고 괴뢰정권을 세워서 중국을 지배하려던 일본의 계획은 성공을 거두지 못하였고 소모전 양상으로 진입하게 되었다. 이러한 상황에서 일본군 대본영은 1941년 말 12월 하와이를 공격하여 태평양전쟁을 일으키고 말았다. 게다가 일본은 필리핀의 미군을 공격하여 동남아시아를 공략하기 시작하였다.

동남아 여러 지역에서 전투를 동시에 수행하게 된 일본은 바야흐로 풍전등화의 신세가 되어버렸다. 전쟁을 계속하기 위해서는 엄청난 물자, 사람 그리고 자원을 필요로 하였던 상황으로, 동남아 지역을 공격하고 점령한 것은 그러한 자원을 확보하기 위한 것이었다. 그러하니 이미 식민지가 되어버린 조선은 모든 자원 약탈의 제1번지가 되었다. 조선총독부는 가지가지 법령을 모든 분야에 만들어 자원 약탈에 앞장섰다.

위기의 독립군

오늘은 비가 아침부터 추적추적 내리고 있다. 한 달 정도 가뭄 끝에 단비가 내리고 있어 농부들은 이때다 생각하여 물이 모자라 미루었던 여러 종류의 밭작물을 파종하거나 이앙해주고 있다. 천명운은 그동안 생산하여 모아두었던 금을 처분하려고 비가 오는데도 불구하고 금광에서 온성까지 나왔다. 그는 금 · 은 · 구리 등 고가의 금속을 광산에서 사들이고 금을 전문으로 취급하는 일본인이 운영하는 상사에 들어갔다. 온성 내에 여러 상사가 있지만 그래도 이 상사가 제일 가격을 잘 쳐주기 때문이다.

"안녕하시므니까? 어서 오시므니다!"

"예, 안녕하십니까?"

"어이쿠 이런! 비를 맞고 오셨으므니다. 미리 말씀이노 하셨으면 시간 맞추어서 사원을 내보냈을 터므닌데요."

"아 예 예 괜찮습니다. 뭐 역에서 금방인데요." 사실 천명운이는 그를 미행하는 자가 있을까봐 부정기적으로 온성에 생산한 금을 처분하러 나왔던 것이다. 그러하니 어느 시간에 어디에 간다는 말을 할 처지가 아니었고 굳이 그럴 필요성도 느끼지 못했다.

“여기에 앉으시지요. 차 한 잔 내오겠으므니다. 항상 즐겨 드시는 거로 오늘은 진하게 만들어 드리지요. 헤헤헤!”

“아! 좋지요. 좋아! 오늘 비도 오는데 벌써 진한 향이 코를 간질간질하게 하네요. 하 하 하!”

천명운이는 진한 국화꽃 차를 좋아하였다. 가을에 짙은 향기가 나는 국향의 꽃잎을 채취하여 좋은 햇볕에 잘 말려 겨울을 난 국화꽃 차는 우려낼 때 국화 본래의 향을 내뿜어, 코로 냄새를 맡고 혀끝에 묻어나는 향취는 일시적으로 뇌살시키곤 한다. 잠시 후 국화꽃 차 두 잔이 나오는데 과연 그 향기가 접대실을 은은히 물들인다.

“천상님이노 이번에도 순도에는 문제가 없으므니까?”

“아 예, 우리가 생산하는 금의 순도는 어디에다 내놓아도 손색이 없습니다. 제가 보증을 하지요. 사장님께서는 그런 사실을 더 잘 알고 있을 것이라고 생각합니다만...”

“아 예, 그렇고말고요. 그래서 저희들도 값을 후하게 쳐드리는 이유가 바로 그거이므니다. 어디 한번 보아야 되겠으므니다.”

“자, 한번 보시지요. 지난번보다도 더 좋을 것이오.”

상사주인은 주머니를 하나하나 열어보며 금덩어리를 손바닥에 일부 올려놓고 이리저리 살펴본다. 그러고는 큰 알갱이 하나를 핀셋으로 잡아 입에 넣고 어금니로 살짝 물어본다. 다시 꺼내어 깨물어진 작은 금 덩어리의 앞뒤 물린 자국을 살펴본다. 금의 순도가 꽤 괜찮은 듯 물린 자국이 약간 짓눌려진 채 옴폭 들어가 있고 노란 빛이 났다.

“하하하 이번 상품도 순도가 괜찮스므니다. 지난번에 드린 가격에 조금 더하여 드리겠으므니다.”

"에이! 주인장! 너무 그러지 마시지요. 거의 순금에 가까운데 좋은 값을 주셔야 하지요. 지난번보다 더 후하게 쳐주셔야 계속 좋은 금을 생산하여 이곳으로 오지요 그려!"

"허 허, 이 정도면 최고 가격으로 사드리는 것이므니다. 나도 조금은 남는 것이 있어야 하므니다. 천상님이노 안 그렇스므니까?"

"이번에는 그리고 다음번에도 가격을 좀 더 쳐주셔야 나도 이 사업을 계속할 수가 있습니다. 왜냐하면 그놈의 세금이 올라도 너무 많이 올라서 세금내면 남는 것이 하나도 없어요. 없어! 그러면 말이오. 우리가 광산을 닫아버리면 여러 광부들 밥도 못 먹게 될 것이오. 당장 주인장 당신도 광산 문 닫으면 사들여야 할 광물이 없으니 장사를 할 수가 없게 되고 노동자나 여러 시내 장사도 파리를 날릴 것이오. 결국은 우리 모두가 공멸의 길을 걸어가는 것이지요. 안 그렇습니까?"

천명운이 눈을 크게 한번 치뜨고 말하였다.

"나도 그런 사실은 잘 알고 있으므니다. 그런데 요즈음 전쟁통이라 금이 잘 안 팔리고 자금에 대한 이자는 계속 늘어가고 높아지고 있으니 나도 별반 남는 것이 없으므니다그려!"

"하하하하— 장사 남는 것이 없다는 것은 이제 속담이 되어버렸소. 아무도 믿지 않는 것이 더 문제가 있는 것이 아닐까요? 하하하"

"자, 여기 있으므니다. 세어보세요. 총 5,000원입니다. 아주 후하게 드린 것이므니다."

천명운이는 고액 100원권 현금다발을 받아들고 세어본다.

"맞습니다. 조금 더 쓰시면 좋겠지만 오늘은 이 정도로 하겠습니다. 다음에 올 때는 오늘보다는 더 주셔야 합니다그려!"

"하하하, 좋스므니다. 금만 좋다면야 좋은 값을 쳐드리므니다."

천명운이는 빈 금 자루를 돌려받고 잠시 화장실에 들렀다. 화장실에 들어가서는 재빨리 총매출의 20퍼센트인 1,000원을 미리 준비하여온 봉투에 넣었다. 돈 봉투의 부피는 얼마 되지 않았다. 그 봉투에는 이미 다음에 접선할 장소와 방법이 쓰여 있는 메모지가 들어 있었다. 그리고 기차를 타기 위하여 기차역에 나왔다.

천명운은 다음에 접선할 방법을 곰곰이 생각해보았었다. 아버지의 말씀대로 뭔지는 모르지만 이상한 기류를 느낄 수가 있었고 동물적 감각이라고나 할까 어찌되었든 지금까지 하던 접선방법을 이번만 하고 바꾸어야 하겠다고 마음먹고 여러 가지로 생각을 해보았다.

지금까지 수십 번을 접선하여 전달하였지만 큰 문제는 발생하지 않았다. 그러나 아버지가 경찰에 출두한 이후로는 경찰이 자기들을 내사하고 있다는 사실을 알고 여러 가지 조치를 취하였다. 군자금 전달 방법에 있어서는 별도로 바꾸지 않고 계속해왔는데 오늘 이후로 달리해야겠다고 생각하고 여러 가지로 궁리를 해보았지만 뾰족한 방법이 얼른 생각나지 않았다.

결국은 인적이 드문 외딴 지역에서 만나야 되는데 만나야 할 장소와 지역이 너무나 광대하여 일정한 지점을 딱 지정할 수가 없는 것이 문제이고, 자기 집 근처에서 접선하는 것은 더욱 위험하다.

그는 마침내 한 방법이 떠올랐다. 인적이 없는 지점에서 접선할 사람이 받아내는 방법이다.

주머니를 만들어 거기에 군자금과 몇 개의 돌을 넣어 창밖으로 던지는 방법이다. 그래서 그는 평소에 접선하는 역 다음 구간에서 기차가 커브 진 비탈길을 올라가며 속도가 감속이 될 때 맨 마지막 객실 칸의 객차 연결하는 뒷부분의 터진 곳에서 기차 밖으로 던지는 것이다.

그 지점은 찾기 쉬운 터널 진입 전이 좋을 것 같았다. 던진 후 터널에 바로 진입하니 그의 행동을 은폐할 수가 있기 때문이다. 그 구간에 딱 들어맞는 지점이 있는데 우측으로는 두만강 물이 흐르고 좌측으로는 바위가 둘러쳐져 있고 잡초가 무성히 우거져 있어서 기차 시간에 맞추어 접선자가 미리 그곳에 숨어 있다가 던지는 주머니를 지켜본 후 수거하는 방법이다.

온성과 집이 있는 남양 사이에는 두 개의 역 풍리와 세선이 있다. 남양에서 풍리까지는 두만강을 연하여 강을 따라 철로가 나있고, 풍리에서 세선까지 좌측 차창은 역시 두만강에 연해져 있고 우측으로는 나무가 더러 있는 바위산이 이어지다가 암반지역을 통과할 때는 작은 한 개의 터널을 지난다. 터널을 지나고 얼마 가지 않아 우측으로 휘어지면서 다시 터널로 들어간다.

이 터널은 제법 긴 터널로 이 터널을 벗어나면 세선역이 나오고, 다시 이번에는 동해 쪽으로 방향을 바꾸는 두만강을 따라 동남쪽으로 철로가 이어져 있는 온성에 도달한다. 이 철로는 함북선의 일부로서 아오지, 샛별군, 은덕 등의 역이나 지역을 지나 나진으로 연결된다. 한편 남양역에서는 내륙 쪽으로 종성과 회령 그리고 길주로 이어진다. 천명운은 이 계획을 실제로 모의실행 해보았다. 먼저 주머니를 눈에 잘 띄는 빨간색으로 만들고 거기에다가 종이를 몇 장 접어 넣은 뒤, 바람에 많이 날아가지 않도록 돌을 넣고 자신이 생각한 지역에 던졌으며 그 지점을 알아두었다.

그리고 다시 기차를 타고 가까운 역에 내려서 이번에는 도보로 주머니가 떨어진 지점을 가니 예상하였던 대로 주머니가 놓여 있었다. 천명운은 이 방법이 제일 좋은 방법이라고 생각하고 실행에 옮기려 다음과 같이 메모를 하여 정형근에게 전하는 봉투에 넣어두었다.

접선방법 변경, 군·경 예사롭지 않음, 심히 주의 요망.
접선방법: 이번 접선만 대면으로 하고 다음에는 세선 터널 나온 후 두 번째 터널 들어가기 전 우측 산 쪽으로 빨간 주머니를 던질 것임. 시간에 맞추어 기차 통과 후 수거하기 바람.
다음 접선 날짜: X월 X일, 기차는 오후 3시 30분경 통과 예정임.

천명운이는 기차가 들어오자 대합실에서 나가 개찰을 받고 탑승장으로 나갔다. 시골역이지만 이 근방에서 제법 큰 역이라서 역무원이 몇 명 근무하면서 기차와 이용객을 통제하고 있었다. 제법 많은 사람들이 내리고 올라탔다. 이번만 대면으로 접선하고 다음부터는 열차에서 던지기로 결정한지라 가벼운 마음으로 나왔다. 천명운은 제일 마지막 칸 중간에서 두 좌석 뒷자리에 앉았다. 20~30명 정도 되어 보이는 승객이 이곳저곳에 드문드문 앉았다.

천명운은 마주보며 갈 수 있는 의자에 기차 진행 방향으로 자리를 잡았다. 통로 옆에 한 사람이 앉아있고 등 뒤에 서너 명, 앞으로 이십여 명이 제각각 앉아 있었으며 딱 두 사람만 나란히 앉아 심한 함경도 사투리로 열심히 이야기하고 있었다. 40~50대 중년 여자들인데 오래간만에 만난 친구 아니면 장사하는 사람들 같았다. 다음 역 세선에서 10여 명이 다시 탔고 몇 명이 내렸다. 농부 차림의 한 젊은이가 천명운의 앞으로 오더니 앞 빈 의자를 가리킨다.

"여기 빈자리 사람 있음둥?"

그가 물으며 앉으려한다.

"아! 아무도 없소이다. 앉아도 됩니다."

"고맙지비요. 오래간만에 시원한 비가 오제비요?"

"예, 그렇습니다. 오늘 비는 밭농사에 아주 좋을 것입니다그려!"

"그러디요. 비 그치면 내일 씨뿌려야꾸마."

"아 예, 그게 좋겠지요? 파종하는 데 최적일 겁니다."

젊은이가 쓴 여름모자 중간부분에는 자그마한 삼베로 만든 노란 리본이 부착되어 있었다. 기차가 터널에 들어가니 금세 어두워졌다. 오늘은 비가 오기 때문에 다른 날보다 더 어둡게 느껴졌다. 천명운은 준비한 봉투를 가방에서 꺼내어 왼손으로 상대방의 오른손 쪽에 내밀었고 젊은 농부는 재빨리 받아 호주머니에 집어넣고 몸을 가누며 다잡았다. 기차가 터널을 통과하자 그들의 몸과 눈은 두만강을 향하였고 아무 일도 없었던 듯 풍광을 즐기는 체 하였다.

그러다 천명운은 유리창 근처로 조금 이동하여 창문에 서린 물기를 훔치며 강과 기찻길 사이에 있는 괴이한 형체의 바위 군을 바라보는 행동을 하였다.

기차가 2분도 채 되지 않아 다시 터널로 들어간다. 다음번부터는 지금처럼 직접 저촉하지 않고 주머니를 던져야 할 곳이기에 미리 사전에 확인 차 바라보는 것이다. 사전 예행연습을 하였지만 지금은 혹시 어떤 문제점이 나오지 않을까 실행에 대한 최종 확인이었다. 그러니까 그는 주머니를 던지기 위하여 기차가 어느 지점에 도착하면 일어나서 승강구로 나가 주머니를 던지고 다시 자리에 오는 지점과 시간을 확인하는 중이었다. 기차가 터널을 통과하기 전에 일어나 슬슬 십여 걸음 걸어 나가 화장실 가는 척하다가 탑승구가 있는 곳까지 가는 것은 몇 십초면 충분하였고, 기차가 터널로 진입하기 직전에 주머니를 던지면 터널을 벗어나기 전에 다시 자리에 앉을 수 있을 것 같았다.

그런데 이때 천명운과 정진형은 감시의 눈초리가 뒤에 있었다는 사실을 꿈에도 모르고 있었다. 감시자는 일본 특수경찰 소속 고등계 형사

노택술이었다. 지방이 아닌 총독부 직속 경찰청 내사 결과 천중선·천명운 부자의 행동이 수상하고 금 생산량과 금 처분 대금에 의문이 간다는 내부보고가 있었다. 이에 따라 특별히 두 부자를 미행하고 결과를 보고하도록 명을 받아 평양에서 3개월 전부터 이곳에 와서 두 부자를 사찰하면서 미행하고 있는 중이었다.

그는 함경북도의 경찰을 뛰어넘어 전국의 주요사건을 수사할 수 있는 비밀수사특권을 총독부로부터 직접 부여받았다. 원래 그는 조선 사람으로 독립군 색출에 혁혁한 공을 세웠다. 그는 20명 이상의 독립군 특히 군자금 모집책을 꼭 집어 잡아들이는 한마디로 조선 독립군 색출 담당 전문 킬러 형사였다. 그렇지만 그도 지금은 나이가 오십 줄을 넘어서자 마음만큼 행동이 민첩하지는 못했다. 노 형사는 수사방향을 정하기 위하여 일단 광산에 잠복해 들어가 있는 밀정을 만나보기로 하였다. 그가 쉬는 날에 만나본 밀정은 지금까지 관찰한 세 가지 사항을 보고했다.

첫째, 금 생산량이 영세사업자 치곤 상당량이 되고 하루에 금 20돈 이상을 상회한다.

둘째, 생산된 금의 가격은 노동자들의 임금과 생활비, 금융비용 그리고 운영기금을 제외하고도 상당한 흑자가 예상된다.

셋째, 하지만 천 씨 두 부자에게 접촉하고 있는 사람은 특별하게 없고 탄광이나 집에서 은밀히 만나는 사람도 없는 것 같다.

그는 자기가 지금까지 관찰한 사실을 보고했다. 노 형사는 천중선과 천명운에 대해 추가로 뒷조사하기로 하였다. 그래서 그는 천 씨 부자에게 각기 한 명씩 형사를 붙였다. 그들은 부자의 일거수일투족을 모두 미행하고 노 형사에게 보고하였다.

천 씨 두 사람은 자주 온성에 나왔고 여러 사람들을 만났다. 특히 천중선은 금을 판 다음날에는 어김없이 온성에 나와 의외로 관공서의 관원들과 경찰 고위직들 그리고 헌병까지 만나고 심지어 광산협회 사람들까지 만나고 있었다. 그들은 한 달에 한 번꼴로 천중선이가 제공하는 만찬에 개별적으로 초대되어 진탕 술을 먹고 사례금도 챙겨가는 것을 알아내었다. 또한 그들은 고급 요정에서 술과 밥을 먹고 시중을 들던 기생과 하룻밤을 보내기도 하였다. 거기에 소요되는 모든 돈은 천중선이가 대었고 천중선도 같이 한두 잔씩 술을 마시곤 하였다.

다만 그는 선천적으로 술이 약하여 한 잔을 먹어도 얼굴이 빨개지고 대여섯 잔을 마시면 술 마신 곳에서 잠들어버리기도 하는 술에 아주 약한 사람이었다. 그래서 천중선은 술을 두 잔 이상 절대 마시지 않고, 예쁜 기생을 시켜 술 잘 먹는 사람에게 잔을 계속 채워주고 같이 대작을 해주면서 잘 대해주라고 미리 팁도 주었다. 팁은 굉장한 효과를 발휘하였다.

기생의 개인 순수입이기 때문에 팁을 많이 받으려 죽는 시늉까지 하는 여자들도 있었고 더 많은 애교로 상대 관 · 군 · 경 사람들을 녹였고 녹인 만큼 팁을 더 얹어주었다. 이번에는 미행 형사가 팁을 주며 그들의 대화와 행동을 파악하고 알려달라고 하였다. 기생들은 신바람이 났다. 뜻하지 않은 돈이 들어오니 천중선이와 관 · 헌 · 경 사람들이 오가는 대화가 그대로 미행 형사에게 전하여졌다. 이렇게 석 달 정도 지나니 천 씨 부자에 대하여 상세히 파악할 수가 있었다. 천중선은 그의 사업을 위하여 관 · 경 · 헌 사람들에게 상당한 물량공세를 하고 있으며 그 외에 특별히 만나는 사람은 없었다. 관 · 경 · 헌 사람들은 함경도 관내의 유력한 인사로서 이들뿐 아니라 많은 광산업자들을 로비의 대상으로 삼고 그들을 접대하고 있다는 사실을 알게 되었다.

그러니까 천중선이의 자금 사용 내역 중 일부 로비 자금이 포함된 것인데 대충 계산을 해보니 1,000원 정도 되는 엄청난 돈이 그들에게 흘러들어가고 있음을 알게 된 것이다. 노택술은 이것을 이용하려고 생각하였다.

그러니까 함경북도 고위 간부들의 약점을 잡게 된 것인데 나중에 이 결과를 이용하면 개인적으로 많은 이득을 볼 것이라 생각하였다. 따라서 그는 수사기록을 상세히 적었다. 심지어 팁, 음식 값 그리고 천중선이가 개인적으로 준 로비자금 내역, 시간과 장소 참석자 등을 기록하였다. 그는 가을에 있을 진급심사 시 이 기록을 써먹을 수 있겠다고 생각하며 속으로 쾌재를 부르며 즐거워하였다.

천명운에게 붙여진 형사도 거의 매일 같이 보고하였지만 그의 말은 천명운이 만나는 사람은 거의 없고 그는 한 달에 한두 번 금을 처분하고 금 판돈을 가지고 다른 곳을 특별히 가지 않고 집에 바로 간다는 것이다. 결국 그에게도 특별한 문제점이 발견되지 않는다는 거였다. 그러나 노형사는 미행 형사를 원대 복귀시키고 직접 미행하기로 하였다.

미행은 금을 팔기 위하여 집을 떠나올 때부터 집에 들어가는 동안의 그의 행적을 세밀히 살펴보기로 하였다. 처음 밀행을 하였을 때 그는 천명운의 이상한 행동을 감지할 수 없었다.

그가 접촉한 사람은 금을 사는 상사주인 한 사람뿐이었다. 상사주인장은 그들의 주요 정보원이었다. 그 지역의 모든 광산의 생산량을 알 수 있는 자료를 수집할 수 있었기 때문이다. 이곳의 자료는 관청에 신고한 것보다는 더 정확한 실제 자료였다. 그리고 딱 하나 그가 객실에서 만났던, 인사만 하고 헤어진 접촉하였다고 볼 수 없는 일반 승객과의 인사 그것이 전부였다. 그는 세선역이나 풍리역에서 내리지 않고 바로 집에 가까운 남양역에서 내렸고 거기에서도 다른 곳으로 들르지 않거나 기껏해야 상점에 들러 집에 필요한 물품을 사서 곧장 집으로 갔다.

노택술은 그동안의 정보와 미행결과를 종합한 결과 특별한 문제점이 없는 것으로 판단되어 이번이 마지막이라고 생각하고 천명운을 미행하였다. 지난번과 거의 같이 행동을 하였다. 비가 오는 중인데도 세선역에서 여러 명이 타기도 하였지만 한 젊은 농부가 천명운 앞에 앉으면서 일상적인 인사만 주고받았다.

그가 한 달 전에 본 사람과 같다는 생각은 하지 못하였다. 아니 전혀 달라 보였다. 지난번에는 광산 일용직 노동자가 앞에 앉았는데 오늘은 농부가 앉았다. 기차는 터널을 지나고 잠시 있다가 다시 터널을 지난 후 두 사람을 바라보니 차창을 바라보고 유리창을 닦아내면서 밖을 쳐다보고 있었다.

기차가 풍리에 서자 앞에 앉았던 젊은 농부가 자리를 일어서며 노택술이 앉아있는 뒤쪽 문으로 내린다. 잠시 후 기차가 움직이려 하는데 노택술은 아차 하면서 아직은 천천히 달리는 기차에서 급히 뛰어내렸다.

그놈인 것 같았다. 그놈 그놈이 수상하였다. 맞다 그놈이다. 지난번에 그놈이 변장을 하였다고 볼 수 있고 그 놈이 또다시 접선을 한 것이라고 생각되었다. 그는 기차에서 뛰어내리면서 다리가 접질렸다. 기차가 움직였기 때문에 착지하면서 몸을 굴리거나 혹은 기차를 따라서 같은 방향을 달려주어야 하는데 급하다보니 그냥 뛰어내려서 몸이 휘청하면서 다리 근육에 이상이 생긴 것이다.

다리를 살펴보니 크게 다친 데는 없었지만 행동하는 데 어느 정도는 영향이 있었다. 근육이 조금 무리가 간 것이다. 그러나 그는 자기 몸을 생각하지 않고 황급히 그 젊은 농부가 간 방향으로 뛰어갔다. 마음으로는 뛰었지만 실제로는 아픈 다리 때문에 뛰지는 못하고 약간 절며 신속히 발걸음을 옮기면서 젊은 농부를 찾아보았다. 풍리 역사를 지나 수십 평의 밭이 있는 곳에 거리로는 100미터 쯤 떨어진 곳에 우산을 쓰고 걸어가는 그 농부를 발견했다. 그 놈을 잡기 위하여 이번에는 뛰었다. 비가 와 흙길이 미끄럽고 다리가 불편하여 빨리 뛰지는 못하였지만 기어코 20~30미터 정도로 거리를 좁혔다. 그리고 농부를 불러 세웠다. 젊은이는 이제 막 수풀이 우거진 산길로 접어 들어가려는 순간이었다.

"여어! 젊은 양반 젊은 양반! 잠깐 말씀 좀 묻겠습니다."

젊은 사람 정형진이는 조금 발걸음을 늦추면서 뒤를 쳐다보니 점퍼 차림의 중년이 불러 세운다. 정형진이는 직감으로 느꼈다.

'드디어 올 것이 오고야 말았구나. 저놈이 형사임이 틀림없고 나를 미행하고 잡으러 왔구나!'

그렇지만 그는 침착하게 걸음을 늦추면서 말을 하였다.

"왜 나를 불렀음둥? 왜 나를 불렀지비요?"

"그래, 그래, 당신. 나, 나 좀 봅시다그려!"

그가 아직도 숨찬 목소리로 대답을 한다. 그는 우산도 없이 오는 비를 다 맞고 있었다. 비는 소나기처럼 많이 오지는 않았지만 그의 옷은 이제 젖어들기 시작하였고 몇 방울의 빗물이 이마에서부터 눈 밑으로 흘러내려 그는 이것을 손으로 훔쳐내었다.

"왜 그러심둥! 뭐 물어볼게 있을꾸마?"

일단은 안심시키듯 대답하였다. 조선말을 하고 발음을 듣고 보니 이 놈은 분명히 조선 놈인데 일본 앞잡이를 하고서 기생충 같이 동포를 못살게 굴며 살고 있는 아주 질이 나쁜 놈이라 생각했다.

정형진이는 이런 일에 상당한 경험이 있는 사람이었다. 그를 부르는 사람이 벌써 형사인 줄을 직시하고 우산을 약간 기울여 상대가 보지 못하게 하고는 안주머니에 넣어둔 칼을 쥐어 잡았다. 노택술이 다가오자 그는 재빨리 칼을 빼어들어 노택술을 향하여 일격을 가하였다.

전혀 예상하지 못한 정형진의 갑작스런 공격에 크게 놀란 노택술은 당황하였지만 수십 년 베테랑 형사답게 첫 일격을 가볍게 피했다. 칼은 치명적인 상처를 주지 못하고 그의 가슴 옷깃을 스쳐지나갔다. 그러나 노택술은 칼을 피하면서 미끄러져 절반은 주저앉게 되었다. 아까 기차에서 뛰어내릴 때 움찔했던 그 발목에 이상이 생겨 완벽하게 대응을 하지 못한 것이다.

그러나 부자연스러운 자세에서도 그는 순간 가슴에 찬 권총을 꺼내들어 정형진에게 겨누었다. 그런데 정형진의 발길이 더 빨랐다. 그의 오른발이 노택술의 권총을 가진 손에 일격을 가하였다. 방아쇠를 이미 당긴 총은 허공에 한발의 총성을 내면서 멀리 날아가 버렸다. 그러고는 오른손에 쥔 칼로 한 손을 뒤로 짚고 있는 노택술의 얼굴을 향하여 다시 한 번 찔렀다. 노택술은 이번에도 오른쪽으로 몸을 굴리면서 그의 칼을 피하고 벌떡 일어나 오른발로 정형진이의 가슴을 공격하였다.

정형진은 발길을 피하면서 노택술의 발을 잡아 어깨에 메면서 그의 오른쪽 발로 상대의 중심을 잡고 있는 왼발을 걷어찼다. 노택술은 중심을 잃고 쿵하고 완전히 뒤로 넘어지면서 내동댕이쳐졌다. 젊은이의 힘을 당할 수가 없었다.

정형진은 뒤로 넘어져 앞을 보고 있는 노택술을 향하여 오른발로 가슴에 일격을 가하였다. 노택술은 "억" 소리를 내며 가슴을 두 손으로 감싸면서 다시 일어서려고 하였다. 가까이 다가간 정형진은 단검으로 그의 가슴을 찔렀다. 이번에는 칼이 제대로 박혀 들어갔다. 노택술이는 "으악” 소리를 내면서 두 손으로 가슴을 안았다. 피가 솟았다. 하지만 치명적인 곳에 가해진 것이 아니라서 노택술은 두 발로 발길질을 하면서 저항하였다.

정형진이는 여기서 끝내주어야겠다고 생각하면서 노택술이의 배에 올라타 그를 꼼짝 못하게 하고 왼쪽 가슴 심장 있는 곳에 마지막 일침을 가하였다. 노택술의 몸이 부르르르 떨리면서 입으로는 “어어어－엉억” 소리와 함께 입에서 피거품이 뿜어져 나왔다. 그러기를 수십 초 마침내 노택술의 몸이 힘을 잃고 축 늘어졌다.

노택술! 수많은 애국지사를 울리고 사형대의 이슬로 사라지게 한 장본인, 그가 오늘 이 시간을 기점으로 영원히 이 세상에 남아서 햇빛을 보지 못하게 되었다. 정형진은 노택술의 시체를 질질 끌어다 수풀 깊숙한 곳에 내버리고 나뭇가지를 꺾어서 덮어두었다.

인적이 드문 곳이라서 운이 좋다면 한 달 이내에 발견되겠지만 그렇지 않으면 시체가 부패되어 누군지 형체를 알아볼 수 없는 상황까지 될 것이다.

정형진은 흙탕물과 피가 튄 옷을 추스르고 권총을 수거하여 근처 땅속에 묻어버린 후 수풀로 사라졌다. 이날 두 사람이 격투를 벌였던 곳 부근에 인가가 있었지만 비가 오고 있었기 때문에 빗소리에 총소리도 묻혀버렸고, 두 사람이 내지른 기합소리와 비명은 아무도 듣지 못하였다.

개과천선을 할 기회도 있었으련만 노택술은 끝내 동족의 손에 세상을 등지게 되었다. 이로써 자신의 신분이 노출된 정형근은 모든 일을 중단하고 만주를 통하여 중국에 들어갔으며 그의 행적은 그 후로 알려지지 않았다.

이러한 큰 사건이 벌어진 사실을 알 수 없었던 천명운은 예정된 날이 되자 자금 전달을 위하여 이미 예고하였던 방법에 의하여 돈을 주머니에 넣고 기차에서 던졌고 며칠 후 도보로 와서 수거여부를 확인하였다. 이상하게도 돈 주머니는 그대로 남아 있고 별다른 소식이나 반응이 없어 접선을 더 이상 시도하지 않고 자금 전달도 중단해버렸다. 이로써 몹시 어렵고 위태로운 지경의 백척간두에 놓여있었던 천중선 부자는 일시적으로 위기에서 벗어나게 되었다.

정형진이 노택술을 살해한 후, 두 달이 지난 1943년 천중선은 온성 내의 여러 관헌들을 만나는 과정에서 또다시 이상기류를 느끼었다. 관·군·경 사람들이 천중선을 대하는 태도가 조금 달라진 것을 포착하였다. 그는 이상하다 생각하여 직접 경찰서장을 비밀리에 접촉하여 만나보았다. 물론 이때에도 푸짐한 선물을 가지고 갔으며, 이것을 본 서장은 적극 사양을 하였으나 자꾸만 들이밀었기 때문에 사양하는 척하고 슬쩍 집어넣었다. 그는 말끝을 흐렸지만 다음과 같은 귀중한 정보를 주었다. 그가 비밀스럽게 흘려주었다.

"앞으로 이곳 함경도에 있는 모든 광산의 과거 2년 동안의 재무제표를 압수하여 살펴볼 것이고 돈의 행방과 세금문제에 대하여 심도 있는 수사를 단행할 것이다."

그는 덧붙여서 말했다.

"광산에서 나오는 상당한 돈이 독립군으로 흘러들어가고 있는 사실을 포착하였다. 그리고 줄곧 내사한 결과 지금 이곳에 아직도 독립군의 뿌리가 남아있어 그것을 발본색원하려고 한다. 귀 '화성광산'은 조사 순위 제2번에 올리어져 있다. 아마 순번 5번까지는 동시에 압류를 당할 것이고 당신과 당신 아들은 출두하여 발견되는 혐의에 대하여 진술을 해야 될 것이다. 만약 거기에서 혐의가 있다면 체포될 가능성이 농후하다. 지난번에 나에게 하였던 말을 가지고는 변명이 되지 않고 아마도 상세하게 자금의 수입과 지출 그리고 쓴 돈의 사용처를 밝혀야 할 것이다. 윗선에서 조만간 최종결정을 내리면 모든 것이 전격 진행될 것이다."

이때 경찰서장은 노택술이 살해된 사건에 대해서는 함구하였다. 천중선은 놀라 아연실색 하였다. 그는 경찰서장에게 고맙다는 인사를 하는 둥 마는 둥 경찰서를 나와 바로 집으로 가서 아들을 불러 상의하였다.

그로서는 총매출액의 20퍼센트에 달하는 군자금에 대하여 사용처를 둘러대려고 생각을 해보았지만 워낙 액수가 커서 불가능하였다. 초유의 위기를 맞이하여 해법을 찾으려 여러 가지로 궁리를 하였지만 별다른 수가 없어 최후로 다음과 같이 실행하기로 하였다.

1. 광산을 폐쇄하고 관련문서를 모두 태워버려 증거를 없앤다.
2. 가족은 서울이나 경기도로 즉시 이사를 시킨다.
3. 자신과 아들은 즉각 중국이나 일본 혹은 국내의 한적한 곳으로 사건이 잠잠해질 때까지 피신한다.

일단 천명운을 온성에 보내어 화물차를 긴급히 수배하여 다음날 이삿짐을 서울까지 나르도록 상당한 돈을 지불하고 계약을 하였다. 그리고 그날 저녁쯤에 일이 끝나고 퇴근을 하려는 노동자들에게 내일 하루 임시 휴업을 하니 출근을 하지 말라고 하였다. 노동자들이 다 퇴근을 한 후에 모든 문서를 정리하고 불태워버렸다.

그런 후에는 가족들에게 짐을 싸라고 하였다. 갑자기 짐을 싸라는 천중선이의 지시를 들은 가족들은 어안이 벙벙하였지만 그 말에 따라야 하였다. 그런데 천명운의 부인만이 짜증을 부렸다.

"내래 오데 가서 오또케 살겠음메, 요기를 떠나기 싫음메."

자기는 애들과 함께 이곳에서 그냥 살겠으니 생활비만 어느 정도 달라고 하였다.

"여기서 무엇을 하고 살려고 그러합니까? 아이들의 장래를 위하여 서울로 갑시다."

천중선이 설득하려고 했다.

"서울에 가서도 당신이 없을 틴디 살기는 요기나 고기나 마찬가지 아니갔소! 낯선 땅에서 오렵게 사느니 난 요기서 거저 애들이나 크는 것을 보며 살갔소."

그녀는 한사코 가기를 꺼렸다. 천명운은 그 말이 일견 맞기도 하다는 생각이 들었다.

"그러면 이번 일이 잠잠해지면 다시 돌아오겠소."

그는 어머니와 동생만을 데리고 서울로 가기로 하였다.

다음날 아침 일찍 도라쿠(트럭)가 오자 운전사와 함께 이삿짐을 올렸고 운전사에게는 서울의 지리를 대충 알려준 다음 자기들의 목적지 회현동 집에 대하여 상세히 알려주고 거기에서 만나기로 하였다. 그리고 그 후에 가족들은 기차를 타고 서울로 바로 떠나기로 하였다. 마침 이곳 남양면에서는 온성을 거치지 않고 회령을 통하여 길주로 가는 함북선이 있기 때문에 서울로 가는 길은 그런대로 수월하였다. 아마도 짐보다 기차를 타고 가는 가족이 서울에 먼저 도착할 수 있을 것 같았다. 왜냐하면 육로는 멀고 험하며 포장도 되지 않은 길이 태반이었기 때문이다.

그리고 광산 폐업이라는 공고문을 출입문 여기저기에 붙였다.

더 이상 세금과 적자를 감당할 수가 없어 당분간 휴업을 감행함.
이번 달 7일간의 임금은 사무실에서 지급함.

다음 날 아침 출근한 노동자들은 탄광이 휴업을 한다는 공고문을 보고 깜짝 놀랐으나 일단 7일간의 임금을 준다고 하니 모두 사무실에 남아있는 며느리한테 몰려가서 돈을 받아갔으며

"왜 갑자기 휴업을 하게 되었느냐?"고 물어보기도 하였다. 며느리는 자초지종을 알지 못한 채 대답했다.

"나는 잘 모르갔음메. 자 돈이나 받아 가지비!"

그녀는 금방 말문을 닫아버렸다. 시아버지와 남편에게서 일체 모르는 일이라고 함구할 것을 지시받은 며느리는 용하게 질문을 잘 회피하였다.

노동자들은 먹고 살 직장을 잃었으니 한숨을 쉬었지만 별다른 대책이 없어 다른 광산의 인부로 일감을 찾아 나서기로 하였다. 여기서 밀정 한 명이 급히 빠져나가 온성으로 가는 기차를 타고 나가 천 씨 부자의 '화성광산' 금광의 휴업 사실을 경찰에 보고하였다. 그러나 경찰청장은 그런 사실을 상부에 보고하지 않았다. 이미 자신이 천 씨 부자에게 귀띔을 해주었고 그럴 것으로 생각이 되었기 때문이다.

경찰서장의 입장으로서는 천중선 부자가 아무도 모르게 사라지기를 바랐고 실제 그러한 일이 일어나 내심으로는 적이 안심이 되었다.

한편 총독부 고등계에서는 노택술의 보고가 끊기고 거의 한 달 이상이나 행적이 묘연한 데 대하여 이상하다고 판단하였다.

그래서 노택술과 같이 수사한 형사 두 명을 불러 노택술의 행방과 그가 내사한 천 씨 부자의 행적에 대하여 묻게 되었다. 한 형사는 천명운을 내사하였지만 별다른 의혹이 없었고 그동안 의구심이 깊었던 자금

문제는 많은 돈이 관리들에게 뇌물로 들어갔음이 밝혀졌다고 말하였다.

그리고 두 번째 형사도 천명운이 일상적인 생활을 하였고 별다르게 만나는 사람이 없었다고 진술을 하였다. 또한 그들은 노택술이 더 이상 천 씨 부자를 미행할 필요가 없다고 하여 이 일을 그만두었으며 그 후 노택술을 본 적이 없다고 하였다.

고등계는 두 형사에게 노택술의 행방을 찾으라고 명령을 내렸다.

천중선은 일단 회현동으로 가서 적당한 집을 하나 임시로 전세를 얻기로 하였다. 몇 년 전에 살던 집을 처분을 하진 않았지만 세입자가 있어 그 세입자가 나가기 전에 임시로 살집이 필요하였기 때문이다. 그 사이 트럭도 함경도에서 무사히 도착하여 짐을 내려 들여놓았다. 이제는 두 사람이 어디론가 피신을 하여야 했다. 그들은 이틀을 고민하다가 최종적으로 일본 대마도로 피신할 것을 생각하였다. 중국으로의 도피는 무리가 많았다. 지금 전쟁 중인 지역을 그것도 도피하게 될 지역이 대부분 일본의 점령지역 안에 있었기 때문이다. 또한 피신할 곳까지 가다가 일본군이나 경찰의 검문에 걸려 도피가 무산될 가능성이 매우 높을 것이다.

그리고 일부 중국인들은 배타적이고 일본군 협력자가 있어 숨어 있을 곳이 마땅치 않았고, 조선의 어느 지역도 마찬가지였다. 제일 좋은 곳이 사람이 많은 서울 한복판이지만 가족들이 있고 일본 경찰의 감시의 눈이 너무나 많아 그들은 최종 목적지를 일본으로 정하였다. 일본 내에서도 "등잔 밑이 어둡다"라는 격언을 생각하여 지금 한참 전쟁 중인 일본 본토를 피하여 대마도로 정하였다.

대마도는 부산 바로 밑에 있어 도달하기 쉽고 일본 본토와 멀리 떨어져 있어 전쟁과는 먼 그런대로 평화로운 섬이었다. 그리고 한국 사람들이 많이 들어와 살고 있어 일상생활을 하는 데 지장이 없을뿐더러 한국 사람들에 대한 반감도 적었다.

두 부자는 가족에게도 알리지 않고 그냥 중국 북경으로 간다고만 말하고 서울역에서 기차를 타고 중국과 반대 방향인 부산으로 방향을 바꾸었다. 가족에게조차 비밀로 한 것은 추후에 일본 경찰이 가족을 추적하여 소재를 알아내고 연행하여 심문할 것이 분명하기 때문이다. 혹시 그들이 협박과 고문에 못 이겨 실토하게 되면 신상에 위험이 초래되기 때문에 미리 방지하려는 것이다.

두 부자는 부산에서 대마도행 배를 탔다. 부산항에서 대마도까지 왕복하는 배가 하루에도 몇 차례 있었고 사람들로 제법 북적거렸다. 천 씨 부자는 대마도에서 가장 번화한 항구를 중심으로 생활하기로 하고 일단은 여관을 정하였다.

며칠 후 대마도 이즈하라 항구 근처에 집을 하나 얻어 생활을 하였다. 무위도식을 하면 주변 사람들이 이상하게 생각할 것이니 부두잡역일을 하기로 하였다. 천중선 아버지는 이제 나이가 들어 활동하기가 힘들었으나 힘든 일이 아닌 단순한 심부름은 아직 할 수가 있고, 일을 하는 것이 건강에 좋다고 생각되어 아침이 되면 일을 나갔다. 천 씨 부자는 인편을 통하여 서울 집에 기별을 하였다. 그들은 서울 가는 사람들에게 부탁하여 서울에서 편지를 부치도록 하였으며 가족들에게 안부를 전하였다.

후문으로 알게 된 사실이었지만 천 씨 부자에 대한 일본 경찰의 수배령은 그들이 폐업을 하고난 한 달 후에 전격적으로 수행이 되었다. 이미 몇 명의 형사가 광산으로 수사상 왔었다는 이야기가 들려왔다. 그들 부자는 안도의 숨을 쉬면서 잠잠해질 때까지 이곳에서 머물기로 하였다.

천 씨 부자가 대마도로 피신한 후 두 달이 지나 노택술이의 사체가 발견되었다. 나무꾼에 의하여 발견된 시체는 형체를 알아볼 수 없을 정도로 부패되어 있었다. 입은 옷과 소지품 그리고 신분증으로 그가 노택술 형사임이 밝혀졌고, 거의 뼈만 남은 사체를 정밀 부검한 결과 노택술이 누군가에 의하여 칼로 살해된 것이라고 결론을 지었다. 경찰이 사체 주변을 샅샅이 뒤지며 살펴보았지만 결정적인 단서는 하나도 없었으며 통상 착용하고 다니던 권총도 찾을 수가 없었다. 격투 흔적도 그동안 여러 번 비가오고 시간이 많이 흘러 완전히 지워져버렸으며 사체는 백골이 되어 여타의 물증을 찾기도 어려웠다.

하지만 경찰은 이러한 증거가 불충분한 사건이라도 형사인 노택술 살해사건을 꼭 수사하지 않을 수 없었다. 비밀 경찰관이 피격된 것은 경찰의 권위에 도전한 것이라는 상징성 때문에 다른 사건에 비하여 총력을 기울여 수사하기로 결정하였다. 그가 어떻게 이곳까지 와서 살해, 유기되었을까? 라는 의문에 초점이 맞추어졌다. 그 의문 한가운데에 천 씨 부자가 있다고 판단하고 두 사람에 대하여 수배령을 내렸다.

그러나 이미 그 두 사람은 광산을 휴업하고 어디론가 사라져버렸기 때문에 전담 수사관을 배치하지 않으면 수사가 장기화될 것이라는 판단이 되었다. 그런데 지금까지 노택술이 개인적으로 많은 공로를 세우고 비밀형사라는 직책이 있었지만 이제는 한낱 늙은 조선 출신일 뿐인 형사의 살해사건에 작금의 경찰은 수사 인력을 더 이상 투입할 수가 없는 사정이었다.

초기에만 전담형사 네 명을 배치하였으나 몇 달이 지나 다른 사건이 계속 일어나자 한 명만을 남겨두고 철수하였다. 그 한 명의 전담형사도 천 씨 부자가 이미 사라져버려 소극적인 수사를 할 수밖에 없었다.

설혹 천 씨 부자를 잡았다 하더라도 노택술 형사 살해사건과 연관을 지을 물증이 하나도 없었다. 그리고 엮어 넣어야 할 독립군 군자금 문제도 별다른 이상을 잡지 못하였을 뿐 아니라, 지금까지의 내사 결과도 탈세한 흔적을 하나도 발견할 수 없었기 때문에 수사 낭비라 생각하고 두세 달이 지난 후에는 흐지부지되어 사건을 미결로 종결해버렸다.

전쟁 속으로

-아! 만주!-

천영화가 탄 열차는 계속 북으로 달린다. 모내기 하느라 들판의 논에는 물이 가득 가두어져 있고 주변의 야산에 흐트러진 밭에는 여러 가지 농작물이 심어져 있다. 오후 들어서 개성역에 도착한 기차는 한참을 쉰다. 증기기관차라서 물과 석탄을 다시 실어야 하기 때문이다.

동남쪽으로 개성 남문의 일부분만 보이고 북쪽으로는 송악산이 눈에 들어온다. 그리고 그 주변에 병풍처럼 여러 산꼭대기가 보인다. 이곳이 고려 왕조의 터전이었다는 것이 믿어지지 않을 정도로 그냥 평범한 큰 고을처럼 보인다. 기차는 두세 시간을 정차하여 각종 필수품을 싣고 다시 달린다. 굽이굽이 산 따라 계곡 따라 돌고 돈다.

해가 저물었다. 장시간 앉아 있으니 모두 다 지루하고 지쳐가고 있다. 조영호가 말문을 뗀다.

"야아 개성 이북은 평야지대가 벨로 없다 아니가? 여그 사람들 뭘 묵고 살아갈꼬? 참 힘들겠지야? 안 그러나?"

"그러긴 참말로 그러네. 거시기 그 개성 지낭께로 쌀농사 질 들판은 하나도 안 보이는구만 잉!" 김장진이 응대하며 계속 말한다.

"내가 시방 알기로는 조선 북쪽에는 평야란 것이 별반 없기는 없는디 저 거시기 대동강 그리고 압록강 근처 예성강 하구에 쪼매 들판이 있긴 있는디 주로 강 양안에 있기 때문에 남쪽보다는 훨씬 면적이 작고 쌀밥 먹기가 에렵다고 들었네!"

"아니 그렇지도 안티야. 우리가 시방 산악을 달리고 있어서 그렇게 좁게 보이지 대동강, 예성강 연안의 평야는 호남평야보다는 약간 작지만 그래도 상당히 넓다고 들었어!"

잠자코 있던 윤형진이 나섰다.

"그렇기는 혀도, 그렁게 시방도 그렇지만 옛날에 여그가 춥기로 유명허고 먹을 쌀이 별로 없응게로 남쪽으로 물려들었다지 않혀!"

"하모! 하모! 고구려 안 있나, 그 광개토대왕, 장수왕 그 두 사람들 모다 영토를 확장한다고 했는데, 장수왕은 남쪽으로 내려와 백제와 신라 영토를 쳐서 저기 충청도 한강유역 이남까지 내려갔다는 기록도 있다 하던데 느그들은 그게 왜 그랬는지 알기는 하나?" 조영호가 애써 표준말을 섞어서 설명을 하고 질문을 한다.

"잘 모르겄는듸 그게 뭔디이이이..." 김장진이 되물어본다.

"험! 험! 그게 안있나! 광개토대왕 때 북쪽으로 최대로 영토를 늘렸었다 아니가, 그게 요하라고 하던가! 요서라고 하던가. 그쯤하고, 지금의 길림지역 모다, 에에 또 그러니까 말이다. 지금의 동삼성지역인 만주라카는 전 지역을 차지했다 아니가! 그런데 문제는 그 이상으로 가면 서쪽에는 중국이 있고 북쪽에는 몽고, 동쪽에는 거란 등이 있어서 그 나라와 부딪치니끼니 더 이상 영토를 확장해봐야 지킬 여력도 없었고, 현 상태에서 영토를 확장하지 않는 것이 이익이라 생각하여 그래서 주춤하고 있었는데, 그 아들 장수왕이 남쪽을 정벌할라꼬 일부러 수도를 평양으로 옮기고 백제하고 신라를 쳤다 아니가! 이것은 모다 아는 사실인데, 참말로 그 진실은 무엇인지 아나?"

조영호가 열심히 설명하고 다시 질문을 한다.

"글시이 거 추워서 그렁게 아녔어?"

윤형진이 대답하였다.

"어? 니 아나?"

"아아니 잘 몰라 기냥 한번 말해봤어."

"어어 그래? 그래! 내사마 설명을 하자문, 험! 그거 안 있나? 만주가 너무 추워서 따뜻한 남쪽으로 이동을 하였다 아니가! 그러니까 느그들도 아다시피 만주하면 이제 우리가 갈 곳 아니가. 거기서 한겨울 철에 오줌을 싸면 오줌발이 거시기에서 나오면서 얼어붙어버린다 아니가?"

"네가 거기서 고것을 꺼내서 싸봤냐?" 윤형진이 조영호의 말을 자르면서 허리춤을 젖히며 한쪽 손으로 꺼내는 흉내를 낸다. 네 사람은 일제히 깔깔대며 웃고 옆자리 전우들도 무슨 이야기인지 모두 쳐다본다.

"그게 아니고 예, 그만큼 춥다는 말 아니가, 비교해서 빗댄 말 아니가. 봐라 봐라! 옛날 만주로 떠난 사람들 말이 맹 그렇다는 거지! 그리고 만주에는 농토도 넓지만 추워서 한 철만 농사지어야 하고 산들이 많아 식량구하기가 어려웠다지? 그래서 남하정책을 펴서 따듯한 남쪽나라로 내려와 살기를 원하였고 이 밥 먹기가 그렇게 소원이었다 아니가. 결국 그런 마음이 남하정책으로 이어진 것이 아닌가 나는 생각하고 있다 아니가. 맞다 안 그런가? 내말이 맞제이!"

"조영호 네 말도 맞다 맞어! 쩌그 거시기 그 형가리냐 머냐, 그 동유

럽 훈족이라고 있는디 그 훈족이 사실은 흉노족이었다는 것이야. 흉노를 훈이라 부른 거지, 그렁게로 그 훈족 즉 흉노족은 원래 몽고 남쪽 지역에 살고 있다가 동쪽 유럽으로 수만 리를 건너가 게르만 민족을 서로마와 프랑스로 그리고 잉글랜드까지 이동하게 만들어 세계 역사 변화에 기여하게 되었는듸이... 그 훈족이 그곳 서쪽 끝까지 이동한 이유가 바로 조영호가 이야기한 기후라는 설이 있다잖여어! 말허자면 허벌라게 그들이 사는 곳이 추워서 그 추위를 피혀서 서쪽으로 간 것이 거기까지 갔다허지 않혀?" 윤형진이 나서 보충설명을 하였다.

"그려? 얼매나 추워서 그랬듸야!"

다시 김장진이 질문을 하였다.

"역사학자들의 이야기로는 최하 그러니까 최저 영하 57도까지 내려갔었다는 이야기가 있다네."

"히...이! 영하 오십칠도? 그거이 거그서 사람이 살겄어? 아무도 못살지! 아마 두터운 가죽 털 입은 짐승들도 배기기 에려울걸?"

김장진이 새로운 사실을 안 것처럼 놀란 표정으로 말한다.

"글씨 말이여 추워서 내려온 것하고 이동한 것이 이해가 가네. 어쨌든 우리도 이제 그 추운 북쪽으로 가고 있지 않은가! 시방은 봄잉게 괜찮은듸 겨울이 오면 얼매나 추울지 걱정이 되네 그려! 걱정이! 특히 거시기가 얼어붙어서 콩알만 해져버릴까 봐 걱정이구만?"

"하하하 콩알만 해져도 씨 퍼치는 데는 지장이 없다니 걱정을 노시라네, 그거와 무관하대!"

"그러니까, 농사짓기가 여간 어려운 게 아니라서 사람이 별로 많지 않아 이동하기 편하고 원래 기마민족이라서 말 타고 그냥 따뜻한 남쪽으로 내려온 거겠지. 이게 말이여 기마민족설이라네. 그 잘난 일본까지도 포함되어 기마민족이 부여, 옥저, 고구려를 세우고 추운 만주에서 더욱 내려오면서 백제, 가야 그리고 일본까지 그 세력을 뻗치고 나라를 세웠다는 설이라네."

윤형진이 자신이 알고 있는 역사에 대하여 이야기 서두를 꺼냈다.

"그려어? 야아 그 만주 말이여 만주가 그러코롬 고구려 영토였는데 따지고 보면 우리 땅이 아니었드라고? 근데 시방은 누구네 땅이 된 거여?"

김장진이 물었고 윤형진이 대답을 하였다.

"누구네 땅이긴! 누구네 땅이여? 일본 놈들이 점령해버렸으니 일본 놈들 땅이지 시방은! 그리고 조선은 그 땅에 대하여 말할 자격도 없어져 버렸어!"

"왜? 옛날 기득권이라는 것이 있잖여?"

"고려 이후 조선시대까지도 백두산, 압록강, 두만강, 이북의 만주에 신경을 쓰지도 안하고 마냥 방치를 해두었는데, 그 땅에서 금나라, 요나라가 발흥하였고 최종적으로 청나라가 발원하여 중원을 석권해버렸으니 만주 땅은 이제 영영 우리 민족하고는 동떨어진 지역으로 될 가능성이 농후하다 이 말씀이야... 발해가 있었지만은 길게 가지는 못하고 만주가 다른 민족에게 넘어가버렸지. 이 발해 참! 발해가 아깝단 말이야, 만약에 이 나라가 천년을 이어가는 나라가 되었다면 지금 상황은 크게 달라졌겠지. 일설에 의하면 백두산 화산분출로 나라가 힘이 다하였다고도 하는데 정말인지 모르지만 안타깝네 안타까워."

"그려 참으로 애석하지 애석해! 그 발해가 있었다면 만주가 오늘날 일본 땅으로 될 수가 없을 것이여. 그리고 말이여 힘 있는 놈이 최고지! 그리고 먼저 차지하는 놈이 최고 아녀? 시방은 힘 있는 일본이 차지하고 있으니 지금은 일본 땅이라 말할 수 있을 것인데, 만약 우리가 일본 놈을 쫓아내고 힘을 길러 만주를 회복할 때에는 다시 우리 땅이 될 수가 있겠지?"

"그러야 하지 그래야지! 그런데 언제 그게 우리가 생각하는 대로 될까? 곧 그런 시기가 오겠지! 어쩌면 이 전쟁이 끝나면 올 수도 있으련만!"

"글씨 말이여! 그랬으면 오죽이나 좋겠어!"

이들이 역사와 영토 이야기를 하고 있는 가운데 기차는 사리원에 도착한다. 모두들 지쳐서 의자에 앉아 잠을 자고 있기 때문에 기차가 멈춘 곳이 사리원인지 어디인지 모두들 관심이 없었고 이야기를 하고 있거나 눈을 뜨고 있는 몇 명만이 사리원이란 역 표시를 보고 '이곳이 사리원이구나.'라고 생각한다. 기차는 한 시간여 멈추어 있더니 다시 북쪽으로 계속 달린다.

먼동이 터온다. 이 지역은 대동강을 주류(主流)로 한 작은 여러 지류들이 뻗어 있고, 그 연안에 평야가 발달되어 예로부터 평양성에 거점을 옮긴 고구려의 삶의 터전이었으며 대대로 북한지역의 곡창지대였기에 한마디로 심장과 같은 지역이라 할 수가 있다. 사리원에서부터는 기차가 가볍게 달리기 시작한다. 기껏해야 야산이었고 주로 평야지대와 강 그리고 내를 건넌다.

"야! 북한의 평야도 굉장허데이. 내가 사는 상주지역보다 엄청 넓다 아니가!"

"나는 처음잉게로 잘은 모르지만 여그 재령 · 연백 · 평양 · 안주 · 용천은 남한의 호남평야에 필적한다고 들었어!" 윤형진이 말한다.

"정말 우리 한반도 땅도 생각보다 훨씬 넓데이. 내사마 우물 안 개구리였다 아니가!"

기차는 대동강역을 가볍게 천천히 달리더니 교량 건너는 소리를 내면서 작은 섬을 하나 지나 드디어 평양역에 도착하고 날은 완전히 밝아온다. 수송관이 모두 소지품을 가지고 하차하라는 지시를 하였고 장병들은 꾸역꾸역 기차에서 내린다.

기차 정류장에 내린 장병들은 객차별로 정렬을 하고 수송관들이 앞장서서 역 대합실 옆 공터에 마련된 수십 채의 임시천막으로 안내를 한다. 천막 앞에 다다르자 수송관 총 책임자인 대위가 메가폰을 들고 큰소리로 말한다.

"아노! 귀관들은 각 객실 별로 여기 임시로 마련된 천막에서 하루를 쉬고 내일 오후 점심 이후에 다시 목적지로 출발할 계획이니 그동안 충분한 휴식시간을 갖도록 하라. 다만 모든 장병들은 이곳 임시숙소를 이탈하여 시내로 들어간다든지 어떠한 일탈된 행동을 하지말기를 바란다. 만약 그런 행동을 하다가 발각이 되면 군형법에 따라 의법 조치하겠다. 또한 각자 군장을 막사의 침대 위에 내려놓고 임시식당에서 식사를 하라. 그 이후에는 천막 안에서 자유스럽게 푹 쉬도록 하라!"라고 지시한다.

수십 개의 임시천막이 역 주변지역을 완전히 장악하고 있다.

임시막사 주변에는 헌병들이 일정한 간격을 두고 경계하고 있다. 이 헌병들은 일반인이 군인들의 숙소에 접근하는 것을 방지하고, 투숙하는 병사가 밖으로 나가는 것을 막기 위하여 총을 들고 지키고 있다.

식사 후 장병들은 모두 하릴없이 내무반에 누워서 부족한 잠을 보충도 하고 천막 밖에서 몸을 풀기도 한다. 그렇게 하루가 무료하게 지나간다. 오래간만에 푹 쉬게 되니 몸도 기분도 상쾌하여진다. 그런데 다음날 이상한 일이 벌어졌다. 군용객차가 서울에서 출발할 때보다 여섯 량이 더 붙여지고 오전부터 여자들이 모여들기 시작한다. 여자들은 먼발치에서 보아도 젊어보였고 수십 명씩 제각각 인솔되어 평양역 대합실에 모이기 시작한다.

대합실에 가까운 임시천막에서 바라보던 병사들은 호기심이 심히 발동한다. 무엇하는 여자들일까? 어떤 부류의 여자들일까? 어디에서 온 여성들인가? 대다수 여자들이 젊어 보이고 어떤 여자는 앳되어 보이기도 하는데 무슨 연유로 뭐하려고 이곳에 오는 걸까? 모두들 각자 멋대로 상상하고 수군수군하기 시작한다.

이 소식은 무료하였던 장병들 사이에 순식간에 퍼져나가 대합실과 멀리 떨어진 천막의 장병들은 그것도 구경이라고 가까운 천막 쪽으로 몰려든다. 심지어 어떤 병사는 두 손을 입에다 대고 휘파람 소리를 내기도 한다.

헌병 수 명이 이런 장병들을 진정시키려 몰려들고 장병들은 여자들이 무슨 행동을 하는가를 호기심 있게 지켜보고 있다. 수백 명의 여자들이 대합실과 역 바깥에 몰려들었다. 그러나 그 여성들은 각각의 인솔자의 지시에 의거 일사분란하게 행동을 하였기 때문에 모이는 규모에 비하여 크게 혼잡하거나 복잡하지 않다.

장병들은 그 여성들이 뭐하는 사람들인가를 제각각 판단을 하였고 여하튼 젊은 남자들 세계에 젊은 여자들이 모여드는 것이 그렇게 나쁘지만은 않게 생각이 들기도 한다. 점심 후에 수송 책임관의 지시에 의거 기차 객실에 오른다. 그 많던 여성들도 기차 객실에 다 올라탔는지 수송관이 신병들을 보고 지시를 한다.

"에에 또-우 여러분들은 어제에 왔던 객차에 그대로 탑승을 한다. 이제는 만주를 지나 여러분들의 배속지에 갈게 될 것이다. 그리고 객차의 마지막 여섯 량의 객실차량에는 어여쁜 여성들이 타고 있다. 절대 그 객실 칸에 갈 생각일랑 하지 말고 기웃거리지도 말기를 바란다. 이상."

이라고 말하자 한 병사가

"질문 있습니다."라고 손을 번쩍 들고 "저 그 여자들은 뭐하는 여자들입니까?"라고 물어본다. 모두들 궁금한 참이라서 그의 질문에 약간 웅성거렸던 장병들의 객실이 갑자기 조용해진다.

"에에 그 여자들은 너희들하고는 전혀 관계없는 사람들이다. 그 여성들은 고위 장성들의 비서가 될 사람들로서 우리 방면군 사령부 그리고 사단, 여단, 야전 사령부에서 일하게 될 것이고 일본제국의 전투능력을 크게 향상시키게 될 사람들이다. 그러므로 여러분들은 그 여성들이 기차를 타고 어디를 가든지 신경을 쓰지 않아도 된다. 알겠느냐?"

여러 장병들은 또 웅성웅성 거린다. 고위 장성들의 비서가 될 사람들이라는 대목에서 실망이 적이나 커졌기 때문이다. 600여 명의 장병과 여성들을 태운 기차는 힘차게 신의주를 향하여 달려간다.

"야틀아! 너그들 쩌 여자들이 뭐 헐려고 기차를 타고 전선으로 가는지 아냐?" 김장진이가 침묵을 깨고 묻는다.

"내사마 모른다. 니는 아나?"라고 조영호가 되묻는다.

"내가 생각하기에는 아까막새 수송관 대위가 고위 장성의 비서로 간다고들 혔는듸 그게 아무려도 수상하다는 말씀이여!"

"수상허다꼬? 수상항기 그기 뭔가 아나?" 조영호는 이번에도 김장진이의 말에 반문을 한다.

"그 거시기말이여 그렁게로 그 비서란 것이 말이여, 그로코롬 많이 필요헌 것이 아니당께로! 에! 그러니께두루 말허자면 비서랑거시 사단에 몇 명 그렁게로 열 개 사단이면 많아야 60~70명만 필요헐 틴디 고로코롬 한꺼번에 많이 가는 것이 수상허다는 말씀이여!"

"뭐시기가 수상허다는 말씀이란 말이노? 수상항기 뭐꼬?" 조영호가 계속 질문을 하고 김장진이는 자기 의견을 설명해나간다.

"그렁게로 내가 정확히 일본군 병력이 몇 개 사단이나 중국에 있는지 모르겄지만 지금 전선으로 가는데 그 짝의 사단 수는 많아야 20개 사단 아니겄어? 20개 사단이면 너그들 얼매나 많은 군대 수인지 알고 있제?"

"내는 잘 모른다 얼맨데? 얼마꼬?"

"그러니깐두루 20개 사단이면 방면 군 네 개 군에 해당하는 중국에 와있는 일본 군대의 거진 절반에 해당되는 숫자지. 그러니깐두로 말허자면 설사 20개 사단이라 헐지라도 20개 사단에 곱허기를 한 사단에 여덟 명만 혀도 최대로 160명밖에 필요치 않는듸 그러코롬 많이 간다는 것은 비서란 역할을 하러간다고 생각헐 수 없는 많은 여자들이란 말이여! 내 말은! ... 이해허겄어? 조영호 너 내말을?"

"맞다 맞어! 쬐께 이해가 될라꼬 한다, 하기는 그렁기 수상하다 이거지. 니 말이 그런 말이지 안 그러나?"

"김장진이의 말이 맞기는 맞는 것 같다. 그 여성들을 왜 그렇게나 많이 어디로 데려갈까? 내 생각에는 비서 이외에 다른 목적이 있는 것 같어! 혹시 그 요새 풍문이 쫘악 퍼진 종군위안부가 아닐까?"

그때까지 잠자코 눈감고 있었던 천영화가 대화에 끼어들었다.

"그기 종군 위안부가 뭐를 하는 긴고? 니그들은 잘 아노?"

"내가 알기로는 군대 내에 위문공연을 한다고 들었는데, 그 여자들이 노래를 잘 부르는 것도 아닐 거고 광대도 아닌디 어떻게 위문을 하겄어! 생각혀봐! 딱 한 가지 질만이 있겠지. 그러니껜두루 기생 노릇을 한다고 말할 수가 있겄지?" 김장진이 자기 생각이 단연히 맞을 것이라고 하며 자신 있게 말한다.

"누구 기생노릇을 한다꼬?"

"누구긴 누구겄어! 높은 나리들 술 따라 주고 그 짓까지도 강요당허여 허겄지!"

"누구맘대로! 누가 그 짓을 강제로 하라고 하겄어?"

"총이 있자녀! 총이— 이 머리에다 총을 겨누고 하라고 허는듸 안 할 사람이 몇이나 되겄어. 그리고 힘이란 것이 있는듸 지들이 말을 안 듣겄어? 일단은 남자의 우격다짐으로 그러고는 진짜 정 말을 안 들으면 총으로 쏴버린디—야!"

"나도 그런 이야기는 들었어. 그게 사실인가 봐. 나도 서울에 있을 때 그런 사람 모집하는 것을 본 적이 있는데, 서울에서는 자발적인 모집을 하지만 아마도 지방에서는 강제로 납치도 하는가봐! 그리고 그 여자들을 그렇게 강제로 시중을 들게 만드는데 육체를 강요당하는 것은 확실히는 모르겠네." 천영화가 자신이 들은 것을 말한다.

"그거 아주 기분 나쁜 일이야! 실은 나도 여동생이 있거든. 나하고 나이가 두 살 차이인데 내 동생이 그런 데 끌려갔다면 난 가만 안 있을 거라 생각해!"

"야 너 여동생 있구나. 너처럼 예쁘냐?" 김장진이 묻는다.

"그럼 여잔데 어찌 나랑 비교하냐? 예쁘고말고! 암 예쁘지!"

"야 천영화. 나 어떠냐? 나 괜찮은 놈이지, 안 그래?"

"뭐가 괜찮아 임마. 중국 어디 가서 죽을지도 모르는 놈이."

"야 너 천영화! 나 중국 어딘지는 모르지만 가서 죽으라고 기도하고 있고만잉! 미안하지만 난 안 죽어 임마. 난 불사신이야!"

"그래그래 죽지 말고 불사신이 되거라! 누가 너 죽는 꼴 본다냐! 그런데 그것은 그래도 안 돼! 안 되는 것은 안 되지!"

"영화야! 나는 어떠고? 남자 같지 않나? 안 그러나? 이 경상도 싸나이 한다면 한다 아니가!"

"그려? 영화야. 나 충청도 싸나이 윤형진 어떠냐? 영화야!"

"하하하하 가만히 보니까 다들 시골뜨기들이 내 앞 옆에 앉아 있었구만 그려! 내 여동생은 말이야 신식여성이야 신식! 미안하지만 너희들에게는 너무 높은 나무구나! 정말 미안해서 어쩌나! 그리고 무슨 싸나이? 경상도, 충청도, 전라도 싸나이 어쩌고 그러는데 진정 싸나이는 말이야, 지역이 문제가 아니고 자기책임을 다하는 사람이 자고로 싸나이다운 싸나이라고 나는 생각해. 너희들이 정말 내 앞에서 싸나이다운 행동을 한다면 내가 한번 고려해보겠어 허허허!"

그러자 김장진이가 어깨를 으쓱하며 괴상한 그러나 진지한 표정을 지으면서 "이렇게 말이지?"라고 말하자 그 품과 억양 그리고 얼굴 표정이 우스꽝스러워 모두다 가가대소를 한다.

기차가 신안주에 도착 하였다. 청천강 하류에서 약간 중류 쪽으로 올라가 있는 신안주는 평야지대에 자리잡고 있다. 그 옛날 수나라가 113만 대군을 이끌고 수륙양면으로 고구려를 침략하였을 때 살수라 하는 이곳에서 수많은 수나라 군을 몰살시켰던 전적이 있는 그 강이다.

강 좌·우 양안으로 평야가 잘 발달하여 주민들의 삶을 지탱하여주고 있다. 기차는 신안주에서 한참을 머물며 다시 에너지를 충전하고 밤을 도와 신의주로 향하였다.

평야를 지나니 산길로 접어든다. 모두 다 피곤하여 잠들어버린다. 새벽이 되어서야 기차가 긴 파열음을 내뿜으며 멈추어 선다. 신의주에 도착하였다. 우리나라 서북쪽 국경지역에 자리 잡은 신의주는 압록강 하구에 있으면서 숱한 일화를 남기고 있는 국경도시이다.

강을 넘어가면 만주 안동(安東=단동丹東) 시가 있다. 두 도시는 강을 마주보고 마치 왜 국경을 갈라서 우리를 떼어 놓았냐고 하소연하듯이 압록강 연안에 나란히 자리 잡고 있는 시가지로, 역사만큼이나 오랫동안 수많은 우여곡절을 품은 도시이다.

기차는 반나절을 쉬면서 부족한 에너지를 충전하였고 장병들의 객실을 다시 정비하였다. 북만주 관동군 산하로 배속되는 장병과 중국으로 가는 장병들은 나누어 태웠다. 중국 내륙으로 가는 병사들은 선안선과 경장선을 이용하여 안동에서 선양과 천진을 거쳐서 북경으로 그리고 다시 북경에서 정태선을 타고 태원까지 가는 긴 여정이었다.

안동에서 심양(봉천)까지의 철도를 선안철도라 하였는데, 원래 이 철도는 1904년 러일전쟁 당시 일본군이 부설한 군용 경편철도를 일본의 남만주철도주식회사가 개수하여, 한국과 만주를 연결하는 간선철도로 운용하였다. 길이는 277킬로미터로 실제로는 창춘~대련 철도의 소가둔에서 분기되었다. 원래의 이름은 안봉철도였다가 1965년 안동이 단동으로 개칭되면서 선안철도에서 선단철도로 개칭되었다.

기차는 총 열여덟 칸을 달았다. 기차 앞뒤 칸에는 별도로 기관총을 각기 두 정씩 총 네 정의 3식 중기관총을 배치하였다. 그러니까 기차는 제일 앞에 기관차 그리고 화물칸 석 량, 이어서 기관총을 단 경비차 한 량, 장병 객실 여섯 량, 여자 객실 여섯 량, 다시 화물칸 한 량, 그리고 기관총 경비 한 량 총 열여덟 량을 달고 마지막에 기관차 한 대를 더 붙여 힘겹게 달리게 되었다.

기차가 출발을 하자마자 압록강 철로로 진입한다. 철로를 건너가면 중국 안동인데 남에서 북쪽으로 철로를 건너가면서 우측으로 고개를 돌려보면 가까이에 삼각주 섬이 보인다. 그 삼각주 이름이 유명한 위화도이다. 이 섬이 바로 이성계가 회군을 하여 쿠데타를 일으킨 역사적인 장소이기도 하다.

기차는 압록강 철교를 요란한 소리를 내며 건너 만주의 시작점 단동을 거쳐 북으로 고장도 없이 잘도 달린다. 끝없는 계곡과 터널 그리고 시내를 따라 열심히 가다가 두세 역을 지나면 쉬었다가 또다시 달리고 그러기를 200리 길을 달려간다. 지루하였다. 거의 하루를 달리고 나서 봉성에서 잠시 쉬게 된다. 이곳 봉성은 옛 고구려의 향수가 가득한 곳으로 우리의 잃어버린 또 하나의 역사적 현장이지만 청나라가 발원을 함으로써 중국의 영토였다가 일본이 괴뢰정부를 내세워 차지해버린 안타까운 지역 중 하나이다.

기차 안에서 반나절을 쉬고 있으니 다시 봉천을 향하여 달려간다. 본계를 지나니 산악지대는 끝이 나고 아득한 지평이 펼쳐진다. 기차는 만주의 드넓은 지대로 들어서더니 드디어 봉천역(=선양=심양) 승강장에 들어선다.

봉천에서 모든 장병과 여성들은 기차에서 내려 임시막사로 안내되어 들어간다. 뒤편 객실에 있었던 여자들도 남자들 반대편 지역에 마련된 임시막사로 휴식을 위하여 들어간다. 기차의 딱딱한 의자에 앉아서 수일을 여행한다는 것은 매우 피곤한 일이다. 모두들 침대에 들어가 누우니 언제 잠들었는지도 모르게 곤하게 잔다.

봉천은 일본군 관동군 사령부가 있는 곳, 시내 곳곳에 바리게이트가 쳐져 있고 헌병이 검문검색을 하고 있다. 작년부터 무척이나 검문이 강화되었다. 그것은 일부 병력을 태평양 전선으로 빼돌렸고 내륙지역의 병력을 대 소련 전을 염두에 두고 소련과의 국경 쪽으로 이동시켜서 내륙지역에 힘의 공백이 생겨 치안유지의 어려움이 예상되었기 때문이다.

원래 관동군은 순수한 일본군으로 구성되어 있고(조선인 등의 제3국 출신의 병사가 없는 일본인들만의 군으로, 최(最) 정예군이란 자존심을 가지고 있었다.), 편제는 평시 1개 사단과 철도 수비대 6개 대대로 구성되어 있었다. 이후 수십 개 사단으로 증편되었으며 조선출신도 편성되었다.

관동 주(州)와 철도 수비가 주 임무였는데, 관동군은 1930년 런던 군축조약을 성립시켜 군부, 우익으로부터 연약한 외교라는 거센 비난을 받았던 시데하라 외교의 산물인 대 중국, 대 만몽(滿蒙) 정책에 역시 강한 불만을 가지고 있었다. 관동군은 보다 강경한 대 중국 정책의 수행을 주장하였다.

관동군은 1920년대 말부터 관동군 참모를 중심으로 만몽 무력점령 계획을 세우는 등, 대 만몽 정책의 강경파의 최선봉이 되었고, 장작림 폭살 사건과 1931년 만주사변을 주도하여 '만주국' 건국의 주역으로서 중국 침략의 선봉 역할을 하였다.

하루를 푹 쉬니 피곤이 한껏 풀리는 듯하다. 지금까지는 거의 북북서 방향으로 왔지만 이제는 서쪽 방향으로 가야 한다. 기차에 일본군 호위병 1개 소대가 더 탑승하고 호송병력 객실이 한 량 더 추가된다. 봉천역을 떠나 채 한 시간도 되지 않아 창밖을 바라보니 대단한 광경이 눈에 들어온다.

끝이 보이지 않는 대평원이 전개되고 있다. 멀리 아스라이 지평선이 눈에 들어오고 그 지평선 끝에는 신기루가 서려 아른거린다. 앉아 있는 좌석 반대방향을 쳐다보아도 끝없는 지평선만이 조각구름 몇 개를 품고 있을 뿐이다. 한 병사가 그 광경을 보고 감탄을 자아내니 모두들 창밖으로 몸을 돌려 바라다본다.

이곳을 난생처음 지나는 모든 열차 탑승자는 광야란 말의 진정한 의미를 느끼면서 한편으로는 자연의 위대함과 경이로움에 감탄을 자아낸다. 지금까지 서울에서 출발하여 봉천에 들어올 때까지 대동강, 청천강, 압록강에서 제법 넓다는 평야지대를 보고 왔지만 그 평야들은 이곳의 비교 대상이 아니었다. 아니 될 수가 없었다. 아! 만주! 이래서 만주라고 하였구나!

만주는 오늘날 중국의 동북지방, 즉 요령성 · 길림성 · 흑룡강성 및 내몽골자치구의 동부지역을 포괄해서 가리키는 말이다. 17세기 중엽 만주족의 청조가 등장하면서 만주는 중국의 온전한 영토로 자리 잡게 되었다. 그리고 청조의 수립과 더불어 대다수 만주족이 중국 내로 이주하였다.

그리고 1677년에는 청조 정부가 백두산을 중심으로 한 압록강 · 두만강 이북의 1,000여 리 되는 지역을 청조의 발상지라 선포하면서 어떤 사람도 살지 못하게 하였다. 이리하여 만주는 사람들이 거의 살지 않는 지역으로 변해버렸다. 그러나 북방의 러시아가 남하정책의 일환으로 점차 남진하면서 변경의 방어문제가 제기되기 시작하였다. 또한 중국 화북지역에서 빈발하고 있던 비적 떼의 약탈, 각종 자연재해, 기근 등으로 인해 살길을 모색해 만주로 몰래 들어오는 빈민들이 늘어나기 시작하였다.

이러한 추세에 따라 조선의 북부지방에서도 기아와 도탄에 허덕이던 빈한한 한인 농민들이 생존을 위해 봉금령을 어기고 계속 만주지역으로 들어가기 시작하였다.

당시 러시아의 남진을 저지하기 위하여 북방 거점의 필요성을 인식하게 된 청조 정부는 만주로 몰래 들어가 땅을 개척하고 있던 사람들에게 이민정책을 실시하게 되었다. 청조 정부에서는 국방 · 재정 · 민생 문제 등을 해결하기 위한 고육지책으로 1870년대부터 봉금령을 취소하고 변강지구의 국방을 강화할 목적으로 이민자를 끌어들여 변방을 건설하기 위해 이민정책을 실시하였다. 이를 계기로 중국인의 만주 이주는 물론이고 한인의 이주도 본격화되었다.

이리하여 1860년대부터 조선 북부에서 빈발하고 있던 자연재해로 인해 삶의 터전을 상실한 수많은 한인들은 만주로 이주하기 시작하였다.

오늘날 연변이라고 일컬어지는 북간도 지역에는 지리적으로 인접한 함경남북도 사람들이, 서간도 지역에는 평안남북도 사람들이 이주해 갔다. 그 뒤 만주로 이주해 간 조선 남부의 사람들은 이미 점거된 서 · 북간도 지역을 피해 새로운 개척지를 따라 오늘날의 흑룡강성 · 길림성 지역으로 이주해갔다.

중국 유격대의 공격

-최초 전투 경험-

조선 출신 젊은 병사와 숙녀들을 태운 기차는 만주벌판 한가운데를 질주하고 있었다. 사방이 휑하니 뚫린 광야를 보니 저 넓고 많은 농토를 누가 지을까? 라는 질문이 생기기도 하였다. 기차 양쪽의 농토에는 옥수수가 꽤나 자라 우거져 있다. 한쪽으로는 보리처럼 보이는 식물이 한도 없이 계속 이어지고 있다.

농촌에 살고 있는 사람은 이 장면을 보고 "한두 달 후에는 기차가 보이지 않을 정도로 옥수수가 자라겠지!" 또한 "일본 놈들이 이래서 이 만주를 그렇게 욕심을 내서 점령을 하였구나."라는 생각도 든다. 왜냐하면 이 정도의 광대한 농토에서 나오는 농산물은 일본인 전부를 다 먹이고도 남을 정도라고 생각되었기 때문이다.

조영호는 상주에서 농사를 짓고 있는 자기 집을 생각해보았다. 속리산에서 남쪽으로 흘러나오는 작은 시냇물이 제법 큰 개천이 되어 낙동강으로 흘러들어가는 인접 평야가 시작되는 야산에 살고 있었다. 조영호는 자기 동네의 평야가 상당히 큰 평야지대이고 많은 쌀과 곡식이 생산된다는 것에 자부심을 느끼고 있었지만 한반도 내에서 평야다운 평야라 하는 호남평야조차도 한 번도 보지 못한 상태에서 이렇게 넓은 평야는 생전 처음 보는 것이라 그로서는 커다란 충격으로 다가온다.

한편 젊은 여성들이 탄 객실에서도 차창밖에 펼쳐지는 풍광을 보면서 똑같은 감탄과 탄성이 터져 나온다. 특히 농촌에서 온 여자들은 동네에서 가끔씩 들어왔던 북간도 이민자들의 삶에 대하여 생각해내면서 "이곳에 와서 농사를 짓는다면 참으로 좋겠구나!" 하는 생각이 들기도 한다. 도시에서 온 여자들도 감탄을 연발하고 있다.

"야! 만주가 이런 곳이구나! 이렇게 넓은 땅이 있다는 것을 처음 알았고 오늘 우리가 그 대평원을 지나면서 보고 있구나!"

"저 농사는 다 누가 짓지? 엄청난 부자겠구나!"

어떤 농촌 출신 여자는 "야 나 이곳에 시집와야겠다. 내 평생 논 백 마지기(약 2만 평) 농사짓는 것이 소원인데, 이곳으로 오면 백 마지기가 아니라 천 마지기를 지을 수 있겠구나."라고 자기 꿈을 이야기하기도 하였다. 이런 한스러운 이야기를 한 여성은 조선이름 성군자(君子), 일본이름 키미코. 그녀는 논산 출신으로 가난한 농가의 집안에서 장녀로 태어났다. 그녀의 밑으로는 동생 여섯 명이 줄지어 있었으며, 부모는 몇 마지기의 농사를 짓고 품팔이를 하여 겨우겨우 끼니를 이어가고 있었다.

그녀가 갓 스무 살이 되어 곰곰이 따져보니 계속 이런 방식으로 살다가는 동생들을 공부시킬 수 없는 것은 물론 제대로 먹이지도 못하고 미래 희망도 보이지 않아 뭔가 별다르고 색다른 방도를 내어야 되겠다는 생각이 들었다.

그녀는 논산지역에 떠도는 한 가지 소문에 귀를 기울인다. 그 소문이란 논산 읍내에 있는 어느 인력 모집책에 의하면 일본의 군수공장에 3년 계약으로 일을 하면 큰돈을 벌 수 있다는 것이다.

그녀는 모집책을 찾아가서 조건을 알아보니 군수공장에서 일을 하게 되면 일단 선불로 500원을 받고 한 달에 최소 300원이란 돈을 벌 수 있다는 말을 들었고 이것에 혹하여 즉시 지원해버린다. 500원이면 그녀와 그녀의 집안에서는 큰돈이다.

그녀는 군수공장에 가서 돈을 많이 벌어 집에 부쳐주겠다고 약속하며 가족에게 하직인사를 하고, 모집책과 동행하여 대전까지 올라왔다가 다시 서울로 그리고 평양까지 오게 되어 북송기차를 타게 된 것이다. 그녀 말고 논산에서 10여 명, 대전에서 20여 명 정도가 동행하게 되었다.

그녀의 평생소원은 부농이 되어 논 백 마지기를 경작해보는 것이었다. 그녀는 겨우 국민학교만 다녔으나 원래 총명하여 서당을 다니지 않았는데도 독학으로 천자문을 떼었을 정도였다. 아버지가 그녀의 이름을 군자로 지은 것은 다 그녀의 총명함이 있었기 때문인데 가정형편상 그녀는 학업을 접고 농사일을 거들어야만 하였다. 그녀는 국민학교를 졸업하고 생활전선에 뛰어들었다.

어린 나이임에도 불구하고 어머니하고 같이 남의 밭농사와 논농사를 짓는데 허드렛일을 도맡아서 하였다. 체구도 같은 나이 친구들보다도 클 뿐만 아니라 힘도 좋아 여자들이 못할 것 같은 일도 척척 잘해내었다. 그녀는 모심기, 모 때우기, 잡초제거 그리고 벼 베기까지 남자일로 분류된 일도 잘 해내었다.

밭농사로는 콩밭메기, 모종 심기 등등 집에서 짓는 논과 밭이 별반 없어서 그렇지 그러한 부지런함으로 자기 농사를 지었다면 벌써 부농이 되었을 것이라고 주변에서 칭찬이 자자하였다.

그런 그녀가 생활고를 못 견디고 스스로 지원을 하게 된 것이다. 그런데 평양까지 올라와서는 약간 이상한 분위기를 감지하였다. 그녀는 군수공장에 취직하러 간다고 했는데 일본 쪽이 아니라 북쪽으로 자꾸 가는 것이 이상하여 평양에 와서 인솔자에게 물어보았다. 인솔자는 "공장이 왜 일본에만 있겠느냐. 만주, 중국에도 많은 공장이 있다. 큰 공장에서 물건을 만드는 일을 하게 될 것이니 조금만 참고 기다려라."라는 말만 반복해서 하였다.

그런데 그 인솔자는 평양에서 어디론가 사라지고 이번에는 군인들이 인솔자가 되어 그들이 말하기를 "모집된 여자들은 군수공장에 가는 것이 아니라 조금 더 손쉬운 일인 군단 그리고 사단, 여단의 장성과 고위 영관들의 비서임무를 수행할 것."이라고 말하였다.

자꾸만 말이 바뀌는 것이 이상스럽게 생각이 되었으나 여비서라는 말이 어쩐지 고급스러워 보였기 때문에 그런 줄만 알고, 또 지금은 어떠한 일을 할 수도 없고 집으로 돌아갈 수도 없는 상황이라서 그저 말없이 따라야만 하였다.

논산 출신 키미코 앞에는 해주에서 온 한국이름 유설자(雪子), 일본이름 유키코, 즉 눈의 아이라는 뜻을 가진 동갑내기가 눈물을 가끔씩 흘리면서 앉아 있었다. 그녀의 집은 부농에 속하였던지라 정말 물 한 방울 손에 묻히지 않고 금이야 옥이야 하면서 귀히 자란 처녀였다. 어느 딸치고 귀하지 않은 딸이 있겠느냐마는, 유키코는 몇 명의 형제 중 하나밖에 없는 딸이면서 거기에다가 맏딸이었기 때문에 그야말로 바람에 날려갈

세라 금지옥엽으로 커온 딸이었다. 그녀가 어느 날 시내로 남동생과 외출을 하다가 불행히도 경찰에 의해서 강제로 붙들려가 이곳에 온 처자였다. 그녀의 부모는 그녀를 시집보내려 여러 가지 예단과 혼사준비를 다해놓고 날짜만 오기를 기다리고 있는 중이었다. 그래서 그녀의 신랑될 사람 즉 약혼자는 그녀가 잡혀가자 장인 될 사람과 함께 백방으로 '그녀를 어떻게 빼낼까?' 하고 모든 수단을 써보았으나 만사가 허사가 되었다. 이 일과 관계된 모든 관리들이 뇌물만 받아먹고 모른체 해버리는 것이었다.

하다하다 못해 약혼자는 그녀를 잡아간 경찰서에 가서 농성 항의를 하였다. 그녀를 직접 납치하여 데려갔다고 추정되는 형사를 만나 그녀를 내놓으라고 하였다. 그러나 그 형사와 경찰은 요지부동이었고 들은 척만 척 하였다.

그녀를 납치한 형사는 조선 출신으로 유설자 즉 키미코와 같은 마을에서 자라났고 평소에 유설자가 예쁘게 크는 것을 눈여겨보았던 하판락이라는 자였다. 이 형사는 아직 결혼도 하지 못하였고 그에게 어느 누가 딸을 주려고 하지도 않았다.

어릴 때 해주지방의 유설자가 살고 있는 동네의 어느 가난한 집안에서 태어나 망나니로 행동하면서 동네사람들에게 홀대를 받고 자란 사람으로, 부자나 동네사람들에 대하여 커가면서부터 반감을 가진 자였다.

그는 국민학교를 중퇴하여 처음에는 순경 보조원으로 일하다가 그 공적이 인정되어 정식으로 순경이 되었으며, 그 후에 이 세상 모든 것을 가진 양 거들먹거리면서 행동을 하였다. 어릴 때 못 먹어서 그런지 체구는 왜소하였으나 그의 눈빛은 독사처럼 날카롭고 빛났으며, 모든 일을 의심하고 예사롭게 보지 않아 족집게처럼 집어내는 그의 날카로움이 형사를 하기에 딱 안성맞춤이었다. 그는 해주지방의 독립군 소탕에 혁혁한 공을 세웠다.

그가 잡아넣은 독립군이라 하는 사람은 20여 명에 이르렀으나, 실상은 이들이 다 독립운동을 한 것은 아니었고 그가 날조한 증거로 억울한 옥살이를 한 사람들이 상당수였다. 그 공로를 인정받아 그는 형사로 승진을 하게 되었다. 유키코의 약혼자는 경찰서에 가서 한주먹에 날려버릴 것 같은 형사 하판락과 마주하고,

"야! 하판락! 내 약혼자 유설자를 지금 당장 석방시켜라! 너... 말이지 여자 유괴죄로 고소를 하겠다."라고 유설자를 내어놓으라고 윽박질렀다. 그는 눈 하나 깜짝하지 않고,

"난 그 여자가 어떻게 된 것인지 전혀 모르는 일이고 내가 알기로는 그 여자가 자원하여 간 것이지 나하고는 절대 상관이 없는 일이여."라고 거짓말로 시치미를 뚝 떼고 얼버무리려 하였다.

"뭐여 이 새끼! 너 여럿 본 사람들에 의하면 네가 납치하였다고 하던데 모른다고? 이거 형사란 놈이 완전히 납치범 아냐? 이게 어디서 발뺌을 하고 있네."라며 약혼자가 하판락의 멱살을 잡으려 한다. 하판락은 약간 뒤로 물러나면서 그의 손길을 뿌리치며,

"아! 글쎄 난 모르는 일이고, 그 여자 치맛자락도 본 적이 없다니까 이 사람 왜 자꾸만 사람 귀찮게 하는 거야. 야! 이 사람 여기서 내보내! 감히 여기가 어디라고 시끄럽게 큰소리치고 있어!"

하판락이 옆에 서 있던 다른 하급형사에게 눈짓을 하며 경찰서에서 약혼자를 강제로 내보내라는 신호를 하자,

"뭐여 이 새끼 이거 좀 맞아야 정신을 차릴려나!"라며 화가 머리끝까지 치밀어 오른 약혼자는 오른손바닥으로 크게 하판락의 뺨을 후렸다.

하판락은 순간 그의 손길을 옆으로 숙이고 돌리면서 피하였으나 왼쪽 빰을 일부 스쳐지나가면서 맞았다.

한방을 얻어맞은 하판락 형사는 즉시 가슴에 품은 권총을 꺼내어 겨누면서 한걸음 뒤로 물러나며

"너 쏜다 쏜다!"라고 하였다. 약혼자는 하판락이 총을 꺼내어 겨누는 것을 보며 일순간 멈칫하였으나,

"머? 이 새끼가 이제 총까지 꺼내 겨누네. 그려 쏘아봐 쏴아!"라며 달려들면서 이번에는 오른쪽 발을 들어 하판락의 옆구리를 공격한다. 하판락 형사는 재빨리 피하면서 권총의 방아쇠를 당긴다. 한발의 총알이 약혼자의 오른쪽 어깻죽지에 관통을 하였다. 약혼자는 순간 "억" 소리를 내며 움츠렸다가 다시 왼 주먹으로 그를 가격하려 휘두른다.

그러나 그는 이미 베테랑 형사가 되어 있었다. 이번에도 가볍게 그의 주먹을 머리 숙여 피하더니 한 발의 총을 다시 발사한다. 총알이 약혼자의 복부를 정통으로 맞추었다. 약혼자는 이번에는 "으억" 소리를 내며 왼손으로 배를 감싸 안고 주저앉았으며 하판락 형사는 가까이 다가와 또 한 발의 총알을 약혼자의 머리에 박았다.

뒤통수에서 뇌수가 터져 나왔으며 약혼자의 눈동자는 멍하니 허공을 주시하며 즉사하였다. 이런 모든 과정이 경찰서 내에서 일어났기 때문에 목격자가 많았다. 하판락은 업무상 정당방위를 인정받아 기소도 되지 않고 약혼자만 이슬로 사라지게 되었다.

한편 경찰서 내 기숙사 방에 여러 명의 처자와 함께 감금되다시피 하였던 유설자는 이 사건의 전모를 양심이 있던 한 순경에 의하여 전해 들었고 한동안 넋이 나갔다. 그녀는 식음을 전폐하다가 평양으로 다음날 비밀리에 끌려 나가게 되었다. 그녀는 몇 번이나 죽으려고 자살을 시도

하였으나 목숨이란 것이 원래 모질어서 죽지도 못하였다. 그리고 그녀는 워낙 유하게 자라나 마음이 모질지 못하고 연약하여 자진(自盡)을 할 수 있는 배짱도 없었다. 그래서 그녀는 밥 먹는 시간을 빼고는 줄곧 눈물이 마르지 않고 있었다. 여자를 납치한 자들과 하판락은 고가의 금액을 받고 중간업자에게 넘겼고 상부 경찰로부터는 위안부 요원 모집에 공이 크다는 공로상을 받기도 하였다.

그녀의 이야기를 전해들은 앞과 옆에 앉아있던 친구들은 혀를 끌끌 차며 그녀를 동정하고 위로의 말을 한다. 그러나 한편으로는 자신들이 여기에 오게 된 과정을 생각해보니 다시금 불안감이 밀려오기 시작한다.

또 한명의 친구는 이름이 아이코, '사랑을 다스림'이라는 의미를 가진 김애자(愛子)이다. 그녀는 평양시내에서 살고 있던 신식여성이었고, 아버지는 금융업에 근무를 하고 있었다. 그녀도 자신의 의지와는 상관없이 일본 경찰에 끌려와 이곳에 오게 되었다. 그러나 그녀의 성격은 워낙 낙천적이라서 모든 일을 담담하게 받아들였으며, 오히려 그런 난관을 즐기려는 태도였고 거꾸로 동료들을 위로하는 담대한 여성이었다.

그녀의 나이는 성군자나 유설자보다 세 살이나 많은 언니뻘이었고 평양의 유수한 대학에서 공부한 인텔리로서 올해 졸업하는, 장래희망이 교수가 되는 것이었다. 그녀도 불시에 붙잡혀 강제로 오게 되었다. 그녀는 계속 반항하였지만 총으로, 게다가 인상이 우락부락하고 덩치가 무지막지한 남성이 강압적으로 위협하는 데에야 별 수 없이 하라는 대로 따를 수밖에 없었다.

그리고 바로 옆에 앉아 있는 약간 무뚝뚝하고 새침한 성격의 처자는 한국 이름 소백합, 일본식 이름 사유리는 작은 백합이라는 뜻을 가진 인형처럼 아주 어여쁜 처자이다. 그녀는 평양 남서쪽 대동강 하구언 쪽에 위치한 남포가 고향이다. 그녀의 아버지는 어선을 스무 척이나 운영하는 사업주였으며 그의 사업은 번창하여 상당한 액수를 세금으로 헌납하고 있었다. 그녀의 아버지는 시대상에 걸맞지 않게 여자도 배워야 하고 남자처럼 활동해야 한다고 생각하고 일찍부터 평양에서 학교를 다니도록 하였다. 그녀는 얼굴 생김새와는 다르게 예능 쪽으로 전공하지 않고 교육학에 관심을 가지고 있었다. 그녀는 이름처럼 백합과 같이 하얗고 얼굴은 보기 드물게 아름다웠다. 그래서 그녀는 남자들에게 인기가 많았다.

중등학교 시절부터 그녀에게 관심을 끌려는 학생들이 많았고 대학교에 진학을 하자 여기저기서 청혼이 들어오면서 한마디로 공부를 제대로 하게 내버려두지 않았다.

그러나 그녀는 그러한 것에는 관심을 전혀 두지 않고 자기 할 일만 하여 학업성적도 월등하였다. 이것으로 인하여 주변을 빙빙 도는 남자들로부터 신성한 여자로 통하기 시작하였다. 감히 어느 누가 정복하지 못할 거대한 산으로 비추어졌다. 그런데 사건은 그녀가 너무나 거만하게 보여서 발생하게 되었다.

주변을 맴돌았던 한 남학생이 그녀를 정신대 모집책에 일종의 밀고를 해버린 것이었다. 즉 "이러이러한 여자가 있는데 일본군 장성들의 비서감으로 최고인 여자다."라고 귀띔해주었고 모집책은 사전에 그녀를 밀행한 결과 과연 미모와 행실이 남달랐기에 상당한 돈이 될 것 같아 그녀를 납치하여 가둔 뒤에 팔아넘긴 것이었다.

영문도 모르고 납치되어 민가에 갇혔다가 알지도 못한 곳에 가게 된 그녀는 어찌할 줄을 몰랐다. 그러나 이내 이성을 되찾고 어떻게 하면 이런 상황을 벗어날까 생각하고 있었다.

지금 그녀의 가족들은 그녀가 북송 열차를 타고 중국 어디론가 가고 있다는 사실을 까마득하게 모르고 있다. 그녀는 혼자 하숙을 하며 살고 있었기 때문에 아무도 그녀에게 관심이 없었으며, 다만 며칠이나 들어오지 않는 그녀를 하숙집 아주머니만 그녀가 집에 갔을 것이라고 추측하였다. 그동안 그녀가 며칠씩 집을 비울 경우에는 대부분 남포 집에 가 있었기 때문이다.

이 네 사람은 평양에서도 신의주에서도 같은 객실 칸에 있지도 않았으며 전혀 생면부지의 사람들이었다. 일본군이 일부러 서로 모르는 사람들끼리 그러니까 각 지역별로 모인 사람들을 같은 객실에 앉히지 않고 뿔뿔이 흩어 앉혔으며 신의주와 봉천에서 두 차례나 자리를 이동시켜버렸다.

그래서 지금 앉아있는 사람들도 처음 본 사람들이었으며 자리를 바꾸자 아예 대화의 문이 닫혀버렸고 그저 물끄러미 상대만 쳐다보든지 아예 고개를 창밖으로 돌리고 갈 뿐이었다. 일부러 서로의 정보를 공유하지 못하도록 교묘히 대화를 차단하려는 비인도적 처사였다. 성군자 키미코가,

"이런 곳에 시집와서 농사를 백 마지기를 지면서 살아야겠구나."라고 말하자 김애자 아이코가

"거럼! 이런 곳에 시집와 살면서 자연과 벗하고 농사지으며 아들딸 낳아 기르면서 살면 정말 좋겠지비!"라고 맞장구를 친다. 봉천을 떠나온 후 별말이 없었던 여자들의 말문이 이제야 터진다.

"그래 맞어! 난 논산에서 농사짓다 자원하여 왔는디, 집이 가난혀서

겨우 논 몇 마지기를 가지고 농사를 지었어. 그런디 그 정도 농사를 지어서는 세금 내고 기본 농사비 빼면 겨우 7~8개월 정도밖에 식량을 할 수 없고 나머지 4~5개월을 먹고 살려면 남의 집 농사를 부쳐 먹거나 거들어야 했어. 난 말이여! 논이 많은 땅 부자가 정말 부러웠어! 어떻게 저 사람들은 논을 그러콤시로 많이 가지게 되었을까? 왜 우리 집은 이 정도 이 모양일까? 나는 곰곰이 생각을 혀보았어. 그렇다고 우리 오매 아바이가 게으름을 피운 것도 아니었고 눈만 뜨면 죽어라고 일만 혔는디……"

그녀는 이 대목에서 눈물이 주르르 한 줄기 흘러나온다. 이것을 본 해주에서 온 군자와 마주 앉은 유설자의 눈에서도 눈물이 흘러나온다.

"야 야! 이 에미나이들 우지 말라우야! 니그들이 울면 다른 사람도 눈물이 따라 나오지비!" 김애자가 담담히 말한다.

"그려 그려 울지마 들- 울지마! 나 집 떠나온 지 한 달도 더 넘었응게로 느그들이 울면 내 눈물이 홍수처럼 나올 것잉게 눈물바람 그만들혀 잉?"

"그런디 애자 언니는 어떤 사연이 있음둥?" 유설자가 물었다.

"내레 뭐 사연이 있갔어! 나도 니그들처럼 야 잽혀왔재비! 내레 즘심때 뭘 좀 사려 길거리에 나섰다 말임메! 웬 순사 놈이 다가오더니 나 좀 보자고 하였지비. 왜 그러냐고 물으니깐두루. 무신 '보안법 00조'를 위반했으니 경찰서 가자고 그러더구만.

내레 죄진 게 없어 그 법조항이 뭐냐고 따져 물어보았지비. 그 순사 아재비 순간적으로 멈칫했음메. 내가 물어보니 순간 당황을 한 거이었어! 답변이 궁한 그놈 이내 권총을 끄내가지고 설라무네. '무신 잔소리가 그리 많느냐고, 가자면 가지'라고 하면설랑 므작증 끌고가는 기야! 내레 총으로 떠미는데 벨 수가 있갔어? 기레 니기들처럼 야 이리 온 것임둥."

"거럼 우리 세 명은 강제로 왔고 군자 니만 지원하였구나. 야!"

"야 긍게 나도 말이여! 여기 오고 싶어 왔겄어? 먹고 살길이 없어 헐 수 없어 왔지. 지원은 무슨 지원이라 헐 것도 읎어!"

"그렇게 된 셈이지비! 부녀자를 강제로 끌고 가는 세상이 어디 따로 있갔어? 조선의 선남선녀를 모두 사지에 몰아넣고 있지야. 일본 놈들 정말 인간 말종들이지." 김애자가 한탄하면서 비난한다.

"그런데 애자 은니 맞어? 얼굴은 고렇게 나이가 들어 보이지 않지야, 너무 고우니끼니!" 소백합이 말하였다.

"내래 부모 잘 만나 그렇디야! 나 고생 한 번 안 하고 대학 졸업반이 되었음둥. 그러니 너희들하고 비슷하게 보일 거야. 난 1921년 신유생 닭 띠야! 어느덧 엄청 나이를 많이 먹었지. 올해 스물네 살이나 되었으니 말이지비!"

"그럼 나보다 시 살이나 많은 언니 맞네. 앞으로 언니라 부를게."

"뭐 기냥 동무라고 해두지비! 난 너희들이 막 묵고 막 말해도 하나도 서운하게 생각하지 않을 것임둥!"

"에이 그럴 수가 업지비야. 은니는 은니지야!" 유설자가 말한다.

"글씨 말임둥, 여하튼 이곳이 만주라고 하제비! 우리는 한 차를 타고 이 너른 만주를 횡단하는 같은 운명이 되었지비."

"그런듸! 이 만주를 일본 놈들은 어떻게 차지한 것이여?" 군자가 일본 놈들이 영 마음에 안 든다는 투로 내뱉듯이 물어본다.

"일본 놈들이 얼마나 교활한지 만주에 있는 우리 독립군을 소탕한다는 구실 하에 만주로 군대를 파견하여 우리 독립군에 대한 포위작전을 실시하였음둥. 독립군은 일본의 군대 병력 숫자와 화력에 밀려 러시아나 중국 내륙으로 물러날 수밖에 없었지. 고런데 독립군을 몰아낸 일본군은 만주에 대한 욕심을 내었지비.

일본 군부와 우익세력 가운데 만주를 식민지화하여 식량 그리고 주요자원과 군수물자의 공급처로 만들어야 한다는 움직임이 활발히 일어났어. 이때 소련이 안정된 경제발전을 이루어가자 이에 자극받은 관동군 참모 이타가키라는 놈을 중심으로 만주침략 계획을 모의한 이놈들은 봉천 외곽의 류타오후라는 곳에서 자기네 관할이던 만주철도를 스스로 파괴하고, 이를 중국 측 소행이라고 트집 잡아 철도 보호를 구실로 군사행동을 개시한 기야.

관동군은 전격적인 군사작전으로 만주전역을 점령하고 32년 괴뢰 만주국을 세워 실질적인 지배권을 행사했음메. 요때 일본 놈들이 통상 쓰는 괴뢰정부를 세웠는데 청나라 마지막 황제인 부이란 어린아이를 만주국의 황제로 내세우고 모든 지시는 일본 관동군에서 내렸지비.

부이라는 황제는 꼭두각시처럼 행동을 할 수밖에 없었고 부의와 청나라 마지막 대신들은 고동안 오똫게 하면 기울어가는 분열된 청나라를 다시 살릴 수 있을까를 생각하던 차에 만주국 황제를 고저 준다하니 '엇따 좋을씨고!' 하면서 수락을 하여 봉천에 행정부를 세웠던 기야.

그럼 요 때 중국은 뭐를 했느냐하면 일본 놈들이 만주군벌 장작림을 폭사시키자 그의 아들 장학량이 대를 이었는데, 다른 군벌들은 자기의 군조직을 보호하려고 출병을 시키지 않았지야. 장학량도 자기 군대를 만주에 출병시키면 자신의 근거지인 하북지방을 다른 군벌이 공격하여 차지할까봐 군대를 출동시키지 않고 적당한 선에서 일본과 타협을 하려했으나 일본 놈들이 어떠한 놈들이야. 기냥 기회는 요때다 생각하여 전 만주를 차지해버렸음메.

그런데 요기서 문제는 일본 놈들의 관동군이 몇 개 사단 밖에 되지 않았고 중국군은 수십 개 사단 혹은 중국 전체에 거의 백 개 사단의 병력이 있는데도 본체만체 하였지비. 중국의 병력이 그 정도가 있었는데도 마냥 동북 3개 성을 빼앗겼다는 것은 말도 되지 않는 일이었지비.

당시 중국의 군벌들은 국가라는 것은 안전에 없고 개인의 영토나 안위 보존 혹은 다른 군벌의 영토를 차지하는 데에만 혈안이 되었음둥. 나 외에 나라에 대해서는 일절 모른 체하고 있었지비. 그러니끼니 중국으로서는 만주를 빼앗기는 것은 시간 문제였고 아주 당연한 결과라 할 수가 있겠음둥.

그런데 시방 남의 나라 이야기 할 때가 아니지비. 우리 조선도 몇 되지 않는 일본군의 억압과 협박에 나라를 통째로 내주었는데 동학군에 대항하여 싸운 일본군이 일개 사단병력도 아닌 8,000명밖에 되지 않았는데도 말이야. 그것도 무력이라고 그 정도의 병력과 힘에 결국은 조선이라는 나라가 넘어간 것이지비. 물론 여기에는 천인공노할 매국노들이 앞장을 서고 있었음둥.

그러니 조선이라는 나라가 얼마나 힘이 없는 나라였는지 알 수 있을 것이고, 그 후유증이 후세인 우리에게까지 미치고 있는데 이런 후유증이 다만 우리세대에서 끝났으면 좋겠는데 내가 보기에는 그럴 것 같지 않혀. 요원해 요원!"

김애자는 일본의 만주 침략에 대하여 소상히 이야기해주었다.

"참 애자 언니는 아는 것도 많소잉! 많이 배워서 다르긴 다르고만."

"뭘, 요 정도 가지고! 문제는 말임둥. 지금 일본은 중국 전역을 침략하여 동쪽 지역을 완전히 점령하였고, 청나라 수도인 북경은 일찌감치 일본에 떨어졌으며 중화민국 수도인 남경도 일본에 점령을 당했음메.

중국대륙의 동쪽 중요지역이 일본에 점령당했고 국토의 1/2이 일본 땅이 되었으며 엄청난 살육과 방화, 강간을 시방도 일삼고 있지비.

물론 이 같은 사실은 일절 신문이나 라디오 방송에 나가지 않고 일본군의 승리만 보도되고 있어서 일반국민은 일절 일본군의 만행을 모르고 있다는 것이 문제지야요."

"그런데 만주가 그렇게 좋은 땅인가?" 유설자가 물었다.

"거럼! 일본 놈들이 왜 그렇게 눈독을 들인지 알갔어? 여기 만주에는 엄청난 지하자원이 많이 묻혀 있다지비. 일본으로서는 좁은 땅덩어리에서 군국제국주의를 유지하려면 무진장 자원이 필요한데 요기 만주와 조선이 아주 군침이 도는 자원의 보고라무네.

고래서 일본 놈들이 한일합병을 하자마자 조선의 모든 땅을 측량하고 지하자원을 조사하여 광산을 개발하고 자원을 수탈해가고 있었지비. 그 다음 거저 만주는 값싼 노동력이 무진장이 있음둥.

고래서 만주를 점령한 이후로 일본인들 수십만 명이 요곳으로 들어와서 야! 요곳에 주요 군수공장과 요런 전시 생산 공장을 유치하였고 많은 전쟁물자를 생산하고 있음둥. 그리고 너희들이 보았다시피 너른 벌판, 끝없는 옥수수 밭, 엄청난 농산물 이런 것들이 탐이 난 것임둥."

"듣고 보니 정말 좋고 넓은 땅이구만. 언제 일본 놈 치하에서 해방이 되고 잃어버린 이 만주 땅을 찾아올 것인지!"

세 사람은 이구동성으로 한탄을 하면서 잃어버린 땅에 대하여 안타까워한다.

"언젠가는 그날이 오갔지. 그 때가 오면 기회다 생각하여 거저 꽉 붙잡고 절대 놓지 말아야 할 것임메. 우리가 후세를 낳고 그 후세를 잘 교육시키면 그날이 어쩌면 빨리 올 수가 있겠음둥."

"그려 그날이 빨리 오면 좋겠어!" 일제히 한숨 섞인 목소리가 또다시 나왔다. 일행은 다시 만주의 넓고 넓은 광야에 대하여 이야기하고 있다. 그 여성들뿐만 아니라 기차를 타고 서쪽으로 가는 모든 사람들이 끝없이 펼쳐지는 지평선과 철로 연변에 이어지는 농산물을 바라보며 감상에 젖어가고 있다.

—조선 부여의 고토—

한(韓)민족의 삶의 터전
조선 부여의 고토여!
날렵한 수만의 필마가
광막한 옥토를 휘잡을 때에
동이. 기마민족의 기상은
하늘에 이르렀도다.

그러나 이제
그 기상도 사라지고
이름도 잊혀버린 채
타민족의 영토가 되어버렸네.
조상들의 뼈가 묻힌 땅
그들의 육체가 진토 되어
이 산야의 젖줄이 되었건만
그대들 후손
어이하여 그 땅을 버렸고
아예 잊어버렸는가?

만주라는 이름으로
또 다른 기마민족의 후예가

일시 경영을 하였지만은
이제는 영영 한(漢)족의
땀이 섞일 땅이 되었구나.
후세의 영웅들이여
옛 조선. 부여의 땅을 되찾아 주구려!

돌고 도는 역사의 한 끝자락을 붙잡고
그 틈바구니를 파고들어
기어이 조상들의 뼈를 추슬러주고
우리들의 넋을 그 곳에
뿌려주구려!
그리고 자손만대 그 땅을 지키어
민족의 근간을 마련하고
창성(昌盛)하소서.

기차는 하루 종일 달려 푸신 시에 도착한다. 별 탈 없이 모두들 임시 천막에서 반나절을 쉬도록 하고, 그 사이 기차를 다시 점검하고 석탄과 물을 채워 넣고 가열된 기차화덕도 잠시 식히도록 한다. 다음날 아침에 일어난 병사들과 여자들은 아침을 먹고 다시 출발한다. 아직도 광야를 벗어나지 못하고 있다. 처음에는 탄성을 자아냈던 광야가 이번에는 지루하게 느껴지기 시작한다.

한없이 광막한 지역의 같은 풍광을 보면서 며칠씩 가는 것도 고역이다. 그래서 모두들 말없이 마냥 눈을 감고 졸다가 깨어나 밖을 보다가 다시 졸고 나니 어느덧 조양이라는 곳에 도착한다. 이곳에서도 마찬가지로 화차 작업을 얼마간 수행하느라고 그런지 기차가 좀처럼 움직이지 않는다. 탑승 장병과 여성들은 기차 안에 오랜 시간 동안 딱딱한 의자에 앉아 있으니 좀이 쑤신다.

모두들 거북하여 몸을 비틀고 의자에서 일어나 걷기도 하고 기지개를 켠다. 기차가 움직이자 다시 제자리에 앉고 아직도 할 말이 남아 있는지 몇 사람은 수군수군 한다. 기차가 한 시진쯤 달려가니 멀리 산이 눈에 들어왔다. 이제야 광야의 끝이 보인다. 멀리 보이는 산부터 열하성의 시작이고 이 산맥을 넘어가면 하북성의 북경과 천진이 나온다.

해가 서산에 뉘엿뉘엿 거리며 산꼭대기에 걸려 있다가 이내 붉은 기운만 남긴 채 슬그머니 형체를 감추려 넘어간다. 산그늘에 가려 어두움이 평야지대보다 빨리 찾아온다. 저녁 벤또를 막 먹고 치운 후에 모두 의자에 기대어 식곤증을 달래면서 휴식을 하고 있다.

기차가 산맥 속으로 빨려 들어가 계곡과 그리고 터널을 세 개 지나 한 시간여를 달렸을 때 갑자기 "꿍" 소리와 함께 객실이 크게 요동을 치면서

"끼이익"

"꿍 광 꿍"

긴 금속성의 급정차 하는 소리와 기차 일부 칸이 탈선하는 소리가 섞여 들려오며 멈추어 선다. 객실의 모든 사람이 심하게 요동치며 일부는 바닥에 넘어질 뻔 한다. 제일 앞에 있는 화차와 연이어진 두 량의 화물칸이 탈선하여 기차 철길 옆 경사진 웅덩이에 고꾸라져 처박힌다.

화물칸 다음에 이어진 중기관총 두 정이 실린 무장칸은 기울어졌으며 나머지 뒤로 이어진 객실과 화물칸 그리고 중기관총이 탑재된 뒤에 있는 무장칸은 전복은 되지 않고 기차 레일에 그대로 멈추어 섰으며 객실의 모든 전등이 일시에 꺼져버려 암흑천지가 된다.

그렇게 기차가 멈추자마자 이번에는 고막을 찢어버릴 것 같은 기관

총 소리가 울려 퍼지고 장병들이 탄 객실의 유리창이 박살이 나면서 파편이 사방으로 튀기며 날아간다.

순간적으로 객실 내의 모든 사람들이 비명을 지르면서 반사적으로 기차 바닥에 바짝 엎드린다. 계속해서 개인 화기에서 발사되는 다급한 총소리가 기관총 연발사 소리에 되 섞여 들려왔으며 여러 명의 전우가 총탄에 맞고 쓰러진다. 의자에 앉아 있는 자세 그대로 가슴에 혹은 머리에 총을 맞고 피를 흘리며 쓰러지고 어떤 병사는 어깨와 팔에 총알이 관통한다.

—1권 끝, 2권으로 계속—

고종황제 장례식 (대한문을 통과하고 있다.)

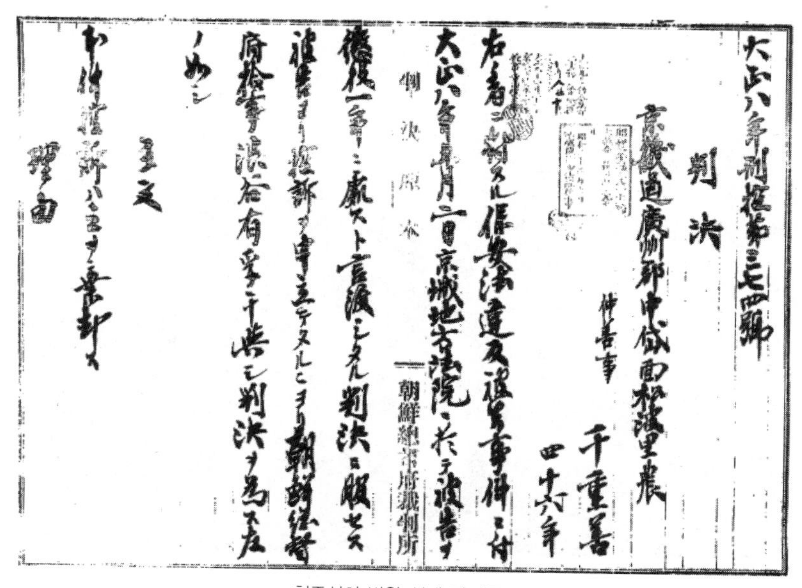

大正八年刑控第三七四號

判決

京畿道廣州郡中岱面松坡里農

仲善事 千重善

四十六年

右者ニ對スル保安法違反被告事件ニ付大正八年四月二日京城地方法院ニ於テ被告ヲ懲役一年ニ處スト言渡シタル判決ニ服セス被告ヨリ控訴ヲ申立テタルニヨリ朝鮮總督府檢事[illegible]干與シ判決ヲ為ス左ノ如シ

主文

本件控訴ハ之ヲ棄却ス

理由

判決原本

朝鮮總督府裁判所

천중선의 법원 실제 판결문

일제 강점기 군산항 전경
(노동자들이 부두에 쌓인 쌀을 화물선에 싣고 있다.)

1930년대 말 상해 항구 거리
(고층건물이 가득하고 많은 차량이 주행하고 있으며, 널따란 길이 마치 요즈음의 잘 단장된 도시와 같다.)

남양군도로 이동 중 덕수궁 인근에서 가족과 상봉하는 징병들
(징병자의 가족들이 실제로 면회하는 장면이다.)

태릉 훈련소(멀리 불암산이 보인다.)
경기도 양주군 노해면에 있었던 태릉의 구 일본군 지원병 훈련소(실제훈련장면)

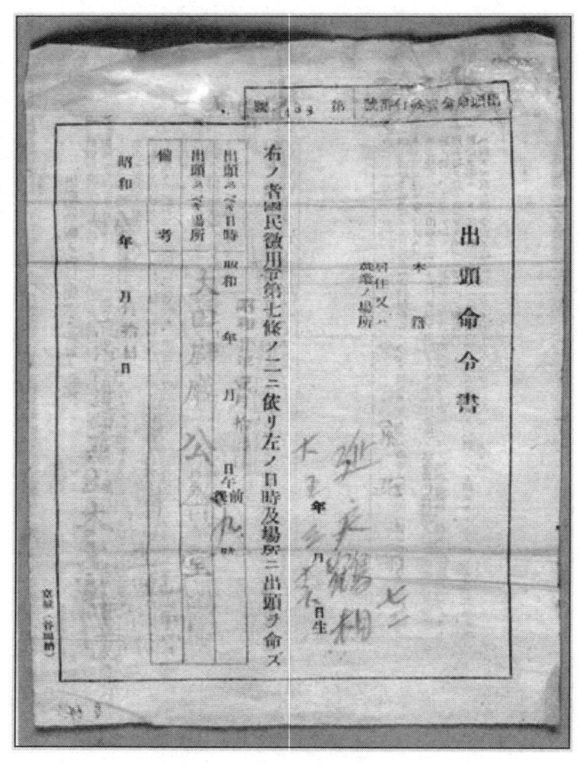

出頭命令書

本籍

居住又ハ就業ノ場所

年　月　日生

右ノ者國民徵用令第七條ノ二ニ依リ左ノ日時及場所ニ出頭ヲ命ズ

出頭スベキ日時　昭和　年　月　日午前　時

出頭スベキ場所

備考

昭和　年　月　日

일제 강제 징용 명령서
('출두명령서'라고 쓰여 있다.)